当代中国最具实力中青年作家

U0672539

孙春平中篇小说选

一路划拳

孙春平／著

中国言实出版社

图书在版编目（CIP）数据

一路划拳：孙春平中篇小说选 / 孙春平著. —北
京：中国言实出版社，2016.1
ISBN 978-7-5171-1697-4

Ⅰ. ①—… Ⅱ. ①孙… Ⅲ. ①中篇小说—小说集—中
国—当代 Ⅳ. ①I247.5

中国版本图书馆 CIP 数据核字（2015）第 292904 号

出 版 人：王昕朋
责任编辑：胡　明
文字编辑：张凯琳
美术编辑：张美玲

出版发行　　中国言实出版社
　　　　　　地　　址：北京市朝阳区北苑路 180 号加利大厦 5 号楼 105 室
　　　　　　邮　　编：100101
　　　　　　编辑部：北京市西城区百万庄大街甲 16 号五层
　　　　　　邮　　编：100037
　　　　　　电　　话：64924853（总编室）64924716（发行部）
　　　　　　网　　址：www.zgyscbs.cn
　　　　　　E-mai l：zgyscbs@263.net
经　　销　新华书店
印　　刷　北京温林源印刷有限公司
版　　次　2016 年 1 月第 1 版　　2016 年 1 月第 1 次印刷
规　　格　710 毫米 × 1000 毫米　　1/16　　印张 20.25
字　　数　320 千字
定　　价　43.00元　　ISBN 978-7-5171-1697-4

目录

东北军独立一师

1

爷爷年过八十了，属马。问他生于哪年，他不说 1930 年，偏说民国十九年，让人掰着手指算计。爷爷身子骨还算硬朗，每天都在小区里走上一圈，但神智却是有时明白有时糊涂了，有老年痴呆的预兆。明白时他会直着嗓子骂驴揍的小鬼子又想整事，不是搞军事演习就登钓鱼岛，还不时地参拜一下靖国神社，说小鬼子是癞蛤蟆打哈欠，嘴巴张得太大，恨不得吞下一头牛，贼心不死，不削他个彻底鼠迷他不会消停。我故意逗他，爷爷知道什么叫靖国神社吗？爷爷把流出嘴边的哈喇子一抹，瞪我一眼，说你个小兔崽子要是摆弄电脑，我不跟你掰扯，神社我还不知道呀，那是小鬼子给战死的人供牌位的地方。当年小鬼子在咱北口就建过神社，在东山高岗上那块，新中国成立后叫咱们给扒球的了。小鬼子祭拜神社，那是我亲眼见到的，动静搞得可是不小，扬幡招魂，敲敲打打，弄得烟气杠杠，神神鬼鬼，还把咱们中国人撵出去老远，只怕给他们整出点啥动静，惊动了那些活该回不了东洋老家的游魂野鬼。

爷爷糊涂的时候也不像那些老年痴呆之人乱走胡作，只是呆呆地坐在落地窗前，两眼望着远方的高天白云，或者楼下的草坪树木。大夏天的，他会喃喃自语，快过年了吧，今年雪下得可真勤，这是第几场了？数九时他又会嘟哝，可惜了今年的这茬高粱啦，刚刚抽穗灌浆就让割，这不是白瞎了吗！我去扶他吃饭，他不满地甩开我的手，怎么又喊饿，不是刚放下饭碗吗？这粮食是大风刮来的呀……

更多的时候，爷爷两眼空茫，不知在看着什么，有时眼角还溢出两行泪水，自语中却满是哀伤与愧疚。"对不起啦，只怪儿子不懂事，想磕个头烧点纸都找不到坟头呀……"

这样的情景，一次，两次，我都没太当回事，只以为他在说胡话。可时间长了，再听再见，我便凑到跟前去，问爷爷，你在跟谁说话呀？爷爷说，我阿玛、我额娘。我心里惊了一下，这是满族人喊爸喊妈的叫法，可我家是汉族呀，莫不是爷爷看大辫子电视剧受了影响？我再问，他们是哪年殁的呀？爷爷答，民国三十五年二月十八。我屈指算，那就是1946年，具体日期既出自爷爷之口，那基本可认定是阴历了。我再问，同一天吗？那是得了什么病呢？爷爷说，惨啊，一个被枪打死了，另一个冲刑场，也挨了枪子，还有一个在房梁上挂了绳，都是横死的呀！我惊得闭不上嘴巴，这可就是三个人啦！再问，都是因为什么呀？爷爷摇头说，说出来丢人，可寻思来寻思去，心里总画魂，捉摸不明白啊。我问，太爷爷、太奶奶叫什么？又是做什么的？爷爷说，阿玛叫佟国良，扛了一辈子脚行，我叔叫佟国俊。上吊死的那个叫陈巧兰，我叔和她要是不死，也是挺好的一家子呀。额娘哪有个名字，先前良民证上的名字是刘张氏，死了后报纸上又叫她佟张氏。唉，我的可怜的额娘啊！听名字，怎么又成了四个了？我更惊，问，那年你也十几岁了吧，你没在家吗？爷爷抹了一把脸上的泪水，神智似乎清醒了些，再问什么都不答，两眼仍是直直地望着窗外。我再问，咱家不是姓刘吗？太爷爷怎么会姓佟？爷爷似有警醒，翻了我一眼，横横地斥道，少套我的话，滚一边去！不知自己姓什么的东西！

这一骂就更有名堂了，说我浑、说我笨都可理解，我怎么还成了不知自己姓什么的东西呢？

我家是三室一厅的房，听起来不错，可四世同堂在一起时，也拥挤得不亦乐乎。前几年，小妹结婚了，妹夫是农家的孩子，盼他买房得猴年。老爸老妈一跺脚，倾全家之力，替小妹交了首付，又买了两室一厅的一户，老两口也一块搬了过去。条件是眼下帮助照看外孙，将来由小妹养老送终。而留给我们夫妇俩的，除了房子将来落在我的名下，还有照顾年迈爷爷的任务。我幼年时是爷爷奶奶带大的，奶奶过世的早，我也愿尽尽孝心。当然，作为儿子和儿媳，我爸我妈也不是完全不管已是耄耋之年的爷爷，隔上三五日，他们都会来家，或陪爷爷坐上一阵，或帮我们忙活一阵家里的活计。

　　父亲再来家，我便跟他说了爷爷说起的那些话。父亲也是年近六旬之人了，是铁路上的巡道工人，还没退休，性情跟他些年摆弄的老洋镐和道砟一样粗糙。他对我的话完全不以为然，笑道，老爷子那是糊迷颠倒，癔症了，他的话你也信？我说，看爷爷的神情，也许还真有些故事。也许，人越到老，才越能说出些真情实话。老年人可能对刚刚说过的话忘得一干二净，但对年轻时的记忆却往往是非常深刻的。爸爸说，咱家是不是满族且不论，连姓啥还能弄差了？咋还能冒出个姓佟的你太爷爷来？笑话，真是笑话。我问，那你见过我太爷爷太奶奶吗？父亲摇头说，小时候听你爷爷说，八一五光复后，小鬼子和他们开拓团的人为回日本，一路往葫芦岛跑，为抢吃的，杀人放火的事也没少做。你太爷太奶都是夜里叫人杀的，老家的房子也被放了一把火。你爷爷那夜正巧没在家，才躲过一命。你爷爷处理完后事，就离开北口，到了沈阳，先是在一家鞋铺当学徒，做皮鞋，也做那种冬天御寒踏雪的靰鞡靴子。新中国成立后鞋铺公私合营，他就进了制鞋厂当工人，一直到退休。你爷爷这辈子，虽说不容易，历史可是清清白白的。

　　父亲的这个解释，我无力反驳，但也将信将疑。爷爷虽没多少文化，但一辈子为人朴实厚道，从不胡言乱语。凡事皆有因由，即使人到老年大脑失忆，也不会完全不着天不着地，说出这样四六不靠的话吧？我听人说过，时下得癔症的人不少，数量高达人口的百分之二。但即使真是癔症之人，细究他们说出的那些话，总还是有些根蔓的，绝不会像时下的有些穿越剧那样，上天入地，舞马喧天……

2

我记住了爷爷说出的那个佟国良等几个人的名字，还记住了爷爷说出的民国三十五年二月十八的那个日子。循着父亲给出的那个线索，趁着爷爷清醒的时候，我问他对北口可熟。爷爷对此没有设防，回答说，我就是在北口出生的，一呆十几年，怎能不熟。我再问，在北口，你还认识什么人吗？爷爷警觉了，昏花的老眼定定地望了我好一阵，摇头说，忘了，都忘了，记不得了。

爷爷说他在北口生活了十多年，而且还是出生在那里；父亲却说爷爷是在日本人宣布投降后，太爷爷、太奶奶在老家被撤逃的日本人杀掉后才去的北口，这说法就大相径庭了。好在有一点还是契合的，就是爷爷肯定去过北口，而且好像还有着一段不想对人言说的记忆。

去年冬天，利用休年假的闲暇，我专程去了北口。在市图书馆，我以身份证、记者证和报社的采访介绍信多重证明，请管理人员抱出了重重一摞六七十年前的当地报纸。管理员是位大姐，说这些接尘土的老报纸，偶尔还有老年人来翻翻，像你这样的年轻人，可不多。我说，我也是替我们领导翻，人家动嘴，咱就跑腿，总得回去交差呀。

我要的是1946年的《北口时报》，直寻丙戌年二月十八日，那一天按天干地支算是辛卯月甲午日，阳历则是 3 月 21 日，星期一，节气恰是春分。爷爷说的就是这个日子，那个年月报纸不像时下这般众彩纷呈，北口又是个中等城市，爷爷说报纸上说他额娘叫佟张氏，我首寻的报纸理所当然是北口时报。果然，在铅印竖排版的那张老报纸上，一版，左下方，我不仅找到了"佟张氏"三字，还发现了爷爷所说另两个名字，佟国良和佟国俊。这两个名字都藏在密麻麻蚂蚁一般的文字中，引人注目处是那段文字旁还附了一张照片，香烟盒大，尤其让人惊愕。照片上是一个中年汉子被枪杀后的现场照片，汉子双臂被缚，仰躺在河滩砂石的血泊中，嘴巴里不光塞了毛巾，还被勒上了绳索。汉子至死都没屈服，双目圆瞪，怒视苍天。刑场四周可见隐约的人影，因昔日拍照设备和技术的落后，难辨表情。

弑兄霸嫂　恶贯满盈
恶徒佟国俊今日伏法

　　本报消息　引发民众极大关注与义愤的佟国俊弑兄霸嫂案今日垂幕，恶徒佟国俊被押赴刑场，验明正身，伏法归西。案审，佟国俊与佟国良乃一奶同胞的孪生兄弟，良为兄，俊为弟。良丧命前已娶妻生子，于北口火车站货场假以刘大年之名靠出卖劳力谋生。俊则为逃离军营的无业流民，四处游荡，对年轻贤秀的嫂嫂早存觊觎垂涎之心。民国二十四年（1935 年）冬，俊将良骗至郊外山林，用私存的手榴弹谋取亲兄性命，后潜回城内兄之家中，凭借与兄相貌酷似之特点，骗奸亲嫂，并冒充佟国良之名混迹北口城中。再后，嫂识破伪夫真实面目，俊以夺其母子二人性命逼迫，嫂只得屈服，随其苟且偷生。俊魔恶行暴露，皆因其淫性不改，除奸霸亲嫂，还常年勾引玩弄奸妇。似此等丧尽天良，忤乱人伦之徒，不杀不足以平民愤，不杀不足以匡民风。天之朗朗，特此昭告。

　　佟犯国俊押赴刑场之际，有一民女悍然冲击刑场，甚至企图夺取法警枪械，为昭显国法威严，法警鸣枪示警后将其当场击毙。有指认者称，此女即为与佟犯国俊奸居多年的嫂嫂刘张氏（即佟张氏）。另，佟犯国俊伏法之日，其奸妇陈巧兰自觉无颜于世，亦于家中悬梁自尽。年纪轻轻，当为唏嘘。

面对着数十年前的报纸，我目瞪口呆，惊悸莫名。果然是三个人，一男两女，一日之内，就这般命陨魂散。加上多年前被炸死的佟国良，那就是四个人。尤其让我难以置信的是，爷爷所言，虽与事实有所谬差，却并非癔语，原来被枪毙的人不是他的阿玛，而是他的叔叔。爷爷的阿玛，就是我的太爷爷，按报纸上的说法，"佟国良已娶妻生子"，那爷爷理应就是他的儿子。而佟国俊呢，则是我的叔太爷。叔太爷与太奶奶因有奸情，竟同时被诛杀，怪不得爷爷说"丢死人"，不愿言说。

那我呢？原来我姓佟，是满族人的后代。这个秘密是真实的吗？

3

我独自走在北口火车站的广场上，眼里心里都是一片迷茫。北口是东北的一个中等城市，因战略和交通上的重要，曾被日本侵略者格外看重，修铁路，建桥梁，一直派重兵把守。据说北口火车站曾是这个城市最高大最坚固的建筑，据说日本人不仅把它作为铁路上的枢纽，还把它当成负隅顽抗的最后堡垒。那个堡垒已在二十多年前被彻底拆除了，代之而起的是更加雄伟壮观的建筑。但火车站附近，密如织网的铁路线依存，辅之的便是如林高耸的铁路员工住宅楼了。

我走进住宅区，向寒风中匆匆行走的老年人询问，多年前铁路上的人都住哪里？答话人挥手一展，说这一片当年都是日本房，铁路上的日本人和有些身份的中国人都住这里。我再问，那普通的中国人呢？比如开火车的，扳道岔的。答话人说，那你去铁西去看一看，早些年那里有片棚户区，叫作八百户，住的是清一色普通工人，现在八百户也没了。我再问，那些比普通工人还穷还苦的人又住哪里呢？比如扛脚行的、筛道砟的。答话人说，那些人哪摊得上住铁路的房子。有的人家在老城区租小偏厦，五六口人挤一铺小炕，还有人则去城郊挖地窖子，对付着活呗。

人分三六九等，放在今日也一样。我想寻找一下七八十年前太爷爷和爷爷住处的念头彻底破灭。报纸上说，佟国良当年是在车站货场上靠卖苦力为生，那爷爷少年时就极可能是住在老城区的胡同深处，甚至是地窖子。那些残破的胡同或地窖子还会保存至今吗？

第二天，我去了北口档案馆，还是凭着我的那些证件，请求查阅1946年佟国俊案的卷宗。管理员很严肃，说凡涉法律案卷，必须执有公检法机关的相关手续才可查阅。走出档案馆，我在寒风中走了一圈又一圈。回沈阳，关系自然找得到，但往返的路程又得两三天。思之再三，我给司法口的一个朋友打去电话，朋友说，我给你个电话，找我的一个老同学，他在北口市政府当处长，又不是当下的案子需保密，帮这点小忙应该不成问题吧。好，五分钟后你再打，我先帮你打个透光。

我没见到朋友的那位同学，但那个人在电话里却表现得很是热情，说对不起，我正开会，电话已给档案馆打过去了。你先去查阅，等我有了时间再去陪你喝小酒。我重进查阅室，管理员什么都没说，收了我的身份证就将已备在手边的一个档案袋放到我的面前。我问，有的资料我拍照一下行吗？管理员用目光示意墙上的查阅档案规定，说按规定办。

佟国俊弑兄霸嫂案的卷宗出人意料地单薄，拿在手里飘轻。打开档案袋，只有两份审讯记录和一份判决书，还有一份来自省警察厅的审核意见书。那份判决书和我从报纸上看到的大同小异，里面不过多了些案犯年龄、籍贯等内容，后面盖的印章是北口市警察局。1946年初的东北，伪满政权刚作鸟兽散不久，国民党的接收大员只能利用匆匆组建起来的警察机构充代检察院和法院，倒也正常。这有点像十年浩劫的后期，一度被砸烂砸碎的司法机构还没得全面恢复，那就只能由公安机关一家独大，全面行使公检法的职能了。

审讯记录一份是审佟国俊的，一份是审佟张氏的，都是薄薄的几页。佟国俊和佟张氏有问必答，供认不讳，看起来认罪态度都很老实。比如问佟国俊，你到底是佟国良还是佟国俊？佟国俊答，我哥叫佟国良，他死了，我就用了他的良民证上的名字，改叫刘大年，我的真实名字是佟国良。问：你是怎么杀害你哥哥佟国良的？答：我以前在东北军里当过兵，部队进关时我开小差逃出来，带出一颗手榴弹，藏在了山上。有一天，我把我哥骗上山，装作刚捡到手榴弹的样子，让他看，还让他别在腰里，说碰上狼和野猪啥的大型野物兴许用得上。下山时，我趁他不注意，就在他身后拉了弦。问：你为什么要炸死你哥？答：不炸死他，我嫂哪会从我，我又啥时才能有个家。我还能总在山里猫着呀。那种日子我早过够了，想下山自己去办个良民证，又怕日本人查出我当过东北军的身份毙了我。佟国良是我亲哥，我杀他也觉心里愧，难下手，可事情不是逼到那儿了嘛。问：你嫂佟张氏就顺顺当当从了你吗？答：我回家时，她没认出我，还以为我是我哥呢。等她认出，已被我睡过了。她也哭过闹过，可我说，你再闹，我就把你和你儿子一块杀掉，大不了大家一块死。从那往后，她就不敢闹了。女人嘛，只要跟谁睡过，就认命了。再说，我又没比我哥差在哪儿。问：她儿子当时多大？答：四五岁吧。问：孩子没认出你不是他爸爸吗？答：孩子小，好唬。再说，我和我哥是一对双胞胎，长得一模一样，连她妈都叫我蒙了，还怕他？刚开始那几天，他还不时地瞪着眼睛看我，后来熟了，就拉倒了。问：那孩子现在在哪？答：头两年，他不好好念书，我揍过两回，他就跑了，跑得没个影……

再比如审佟张氏。问：你叫什么？答：我是个女人，哪有名字。问：以前日本人办良民证，你没有吗？答：哪能没有。问：那你良民证上名字是什么？答：我娘家姓张，我嫁的男人姓佟，按理我应该叫佟张氏。可我男人来北口时，是投靠一个姓刘的朋友。朋友说，我求警察局的人时说你是我叔伯兄弟，姓佟怎成。所以我男人就改叫了刘大年，我的良民证上的名字叫刘张氏。……问：你什么时候发现佟国俊不是佟国良的？答：那天，他回家挺晚。进屋说困，蒙上被子就睡。我把孩子哄睡了，也上炕睡下了。后半夜，他翻身压上来，黑灯瞎火的，我哪会想那么多，就随了他。可事过之后，他呼呼人睡，我却睡不着。想想刚才那事，跟往常不一样呀。他身上的味儿也不对，好像足有些日子没洗澡了，酸臭酸臭的。我越寻思越不对劲，起身打开灯，看这男人跟我家国良倒是长得一模一样，可掀开被子，看他的腿肚子，就知道肯定被人骗了。半年前我家男人在货场装车时，左腿肚子叫钢筋盘条划了，留下老长的一道疤。可这个人的腿肚子怎么光滑滑的呀。我一下就猜到他是谁了，又恨又怕，上去挠他。他把我压在身下，死死地捂住我的嘴，说你要再敢作，那你也去死，连孩子一块死，谁也别想活。我真是怕了，哪敢再吭声。问：佟国俊跟你说过佟国良是怎么死的了吗？答：说了。他说他哥上山打野物时捡到一颗手榴弹，问他能不能卖了换俩钱儿。他随他哥去看，没想他哥摆弄来摆弄去的，一下弄响了。还说他当时幸好离得远，没伤着。问：那你给佟国良收敛尸首了吗？答：我听说佟国良死了，本想上山，可佟国俊不让。他说日本人听到爆炸声，就冲上了山，吓得他都躲了起来。他说小鬼子对枪支弹药看得死紧，看到有人炸死，不定还要怎样地顺藤摸瓜，小心把一家人都追进大牢去。反正我哥已经死了，我又跟我哥长得一样，不如就由我顶着他的名头挑家过日子。问：你就这么拉倒了？答：唉，不拉倒又能怎样。女人这辈子，认命吧，跟了谁随谁吧。再说，家里还有个孩子呢，活着的答应能帮着拉扯，也算对得起死的啦。问：孩子没发现佟国俊不是他亲爹吗？答：刚开始几天，也问过我，说我爸咋跟以前有点不一样了呢？我没办法答，就斥他，说鼻子眼睛都在那儿呢，大活人还能变戏法呀。过了些天，他就不问了。问：佟国俊虐待不虐待你孩子？答：那倒没有。骨血相亲，到底是一根脉上的种呀。再说，他后来也想生，却一直没让我落下胎。这倒正合了我的意，我正怕他有了自己的孩子，就嫌弃了他哥留下的孩子呢。只是管得有点紧。那孩子不大爱念书，还说扛脚行也是一辈子。佟国俊一听这话就生气，下手重了点，孩子就跑了。问：他去了哪儿？答：不知道，跑了就再没个信……

审讯记录不过几页，只审过一次。从记录上看，佟国俊和佟张氏都是供认不讳，交代的案情也基本符合，只是在佟国良的死因上有些出入。佟张氏说佟国良是自己捡的手榴弹，又是自己摆弄炸的，可那话又是听佟国俊说的。佟国俊则交代说是他拉下了手榴弹的弦，将亲兄炸死。这在逻辑上似乎也说得通，佟国俊在嫂子面前还是怯于说出真相的。只是，佟国俊既已认了罪，为什么在押赴刑场时还要被勒堵了嘴巴呢？这似乎只能理解为他还有什么冤屈要诉说，执法者只好封住他的嘴巴。

我进而研究起审讯记录的书面文字和已变成暗红色的指印。看来书记员的功夫甚是了得，不光文笔顺畅颇具文采，那行书也写得煞是流利，极少有删改，就是有几处勾划，也都加上了被审讯人的指印。但是，恰恰是这顺畅与流利，让人生疑。以前，因为工作关系，我是看过一些审讯记录的，似这般顺畅与流利者，当为罕见。尤其是，我注意到，佟国俊的审讯记录中，有一页有明显的褶皱，似乎是被人抓揉的痕迹，这不由让人想起电影《白毛女》中杨白劳被穆仁智强抓手指按下指印的情景。看来，在让被审讯人按指印以确认"笔录无误"时，场面并不像审讯时那般有问必答、乖顺配合。

特别让我呆望良久的是那份判决书。判决书是呈报过省警察厅的，因为下方留有这样一节北口市警察局长的亲笔手书文字，似可视为他为了催促上峰尽快批复，才这般写下的。

佟犯国俊，罪恶凿凿，民愤沸腾。时下查剿汉奸敌特，牢狱患爆，岂有处所囚此禽兽？我意只当速决，以遂民心。恭请上峰速示。

北口市警察局局长龚寂

民国三十五年二月十四日

省厅的批复是三月十七日，也在同一张纸上，盖着省警察厅的公章。"转厅长谕示：闻佟犯国俊日前已被处决，似觉草率。佟犯罪虽当诛，不可宽赦，亦当候复。厅长心存不悦，望不可为例。"

再看那几个日期，不能不感觉蹊跷，以至惊诧。审讯佟国俊的日子是二月十三日，判决书下达并呈报省厅是二月十四日，佟国俊被处决是二月十八日，从上报到处决仅仅四天，上级的批复还没下来，一条性命就这样被剥夺了，还连带着让两个女人也命陨黄泉。如果省厅批复里没有"佟犯罪可当诛"几字，这份档案是否还会保存下来呢？

真是太过草率了，实实的草菅人命！不光是匆忙下令行刑的北口市警察局局长的草率，那个省厅厅长同样草率，他竟连亲笔谕示一下的兴趣都没有，只是让属下代笔，表达了一下不满而已。他在忙什么？听说刚从峨眉山下来的接收大员们那时只想着"五子登科"，金子、银子、房子、车子、女子，训一声"不可为例"也就算尽到职责了。刚刚从日寇铁蹄下挣脱出来的中华民众，是不是在巨大的欢庆与喜悦中就可对这随风而来的阴霾忽略不计了呢。

4

在北口宾馆住了一夜，第二天一早，我坐虎跃快客去辽阳，寻找一处叫东京陵的地方。在东北，辽阳是比东北第一大都市沈阳更有历史渊源的古城。清太祖努尔哈赤定都沈阳之前，曾一度看好辽阳，称为东京，并于后金天命九年（1624年）将祖父、兄弟及早亡的儿子的陵墓由抚顺的赫图阿拉迁移到辽阳市东北方向的阳鲁山上，成为后金祖陵，又称东京陵。有史料证明，为中华民族贡献出千古绝唱《红楼梦》的曹雪芹祖籍也在辽阳。当然，我不是去游览古迹，以当时的心境，我哪有心游览，我是按照审讯佟国俊笔录中给出的线索，去寻找我自己的祖籍。头一晚，我先上网搜寻，得出的心得是，如果佟国俊确是我的太叔爷，那我必是满族后裔无疑。古时帝王，为先人建立陵墓的同时，都要选派忠诚悍勇的将士世代守护，那守护龙脉的将士也只能出自族内亲丁。护陵将士娶妻生子，繁衍生息，一代又一代，才有了陵墓附近的城镇与村庄。

我走进阳鲁山下的一个村庄，手上已备了特选的两瓶道光廿五白酒和一盒点心，心中也思谋好了拜访的对象。我要问的事与村委会无关，问那些脑筋活络的中青年人也没用，只能去找老年人攀谈，越老越好，但一定要是坐地户，脑子也一定要清醒。村街上的人说，那你就去找腰街上的老关头吧，九十多了，我们村里的陈年老事都在他心里装着呢。

进了关家，说明了来意，女主人看了我放到板柜上的美酒和糕点，果然高兴，也很热情，为我沏了热茶后便说，那你跟老爷子聊吧，他巴不得有人跟他说说话呢。我就不陪你了，我去切酸菜，抓紧炖上，晌午你就在我家吃，熘黏豆包就大骨棒炖酸菜，中吧？老爷子要是说有尿，你就喊我一声。岁数大了，说来尿就来尿，一刻也等不得。我问，大姨，你是关爷爷的什么人呀？女主人说，我是他闺女，老闺女。哈哈，我老爸能活吧，把她老闺女都活成六十来岁的老太婆了。

东北女人，尤其是乡间女人，爽快、热情，多是这样。

关爷爷确是太老了，老成了一颗山核桃。老人瘦瘦的，脸上满是深深的皱纹，披着一件羽绒大衣，蜷坐在火炕头，面前还守着一个火盆。这东西眼下少见了，屋子里并不冷呀。老人的精神头也像山核桃一般硬朗。我问他高寿了，他说九十三，虚岁，属猴的。我心中暗喜，比我爷爷还大十岁呢，陈年往事肯定会知道得更多些。我又问，你老是满族吧？关爷爷说，你问是不是旗人吧？我们这屯子，老户差不多都在旗。少数民人也是后来迁进来的。我自然要往佟姓村人上引。关爷爷陷入久远的沉思中，摇着头说，老佟家？有过，还是一大家子呢。后来就死的死，走的走啦。旗人里的这个佟佳氏啊，可是个大姓，在大清朝八大姓中号称第一。生了康熙爷的孝康章皇后就是佟佳氏家的姑奶奶。康熙登基当了皇上后，那老佟家可就更不得了喽，听说过"佟半朝"的说法吧？他姥姥家的人，没少进朝廷，都是大官。一朝天子一朝臣，古往今来，差不了哪儿去。当然了，我们老关家，瓜尔佳氏，大清朝时也不差，也没少出人物，知道鳌拜不，康熙爷刚亲政时，为扳倒鳌拜，可没少花心血……

人老话多，尤其是论起古来。我怕关爷爷把话题扯得太远，忙着往回拉。我问，那你老记不记得当年佟家有两个儿子，一个叫佟国良，一个叫佟国俊？

老人昏花的老眼亮起来，说，是一对棒吧？那咋不记得。当年屯子小，住在村西头，其实就是今天脚下这一溜儿。我管他们的爸妈叫三叔三婶，都是厚道勤快的庄稼人。家里还有个闺女，叫国洁，我叫她姐。这哥俩仁义，招人稀罕，身上还都有点武把操，跟人练过，可从不惹是生非招人烦。我还求过他们俩呢，让他们也带上我练练武艺。他们让我举石锁，说先把身子骨练结实了再说。可我练过一阵，没挺住，拉倒了。那兄弟俩在家那一阵，时常挨着肩站在村人面前，笑嘻嘻地让大家辨认，谁是国良，谁是国俊。村人们常认错，也难怪，这哥俩长得太像了，连脾气属性都像，一个模子扣出来的嘛，也就他家里人分得清。后来，哥俩就一块离开村子，奔鞍山炼铁厂去了，听说是学堂里的先生介绍的营生。再后来，就听说有一个去当了兵，还当了排长，好像是老二佟国俊吧。国良哥后来去了哪儿就不知道了，佟家出了那场塌天大事后就再没个消息。听佟家三叔三婶说，要依这哥俩的性子，都想去当兵。可父母没答应，说枪子不长眼睛，还是留下一个保靠。是三叔手心里攥豆粒，让哥俩猜，才定了让老二去当兵。就是眼下的抓阄呗。

我眼前闪现出两少年肩并肩站在一起，让乡亲辨认谁为兄谁为弟的情景，身后衬着高天白云，还有莽莽大山。小哥俩脸上现出调皮而羞涩的笑容，但蓦然间，那个笑容又与被勒堵了嘴巴死不瞑目的画面叠印在一起。我忍着心中的哀伤与感慨，再问，那哥俩离开家后，就再没回来过吗？

关爷爷说，回来过。当兵的那个回来的少，回来时都是东北军的军官啦。那身衣服一穿，屯里的大姑娘小媳妇就错不开眼珠啦，看着看着，脸蛋还红起来。要说那哥俩呀，个顶个都有脑子，加上念过几年书，在家时练过身手，农家后生又吃得辛苦，进了军营不提拔得快才是怪事呢。卖苦力的佟国良倒是哪年都回家过年，大包小裹的不少带，进村时我还帮拿过呢。佟家叔婶在家里给他娶了媳妇。新媳妇好像是太子河北老张家的姑娘，挺秀气的一个人，听说当年就生了个大胖小子，当年媳妇当年孩嘛。可事变（"九一八"）之后，我就再没见过这哥俩了，听屯里人说也回来过，都是近了半夜进屯，鸡一叫又走了。再后来，就是日本人进屯子，当着乡亲们的面，杀了三叔三婶，还杀了人家的闺女，国洁姐当年才十五啊……

老人的泪水流下来，拨弄火盆的烙铁随着枯枝一样的手掌一块抖，在铸铁的火盆边沿上磕打出一串嗒嗒声。我问，日本人为啥要杀那家人呢？

老人的情绪好一阵才稍有平静，说，那年，也是冬天，进了腊月门了。一队辽阳城的小鬼子突然进了屯子，把满屯里人都赶到了佟家院子。小鬼子的头不说话，让跟在身后的二鬼子说。二鬼子问三叔，你儿子佟国俊现在在哪里？三叔只是摇头，不说话。二鬼子又问，你都给了你儿子和抗匪什么东西？三叔还是光摇头，不说话。二鬼子再问，你还有个儿子，去了哪里？三叔冷冷一笑，还是一言不吭。鬼子头急了，瞪眼喊了声死啦死啦的，两个鬼子兵就挺着刺刀扎向了三叔三婶。三叔三婶倒在地上，那血冒的呀，咕咚咕咚的，直往上蹿。三叔临死开了口，大声骂，我操你祖宗小鬼子，等我儿子回来挨个宰你们！国洁姐哭着扑上去，还想用巴掌去堵爹妈胸脯上的血窟窿，嘴里连声喊的却是哥呀，我的哥呀……鬼子头掏出手枪，照着姑娘后脑勺就是一枪，然后手一挥，佟家三口人的尸首就叫鬼子兵拖进屋子里，一把火，连人带房子全烧啦。乡亲们哪忍再看，都低下头，捂上眼，哭声一片。二鬼子喊，把眼睛睁开，都给我看清楚，往后，谁要是再敢通匪抗日，再敢给他们粮食衣物，再敢眼见抗匪进村不报告，就是这个下场，统统死啦死啦的。唉，惨啊，不说了，不说了。

老人闭着眼，摇着头，把泪水甩落在火盆里，灰烬扑扑地响，溅起一簇一簇的灰雾。我问关爷爷，这惨绝人寰的一幕，你老可是亲眼所见？关爷爷说，可不，眼睁睁地，想躲都躲不开。吓得我足有一两年夜里不敢睡觉，就怕再梦到那个情景。这小鬼子，真他妈的不是人揍的呀！

我问，你老那一年多大呀？

十三，还啥不记得，都放了两三年羊了。那一天也怪我，嫌天冷，就提前把羊群轰了回来。不然，兴许就躲过去了。小鬼子临走时，还扑进羊圈，捅死了好几只羊，专挑肥实的捅。捅完了让村里人扒皮掏下水，连夜给他们送到军营去。操他祖宗的，抢就抢呗，临走还给我扔下几张票子，说中日和善共荣。以为中国人就忘了他们刚刚杀过人，还放火烧了人家房子呀！

我掐指细算，关爷爷属猴，那是生于1920年，他十三岁时目睹的惨案，便是1933年了，"九一八"事变后的两年。我问，佟家三口人，死后埋在哪儿啦？

关爷爷抹了一把脸上的泪水，说，三叔家有两块地，大的一块十多亩，在村西山根下，薄不拉的，每年种点高粱、谷子和小杂粮，够一家填肚子的了。还有一块小点的，也就两三亩，在屯边。那块地让三叔侍候的，肥。三叔在那块地上种菜，除了家吃，主要是卖到城里去。可也不知为啥，出事前一年，三叔把那块地卖了，说两个儿子不在家，侍候不过来。鬼子撤走后，老佟家族亲的几家凑了一些为老年人备下的寿木板，打了三口棺材，就葬在他家山根下的那块地里。打墓那天，我们老关家的一些青壮小伙子也去了，想尽尽情义嘛。可没想，关佟两姓人还差点挥起锹镐，出了人命。

那又是为什么呢？

佟家有人说，也许国良或者国俊夜里真回过屯子，三叔三婶也真给儿子带走过一些粮食或衣物，可小鬼子是怎么知道的呢？眼见是屯里有人给小鬼子当了奸细。所以关姓人上前时，佟家人就阻着，还说猫哭老鼠假慈悲。关姓人哪肯背这个黑锅，回敬说贼喊捉贼才最恨人。这么三说两说的，两姓人就立起了眼睛。唉，咱们中国人呀，照说人最多，脑瓜子好使，人也勤快，可历朝历代的，就是不抱团，还好出奸臣。你说，东洋小鬼子都杀到咱们家门口了，咱们自己人还吹胡子瞪眼地整个啥劲呀。后来，隔个十天半月的，小鬼子和二鬼子就进屯子闹腾一番，多数是进姓佟的人家，不是打骂呵斥就是乱翻一气，姓佟的看这日子没法过了，先先后后的都卖房子卖地搬走了。

佟家一下死了三口人，葬礼时佟国良和佟国俊也没露面吗？

关爷爷重重地摇头。唉，哪敢回呀，小鬼子不定在哪儿架着机关枪等着他们呢。人家这就是一计，杀你全家，诱虎归窝。后来听说，佟国俊当时就在山里猫着呢，不时就下山宰两个鬼子，把小鬼子恨得牙根直痒。其实，小鬼子的这点鬼心思，就连当时屯中人都看得明明白白，别说这哥俩，连佟家的亲友都没敢去报丧，只怕引出更大的祸事。可开春的时候，快清明时，有一天我上山放羊，看三叔三婶和国洁的坟前留下好大一摊纸灰，坟头上还压了松柏枝。我猜肯定是这哥俩夜里偷偷回来过，因为当时咱乡下人，上坟不讲究摆松枝呀。

佟家三口的坟，现在还找得到吗？

那可就难啦。新中国成立后先是土改，后来又合作社，学大寨，近些年又土地承包，你寻思寻思，没个后人的坟堆子还能留得下吗？再说，这屯子也大了，原先只是几十户，现在可是几百户了，一天天往外扩。我老了，走不动了，也有好几年没往屯外走一走看一看了。我估摸着，三叔三婶家的那块地，也早变成房场啦……唉，要不是小伙子你今天问起，谁还想着这些陈芝麻烂谷子的事呀。哎哟，你莫不是姓佟吧……唉，对不住了，你要是佟家之后那有多好，三叔三婶在天有灵，也会乐得抹眼泪呀……唉，国良国俊这哥俩，听说死的都挺暴。不说了不说了，再说心里揪揪，疼啊……

　　我不好向关爷爷承认我是佟家之后，因为我当时还只是心中揣测，并没有充足的证据。但我心里已认定，我姓佟，祖籍就是阳鲁山下的这个村庄。那天午后，我在冬日西斜的阳光里，我面对苍莽大山，重重叩首。我相信，我的祖爷爷、祖奶奶，还有我的太爷爷、太叔爷、太姑奶一定就站在大山上空的云端，相伴相依，深情凝望。

　　我的太叔爷佟国俊，日本人视他们为抗匪，对手无寸铁的家属都要斩尽杀绝；而抗战胜利后的国民政府当局，却将他当成弑兄杀嫂的恶徒，以法律的名义将他推向刑场，这其中的反差太过巨大，也给人留下太多的疑惑。作为佟氏家族的后人，我有责任，也有义务，竭尽心力，穷己所能，在岁月的沉积中寻找或存的证据，还历史一个真实，也还先人一份清白。

5

　　发生在 1931 年 9 月 18 日夜里沈阳城北柳条湖的那一阵枪炮的较量，东北军某部侦察排长佟国俊可能并没浴血其中。那时，他可能远在黑龙江，也可能驻守在吉林或辽宁的哪座城市。可消息很快传来，北大营当夜就失守了，第二天，沈阳城也落到了日本人手里。真是太他妈的窝囊了！且不说东北军在关里还有十多万，光关外的守军就是日本关东军的好几倍，真要下死命厮拼起来，小鬼子未必拣得便宜。那些天，佟国俊和弟兄们天天擦枪磨刀，只等着上峰一声令下，就杀上战场拼他个你死我活。

　　可等来的命令却是退守辽西锦州。也行，可能长官们另有谋划，锦州是关内外的门户，关起门来打狗也算得一步好棋、大棋。可在锦州还没较量几天，命令又下，这回是往河北滦县撤守。他妈的，养兵千日，用兵一时，这还没怎么较量呢，怎么就把老祖宗留下来的东北这大片宝地撒手让给了日本人？部队撤退当夜，佟国俊特选了几个平时关系亲密、有血性、又有些身手的弟兄，逐一单独对他们说，再往后撤，咱爷们裤裆里就白夹了两个卵子啦。我可不是想开小差，听说齐齐哈尔那边马占山还是条汉子，正跟小鬼子打得不相上下，人活一世，我想另投明主。兄弟若也有此心，跟我一块走，当然最好。若是另有想法，我佟国俊也不怨不怪，只求别坏我的大事。兄弟这就算告别了。有三个弟兄们点头称是，趁着撤兵的混乱，随着佟国佟另选了一条杀敌酬国的道路。

兵荒马乱，日本关东军重兵围攻锦州，想往北去并非易事，那得等机会。最初的一段时日，佟国俊等人是潜伏在锦县南侧的苇荡里。那片苇荡，受的是辽河和大凌河水系九河下梢的滋润，连绵数百余里，直与营口港相接，足有数十万公顷，不说世界第一，在亚洲肯定是首屈一指的，猫下几个人堪比大海藏针。好在那一年日本人还没来得及利用和掠夺这片苇荡，要是再过几年，日本人在大凌河畔的金城建起了巴尔布株式会社，采取苇浆工艺造纸，一入冬便驱使中国劳工将大苇荡割剃得一干二净，只怕连这么个藏身之地也不会给他们留下了。但那个时节已是隆冬，脚下是冰冻的沼泽地，枯黄的苇海里最难寻找的就是食物，以前只听说苇荡里肥美的鱼蟹随手可抓，可眼下那些鱼鳖虾蟹都去了哪里呀，也跟东北军一样跑到关内去了吗。那甜嫩可口的芦根倒是还有，可在冰封如石的泥土下，又如何挖掘。再有就是苇海里的寒冷，寒风从渤海湾刮来，湿漉漉的，针刺一般往骨头缝里钻，岂是一般的寒冷。

很快听说，马占山也战败了，齐齐哈尔、哈尔滨也相继落入到日本人手中。几个人的共识是，再猫在这里，别说杀鬼子，只怕能不能活着出去都难说了。一个弟兄说，往北去百十里就是朝阳，听说那里出了个赵尚志，进过黄埔军校，杀鬼子可是一个头儿的（实打实的），没二话，我们投奔他吧。佟国俊说，我老家辽阳，也出了个李兆麟，文武全才，一门心思打鬼子。又有人说，听说这两人都是共产党，跟中央军可不是一挂车上的。佟国俊说，咱东北军倒易帜随了中央军，到头来咋样，小鬼子一整事，把老家一扔，跑了。到这时候，咱们也别管他这个党那个党的啦，谁真心打鬼子，咱们就投奔谁吧。几弟兄商量来商量去的结果，便是先奔近处的朝阳，如果找不到赵尚志，再去辽阳找李兆麟。

1932年初的隆冬时节，一行人从老百姓那里讨来几身棉袄棉裤，沿着大凌河河套昼伏夜出，一路向朝阳方向挺进。数日后，几人到了朝阳县喇嘛沟村，听说是赵尚志的老家。可只要一问起赵尚志，村人便都摇头，一脸的小心。后来，有个老汉见单独摸进村庄的佟国俊确是不像日本人的奸细，还悄悄给他亮出了东北军的军官证，才对他说，倒是听说事变后，赵尚志从大牢中放出来了，可他出来后，根本没回老家，直接就奔了北满打鬼子去了。佟国俊问是北满的哪儿，老汉摇头说，这可说不清啦。

投奔赵尚志未果，一行人再奔辽阳寻找李兆麟。李兆麟的老家是辽阳县铧子乡小荣官屯。可寻找的经过与结果竟与寻找赵尚志惊人的一致。佟国俊说，咱们别再没头苍蝇似地乱撞啦。我的老家也在辽阳，我对这一带的地形地貌还算熟悉。辽阳东边就是辽东大山，山高林密，好藏人。缺了吃的穿的，还可让我爹我娘暗中帮助张罗，总比咱们要饭似地强。再有一宗是，自从日俄战争后，辽阳城里一直驻着小鬼子的重兵，这好啊，他们以为老虎的须子没人敢摸，正好形成灯下黑，咱们好藏身，也好抽冷子出手，宰他几个鬼犊子就再躲回山里去。众人无异议，便在辽阳东部大山里伏下了。

佟国俊自从入伍当兵后，再不说自己是旗人，就是和弟兄们说起父母和家人，也将阿玛和额娘改成爹娘。辛亥年武昌城闹起革命，喊出的口号就是"驱逐鞑虏，恢复中华"。鞑虏就是旗人，又被人骂成鞑子。晚清政府确是没干什么好事，把一个大好江山害得七疮八孔。那些八旗贵族的后代也多是不着调不争气，一个个玩鹰架鸟，生生地把自己祸害成了一帮秧子。可往远想一想看一看呀，康熙爷乾隆爷那一阵，咱们大中华八方朝拜，又是何等强盛，咱普通人家的旗人后代又差在了哪里？可这些道理跟谁说去，不如就鸦默雀动地装成汉人，省得遭人白眼歧视。

佟国俊带人在老家附近藏身，应该有将近两年的时光。他们是住在山林深处的地窖子里。隔段时间，佟国俊便带一弟兄披着夜色回家，背走老父老母为他们备下的粮食和衣物。为筹这些东西，佟家二老忍痛将那块菜地卖了。女儿佟国洁随着母亲也连日连夜地为山里的兄长们做衣做裤，屯里人问起，倒也好搪塞，说大嫂病了，大哥的换季衣裤总得帮着做一做。

如果像山兔一样地伏草不动，也许佟国俊和他的弟兄们会藏在辽东大山里三年，五年，以至更长的时间。可佟国俊不是兔子，他的弟兄们也不是。他们是豹子、是猞猁，他们要出击，要搏杀，不如此便枉长了利爪利齿。青纱帐起的时候，他们伏在首山火车站外的茂密高粱地里。首山是号称千朵莲花峰的千山山脉第一峰，紧靠哈大铁路东侧，距离辽阳城不过十来公里。山不算高，但巨石裸露，松柏青青。日俄战争时，双方为争夺南满铁路，并以此作为扼守沈阳城的屏障，在此地曾有过极为惨烈的角逐与厮杀，至今仍可见山上的碉堡与战壕。首山车站虽算不大，但南来北往的日本军列常在这里停靠。那天傍晚，趁着日本兵下车去军需点吃饭，佟国俊先派两个弟兄分别在车头和车尾露面，都是在地里干活的农民模样，手里还拿着刚掰下来的高粱乌米。为军车站岗的日本兵挺枪吆喝离开，佟国俊从高粱地窜出，手起刀落，登时将车尾的日本兵宰杀，扔下一个白布条，抓起日本兵的三八大盖，又钻回了高粱地。军车头部的日本兵听到了动静，急转身射击，没想身后又窜出一人，也是干净利落，让小鬼子眨眼间就蹬腿见了阎王。

听到枪声，吃饭的和车上的小鬼子都冲了出来，一时不知高粱地里的虚实，便一个劲地机枪扫射，又用迫击炮轰击。可那时，几勇士早窜进另一片青纱帐了。

佟国俊扔在小鬼子尸首上的白布条，巴掌宽，尺多长，上面血书七个大字，东北军独立一师。关于行动后要不要留下点记号，几弟兄是有过一番争议的。有人说，咱们来无踪，去无影，让小鬼子摸不着头脑，也利于咱们下次的行动。佟国俊说，这事咱们得学学武松武二爷，凡是杀了仇人，都是坐不更名，行不改姓，留下名号。要不然，小鬼子还以为咱东北军都撤回关内真怕了他们呢。关于留下什么名号，大家也有争议。有人说，写复仇大侠，还有人说写戚家军，说古时候的戚继光杀倭寇天下闻名，让小鬼子闻风丧胆。写东北军独立一师也是佟国俊的主意。有人反驳，说咱东北军里是不是真有独立一师呀？佟国俊说，咱这"独立"二字是不服天朝管的意思。以后，就是哪位兄弟一人出手，也是独立一师，一人即一师。听这么一说，大家都笑了，一齐立正喊报告师长，还自封谁是参谋长，谁是军需官。有个年龄最小的兄弟说，你们都当官，师长大人也不能没个卫兵呀，那就我吧。大家商量的结果，便是舍出了佟国俊的那件部队发给军官的花旗白洋布衬衣，撕出数条，再咬破手指，用鲜血一一写下"东北军独立一师"。不识字的也写，照着佟国俊写下的模样一笔一笔地画，然后将白布条揣在怀里，借此铭志。

留下近一年，总算杀了两个鬼子，弟兄们稍得心安，在山林里又躲过了一秋一冬加一春。这期间，日本人也进行过清剿，但莽莽山野，其奈我何？看看青纱帐再起，大家又开始谋划新一番的杀敌行动。首山车站是不能去了，附近其他的火车站也不能去。小鬼子吃了上次那一亏，吸取了教训，不光火车站四周都围起了栅栏或刺网，还喝令铁道线两侧三百米内再不准种高棵的庄稼，违抗者一概识为通匪，格杀勿论。有兄弟说，我记得国俊二哥以前说过灯下黑的话，咱们这回何不就杀到小鬼子兵营去，闹就闹翻他们的老巢。这一锤子下去，保准就让鬼子兵以后连睡觉都不敢闭眼啦。佟国俊大喜，说这步棋可行。他们越以为固若金汤，可能就越马大哈。兴他们攻打我们的北大营，咱们来他个就以牙还牙！

经过数番侦查，弟兄选定的是驻扎在太子河畔日本关东军 2 师独立守备队联的军营。那年夏日的一个清晨，佟国俊先在乡路上拦截了一辆拉菜的马车，对赶车送菜的农民说，我们知道你是给小鬼子军营送菜的，只想借你的大车用一用。至于我们是干什么的，先别问，一会儿你就知道了。我们这就把你捆上，扔庄稼地里，等日本人来时，你实话实说就是。农民求告说，日本人哪讲理呀，误了他们的事，不说一枪崩了我，挨上那顿打都受不了啊。佟国俊说，那你就在这儿等着，听到枪响后，赶快往家跑，家里的东西啥也别要了，带上家人立马就跑，能跑哪儿去跑哪去，先保住命要紧。

佟国俊独自赶上大车往小鬼子的军营奔，留下一个弟兄看住农民，防的是他们跑去报告。对赶大车这行当佟国俊不陌生，小时没少随阿玛赶车进城卖菜。那天，他只带了一个弟兄，没让全员出动，说偷袭不在人多，要的就是出其不意速战速决。人多了，反倒容易引起警觉。我们两个要是回不来，你们一定要接着干。大车到了军营大门外，站岗的鬼子兵以为是送菜的，且只一人果然没太当回事。两个鬼子兵执枪逼着，让佟国俊展开衣襟，由一个值星官上前搜身，又去翻看车上的青青绿绿。趁着鬼子们转身离去的机会，站在辕马旁的佟国俊突然从马鞍下拔出手枪，照着两个鬼子的脑壳就是两枪。值星官撒丫子急往大门里跑，佟国俊又追上一枪，将他撂倒。前后不过十几秒的时间，佟国俊不敢恋战，丢下一片白布条，又用手枪把照着辕马的屁股蛋子给了重重一击，转身就往高粱地里跑。马儿经不住惊恐与疼痛，拖着大车疯了一般直往军营里冲，惊得迎面而来的日本兵和摩托车好一片混乱。事后，佟国俊总结说，咱们要是有炸药包就美了，让大车在军营里炸，起码再报销他娘的几个。

　　那真是一场极成功的袭击，灭敌三个，无一伤亡，三比零！但那一战，也彻底激恼了日本人。辽阳城是日本关东军的大本营之一，抗日分子连番偷袭，甚至杀到了军营大门口，无异于太岁头上动土。尤其不能忍受的是，抗匪打出的旗号竟然是"东北军独立一师"。在此后的日子里，日本人一方面派大批军警围剿辽阳东部山区，一个山头一个山头地搜，各路口都设了卡，一方面由宪兵队警察局负责，派出大量密探，还重金悬赏，收买情报。当又一个冬天来临的时候，日本兵包围了佟国俊和弟兄们藏身的山林，在一场短兵相接而火力又极为悬殊的对抗后，三弟兄全部壮烈战死，只有佟国俊凭着对地形的熟悉，侥幸逃出了包围圈。

　　如上描述，绝非我的主观臆想和揣测。我拜访过关爷爷后，又去了辽阳市图书馆，翻阅了日伪时期的当地老报纸。在1933年冬的一张报纸上，有一条消息称，"大日本皇军日前围剿东部山区，悉数歼灭流窜到我地区的抗匪数十众。拒被生擒的匪徒供陈，这股抗匪已流窜我地区两年有余，自称'东北军独立一师'。发生在去年夏天震惊一时的首山火车站袭击军列案和发生在今夏的袭扰大日本皇军军营案，皆为此股抗匪所为。以卵击石、胆敢破坏大东亚共存者，只能自取灭亡。"消息旁还附了两张照片。一张是被小鬼子缴获的几支步枪和刺刀，有三八大盖，还有汉阳造。另一张照片则是三具血肉模糊的尸体，尸体上横陈着白布条，上面的粗犷血书赫然可见，"东北军独立一师"。

　　恬不知耻的日寇小鬼子！那一战，杀害反抗侵略的中华志士不过三位，他们竟敢称数十众。生擒之人又在哪里？怎么不登出照片让人们看看？也许，他们就是从战后的废墟中发现了什么来自佟国俊家中物件，才顺蔓摸瓜，冲进阳鲁山下的村庄，将手无寸铁的佟家三口尽皆杀戮。呜呼，佟家祖上，满门忠烈啊！

6

　　佟国俊九死一生逃出山林，已是独自一人，本想躲回家中，又怕小鬼子蹲坑守株待兔，便辗转着再在大山里躲藏了一段时间。临过年时，他曾有心回家，看望老父老母，再一块过个团圆年，反正山里也没弟兄需要惦记了。可离近村庄才得到消息，家中老父老母和妹妹都被日本人杀害了，连同房子一块化为灰烬。佟国俊心中自是大恸，几不欲生，心想，真就不如和妹妹一道去了，也好去另一个世界陪侍二位老人。昔日跟在自己身边的有位小兄弟，才十九，就是说给自己当卫兵的那个小伙子，黑龙江海林人，长得结实，也机灵，杀鬼子没二话。随自己回过两次家，眼睛就黏在妹妹身上挪不开了，妹妹也把他当亲哥哥看，两人说说笑笑的好不亲热。他还在山里捉了两只小野兔，精心养在用荆条编的笼子里，准备带回佟家给国洁妹子玩。佟国俊看出了小兄弟的心事，主动对他说，等把小鬼子打跑了，我妹子也大了些，我就让我爹我娘把她许配给你当媳妇。小兄弟说，大哥可别忽悠我。佟国俊说，我敢忽悠你天忽悠你地，还敢拿我亲妹妹的终身大事开玩笑呀？君子一言，驷马难追，信不信由你。可如今，一奶同胞的亲妹妹和那个亲如手足的异姓兄弟，两个花骨朵还没开，就都被摧折在小鬼子的屠刀下了……

　　佟国俊曾在夜色中潜回村中一次，听乡亲们说起妹妹临死喊哥的情景，两眼灼灼冒火，恨不得立时烧塌整个世界。国难家仇，足比海深，岂可不报，最起码，也得再宰上三个小鬼子，才算得一还一报吧。哦，不对，最少得四个，自己岂能白死！

至于去哪里，佟国俊也曾有过好一番的思忖。最初，他也曾动过北上小兴安岭或东去长白山的念头，再去投奔赵尚志、李兆麟，或随便哪支抗日义勇军队伍，只要能打鬼子就行。可转念一想，又觉得不切实际。莽莽大山，茫茫人海，寻找一个人或一支队伍，难似大海摸针，东北地区太大了。况且，此时的所有抗日武装都是深藏不露，隐秘出击，就是面对面打个碰头，人家信不着你，还未必会认账呢。也莫怪大丈夫隐姓埋名，听说那些抗日武装也接连受到重创，大亏往往是吃在队伍里出了叛徒和奸细。经历了这次覆顶之灾，佟国俊心理也发生了重大变化，几乎对所有人都信不着了。自己和弟兄们藏在深山密林里的地窖子是怎么被日本人发现的，姑且不去追究，但小鬼子得手后，为什么又突然杀向家中，十有八九是屯中有人为得赏金当了密探。细数中国历史上抗击外辱的民族英雄，文天祥、岳飞、戚继光、袁崇焕，哪个没吃过这方面的亏呢。看来，往后要打鬼子，最好是独往独来了。可吃的穿的呢？难道还能去当剪径的绿林好汉不成？对，到哥哥身边去吧，打仗亲兄弟，上阵父子兵，也不能谁都信不着不是？

1934年清明前的那一夜，佟国俊潜回阳鲁山下，跪在父亲母亲坟前，热泪长流，立下不报国恨家仇再不回乡的誓言，然后奔了北口。

关于哥哥佟国良，佟国俊是留了心眼的，或曰是打了伏笔，跟昔日的那三位弟兄都没说。记得刚藏进山里后的一天夜里，佟国俊带一位兄弟回家取粮食，母亲和妹妹忙着去厨间烧火做饭，父亲陪两人坐在炕上闲聊。那位兄弟问，大叔，你老和我姊就一个闺女一个儿子呀？父亲说，哪是，国俊还有一个哥……坐在身旁的佟国俊闻言，忙在大棉袄的遮掩下捅了父亲一下，父亲会意，接下来的话便是，先前是在鞍山城里卖苦力，后来听说黑龙江林区挣的能多点，就带老婆孩子去了。这一去可有年头了，一直没消息，兵荒马乱的，还不知是死是活呢。事后，佟国俊单独对父亲说，阿玛，我哥啥时回家来，你跟他说，我干的这营生，可是脑袋别在裤腰上的，悬着呢。小鬼子杀人不眨眼，还好整株连，我这边不定哪天有个山高水低，可能就牵扯上他。你让他带上我嫂子和侄子赶快离开鞍山，随便去什么地方，没事尽量少回来。去的新地方，除了咱家这几口人，对谁都不能说，更不能说他有个兄弟是一对双，最好连名字都改一改。再有，等我哥我嫂在新地方落下脚，你带我额娘和我妹也奔了去，家里不可久留。父亲说，让你哥你嫂躲远点，算你小子想得远，我没二话。可我和你额娘走了，家里的这房子和地谁管？再说，家里人都走了，你们在大山里喝西北风呀？佟国俊情知父亲的顾虑有理，不再多言。数月后，佟国俊再回家，父亲悄然告诉他，你哥已经在北口落脚了，在火车站当脚力呢，用的新名字叫刘大年。为图保险，眼下我连你额娘和你妹都没告诉，我怕女人嘴松，露出去。

佟国俊到了北口，舍出两张票子，让一个进城的乡下女人去车站货场捎话，跟哥哥在城西一个叫大营的镇上见了面。那年月，北口还有城墙，日本宪兵队和警察局在各城门和路口设了卡，进城的人都要出示良民证，良民证上贴着照片，但出城时就管得松些，除非紧急戒严，有点像时下的出入火车站检验包裹。佟国良听兄弟说了父母和妹妹都死于小鬼子屠刀下的事，兄弟俩好一阵抱头痛哭。佟国良看疲于奔命的弟弟一身瘦弱，说我一会儿回城，让你嫂子将我的良民证给你带出来，反正咱哥俩长得一样，小鬼子看相片也不怕。你回家先将息一阵，我在老城大杂院租了一间房子，你日常少出屋，好糊弄。佟国俊不去，说我不是信不着嫂子和侄子，我是怕大杂院里人多嘴杂。我还是在城外山里找个地方，你帮我准备点粮食和穿的盖的就成，过几天我来取。佟国良说，那我把眼下的这间房子退了，在僻静点的地方另租一处，找两间的。佟国俊说，哥，自家兄弟，你就别撑强了。凭你一个人卖苦力，我还不知你手里有几个钱儿呀。往后，家里的开销还得加上我一份呢。

时节已快入夏，天气一天天暖上来，人躲在哪儿都冻不着。佟国良情知兄弟对此事思谋得已很周密，有了主意，便不再勉强。佟国俊又说，还有，我来北口的事，对谁都不能说，最好连我嫂我侄都别告诉，别让他们担惊受怕。佟国良说，你侄刚三岁，还不大懂事呢。可不告诉你嫂怎行。现在城里粮食都凭良民证配给，就是我躲着藏着另在黑市上买一些，也瞒不住你嫂子的眼。再说，我还得从家里往外给你拿穿的盖的呢。你嫂那人你是没在一起处过，不光贤惠，心里还装得住事，懂得哪头大哪头小，天生就是啥老佟家的媳妇，你放心吧。佟国俊点头说，那哥就替我先谢过嫂子。

北口城的规模跟辽阳差不多，都是中等城市。城东城西城南都有山，虽没辽东大山的连绵，可也森林茂密。只是北侧一马平川，从内蒙古高原扑过来的风灌进那道口子，四季不歇。当地人调侃说，其实北口一年只刮两次风，只是刮得时间有点长，一次刮半年。北口之名是否由此而来，不得而知。

佟国俊在城西的山里藏了三年，他没再挖地窖子，而是找了一处山洞，那洞里没水，挺干爽。在这三年中，佟国俊虽没听哥哥说，可也知由于家中添了一人，且是壮汉，还是苦了哥嫂。那年，他们的儿子已经三岁了，按夫妇俩的打算，本想再生一个，最好是女孩，可这个想法也只好做罢了。小夫妻自然还短不了床笫之私，但都克制着，能不冒险就不冒险，实在板不住，也无师自通地想办法。为了增加家里的收入，嫂子开始给火柴厂糊洋火盒。火柴厂是日本人建的，那个年月，人们都把火柴叫洋火。大杂院里有位大叔在北口火柴厂做事，能带回糊火柴盒的营生，计件付费，一把一清。蚂蚱腿虽小，可也算是肉啊。嫂子从那家分过来一些活计，便一边看护孩子，一边夜以继日地与浆糊纸壳打交道。佟国俊听了这些情况，也曾对哥哥说，也别让我这么白吃白喝地养膘，我也可以去干点啥，没多有少，挣点总比闲待着干嚼强。佟国良说，可别，眼下不管干啥，招工都得先看良民证，你有吗？佟国俊说，我用哥的，谁又辨得出。佟国良说，真要弄露馅了，咱这家可就彻底砸了。不到非出手的时候，你还是先这么眯着吧。

兄嫂给佟国俊备下的东西，多是佟国俊到大营镇取，有时佟国良也会借辆洋车子（自行车）送到山里去。大营镇有个不小的集市，三六九开集。城里人图集上的青菜新鲜便宜，常出城赶集。在约定好的时间，哥哥佟国良会提着小包裹，走在人来人往乱哄哄的人群间，佟国俊手上也会提个小布袋，两人像陌生人问路似地，将非说不可的交流压缩在极简洁的对话中，趁别人不注意，手中的物件已做了交换。那情景极似地下党接头。佟国良小包裹里装的主要是粮食，还有衣物，或者洋火、咸盐和洋油（煤油）什么的，都不多，多了也没有，能让兄弟对付上十天半月，也方便携带。佟国俊的小布袋里则装着在山上采来的蘑菇、榛子和野果什么的，有时还有他在山里套的野鸡和山兔。如果佟国俊不再想报仇，日子似乎完全可以这般平静也平庸地过下去。听说日本人在长春扶持傀儡皇上登了基，把东北叫什么满洲国，小鬼子整天挂在嘴上的日满亲善、建立大东亚共荣新秩序，是不是就是这样子呢？

但有着国恨家仇的佟家两兄弟又岂能庸常地苟活此生！家中血脉相连的至亲之人，三条活生生的生命，就那般惨死在小鬼子的屠刀下了。兄弟俩每每想起妹妹临死前喊哥的情景，就热血贲张，心如针扎。还有，跟在佟国俊身边的弟兄，那也是活蹦乱跳的三个人，同生共死情同骨肉，而今也都死于非命。此仇不报，枉谈男儿！

在这期间，佟国俊又杀了两个鬼子，是分两次出手的，一次杀一人。第一次是主动出击，第二次，当然也是主动而为，但其中却含着被动的因素。1935年的春天，佟国良上山送粮食，跟兄弟说起火车站上的事。佟国良说，北口站的站长是个鬼子，瘸了一条腿，是在战场上炸的，因为入伍前在铁道学院念过书，伤好后就被派到北口来了。这鬼子好打人，见了哪个中国人不顺眼，就往死里打。日本人打中国人，不足奇，是常态，连小学校里的鬼子崽子都好以欺负中国孩子取乐。可这鬼子站长的变态之处是，他打中国男人时，常吩咐将人架住，他专用拐杖往裆间打，疼得人满地打滚。后来才知道，原来这王八蛋在战场上不光炸残了一条腿，还被炸飞了裆间的那挂悠当，彻底废了。佟国俊恨道，这头残骡子是活腻了，活该他碰上我。佟国良听明白了兄弟的意思，知道他要出手，说，不会打草惊蛇吧？佟国俊说，咱们本来就不是打草的，而是打蛇的。像这号疯了的毒蛇，岂能让它再乱窜乱咬。哥，你抓紧把他住的地方摸清楚，再让嫂子出趟城，把你的良民证带出来，你手上没证时多加点小心，最好只在那些工人堆里混。

关于怎么杀鬼子，到了北口后，佟国俊是重新有过一番谋划的。若再像在辽阳时那般袭军列冲军营，单枪匹马的，肯定是难上加难了，那就专挑丧心病狂又缺少防范的吧。数日后的傍晚，一辆龟壳轿车开进铁路住宅区，鬼子站长下了车，拄着拐杖往家走。日本人在中国建住宅，是很讲究的。那一片，数十幢，每幢两家，幢与幢之间都很开阔，留出宽阔的空间栽花种草，花圃间再植树墙间隔，树墙每年入夏时分修剪，齐崭崭甚是美观。可也就是因这树墙，让小汽车开不到门前去，日本人从车上下来，总要沿着甬道走上百十米。那天，鬼子站长快到家门时，佟国俊突然从树墙后扑出，抢起铁路上检车人用的那种长柄尖嘴小锤，一锤下去，那尖利的锤嘴便深深锲进了鬼子站长的脑壳。鬼子站长吭都没吭一声，登时毙命。佟国俊没收回那小锤，却在鬼子腰间摸出一把手枪，还搜出了钱包。钱包里应该有币子，币子就是军需，不拿白不拿。佟国俊没忘了还在鬼子身上扔下一片白布条，血写的"东北军独立一师"。

关于怎么杀鬼子，佟国俊也是有过思谋的。从今往后，最好一次一个招法，要有变化，不能总用匕首和短枪。听说日本人破案的技术很高明，能从弹头和枪口就测出是不是以前谁杀过他们。但白布条是无论如何不能不扔下的，不能让小鬼子以为真已经把"独立一师"消灭干净了，那死了的那些弟兄们也不会同意。那只长柄尖嘴锤是从旧物市场上买来的，很便宜。中国工人生活得艰苦，用不着的家什就是能换来一块大饼子也是好的。

那天，佟国俊出了城，先在大营镇将良民证交到候在那里的嫂子手上，然后就迅速遁去，了无踪影。一石激浪，这个事件不能不在看似平静的北口引起轩然大波，那片白布条更令小鬼子大为惊愕，特别是比对了在辽阳时得到的笔迹，那份恐慌愈发甚了几分。看来"独立一师"并没斩尽杀绝，还有人活着。日本宪兵队先是拉来警犬，那条狗嗅过长柄小锤，便一路往西追去。好在城西有条长年奔流不息的小河，西撤的佟国俊那天没敢走桥梁，而是淌水登岸，还故意逆水走了有半里地。气味顺水而去，害得东洋警犬在河边转起了圈子。宪后队盯牢长柄锤，将其视为侦破线索，并将当初在辽阳参与追剿"独立一师"的宪兵队队长临时调来北口协助破案。那个宪兵队长想起在辽阳追捕抗匪时，还知佟国俊有个双胞胎的哥哥叫佟国良，至今下落不明，提出也做一个追捕线索。好在佟国良听从兄弟之言，对此早有防范，来北口时就改了名字，纵是宪警们在北口城内掘地三尺上下翻腾，也找出两三个佟国良，但或老朽，或稚童，年龄上根本不相符，只好作罢。而以刘大年的名字隐在了北口城内的佟国良则在这股滔天的浊浪中安然无恙，稳坐渔船。

且说改名字之初，佟国良曾想叫梁果同的，说把名字倒过来念，就还是佟国良，我不过是将几个字按同音改了，将来小鬼子滚蛋了，咱们再改回来也好说明。媳妇说，小鬼子要是连这个也想不到，那就不是小鬼子了。他们对中国人的事琢磨得透着呢，像这样改字不改音、倒着念的招法，真要叫他们看透了，还不如不改。我看叫刘大年吧。咱俩是过大年时结的婚，也算留下一个念想。佟国良钦佩没念过书的媳妇思虑得周密长远，便这般改下了。那个辽阳来的宪兵队长在找不到佟国良的情况下，果然曾命令再按倒着念的办法寻找，自然又是竹篮打水一场空。

但要不要把刚牙牙学话的儿子喊额娘喊阿玛的习惯也改过来，佟国良却犯了犟，坚持不让改，说我家就是旗人，祖祖辈辈都是，咋啦？旗人也不都是祸害国家的慈禧和认贼作父的小皇上，旗人的祖上还出过康熙爷、乾隆爷呢，开疆拓土，统一中华，哪个能比？再说，东北是大清朝的龙兴之地，旗人自然多，你没见小鬼子假模假式地整天喊日满亲善，咱不改旗人身份，一点也不碍蒙日本人的眼。媳妇听他这般说，也就随他了。

只因那长柄锤，宪兵和警员便将铁路检车所的所有工人拘于一室，不让回家。可工人们的小锤都在手上，那便是自身清白的证明。宪警自然也想到了旧物市场，又威逼又利诱的，有人便说出了购锤人的模样，那模样是与有人看到的曾出现在铁路住宅里的佟国俊相吻合的。宪警们画出头像，再按图索骥，将北口城内数十位与佟国俊体貌相近的汉子囚禁在一起，再一一排查。那其中，就有身在车站谋生的佟国良。车站是排查重点，因为只有车站的人才最容易生出对鬼子站长的仇恨。在工友们惊愕的目光中，佟国良很坦然，很从容，还笑着对大家说，我没事，放心吧。佟国良被带到宪兵队，由着凶神恶煞过堂。佟国良说，那个时辰我在扛大米包啊，一共扛了二百多件，站上说运大米的车急着挂走，连晚饭都没让吃。宪兵队急派人去核实，佟国良所言不谬，那一下午，他确实一直是在扛大米。工友们怕佟国良吃亏，还一起去找车站派出所的所长龚寂，说都是中国人，你得出面保一下呀。那龚寂也没推诿，很快就把佟国良带了回来。

佟国俊的算计，果然精明到位，严丝合缝。在兄弟出手那一时段，哥哥是一定要在岗位上的，而且要有多人做证，由不得宪警们不信。但佟国良有了不在作案现场的证明，却难保其他被排查的人也可平安过关。几天后，佟国俊再取粮食时，佟国良对他说，听说还有十多个人被关在宪兵队呢，说是再拿不出足够的证据，就是不杀，也都发配到日本国去当劳工，那就更是九死一生了。佟国俊闻言，思忖良久，说这不行，都是中国人，咱得出手救，不能因为我遭了这么大的秧。佟国良说，怎么救？都关在大牢里，里三层外三层地防着呢。佟国俊说，你再让嫂子把良民证给我送出来。这两天，你除了上班下班，哪儿都别去。

佟国俊拿了哥哥的良民证，去站上买了火车票，便乘票车奔了辽阳。在辽阳的旧物市场，他本是想再买柄尖嘴锤子的，却没的卖了。日本人接受了在北口的教训，竟将所有锤啊铲的统统没收，再不许出售，连每家厨间的菜刀都做了登记，只可留用一把。但这难不住佟国俊，他在路边拣了一块石头，带尖角的，揣在怀里，然后走进一条住有日本人的胡同。那个胡同有处四合院，雕梁画栋，古树参天，据说是写出《红楼梦》的曹雪芹的祖上老宅。正值当晌，入夏后已有些燥热，胡同里基本没人。有个穿和服留着仁丹胡的中年人走出来，还嘀哩嗒啦地穿着木屐。佟国俊装作漫不经心地迎面走过，在两人擦身而过时，突然用石头照着那人脑后就砸下去。日本人倒地，腿脚还在抽搐，佟国俊没砸第二下，却没忘摸出日本人腰里的票子，也没忘再丢下坐不更名行不改姓的印记。那是一张白纸条，上面是用蜡笔写下的"东北军独立一师"。血书的白布条是不能带的，坐火车可能被搜身，搜出去就坏菜了。那就到辽阳后再想办法，买片白纸，再买盒小学生画画的蜡笔，专选用了其中的深红色，乍一看，颇似鲜血。将就啦！

赶在日本人戒严之前，佟国俊已坐上了返回北口的火车。在车轮的铿锵声中，佟国俊心里说，这可怪不着我姓佟的心狠手辣滥杀无辜了，你日本人在自己国内放着好好的日子不过，却偏要跑到别人的国家作威作福横行霸道，这就是作恶，作恶就是找死，活该！又想，只那么一下，也许那个日本人并没死，没让他一下见阎王，倒也对，作恶有轻重，惩治便有轻重，那就麻溜儿地滚回东洋国去养伤保命吧。

佟国俊这步棋立竿见影，北口方面的宪警见"独立一师"又在辽阳出现，况且那留在纸片上的蜡笔字迹完全与白布条上的相同，便很快转移了视线，逼着被拘押的所谓嫌疑人家属交出保金，将那些人放了。作为东北军侦查排长的佟国俊出此声东击西之计，当是小菜一碟。

　　康德二年（1935 年）的夏天，北口和辽阳的报纸对此事都有过语焉不详的披露。辽阳的报纸上说，近日出现在我地区和北口袭击大日本侨民一事，可确认是同一恶徒所为。有人仅凭现场所留布条和纸片，便疑测已被彻底剿灭的"东北军独立一师"死灰复燃的说法，正中了恶徒企图以此转移追捕目标的奸计，不足为信。此前的抗匪手持枪械，专袭军警，且鼠藏一隅，而此番恶徒却流窜作案，专袭日侨，所用凶器也或锤或石，得手后不忘劫掠钱财，均与此前的抗匪大相径庭。至于恶徒袭侨后亦丢布条或纸片，似可视为障眼小伎，不足为虑。据悉，宪警日前已锁定恶徒踪迹，或擒或毙，指日可待。

　　小鬼子这是故意揣着明白装糊涂，还是在施放烟幕弹呢，也许两者兼而有之吧。

7

1936 年入冬时节，天气一天冷似一天，佟国良在约定时间没有见到来取粮食的兄弟，心中甚是不安。每次带给兄弟的粮食只是十斤八斤，想多带也难。即使兄弟在秋日里备了些山果，在庄稼地里拣拾了些落地的残粮，在约定好的日子也该来见上一面啊。不会出了什么事吧？思之再三，佟国良便决定利用休班的时间上山。

佟国良是午后偏晌时出发的，到了佟国俊藏身的山谷时已是暮色四合。因心里揣着怕兄弟出事的焦虑与疑惑，他便没急着上山，而是伏在丛林中悄悄观察动静。这一观察就不得了了，果然山林中发现有火星闪动，那是有人在抽烟，最少是两个人。那个位置距离兄弟藏身的山洞不过百多米，正好可作观望。山里除了庄稼人就是猎人，什么人这时辰还不回家呢？耐心等了一阵，见又有两人走了过来，鬼鬼祟祟的，都捂着大棉衣，臃臃肿肿穿得像狗熊，似乎与前两人还低声交谈了几句什么，前两人便撤走了，也是蛇行鼠窜鬼鬼祟祟的。不好！这是两伙人在交接班，国俊已被人昼夜不舍连轴转地盯上了！

辽阳的宪兵队长被请到北口后，依据辽阳剿灭"抗匪"的经验，给北口宪兵队再出主意说，反满抗日分子多是散兵游勇，为活命，他们不大可能长久地藏在城里，但他们又不会就此罢手，那就极可能再在城里出没。你们悬重金收取情报，再派出便衣，守住出城的所有路口，发现可疑之人便一路尾随。发现匪窝也不要急于出手，等着看还有哪些人与他们联系，只有这样才能一网打尽。北口宪兵队依计，派出的侦探果然在一年有余之后盯上了佟国俊，但一连数日，并没再见他人。宪兵队张起网，不动声色，只等更多的鱼儿游进。

佟国良估计，既然小鬼子这般派人堵窝死看着，国俊就肯定还在山洞里，人活着就好。可国俊知不知道已被人瞄上了呢？那么警觉的一个人，别说洞口外躲着两个大活人，就是窜出只耗子也瞒不住他，应该是知道吧。可知道了为什么不赶快逃命呢，又不是没有逃路。

精明而寂寞的佟国俊自从躲进山洞，就没闲着。他发现山洞深处，另有个洞隙，只有碗口大小，黑洞洞的，不时还有阴森森的凉风吹出。他在大营子市场买来旧弃的钎锤，一点一点将那洞隙凿大，大到足可容一个人的身子钻过。原来那边也连接着洞穴，曲曲折折，坑坑洼洼，凿下的碎石正好可以铺垫。小不如意的是山洞另一口是在悬崖上，距下面的乱石滩高有数丈，洞口处有一棵高大的老槐树，枝叶繁茂，虽可将洞口遮掩，但上上下下也只得攀爬了。佟国俊将这个秘密告诉了哥哥，说我虽没有狡兔的三窟，起码这也算另有一条退路，万不得已的时候兴许有用。佟国良随兄弟爬过那个洞，望着脚下的悬崖说，我再帮你弄些麻绳，你没事时拧粗了。真到了走这一步的时候，你将一头拴牢实，然后抓着绳子就可顺溜下去，总比攀着树枝往下爬强。树枝支棱八翘的，到了数九天，又枯又脆，一个闪失摔下去，不丢命也难保不会摔坏胳膊腿。

那天，夜色中，佟国良绕到后山，找到洞口下的那棵老槐树，先是学了几声鸟叫，又往上扔了几块石头，巴望着兄弟能把绳索放下来，见均无回应。是国俊没听到，还是被人控制住了呢？佟国良想了又想，还是下了决心攀援枝杈往上爬去。两兄弟这一年都年近三十了，佟国良虽说少年时也练过几年拳脚，但这些年以靠卖苦力为生，筋骨早已僵硬，哪里再有年轻时的柔韧轻巧。佟国良爬进洞口时已是满身大汗，手上也划出了几道血道子。那汗水有攀爬时累出的热汗，也有几次险未失手坠落惊出的冷汗。漆黑中，佟国良再一步步摸着往里爬，里面终于传来兄弟虚弱的问话，谁？是哥吗？那声问话让佟国良心里稍安，可心也陡地提了起来，国俊这是怎么了？是伤了还是病了，怎么遭霜打了似的？佟国良再往前爬，先是摸到了佟国俊的巴掌，又摸到了他的脸。不用问，佟国良也明白了，国俊这是病了，浑身火碳的，盖着厚厚的被子，还压着大棉袄，可身子却在簌簌地抖，在打摆子呢。

"这是几天了？"

"三四……天吧，烧懵了，也记不准了。我……估摸着，哥就能来。"佟国俊喘息着说。

"洋火呢？"

"可不能……点灯。山下有人，别让人……用枪瞄上，够得着……哥，快把你巴掌……给我。"

"干啥？"

"我看你巴掌……湿着，让我舔舔。"

佟国良急在脑门上和脸上撸一把，将汗水和泪水一块撸到掌心，送到兄弟嘴巴前，感受着那小猫小狗一般贪婪地舔食，手心被舔得痒痒的，可心里却刀扎一般地疼。泪水汹涌地流出来，他用另一个巴掌再掬。兄弟病着，渴着，饿着，三四天了，存在瓦罐里的水早喝光了，连见黏着汗水的巴掌都亲，这是受着怎样的煎熬！可他不敢下山，也没力气下山，只能这般生生地挺着。

"哥，摸枕头左边的……碗，你尿尿，快点……渴死了……"

佟国良大惊。兄弟这是要喝他的尿！人饿着，或可挺上三五日，可渴着，两天也抗不住，尤其是发烧中的病人。事情逼到这份上，光惊也没用。佟国良摸出碗，撒出骚骚的一泡热尿。佟国俊接过去，毫不犹豫，咕咚咕咚一饮而尽，放下碗，还感叹地说："痛快，真他妈的……痛快！"又说，"我早喝过自个儿的了，可没了，早没了。"

"放着现成的后山洞口，为啥不早点撒出去？我要不来，你还活等着让他们来抓呀？"佟国良说。

佟国俊说："发现洞外……有人时，我已经病了，连渴带饿的，身子软得爬都爬不动，哪还敢去爬崖。我腰里还有颗手榴弹呢，我寻思，最好没等我渴死饿死，小鬼子就冲进来，炸死一个够本，炸死两个也算赚了。"

兄弟一声饿，佟国良才想起怀里还揣着几个鸡蛋，煮熟的，临出门时媳妇塞进怀里的，媳妇还开玩笑说，这可是给他叔的，你可不许半道上偷嘴。家里养着几只鸡，囚在大笼子里，媳妇天天早上去摸鸡屁股。好不容易生下几只蛋，儿子有时还可喝上一碗鸡蛋糕，俩大人只能拣拣孩子的剩了。

可鸡蛋早碎成了一团，是爬树里挤的。佟国俊还想摸黑将碎蛋皮剥净，闻到了味道的佟国俊却连着哥哥的巴掌一把抓过去，连壳一块往嘴巴里塞，说鸡蛋皮也抗饿，正好压压嘴里的尿骚味。

看兄弟喝了尿液，吃了鸡蛋，有了些精神头，身子似乎也不那么热了，佟国良说，一会我把绳子捆你腰上，你从后洞口顺着下去。我来时，还带了点粮食，爬树时怕笨，放树下了。你下去后，先将粮食拴绳上，让我揪上来。然后你在山沟里找水喝足了，带着我的良民证抓紧进城回家，让你嫂子给你弄点药，先养好身子要紧。

佟国俊说，那你呢？怎不一块下去？

佟国良说，我怕鬼子在后山也派了人。咱俩只有一个身份证，真要叫他们一勺儿抓了去，那亏可就吃大啦。我算计着，小鬼子派人守着洞口不抓你，那是放长线钓大鱼呢。那就让兔崽子们守着吧，见有鱼还在水坑里扑腾，他们就不会太注意坑外的动静。现在你病着，先保你要紧。

佟国俊问，那你还想在这儿留到什么时候呀？

佟国良说，顶多一天一夜，好撑。不到天亮，小鬼子不放人进城，你就是这时候到了城门口，也只能等到天亮。你到家后，让你嫂子后天早上出城，我明天夜里下去，天亮在大营子等她，中吧？

佟国俊想了想，还是摇头，说这山洞子，眼下已是个死窝，小鬼子都守了好几天了，耐性再大也有限，不定啥时就冲进来。咱哥俩一块下去，多少还有个照应。最好是哥先回家，让嫂子带良民证出城接我，天黑关城门前也赶趟。哥要是不下去，那我也留下，要死一块死。

佟国良听兄弟说的也有道理，便不再坚持。两人爬到后洞口，佟国良先将绳索一头缚在兄弟腰间，另一头在山石上拴牢，两手抓着一寸一寸往下放，待兄弟落地，自己再抓着绳索顺下去。经过这一番折腾，佟国俊的身子又烧起来，嘴巴里吐出的气都烫人，软软地站不起身，大喘着粗气一个劲地喊渴。佟国良让他坐在乱石滩中等候，自己顺着山沟去找水。还不错，总算听到了潺潺的山泉声。他奔过去，先俯身喝了个饱，又两掌掬着往回跑。可巴掌里哪留得住水，没跑几步，已只剩了湿湿两手。情急之下，他将小棉袄脱下来，浸在水里，然后提着往回跑。

小棉袄挺能吃水，挤出来落进佟国俊的嘴里，也基本让他喝了个饱。佟国良摸摸兄弟的脑门，高兴地说，这可挺好，都出汗了，出汗就能退烧。佟国俊也觉身上又有了精神，说大难不死，全靠哥啦。咱们这就走吧。佟国良将装粮食的细长布袋子又缚在腰间，还往兄弟衣袋里装上几把，说生的也抗饿，备着吧。佟国俊说，现在最要紧的保命，这个……还是扔下吧。佟国良说，粮食就是命，扔不得。再说，身上多条布袋子，也能遮遮寒气。你没听说过那句话呀，赶上十冬腊月，大车老板盖鞭梢，多条布丝都是好的。我眼下身上可缺了件小棉袄啊。

佟国俊心中惭愧，怎么忘了哥哥身上只剩一件布褂子了呢。时已入冬，又是大山里的后半夜，那种侵人不侵水的寒意比那隆冬时节还要甚上几分。

佟国良说："把手榴弹给我。那玩意儿是拉了弦就能响吧？"

佟国俊惊了一下，下意识地用手捂住腰间，说："哥拿这东西干什么。有我呢。"

佟国良说："咱俩不能走在一块。我在前面走，走上百十步停下等你。等碰了头我再走。你总得让我手里有点抓挠啊，要饭的手里还抓根打狗棍呢。你手里不是还握着枪嘛。你要是听前面这玩意儿响了，赶快另找道走，千万别来救我。我听后面枪响，也跑。咱哥俩好歹得活下一个，对不？"

佟国俊说："那就我在前面。"

佟国良笑道："扯淡。你以为我让你跟在后面是逛景啊？要是让小鬼子从后面兜了底，更可怕。亏你还当过兵。"

佟国俊心里默默赞许哥哥，要是也当了兵，肯定是个好兵，观敌料阵，利用地形地物，竟是无师自通。他将手榴弹插进哥哥腰间，还做了一下拉弦的演示，说："最险的关口已经过来了，咱哥俩一定都得平安到家，一根汗毛不许丢。"

佟国良说："那当然最好，可越在这时候，越不能马虎大意。"他将良民证塞到兄弟手里，叮嘱说，"你病着，身子虚，还是你先进城回家。还有，手里有了这个，身上就什么都不能带了，都交给我。出了山，你找个牢靠的地方，把枪也藏和刀起来。等我出了山，手榴弹也不能带在身上了。"

佟国俊交到哥哥手上的东西有两片已写好的白布条，还有从鬼子站长手里缴获的那个钱包，不知是什么皮的，他摸着细细软软，做工也精致，没舍得扔，就留下了。佟国良将钱包里不多的毛票拿出来，塞到兄弟手里两张，余者放进自己怀里，然后搬开脚下的一块山石，将布条和钱包都压在下面，说这都是幌子，带不得了。转身走时，他又故作平静地拍拍佟国俊的肩头，笑着说："兄弟，哥要是有个山高水低，那娘儿俩可就交给你了。"

哥哥的话有如一道阴影掠过，似有不祥。佟国俊突觉心窝窝里有一股酸酸热热的东西涌上来，想哭，却要忍着。他上前抱住哥哥，还跟哥哥贴了贴脸，说了声"哥，一定要小心！"

哥哥脸上的胡茬子虽有些扎人，但不长，刮也是两三天前，可自己脸上的胡须足有半月没刮了。哥哥拍了拍兄弟的脸，说："到了大营子，先去剃头棚把脸刮一刮。不然，这就是幌子。"

茫茫夜色中，两兄弟相距百十米，一截一截地往山外摸。到了沟口时，星星稀了，天已有点见亮，远方隐隐传来报晓的鸡啼。突然，前面传来哥哥的大声说话声，你说什么？我耳朵背，听不到。问话人的嗓门仍压着，不知说了什么。哥哥再大声说，我是采药的，迷道了。前面的屯子是八家子吧？接着听到的就是人的奔跑声，不是一两个人。追赶的人大声喊，站住！仍是跑，向着左手的山梁。枪响了，一声连一声，有手枪声，也有三八大盖。再往后，就是爆炸声，轰。是手榴弹，肯定就是那颗手榴弹！

佟国俊知道那声爆炸意味着什么，他记着哥哥的叮嘱，不可救援，保一个是一个。趁着还没有更多的宪警扑过来，他借着林丛的掩护，奔出了那道山沟。

关于这天的情况，《北口时报》说，日前，我地区宪警成功击毙反满附逆恶徒一名。据悉，此徒潜藏城西丛山洞穴中数载，终被查得踪迹并被宪警秘密围堵于洞穴中监视，以图再获同伙踪迹。恶徒在企图向山外窜逃时被巡山宪警追捕，窜逃无路，拉爆带在身上的炸弹而亡，并造成追捕宪警一死两伤。因亡命之徒身上没有良民证明，且面目和身躯都被炸得一片零碎，姓甚名谁暂不可考。但据宪警搜山时查获的写有"东北军独立一师"的白布条两片和日式钱包一件可证，一年前杀害北口火车站日籍站长及在辽阳地区杀害日本侨民的事件，均为此徒所为。

佟国良在企图冲出重围并力争将追捕宪警引离，以掩护佟国俊安全撤离，中枪负伤后被宪警按伏于地时，拉响了手榴弹。就是在那一刻，他也没忘了把手榴弹送到脸颊前，自毁面容也完全是为了掩护兄弟佟国俊啊！

8

那天深夜，睡在炕梢的佟国良的儿子馗子被压抑的哭声惊醒。屋子里没开灯，从窗帘缝隙透进的微弱光亮中，馗子看到额娘歪着身子伏在炕沿边上的枕头上，正在哭，可嘴巴捂在枕头上，那声音虽悲痛，却不大。一个男人跪在地下，哭着说，嫂子，我知道我哥是为我死的……我知道……我知道……

拉线灯绳本是悬在炕头，阿玛接了一截，在炕头炕沿下钉了颗钉子，套上一个小木线轴，再将线绳绕过来，便可在炕沿下任何一处都拉亮电灯了。馗子拉亮了电灯。跪在地心的男人受了惊吓一般猛地站起了身。原来是阿玛。阿玛为什么坐哭呢？阿玛怎么还给额娘跪下了呢？阿玛的眼神怎么不像以前了呢……

额娘也急忙坐起了身，看了一眼已站起身的阿玛，忙着擦了一把脸上的泪水，说想尿尿是不，自个儿下地，尿盆在墙角呢。

馗子没有下地，却扑进了额娘的怀里。额娘的泪水又下雨一般淋下来，却没哭出声。馗子叫了声额额，伸出小手给额娘擦。额娘又看了地心的阿玛一眼，说你……阿玛病了，还烧着呢。快让你阿玛也睡吧。

原来真是阿玛。

尵子知道阿玛的陌生眼神一直没有离开自己。阿玛往前凑了一步，将尵子紧紧地揽在怀里，说这是我们佟家的根啊！

　　尵子感到了阿玛身上衣裳的冰凉，那手却是滚热的。他还从阿玛身上闻到了和以前不一样的味道。他从阿玛怀里挣脱出来，重新回到额娘的怀里。

　　额娘将她自己的被子往炕梢拉了拉，把尵子放进去，说不去尿，就睡吧。今晚跟额娘睡。

　　尵子闻到了被窝里额娘的味道，却冰凉凉的没有额娘的体温，可能是因为额娘还没睡下吧。额娘已有一段时间不搂他睡了，重新地回归让尵子感到慰藉。可这又是为什么呢？

　　额娘又对怔怔地站在地心的阿玛说，家里还有两片退烧的药，你吃下，就躺下歇着吧。是不是还饿着？我给你去熬碗粥？

　　阿玛没再说话，只是摇了摇头，就上炕了。竟然没脱衣，也没脱裤，就那般盖上了被子，只是将大棉袄压在了脚下。这也和以前的阿玛不一样。阿玛以前好脱光了睡，只留大裤衩，还说那是一等觉。尵子想跟阿玛学，可额娘不让，说小孩子不能露肚脐，那容易着凉得病。

　　那一夜，尵子是睡在阿玛和额娘中间的，却好久好久睡不着。因为家中与往日的不同，还因为额娘一直在哭，躺在被窝里仍在抽泣，只是忍着，不出声。尵子还知道，那一夜，躺在炕头的阿玛也一直大睁着双眼没睡，却一声也没安慰额娘。那两只眼睛亮亮的，似喷火，就像黑夜里随时要扑向耗子的大狸猫。

　　那年，尵子六岁了。六岁的孩子虽懵懂，可那一夜的记忆却深刻无比。

9

佟国俊从此在北口城内落脚了，他对外的身份是刘大年，是刘张氏的丈夫，是尫子的父亲，是北口火车站货场的一个苦力。只能如此，别无他路。

那天，佟国俊出山后，先将子弹满膛的手枪和寒光闪闪的匕首藏在八家子村村外的一棵大榆树的树洞里，又凭着此前的经验，估计小鬼子又要拉出警犬追捕，便仍是蹚水过河，先在大营镇理发刮去胡须。进城后，他没敢当即回家，而是进小饭店填饱肚子，再买了点药吃下，又凭着良民证住进了一家小客栈，蒙头大睡了半日。等到夜深，估计大杂院里的人已睡下，这才悄悄回家。一年前杀鬼子站长时，他已把大杂院附近的路径踩熟了。嫂子还没睡，坐在炕桌前独自糊洋火盒。门没闩，佟国俊轻轻推门而进。嫂子抬头看了一眼，两手仍在忙，说总算把你盼回来了，我心里这个慌呀！饿了吧，我这就去给你热。佟国俊轻声叫了声嫂子，双膝一屈，咕咚一声跪落尘埃。嫂子大惊，这一跪就什么都明白了，可她站起身，还在他身后找，你哥呢？你哥为啥没回来……

佟国俊不会没从六岁的尫子眼中读出疑惑。那之前，他只见过嫂子，却没见过侄子。嫂子是哥哥带到大营子集市上去的。那是叔嫂第一次见面，哥嫂结婚时，佟国俊还在军营，告过假，没获准。找了个僻静处，佟国俊恭恭敬敬地给嫂子鞠了一躬，说老嫂比母，兄弟拜见嫂子。嫂子笑说，我可没老，我比你们哥俩还小两岁呢。佟国俊说，这不能按年龄算。额娘没了，嫂子不光要操持家务，服侍我哥和我侄，还要辛辛苦苦地给我缝衣筹粮，这和额娘在世时没两样，兄弟心里有数。这一说，几个人的眼圈都红了。佟国俊又说，啥时哥哥和嫂子再出城来，把大侄子抱出来让我看看。佟国良说，这个事就先放放吧。小孩子的嘴哪有个准儿，说出去不定惹出啥样的麻缠，还是等小鬼子滚犊子了再说吧。佟国良还特意叮嘱媳妇，说兄弟的事，不管对谁，一个字都不准露，就当根本不存在这个人，记住没？嫂子瞪了丈夫一眼，恨恨地说，你越不让说我越说，有这么个好小叔子为啥不让我往外说？我见人就说，没锣我敲铜盆，我说我小叔子跟他哥长得一模一样，说我小叔子别的能耐没有，就敢杀鬼子，杀的那个狠，跟宰猪碾耗子似的。嫂子这么一说，兄弟俩都笑起来。佟国俊说，嫂子的性格真是好，怪不得我哥背后常夸。嫂子说，我看兄弟喜欢孩子的这个劲儿，也该抓紧娶媳妇了。我也盼着有个妯娌说说话呢。佟国俊笑着说，嫂子这话也撂撂吧。兄弟这辈子，先要见了我大侄子，然后才能娶媳妇。佟国良说，国俊这话说的是，不等小鬼子滚犊子，啥都白扯。

躺在哥哥先前睡觉的热炕头养病那些天，佟国俊一次次想起这些事。一切恍若昨天，一奶同胞的亲哥哥的音容笑貌宛在眼前，哥哥身上的味道也保留在被子里，可人却阴阳两界，连给哥哥送送行都不可能。哥哥是不折不扣为了掩护自己死的，他若不执意走在前面探路，他若不是故意将宪警引开，是不是不一定死呢？每每想到这里，佟国俊就热泪不止，痛不欲生。

佟国俊再一件悔恨不已的事便是没答应让哥哥留在山洞里。如果按照哥哥的安排，可可在山洞里躲一天，第二天夜里再下山，会不会哥俩就都平安无事了呢。趁着馗子去外面玩，他将心中的这个悔恨悄悄说给嫂子，嫂子抹了泪水安慰他，说可别瞎想了。要是你先一个人下山，被王八蛋们堵住，他们再上山把你哥也搜出去，那可更亏了。总算还跑出来一个，烧高香吧。

嫂子第二天头晌就出去了，说是买药，可回来时，却用借来的手推车推回一面闸板。所谓闸板，类似于屏风，半人高，一人多长，多是用薄木板或胶合板做成，下面加两个木脚，正好隔立在火炕中间。那个年月的穷苦人家，人口多，房子小，多用这种简便的办法隔隔眼。嫂子推闸板进大杂院时，正好有一个邻居大嫂蹲在水龙下洗衣裳。院子里两个女人的对话，躺在炕上养病的佟国俊听得清清楚楚。

哎哟，你家馗子才多大，小屁孩。炕上立这么东西，不碍手碍脚啊？

哪还小，六七岁了。

那你就板着点。扛脚行可是四大累的活，可别让大年再累了，让他好好养养身板吧。

那你怎么不板着？嘀里嘟噜的，生了一个又一个，都赶上一帮猪羔子了。

哈哈哈，我服了，你这张嘴呀！

也不光是为挡眼。俺当家的这几天病了，总是心烦，嫌馗子在他眼前闹腾。早晚得添置的东西，就添下了。

当家的病就病了呗，还心疼得哭了呀？看你这眼泡肿的。

哪是哭的。他病了，传染了我。整天鼻涕拉瞎的，眼泡还不肿啊。

哥哥刚刚丧命，嫂子却要在人前强欢作笑，不光要瞒住邻居，还要瞒住儿子。嫂子这么做，跟哥哥一样，完全是为了保护自己。还有，家里有块闸板，总强似让馗子隔在中间，那相当于给自己隔出个"单间"。佟国俊在心中感叹，怪不得哥哥常夸嫂子，果然是心有城府，思虑缜密，确是非寻常女人可比呀！

虽是痛不欲生，却总得活下去，不为自己，也要为嫂子和侄子想想。哥临走前留下了话，已把娘俩托付给了自己。几天后，身体好了些，佟国俊对嫂子说，可不能再在家里躺着了，坐吃山空，我得去找点营生干了。嫂子说，还找啥，还是得顶你哥的名到站上去。说不去说不去，反倒先让别人起了疑。北口城才多大，这个馅儿可露不得。我已经去货场那边给你请了假，占着坑，只说你病了，病好就上班。佟国俊说，这个事我也想过，虽说我和我哥长得一样，生人乍眼看不出，可我哥的那些工友可不是生人呀。连馗子那么点的孩子看我的眼神都不一样呢。让他们看出来，毛病更大了。嫂子说，这一宗我也想到了。我还怕你一时辨不清你哥那些熟得不分里表的哥们呢。再有的，就是你眼下这体格，怕是也撑不住，那大麻袋包还不把你压趴下呀，你也不能总用病刚好遮绺子（掩饰）。这我也替你想好办法了，先去车上小和物，不光活计轻点，也能避开点那些工友。扛脚行的那些人流动大，今儿我来了，明儿他又走了。你实在想去，也等过上一年半载，你身子骨硬实了，跟你哥的那些哥们也多少混熟些。"小和物"是日本话，就是行李房。票车上运的行李包裹，咋大咋沉也比不上货车上的麻袋包。以前佟国俊和哥哥闲聊时，也曾劝哥哥不妨另找轻松些的活计，常听说扛大个儿的人一口血喷出来，就栽下了踏板。可哥哥说，一家子好几口人张嘴等着嚼物呢，还年轻，撑撑吧。佟国俊知道，一家人中包括自己，而且是一张最大的最能吃的嘴。佟国俊说，去小和物当然是好，可能进去吗？嫂子说，豁出嫂子这张脸，也豁出点东西，人求人呗。车站派出所的所长叫龚寂，对咱中国老百姓还算和气，认识的人也多。我已经把出嫁时娘家陪送给我的一只镯子递上去了，说你的病可能是肺痨，不敢干太累的活，可一家人总得吃饭。那只镯是岫岩老玉刻的，还是我奶奶出嫁时带过来的呢，估计值点钱。他挺认真地看过玉，接下了，让咱等等。等就等吧，正好你再养养身子。

佟国俊再一次由衷钦敬嫂子的大度与周密，女中丈夫啊！

半个月后，佟国俊去了北口车站的行李房，当了搬运工人，每天按着列车进站的时间去站台上接送行李，物件都不大，足以胜任。一年多后，他坚持着去了货场，嫂子也不再勉强。馗子一天天大了，正是长身体的时候，饭量已足比大人，还要进学堂读书，不能不想办法增收了。卖苦力讲计件，总能挣得多些。

那几年，可能是佟国俊一生中过得最平静的几年。他不能忘记哥哥的嘱托，他要保护嫂子，他要将侄子抚养成人，而要完成这两项任务的前提就是要确保自身的安全。所以，他只好压下冒险杀鬼子的念头，暂且把自己当成一个"良民"，安心养家糊口。勇猛的豹子为了活命，有时也要像兔子似的伏在草丛中，任凭猎物大摇大摆地从眼前走过。

当然，蛰伏的几年也是佟国俊的心性最受煎熬的几年。国恨家仇远没彻底了断，小鬼子还在中国大地上肆虐，而且铁蹄不光踏遍了关东大地，还踏向了中国的半壁江山。佟国俊为心中这与日俱增的仇恨直咬得牙根嚓嚓作响，哥哥硬扎扎的硬胡茬子仿佛又贴在自己脸上，妹妹伏在父母尸体上哭叫哥哥的声音依稀在耳畔回响。在梦中，佟国俊梦到最多的就是自己藏在树洞中的手枪和匕首，醒来，便再难入睡。都还在大榆树树洞里吧？什么时候我才能再抓枪在手去爆小鬼子的脑壳呀！什么时候我才能手执利刃去割断那些兔崽子的喉咙呀！他曾多次动过出城去看看的念头，那梆了那刀也该擦一擦了。但转而又想，还是算了吧，也带不进城里来，为这事露出马脚，太不值，可别再让嫂子和侄子担惊受怕了。

半年前，我再次去北口查阅档案和资料，住进宾馆时，在当天的《北口时报》社会栏目里读到一条消息。消息说，日前，我市某民营企业在西郊八家子村附近扩建厂房砍伐树木时，无意间在一棵百年老榆树树洞里发现一把手枪和一柄匕首，均已锈蚀斑斑。手枪弹匣内装满了子弹。这不由让人想起电影《小兵张嘎》中的故事。据专业人士辨识，这把手枪为日本制造九四式，是二战时期侵华日军为战车乘员、汽车兵、飞行员等重要而非直接地面战斗人员所装备的自卫性武器。八家子村高龄村民说，当年日本人侵占东北时，山里曾有抗日勇士藏身，并与日伪人员发生过小规模战斗。据此分析，手枪和匕首或为当年抗士勇士撤离时藏匿于此。

也许，记者对战争的了解与认知只限于影视剧，他哪里会知道真实的场景曾是怎样的血腥与惨烈。

那枪和匕首不地就是佟国俊逃出大山时藏下来的吧？

10

馗子对那一夜回到家里就与以前不一样了的阿玛的疑惑与日俱增。第二天，额娘买回了闸板，并立即横在了本不大的小炕中间。他问额娘，立这个干什么？额娘说，你阿玛病了，嫌烦，要安安静静地休养。这似乎也对，那就养吧。但后来，阿玛的病好了，闸板也没撤去。额娘为糊洋火盒，夜里睡得更晚了。见馗子熬不住，她便先将馗子的被子在闸板另侧铺好，服侍他在炕梢睡下。可馗子夜里起夜时，却发现额娘也睡在了闸板这边。以前可不是这样的，以前额娘都是紧挨着阿玛睡，有时还会钻到阿玛的被子里去。有一天夜里，馗子被额娘的呻吟声惊醒，刚喊了声额娘，额娘的呻吟立刻停下来。馗子问额娘怎么了，额娘答，我肚子疼，让你阿玛揉揉，快睡吧。为额娘不再睡阿玛身边的事，馗子也问过，额娘说，我烦你阿玛打呼噜，牛似的。馗子问，牛夜里打呼噜吗？我同学家养了牛，他说牛夜里倒嚼（反刍），不打呼噜。额娘笑着打了人了一下说，那就猪似的，行了吧？可额娘以前怎么不烦呢，还说听不到阿玛的呼噜睡不踏实呢。

阿玛的再一个变化是爱看报纸了。他从车站回来，常带回一些捡来的报纸。阿玛以前也捡，但很少看，都是往灶门前一丢，留给额娘点炉点灶时当引火。可现在阿玛不光看起来没完没了，有时还会高兴起来，抱起馗子在脸蛋上猛亲，还用胡茬子扎他，说少帅，到底是我们东北军的少帅！当然，更多的时候，他看完报纸就生气，还骂娘，有一次，一脚踢飞了小板凳，把凳腿都摔折了。高兴那次是馗子六岁的时候，冬天，外面冻冰了。馗子借着阿玛的高兴劲，求他做个冰尜。阿玛立刻答应了，还不知从哪里带回滚珠和黑色的胶皮套。滚珠锒在冰尜的底部，听说胶皮套是火车上做制动连接用的，冰尜套上这东西，抽起来就不光转得又稳又快，劲头也大，一下就把别家孩子的冰尜远远撞开了。阿玛踢飞凳子那次是隔年的夏天，阿玛骂，操他奶奶的，这癞蛤蟆的嘴也太大了，吞下一只肥兔子，还想再吞一头牛啊！早晚撑死它！馗子那时还没上学呢，要是识了字，就会知道报纸上说的是西安兵谏和卢沟桥事变，都是国家的大事。

再一个明显的不同，便是阿玛对额娘温和多了，或者说温顺、恭敬更合适。以前，虽说阿玛也很少对额娘吹胡子瞪眼，更别说像大杂院里别家男人那样动不动就仗着胳膊粗力气大打女人，但偶尔发发脾气的事也是有的。阿玛发起脾气来是光生闷气不吃饭，有时还得额娘低眉顺眼地去哄他，好像他也是孩子。可自那夜之后，阿玛就再没发过脾气，有时生起气来也是因为家外面的事，完全跟额娘或馗子无关。比如阿玛以前吸烟，抽自己卷的老旱烟，额娘叫它蛤蟆癞，一颗接一颗，抽得屋子里正熏獾子似的，呛得额娘不住地唠叨，有时气不过，数九天也把窗子大打开放烟。可自那夜以后，阿玛只要看额娘和馗子在家，就再不在屋子里抽烟了，烟瘾上来实在憋不住，也是去门外。夏日里出去抽烟没的说，连纳凉落汗都有了。可大冬天的，阿玛抽完烟回屋，就冻得直搓巴掌跺脚。额娘说，想抽就在屋里抽吧，可别冻感冒了。阿玛只是一笑，说了声这小北风，就拉倒了。

七岁那年，馗子上学了。学校里有中国的小朋友，也有日本的孩子。有一天，教日语的老师说，是满族、蒙古族、朝鲜族的同学请站起来。有同学问，满族是什么意思？老师说，就是旗人，旗人是满洲国皇帝最亲最近的子民。有些学生站了起来，馗子也站了起来。老师又说，你们要和日本同学友好亲善，大和民族永远是你们坚强的靠山。馗子听了这话，又坐下了。老师问他为什么坐下，馗子答，我妈妈是民人（汉族），我觉得当民人也没什么不好。馗子回家说了这事，阿玛抚着他的脑袋夸奖说，这小脑瓜，没白长。

答得好!

对额娘性情温和再不发脾气的阿玛有的事也做得让馗子很是不解。他八岁那年的夏天,额娘的腰突然疼起来,连带着膀子也疼,疼得在炕上直打滚。阿玛急得在地心搓巴掌,让馗子快去找邻家的大妈。大妈来了,骑在额娘背上,在喊疼的地方好一阵揉捏,又对阿玛说,我小姑子前一阵也得了这毛病,去医院看过,大夫说是腰椎出了毛病,叫什么腰脱,就是脊梁骨有点错位。我小姑子是好打毛衣,整天整天地坐在那儿打。你媳妇是坏在糊洋火盒上,哪有没日没夜总坐在这儿糊的,不要命啦?这个病也没个什么太好的办法治,有钱人是去找人按摩,有的还做做牵引。咱们没钱的,就让家里人多给揉揉捏捏吧。来,我教教你。阿玛红头涨脸地嘿嘿笑,扭捏着就是不肯上前。大妈说,老夫老妻的,孩子都这么大了,还有啥抹不开的,还没等你媳妇生孩子下不来奶让你揉奶子呢。趴在炕上的额娘说,我以前也疼过,他也给我揉,是我不让他揉了。我怕他没轻没重的,再把我按坏了。大妈说,又不是让他扛大包,小点劲儿还不会呀。行了,我家里还有事,你让他多给你揉揉吧。往后,这洋火盒还是少糊点吧,啥钱都不好挣。邻家大妈走了,阿玛却仍没给额娘揉,反倒让馗子学着大妈的样子,骑到额娘背上去。后来,就见阿玛将擀面杖头上裹了毛巾,再用细绳捆牢,用那头充巴掌,在额娘背上又是揉又是敲的。额娘还夸他的办法好。

时光荏苒,不觉几年时光过去。小孩子对生活中的差异和变化,感觉是粗糙的,就像换牙,掉下去,又长出来,慢慢就淡忘了,也习惯了。馗子再记得的一件事是,有天家里吃饭,阿玛说,要不就另租处房子,换个两间的吧。额娘说,也不光是钱的事,这院子住熟了,人熟是宝啊。换个地方,谁知碰户啥样人家。阿玛听额娘这样说,只是一笑,便再不说什么。以前可不是这样。以前家里的事,都是额娘管门里的,阿玛管门外的,像租房子这样的事,自然是该由阿玛拿主意,额娘也乐得背靠大树好乘凉。

馗子记得最清楚一辈子忘不了的事,是他十岁那年,深秋里的一夜,天都快亮了,他在热被窝里睡得正香,忽听房门被咚咚地敲响,还有人大声吆喝,开门,快开门,查户口。睡在身旁的额娘急起身,一边卷铺盖一边附耳对馗子说,不管谁问啥,你都说睡着了,不知道,记住没?额娘将铺盖送到闸板另一侧阿玛旁边，又回身悄声叮嘱，要是问家里怎么睡觉，你就说一直这么睡。馗子揉着眼睛问，为啥呀？额娘说，不这么说，额娘和你阿玛就得被抓走，没命了。这话说得很严重，十岁的馗子不会记得不扎实。家里添了闸板后，院里的叔叔或大妈（伯母）们也曾不时笑嘻嘻地问馗子，你家有了闸板，夜里是怎么睡觉呀？小馗子知道那神情后面跟着的没好话，常是应了一句你管不着，就跑开了。那些叔叔和大妈们常在后面笑哈哈地骂，这小人精！

门开了，查户口的人冲进来，两个穿黑衣服的警察，还有一个穿黄色军装的日本兵。日本兵端着枪，不说话，枪上的刺刀寒光闪闪，吓得人不敢说话。一个警察看过额娘和阿玛的良民证，问，家里几口人？额娘说，三口，两口子带个孩，不是都在这儿嘛。警察又问阿玛，你前半夜跑哪儿去了？阿玛自起身，就一直披着衣服端坐在炕头，还慢条斯理地卷起老旱烟抽起来，说扛了一天大包了，腰都直不起来，我不趁早歇乏还乱跑什么。黑狗子警察伸手去额娘的被窝里摸了摸，说既是两口子，为什么还分开睡？阿玛冲着地下呸了一口说，回家问你爹你妈去，是不是老么咔嚓眯眼的还总往一块黏糊？警察尴尬地干笑两声，说要真是两口子，那你就摸摸你老婆的奶子给我们看。阿玛肩膀一抖，把衣裳甩了下去，厉声骂道，没脸没臊的东西，我操你妈！日本兵挺着枪刺逼过来，嘴里叫着八格牙路。事情越发地吓人了，额娘上前一把抓住阿玛的手，贴在自己胸前，冷笑道，人家在家没看够，那就再给他看看。站在旁边一直没说话的另一个年龄大些的警察说，哟，我想起来了，这两口子我还真认识，错不了。这爷们儿是叫刘大年吧？前几年去车站小和物卖劳力，还是我给说的话呢。要是怕叫不准，把院里人再叫来两个，一认便知。

看来这个警察还不错，替中国人说话。十岁的馗子对这个人心存感激。

查户口的撤去了，又去院子里其他人家闹腾。额娘和阿玛仍呆呆地坐在那里，谁也不看谁，也谁都不说话。院子里又狼呼鬼叫地闹腾了一阵，总算安静下来。邻家的大妈跑过来敲窗子，问，他婶，看你家灯还亮着，没睡吧？额娘说，哪还睡得着。门没关，有话嫂子进来说吧。邻家伯母进了屋，脸上竟是掩饰不住的兴奋，低声说，听说没，城里协和医院那个作恶的鬼子大夫叫人给灭了，就是今晚的事。额娘惊喜地说，真的呀？大妈说，是那个姓龚的警察临出院门时亲口对我说的，还说让我转告大家一声，说日本人急眼了，这两天没什么特别要紧事，少上街。额娘说，这可是恶有恶报。邻家大妈说，可不，要是再有这样的事，就是夜夜来查户口都高兴。

邻家大妈说还要去告诉别家，走了。额娘起身去送，顺便关了房门，回来时，竟重重地望了阿玛一眼。那眼神挺怪异，有惊愕，有惊喜，还有探询，也让馗子刻骨难忘。阿玛的回答是重重麻搭下眼皮，似乎还微微点了点头，然后就拉下了灯绳，说睡吧，总算有个踏实觉。

黑暗中，额娘又把铺盖抱过来，躺在了馗子身边。馗子知道额娘并没睡着，还伸过胳膊将馗子紧紧地揽在怀里，隔着被子，馗子也感觉得到额娘的心跳得紧，像打雷，又像捶鼓，咚咚的。可阿玛那边却果然睡得踏实，很快打起呼噜了。

这一阵闹腾，让馗子想起夏天里的一件事。夏日天热，院子里的人好在晚饭凑到院心去，摇扇子喝茶水扯闲篇，直等暑气稍退才回屋。那天，一位拉黄包车的叔叔说，协和医院今天可热闹起来了，围得人山人海。听说是有位中国小伙子半月前住进了医院，只是因为肚子疼。日本大夫说要住院检查，家人同意了。那户人家在城里开了两家店铺，还是有些钱的，不然也不会把小伙子往日本人开的医院里送。前两天，日本大夫说小伙子必须手术，不然性命难保，家里也同意了。没想，小伙子不光没下得手术台，连尸首都没让家里人看到，家人看到的只是骨灰盒。日本人给出的解释是，死者生前患有传染病，为防扩散，必须火化。可在医院里当护士的中国人偷着对外说，那晚，进了手术室的大夫、麻醉师和护士都是日本人，中国医护人员连边都不让靠。只是手术失败后才让中国护士去收拾病者遗体。护士留了心眼，特意注意了遗体腹部外侧，那两个长长的刀口只能是做肾脏手术才会留下的。据说有些西方国家的大鼻子大夫们已在做肾脏移植实验，暂时还没成功，日本人怕落在后面，极可能是拿中国人做了活体实验，就是把那个小伙子的腰子生生摘下去，另给别的肾脏有毛病的病人安上去。至于那个小伙子事先所住的十多天院，是因为日本大夫要先做肾脏配型，好比木匠干活，铆和楔对不上，也是扯淡。小伙子家属听了消息，自然火气冲天，带上许多亲友去了医院，只让把遗体交出来。日本人看事不好，连宪兵队都调上去了，还架起了歪把子机关枪，说谁敢破坏日满亲善，再不撤离，就死啦死啦的。

虽是暑日，可黄包车叔叔的这番话还是说得院子里的人直觉脊梁骨飕飕冒凉气。有人说，这事要是真的，可就太作孽啦，别说是大活人，就是让咱们从小猫小狗身上生生地割下点啥，怕是也没谁下得了手。一个捡破烂的爷爷说，这还有什么假的。我听说黑龙江那边的亲戚说，日本人在那边专门办了一个什么研究所，高墙刺网围得外三层里三层，只见用汽车往里拉中国人、朝鲜人，还有老毛子俄国人，却从没见一个活着出来的。你们说那些人哪儿去了？小鬼子就是畜生，比狼心还狠呢。有人说，听说人身上都长着两个腰子，有一个也能活，为啥把人家两个都摘下去呀？捡破烂的爷爷冷笑，说做下这种丧尽天良的事还能让你活下来？灭口呗。

那天，馗子一直坐在阿玛身旁。阿玛听人们这般议论，一直没吭声，馗子只听阿玛把两个巴掌捏得嘎巴嘎巴响。好一阵，阿玛拍地拍死一只蚊子，一边将蚊子血往鞋底上抿，一边看似漫不经心地问，知不知道那个主刀的日本大夫叫个啥？

黄包车叔叔说，好像是叫龟野一郎吧，四十来岁，泌尿外科的。我听坐黄包车的人说，那东西治尿毒症啥的还挺真拿手，有一套。

阿玛笑说，不管得啥病，咱还是信中医的吧。慢就慢点，总比让人家下黑手夺了性命强。

夜里查户口的事过去没两天，馗子听学堂里的一个日本孩子说，医院里死的那个日本大夫确叫龟野一郎。那天，龟野值夜班，半夜时死在了值班室里，被人发现时，身子都硬了。杀龟野的肯定是中国人，会中国功夫，没用刀，也没用枪，只是将龟野的脑袋一拧，颈椎就断了。馗子是在饭桌上跟阿玛和额娘说起这个事的，他问人身上哪儿是颈椎，说那个小日本崽子还骂中国人没良心，早晚得死绝。哼，是谁没良心？那个龟野就该死！死绝的不定是谁呢！我真想跟他打上一架。阿玛将鸡蛋羹一匙接一匙地舀到他碗里，说拌拌，多吃点饭。额娘拦阻说，中了中了，你还得去扛大包呢。阿玛又说，那是大人们的事，你小孩子别掺和。

十岁少年馗子眼中的阿玛，是年过八旬的爷爷亲口对我说起的。

11

佟国俊以亡兄佟国良（刘大年）的名义生活在北口，凭着力气养家糊口，辛苦，劳累，似乎也平静。可他的内心是难得安静的，日本人欠下的血债累累，逝去的都是他的至亲骨肉，那个仇恨是深深地刻在骨头里的。可为了嫂子，为了侄子，他只能忍着，忍得极其痛苦。有时在街上，看着日本宪兵耀武扬威地走过，或看到某个衙门口木桩子似地立着站岗的日本兵，他一次次设想，如果采用猛虎下山之势，出其不意，用不了十秒钟，足可结果了那豺狼的性命。可袭击之后怎么办？自己搭上一命不足惜，可嫂子呢，还有侄子，那是佟家仅存的根脉呀！在报纸上，他知道国民党和共产党又一次合作了，停止内耗一致对敌了，这太好了，真的太好了。豺狼咬住一头牤牛的命脉，可能会致牤牛于死地，可一群牤牛扑上去，不说用犄角顶，踏也会踏烂它们。他从报纸上又知道，日本人偷袭了珍珠港，美国宣布和日本开战了。这也不错。如果把中国人比成一群牛，勤劳、厚道，不惹急眼了不伤人，那美国人可就是一头猛虎，你敢去捅他的猫蛋，他不回头咬死你才怪。老虎咬，群牛踏，豺狼作恶的日子也该到头啦！

虽住同一屋檐下，在邻居面前又是以夫妻的面目出现，嫂子又比自己小几岁，但佟国俊对嫂子一直敬重着。老嫂比母，小嫂也当比母，事嫂更须比同孝敬母亲。嫂子不光是至亲之人，还是自己山高海阔的恩人。如果说异姓男女住在一起，就会生出一些别的想法，那是扯淡。别人家的事姑且不论，但在佟家，嫂子在佟国俊的心目中，就是至高无上的神圣，岂可来得丝毫的轻慢与亵渎。

但佟国俊毕竟是肉身凡胎的年轻人，拧断了鬼子大夫脖子那一年才三十出头。人年轻就会有欲望，那是上天的赐予，尤其是在衣食基本无虞，生活又相对平静的日子里。佟国俊欲望的关注点是一个叫陈巧兰的姑娘。陈巧兰的哥哥在车站货场外开了一家小饭店，主要是卖包子，陈巧兰来小饭店帮忙。哥哥在城外还有几亩菜地，每天头晌要和嫂子在菜地忙，傍晚时才会来店里，那时的客人多，前堂后厨的，陈巧兰一个女孩子照应不过来。货场里的苦力们时常因忙着装卸车皮，随身带的干粮又吃光了，饿得受不了，就来小饭店垫补，一盘包子一碗甩袖汤，大肚子汉们风卷残云，顷刻告罄。

佟国俊来小饭店比别人更多些，也不光是为充饥，有时也借着垫补的由头，想多看上陈巧兰一眼。他不光喜欢陈巧兰那充满青春活力的身体和笑靥，尤其喜欢她的勤快、开朗与大度。有时弟兄们来吃饭，走时尴尬地翻找不出票子来，陈巧兰便会笑着说，大哥别找，就让我脸红了，往后多来两回，啥都有了。弟兄们赊账的事也常是有的，却从没见过她追着讨要过。苦力们歇息时嘴不闲，不时有人说，谁要是能把那丫头娶进家，可是八辈子修来的福分。

陈巧兰二十岁那年，有天后晌，佟国俊又来到小饭店。那个时辰，饭店里比较清静，只有几个拉脚人围坐在餐桌前。陈巧兰见佟国俊进门，便说，大哥，你先坐喝茶，我就来。可那几个人却不让她走，说别走啊，我们哥几个还没乐呵够呢。陈巧兰说，大叔大哥们还想添什么，请吩咐就是。一个红脸汉子说，我们就想添上你，快坐我身边，陪我们喝两盅。陈巧兰转身欲走，说大叔喝多了，我去给你们做碗醒酒汤。没想红脸汉子一把抓住陈巧兰的腕子，说爷们肚里的汤水正多得想往外冒呢，让我给你浇浇，保准你这朵花开得更鲜灵。陈巧兰正色道，请大叔放尊重，松手！桌上又一个黑脸汉子却趁机抓住了陈巧兰的另一只手，嬉笑说，他放我还舍不得放呢。

佟国俊实在看不过眼，便起身到了那桌前，随手拉只凳子，紧挨着红脸坐下，抓起了桌上的满满一杯白酒，说几位大哥想找人陪酒，那就我来。快放开人家姑娘。黑脸怪笑，哎哟，你怎么知道她是不是姑娘？红脸则低头看了看自己裤裆，说我裤子扎好了呀，怎么还露出这么个东西？在众人的怪笑声中，佟国俊一仰脖，将一杯酒都倒进了嘴巴，起身去了墙角，将一块砖抓在手里。几个汉子见状，呼地都起了身，有人还操起了凳子。佟国俊站在众人面前说，各位大哥，咱们中国人活得够窝囊的了，可别再自己祸害自己啦。我不想打架，自己给自己一下，行不？说着，他双手甩起砖头，照着自己头顶就是一下。砰，砖头粉碎，四散溅落。那帮人目瞪口呆，转眼间便夺门而去。气得陈巧兰追过去喊，你们还没交酒钱呢。那个红脸汉子跑回来，丢下几张票子，还说了声抱歉，又跑了。

这一手，好多年没练，未免手生。佟国俊只觉头顶先是火辣辣地疼，接着便有两条血流蚯蚓似地顺着脑门往下爬。陈巧兰把他扶进了后屋，那是她自己夜间住的房间，挺小挺小的，除了一铺小炕就没多大闲地方了。陈巧兰让他坐在炕沿上，自己忙着找包扎的东西。佟国俊说没那娇气，要是有碘酒或红药水，抹抹就行了。陈巧兰说，跟那帮人，大哥何苦。开饭店，这种人我见得多了，二两酒下肚，就耍酒疯。佟国俊说，我这就够忍着了，不然，我叫他们满地找牙。

陈巧兰给佟国俊抹红药水，还轻轻地吹拂，一再问是不是杀得慌。佟国俊闻到了她身上的油烟味，还有淡淡的体香。他问："妹子，有句话，不知当不当问。我算计着，你今年有二十了吧，可是不小了，为啥还不找个婆家？"

陈巧兰退后一步，俊秀的脸庞突然间就红胀起来。她低头说："我爹我娘死得早，我哥我嫂帮我找过几家，都是我不愿意。大哥……有句话……我只跟大哥说，其实……我心里早有了一个人……"

佟国俊心里动了一下，问："那个人是谁呀？他知道你的心思不？妹子要是脸皮薄不好说，大哥乐意去帮你透个话。"

陈巧兰仍低着头，脸蛋越发比红药水都红了。"我说了……大哥可不许笑话。"

"你说吧。"佟国俊应道。

陈巧兰的回答让佟国良顿吃了一惊，她说："我心里的那个人，其实，其实……就是大哥你。"

佟国俊猛地站起身："妹子，这个玩笑可开不得。我……我是有家有口的人，我儿子都十来岁了。"

陈巧兰扬起了头，目光逼过来，射着灼人的炽火："才不是。你不是刘大年。你是大年大哥一对双的兄弟吧？不然为什么长得这么像。"

佟国俊大惊失色，上前一把捂住了陈巧兰的嘴巴。"妹子，这话可不能乱说，你想不想让大哥活命呀？"陈巧兰一语道破天机，那个秘密与一家三口的性命攸关，换了谁，也再难把握住分寸。

可一声"想不想让大哥活命"，就等于认了账。陈巧兰趁势搂紧了佟国俊的腰，把脸贴在他胸脯上，喃喃地说："我自打十四岁来到这里，就认识大年哥了。虽说大年哥也是大好人，可你跟大年哥还是不一样。你看我的眼神里是窜着火的，虽说你什么都没说，可我看得懂你的心思。你看人看事的眼神也不一样。我不知道你的名字到底是个啥，可我知道你是个爷们儿，是想大事干大事拿得起放得下的人，我喜欢这样的男人。还有，大年哥左腿肚子上是带着伤的，挺长挺深的一条，是我刚来那年他干活时划下的。他一瘸一瘸地来到这里，让我帮着洗，又帮着找药包上了。那年我还小，血糊啦的，吓得我直哆嗦，大年哥还一再安慰我，说不疼，没事。夏天时你有时也卷起裤角，露出腿肚子，你腿肚子上哪有那道疤呀。那么长的一条，还能消得一点痕迹都不留呀？再说，我还特意去过你家，先是跟在你的身后走进了老城里的那个院子，后来就装作哪家买包子我送错了门。家里糊洋火盒的女人看样子是你媳妇，可我猜不是，炕上立的那个闸板不可能只是挡家里孩子的……"

佟国俊听得心惊肉跳无言以对。哥哥腿肚子上有伤，他是知道的。从小和物转去货场时，嫂子也提醒过他。所以，在货场，无论冬夏，他从不卷起裤腿。下工后工友们拉着去洗大澡堂，他也不去。但独自坐进小饭店，他就忘了那个茬儿。暑热伏天，卷起裤腿自是凉快，却哪里想到这里还有一双格外关注他的眼睛呢。

心仪已久的姑娘偎在怀里，又说了如此动人心魄的贴心话，让佟国俊不知如何是好。正巧，小饭店里来了客人，在外面大声喊掌柜的，陈巧兰淘气地将满是泪水的脸颊在佟国俊衣襟上擦，又拢了拢头发，大声应来了来了，就跑出去了。

12

　　男女间的事，犹如一层窗户纸，捅开了，双方或退避三舍，或干柴烈火如胶似漆。都是初涉情事的佟国俊和陈巧兰自然是属于后者。自那次说开后，壮年雄豹一般的佟国俊若货场里后半夜没活，便会悄悄地闪进小饭店。两人有暗号，陈巧兰听了窗响，便会放雄豹进门。夏日里，赶上休班，雄豹会出城去郊外，陈巧兰也会如约关了店门赶过去。两人的第一次，就是在小饭店的后屋里。三十多岁的雄豹，竟笨笨拙拙找不到门路，就像刚上套拉犁的小牛犊子，愣头愣脑，还是陈巧兰顾不得羞涩引导了他。事毕，陈巧兰知他还是童子之身，佟国俊也看到了留在褥单上的那一片嫣红，两人竟是抱在一起好一阵痛哭。哭过，两人又双双下地，拜了天，拜了地，又给已不再人世的父母高堂叩首，夫妻间还行了对拜礼。那是一场只有两人的婚礼，杳无声息，却隆重虔诚，里面还含着悲壮的味道。佟国俊说，当初既知我不是刘大年，若密报给日本人，那就是赏金大大地给，连嫁妆都有了，还不比烟熏火燎地开个小破饭店强呀？陈巧兰用指尖狠狠地掐佟国俊胸脯上的肉，咬着牙齿说，那哪比让我亲口活嚼了你过瘾。在陈巧兰面前，佟国俊已无任何秘密可保，自然就把杀鬼子那些事都说给了她。陈巧兰听得热泪横流，越发死死地抱住佟国俊，说这才是我男人，我早看出我男人不是个馕糠的蠢货。又说，爹，娘，你闺女没能耐，可你们姑爷一点不比打虎英雄武二郎差，他给你们报仇啦！

陈家祖上是从山东跑关东过来的。陈巧兰十岁那年，爹娘赶着小驴车去大山里走亲戚，正赶上日本兵骑摩托顺着山道冲下来，毛驴子受了惊吓，连人带车都翻到山崖下去了。细算算，陈家二老丧命的那一年，跟佟家三口惨遭杀害的时间差不多。这王八蛋的小鬼子，究竟是欠了中国人多少血债呀！

隔年入冬时的一天，休班在家的佟国俊站在门外一连抽了好几颗老旱烟，再回屋时，就红头涨脸地对糊洋火盒的嫂子说："嫂子，人家姑娘怀孕了，可让我怎么是好呀？"

嫂子怔了一下，头却没抬，好一阵才说："那有啥为难的。明天，咱俩就正儿八经地去办个打八刀（离婚）手续，然后你另租间房子，把她娶进来，让她踏踏实实地生。你早该娶个媳妇了。那姑娘不错，我特意去小饭店见过，长相和能干那股劲，都配得上你，能跟你过上一辈子。"

这回轮到佟国俊发怔了："原来……嫂子啥都知道呀。"

嫂子停下手里的活计，抬起头，淡淡地笑了："除了我，别忘家里还有一双眼睛呢。馗子不小了，十一了，啥不懂。放伏假的时候，他去城外捉蝈蝈，看你出城，就一路跟了去，还亲眼看见你带着姑娘钻了高粱地。馗子回家就跟我哭了，哭得嘀哩吐噜的，说阿玛跟那个女人不正经。我骂了他，说你阿玛出城替人办事，跟我说了，他钻高粱地是图抄近道，你屁大的孩子胡想些什么。馗子还想跟我犟，我就给了他两巴掌，打得我心里都直疼。"

佟国俊越发吃惊不小。身后跟着人，自己竟一无所知，呸，还当过侦察兵呢。是不是当时自己的心思都在陈巧兰身上了呢？是不是情迷心窍，活该如此呢？

佟国俊说："嫂子的主意，我也想过，可巧兰不同意。她说我要一休妻另娶，那就招人眼了，不定让别人猜想出什么来，真要再把别的事勾起来，报告给小鬼子，就更悬得大发了。她说她宁可让人们骂她大姑娘养孩子丢人现眼，也不能把我往小鬼子的刀尖上推。"

"要照这么说，这个陈巧兰就更是咱们老佟家的人啦，心气够用，想的远，也看得开。"嫂子想了想说，"那就这样，哪天我去找个医术高点的中医郎中，开副堕胎的药，但这就让巧兰多少遭点罪了。对外，只说她病了，连对她娘家人都不能讲实话。休小月子那几天，我去帮照看小饭店，一顺手的连她也侍候了，中吧？"

佟国俊心里的石头落了地，忙着打拱向嫂子致谢，说嫂子就是救苦救难的菩萨。都是兄弟不着调，才闹得猪八戒要生孩子。

嫂子嗔道："少扯，你才是猪八戒呢。人吃五谷杂粮，谁没个七情六欲。要不是小鬼子来祸害，你的孩子也该有馗子大了。就是你不盼着娶媳妇，我还盼着有个妯娌说说话呢。"又说，一会儿我就去巧兰那里。要是没有什么特别要紧的事，这些日子你可别去，人多嘴杂，不可不防。真有什么情况，我自然会跟你说。

一天云散。自那以后，虽说佟国俊和陈巧兰免不了还会有亲热，但都克制多了。尤其是陈巧兰听了佟家嫂嫂的暗中叮嘱，教她如何躲避可能踩雷的日子，确是立见成效，再没招惹麻烦。这期间，陈家兄嫂似乎也听到了什么风声，一再给陈巧兰找婆家催她速嫁，陈巧兰只是不从。催得紧了，陈巧兰便是又哭又闹，说小饭店还是你们的，我又不是想贪占你们的产业，赔了赚了都有账可查，怎么我凭自己一双手挣口饭吃都不行？兄嫂无奈，也就只好由她去了。

13

不觉又是几个寒暑。看报纸上讲，日本军队和美国军队在太平洋战场上有了几番大规模的搏杀，中途岛海战和冲绳岛之战后，形势有了根本性的逆转，美国飞机把炸弹扔到东京去了。中国军队也在缅甸开辟了新的战场，实施了战略性反攻。佟国俊兴奋地对陈巧兰讲，狗屁的武士道顽强抵抗，狗屁的为天皇玉碎，哪一战都搭进去了好几万人，眼见这是小鬼子撑不住，快完蛋了。陈巧兰则说，小鬼子快滚犊子吧，我好大大方方地跟你结婚生儿子。

除了报纸上看的，眼见为实的便是看日本军列一列一列地往天津港、葫芦岛港、大连港开，敞篷车皮上满载着坦克和大炮，都是重型武器。北口站是铁路上的枢纽站，军列到这里要加煤加水，车上的日本兵也要在这里喂肚皮。货场在车站西侧不远，扛大包走跳板站在车皮上方，站台上的情景一日了然。小鬼子壁垒森严，中国人轻易难靠边。他妈的，日本军队这是看大事不妙，把关东军撤回老家守巢去了，而且调动的数量不小，日军的联队相当于中国军队的团，按一军列拉走一个联队计算，日日夜夜不断捻儿地往回拉，那是调回去了多少个师呀？

已蛰伏了数年的复仇豹子不能不跃跃欲动了。此时不动，只怕日后再难有机会。但再宰他一两个鬼子，不光于大事无补，还极可能搭上自己。那就耗子操牛，干就干他个大的，不说打乱日本人的战略部署，起码也要搅乱他们这锅粥，就是死了也算值个儿！

1945年春天一个深夜，休班的佟国俊穿上从旧物市场上买来的一套衣裤，还用黑色的洋丝袜做了面罩，潜伏在了车站西侧的扳道房后面。那夜天有点阴，风不小，呼呼的。车站方向灯火通明，一辆火车头已慢慢退过去完成了挂钩连接。一声哨声响亮，站台上的日本兵如同耗子归洞，迅速缩回了车上。扳道房里电话响起，扳道工接起电话，回答西行正线贯通。扳道工跑出去，督岗的日本兵又跑进扳道房，再次予以确认。因是军列通过，每个道岔都临时加派了一个日本兵，小鬼子加了百倍的小心。扬旗的臂膀垂了下来，那是可以通过的信号。火车头长长地嘶吼一声，开始大喘着粗气，咣哧咣哧地启动。列车近了，更近了，大灯前方被照得一片雪亮。这个时候不可轻动，线路上窜出一只狸猫也会被司机发现，而且火车头上也肯定加派了荷枪实弹的日本兵。列车再近，只有百多米了，钢轨已清晰传来车轮碾轧的铿锵声响，照明大灯的光柱射向远方，扳道房附近形成了瞬间的灯下黑，只剩了房檐下的那盏40瓦的电灯在昏昏闪烁。说时迟，那时快，佟国俊从扳道房后窜出，在向灯泡甩出道砟的同时，臂膊从背后死死地扼住了日本兵的咽喉。小鬼子绝望中还想鸣枪示警，但哪还来得及。在日本的训令里，不到非常时刻，枪机保险是要关闭的，就是拼刺刀也不得打开，这让他们在中国吃了不少亏。但吃了亏武士道们死不改悔。感觉日本兵的身子软下来，佟国俊松开钳子般的臂膊，扳住小鬼子的脑壳再一拧，就把他彻底送回老家了。火车的速度已在加快，只有三五十米了。佟国俊顾不得旁边还有一个呆若木鸡的扳道工，转身奔向扳道器。扳道工似醒过了腔来，扑上来拦阻。时间已不容秒毫，佟国俊飞起一脚，扳道工登时就抱着小肚子在道肩上打起滚来。道岔咔嚓一声并入了另一股，日本军列轰隆隆擦身而去。

那不过是一二十秒间的搏杀，杀一伤一，再将道岔扳向另一个方向。中国同胞只可伤，不能杀。为了不给或可留下一命的扳道工留下面容和语音，佟国俊除了戴面罩，还在嘴巴里塞了一颗核桃，他怕事到紧急，自己一时忍不住冒出什么话来。已在北口混了数载，又都是围着两条铁道线转，谁敢保证扳道工认不出自己。临撤离前，佟国俊又照着扳道工的脑袋给了一脚，并再次丢下了"东北军独立一师"的布条。那一脚也有分寸，只可让他有个一时半晌的迷登，却不致夺了他的性命。他愿骂就骂吧，其实也是为了他好，总得让他在日本人那里有个交代吧。

被重新扳了道岔的日本军列驶出站后就一路向北奔而去。北边一百多公里，日本人发现了大煤矿，清一色的优质无烟大块煤。小鬼子将矿山的铁路和北口连接在一起，就是为了把优质煤转运到葫芦岛港或天津港，装船运回老窝。这回好，让军列往北跑吧，越快越好，那条线路是单线，若能跟迎面来的列车来个正面冲撞才更美。恨只恨自己手里没炸药，要是能在哪个桥梁上弄出一响动，让小鬼子的军列一头栽下桥去，那就更他妈的过瘾啦！

当然，佟国俊知道，日本人百般精鬼，不会让岔路而去的军列跑上太远，顶多到前方小站就会停下。这也中啦，小鬼子总得争分夺秒地再将军列拉回来，这么来回一折腾，没有一两个钟头别想再开出去。这边误了时辰，候在码头上的运兵舰只能干着急，连起串来的反应，不知会让正忙着守护老巢的日本司令官们急成什么屌样呢！

撤离了扳道房的佟国俊没敢再回家，而是择近路进了陈巧兰的小饭店。家在老城区，离车站足有四五里路。日本人一旦发现扳道房旁的鬼子兵的尸体，立刻就会全城戒严。果然，不过一顿饭的时辰，城市里就到处响起了凄厉的警笛声。而那一刻，佟国俊已将杀鬼子扳道岔时穿的衣裤和面罩都塞进了炉灶，还按下了鼓风机，火苗呼呼蹿起来，那些可为物证的衣物眨眼间灰飞烟灭。他又铲煤压火，让炉灶重回了原来的模样。一直静候在家里的陈巧兰问，成了？佟国俊说，还只是开场锣敲，下面的戏不能不演，只能委屈你了。

佟国俊将陈巧兰拉回后屋，剥光自己衣裤，又催促陈巧兰也脱。两人钻进被子，佟国俊便急慌慌地往陈巧兰身上压。陈巧兰推他，说你一身臭汗，心窝子又跳得这么紧，喘口气不行啊？佟国俊说，小鬼子说到就到，哪还有工夫喘气，这身臭汗就是幌子，现在只能用搞破鞋说事了。陈巧兰呸道，谁跟你搞破鞋？想搞破鞋你找别人去。佟国俊赔笑道，本当家的说错了行不？你这败家的媳妇就别挑字眼儿啦。陈巧兰说，这种时候，你还行吗？佟国俊说，光哧溜地搂着这么俊的媳妇再说不行，那可真就废啦。

说话间，店门咣咣响起来。日本宪兵队看了扳道房现场，立即将追捕圈定内在火车站方圆几里内。反满抗日者不可能跑出太远，且对铁路上的业务颇为熟悉，这是傻子也可做出的判断。陈巧兰起身披衣去开门，她故作焦恼地大声喊，我们小店夜里不开灶，早关门上板了，别敲了！门外警察吆喝，少他妈的废话，大日本皇军搜查，快开门！店门开处，冲进两个挺着刺刀的鬼子兵，还有两个伪满警察，其中又有姓龚名寂的那位。

尚蜷在被子里的佟国俊很快被搜出，宪警们冲进了小后屋。佟国俊一边忙着抓床单围裹赤裸的身子，一边涎着脸对龚寂笑。龚寂显然还记得佟国俊，却万没料到会在这里碰到他，拧着眉头问，你怎么跑这儿来了？佟国俊讪笑说，兄弟不着调，让龚警官见笑了，改日请你喝酒。陈巧兰蹲下身子哭起来，说都是他死皮赖脸地缠着我，还说要休了老婆娶我。姓刘的，你可祸害死人啦！以后让我怎么出去见人呀！龚寂看了两人一眼，不吭声，先是摸了摸佟国俊汗渌渌的身子，又伸手在被褥上摸，还将甩到地下的佟国俊的大裤衩捡起来，又是看又是闻的，这才对鬼子兵嘀里嘟噜地说上一阵日本话。日本话佟国俊虽不懂，但龚寂的神态却可猜知大概。龚寂说，这是一对野鸳鸯，刚刚办过苟且事，连擦身子的证据还在裤头上呢。莫说反满抗日分子是否胆大包天，正常人唯恐逃命不及，哪里还会有这种心情，我们还是快去追捕逃犯要紧。日本兵"哟西"了两声，将挺着的枪刺收起了。龚寂又对佟国俊和陈巧兰说，我和皇军正忙，没工夫跟你们磨嘴皮子。你们穿上衣服，赶快去派出所等着我，叫家里人天亮后各带上三十块银元接人。陈巧兰哭着问，我开这么个小饭店，干半年也挣不上三十块银元，少交点行不行呀？再说，可让我哪儿去找现大洋，我交满洲国的票子行不行呀？龚寂立眼道，少扯淡，我这就够网开一面了，再敢啰唆，我这就让你们光着身子去游街。狗扯羊皮，伤风败俗，还不嫌丢人啊！日本兵见几人还在磨叽，有点等不及了，立着眼睛哼了一声，龚寂忙点头哈腰说，好好好，开路，马上开路。扭头又对两人吆喝，记住没，一人三十块，少一个子儿也别想出来！

佟国俊是第二天近晌时由嫂子接回家的。天亮后得了消息，嫂子便急着挨家求告，进了哪家门都是哭，都是骂，骂刘大年是挨千刀的，让一家人跟着抬不起头。街坊邻居们念着嫂子日常的好人缘，总算帮凑足了三十块银元。进了派出所的门，嫂子又是哭骂，骂四处跑骚偷腥的爷们，骂那个臭不要脸的养汉娘们。龚寂将银元哗啦啦地丢进抽屉，还长长地叹了口气，说还是回家看住自家的爷们吧，下回要是再让我抓住，三十块可就领不回去啦。两人走出派出所，嫂子一路还是哭骂，看看身后无人了，才低声问，昨晚杀鬼子的事，又是你干的吧？佟国俊挤挤眼一笑，低声回道，又让嫂子为难了。嫂子说，我认，值！

可让叔嫂二人万万没料到的是，不肯认的却是馗子。馗子那年十五，虽是半大小子了，但毕竟还小，许多事不能跟他掰开饽饽说馅，说了他也未必明白。可十五岁的少年堪比小马驹，正是动不动就要尥蹶子的年龄。当初，他将阿玛带着野女人钻高粱地的事告诉过额娘，额娘还装着不信帮着遮盖，那时他就恨额娘太过软弱。可这次，阿玛被警察抓了个正着，还被罚了钱，闹得满城风雨路人皆知，丢大了人啦！额娘一脸无奈忍得住，薄薄脸皮的少年面子上却再挂不住了，往后可怎么去面对邻居的叔伯婶婆和自己的那些同学伙伴呢。阿玛和额娘是长辈，打不得骂不得，只能心存怨忿，那就躲吧，三十六计走为上。

促使馗子最后下了离家出走决心的，还有几天后的那个事件。清晨，北口城内的大街小巷，突然出现了许多白布条，上面都写着"东北军独立一师"，也都是鲜红的血书，有的挂在树上，有的贴在墙上，据说还出现在了日本宪兵队的院子里。这个事件惹得日本人又是好一阵惊慌，一些日本兵和伪警察都吓得夜里不敢出来站岗和巡查了。有如惊弓之鸟的日本人不知中国人怎么就有了这般撒豆成兵的本事，除了再次紧急搜捕，还宣布了宵禁，不管是谁，夜里再敢上街，格杀勿论。学校的校长也郑重其事地亲自给学生训话，要求大家不要听信谣言，要求大家提供反满附逆之人的线索。在操场上，学生们一个个小脸紧绷着，谁也不敢说什么，可一散会，就有同学笑嘻嘻地追着馗子问，说你阿玛最能夜里出去整事，那些布条不会是你阿玛撒出去的吧？又有同学说，怎么会是他阿玛，他家是旗人，只怕想溜虚康德皇上还溜虚不过来呢。嘁，八旗之后只会架鹰玩鸟嫖女人，哪有这胆量。馗子忍无可忍，惧着一人难敌众拳，再加心里又窝着屈辱，那就只有走了，远远地离开家，离开学校，也离开这座城市。

那天，直至夜深，馗子也没回家，嫂子跑出院门看了无数次，在给馗子铺被时总算在枕下见到了一张纸条。馗子说，额娘，我走了。别找我，你也找不着。别担心，我自己能挣口饭吃。等我再大些，就回家把你接出来，我养你老。阿玛是个负心的男人，靠不住，我恨他！佟国俊看了纸条，要去找，被嫂子坚决拦住了。嫂子说，不知宵禁啊？再说，半大小子早点出去闯荡闯荡，未必不是好事，你和你哥当年不也是这么大离开家门的吗。再说，眼下咱家脚下可是埋着炸药的，谁知哪时会炸，让他出去躲躲也好。佟国俊想想也是，便长吁短叹地止步了。

北口火车站军列被反满抗日的"东北军独立一师"岔引另线，并有日本兵被袭杀，这么大的事件竟没在当地报纸正面报道，眼见是被压住了。小鬼子眼见大事不妙，不敢扩散这类消息也属正常。倒是在《北口时报》社会栏内另有一条消息隐约透露了此事。消息称，日前，大日本皇军和警员在夜里搜捕干扰军列运输的反满附逆分子时，竟在城内搜出数起宿奸男女，可见世风不古道德颓败。其中，有一刘姓男子，本是车站货场运搬货物的苦力，家有妻儿，家境且颇为贫寒，竟也行此苟且之事，害得妻子到派出所哭闹，儿子愤而离家出走。为匡世风，警察当局已全部罚款治理，严惩不贷，以儆效尤……

14

云开雾绽，天下光复。在普天同庆的日子里，高兴万分的陈巧兰对佟国俊说，反正小鬼子也屎壳郎下山，滚球子了，咱们抓紧把事挑明了吧，我好给你生儿子。佟国俊不无忧虑地说，咱们跟谁去挑明？你没见报纸上登着重庆发来的命令，要求原来的警察继续维护治安，等候中央政府派员接收吗？龚寂那帮黑狗子们腰里可还别着髂蹄（指手枪）四处乱晃呢，谁知这帮狗汉奸们又会玩出什么咕咕鸟（鬼招子）？再等等吧。

便耐下心来等着。先是等来了风尘仆仆的八路，还差点没跟那些警察狗子打起来，可进城驻扎下来没几天，又一夜间走得干干净净，说是去北满接收了。好不容易又盼来了中央军和接收大员，很多有民愤的黑狗子被关进了监狱等候甄别，听说那个姓龚的也木得幸免，好不让老百姓兴高采烈。可转过年，1946 年的正月，龚寂又在北口街头出现了，而且还平添了百倍的威风，出则乘坐蛤蟆轿，前面警车开道，后面还呼啦啦跟着一帮狐假虎威的警员。龚寂的新任职务更是吓人一跳，北口市警察局局长。报纸上说，龚寂原是国民政府军事委员会调查统计局潜伏在伪满地区的特工人员，肩负着抗日救国的神圣使命。佟国俊气得在家里骂，谁见过这小子抗过日救过国，倒是让我几次好悬栽在他手里，他可没少从老百姓手里搜刮钱财。嫂子劝慰说，人家做大事的自有深藏不露的手段，钱财是小事，只要他不是汉奸就好。佟国俊犹犹豫豫地问，我们东北军和中央军可是一家的，少帅张学良跟蒋委员长拜过把子，还当过国军的副总司令，嫂子说我要不要主动跟这个姓龚的联系联系？嫂子思忖了一阵说，你还说过为逼蒋介石抗日的事，蒋介石还把少帅软禁起来了呢。过了年的皇历怎还能用，还是等一阵再看看吧。前几天，我在街上看到一个算命的瞎子，邻家嫂子们说算得准，我就把你哥的八字报了上去。真没想到，他捏捏估估的，张口就吓了我个倒仰。佟国俊问，他说什么了？嫂子说，瞎子说你这位妹子可会算计，花一个人的钱，算两个人的命。我沉住气说，明明是一个人嘛。你只管往下说，真要算得准，我宁可再加一卦钱。瞎子说，这头一个人嘛，八成已不在人世了，而且是暴亡。最该小心的是这个还活着的，表面上看祥云缭绕，可那云彩后面却藏着灾星，不可不防啊。我问他可有办法破解？瞎子说，可离开家门，去远处深山选处寺庙，以居士身份修行两年，且看看天下大势再说。若是彻底剃发出家，那就可保一生无虞了。佟国俊哈哈笑起来，说这种人的话怎么能信，说句刻薄的话，不过是变相乞讨罢了。嫂子给了他多少钱呀？嫂子说，我当然只丢下一卦的钱，说了声晦气就走了。我也知道算命人的话不可信，可加些小心，也不为过。眼下虽说小鬼子滚蛋了，可天下还乱着呢，人走悬崖，百倍的小心，可能没事，但过了险境，却极容易一头栽进看似一马平川的暗坑里。这种事多了，数都数不过来。佟国俊点头道，嫂子放心，我格外加些小心就是了。

没稳住神、寸住劲的是陈巧兰。原来龚局长是咱打鬼子的一伙人，这才叫真人不露相呢，太好了！正月里那一阵，北方人好喝酒，小酒店里生意好，陈家哥哥常来跟着忙碌，乡间的农活还没开始，又因小饭店出过那档子让家人不堪提起的糗事，哥哥便常是夜里也住下不走了，采取了严防死守策略。陈巧兰是哥哥花钱领出派出所的，一下子白扔了那么多的银两，又害得颜面扫地，哥哥心里自是老大的不痛快。可妹妹毕竟是一奶同胞，年纪又一年大似一年，当兄长的又能说什么，一张脸便整日阴着，难得一见晴朗。这一来，就越发害得佟国俊不好再到小饭店去了。对于那档子事，陈巧兰不好将佟国俊的深层次背景说给哥哥听，便也只好低头耷脑装出羞愧难当的样子。龚寂当了警察局长的事陈巧兰是听客人们喝酒时说起的，她心中大喜，只觉云开雾绽的时日已近在眼前，待不久后的某一天，老家村庄里敲锣打鼓喜乐高奏，佟国俊骑着高头大马，将迎亲的花轿抬到家门前，到那时再把一切说给兄嫂，送给他们一个比天还大的惊喜，岂不美哉！

　　1946年阴历二月里的一天，陈巧兰专程奔了警察局，说要见局长。守在楼门前的警察不让进，说你有什么事先跟我说，待我酌情禀报后再说。陈巧兰说，我这事只能当面说给龚局长，是是关抗日杀鬼子的惊天大事。警察跑上楼，向龚寂报告。正巧那天龚寂有暇，听说来的是位年轻女子，便答应一见。陈巧兰进屋，龚寂想起一年前搜捕小饭店意外捉奸之事，脸上自是不屑，问你怎么来了？陈巧兰不会读不懂那不屑，便出语惊人，想先压一压警察局长的气势，说那天夜里，你带日本兵去抓杀鬼子扳道岔的抗日之人，你有眼不识金镶玉，其实杀鬼子的就是躺在我家炕上的那个男人。龚寂果然一怔，但转隙却说，你不要以为日本人投降了，就什么人都可以来我这里冒领天功。小心我铐起你，治你个招摇撞骗、干扰公务！陈巧兰正色道，那你就治治看。本姑奶奶不惜名节，冒死掩护抗日义士，不图有功，你却治罪，到时让人们分辨分辨，到底是我陈巧兰不要脸，还是你这个军统特工不长眼！干脆，我都跟你说了，以前杀协和医院的魔鬼大夫，杀火车站的瘸子站长，都是此人所为。再以前的袭击首山军列，袭击辽阳的日本军营，也都是他带人干的。这人姓佟名国俊，借着他哥哥佟国良的假名字刘大年在北口隐身，他哥哥就是十年前在西郊山里拉响手榴弹，和小鬼子同归于尽的那位汉子。这哥俩是双胞胎，一对双，长得自然一模一样，谅你和小鬼子也辨不出。

　　听陈巧兰这么义正辞严地一说，龚寂就不能不信了。人家不仅如数家珍地陈列出曾让日本人大伤脑筋的多起重案，还明明白白地说出了杀倭者的名字，不是心中有底，寻常女子岂敢如此。他再一怔，慌慌换了一幅笑模样，不仅亲自起身搬椅放在写字台的对面，还为陈巧兰沏了一杯茶，说别介意，这些天冒功请赏的人太多了，我怕有诈，不可不防。请坐下说，先润润嗓子，这是上好的西湖龙井，日本人不战败，咱们中国人是喝不到的。

　　陈巧兰便坐下说了，说东北军撤进关内时佟国俊如何带几位弟兄留在了关外，说辽阳的日本宪兵如何残杀了佟国俊的父母和妹妹，说佟国俊如何独身一身潜藏在北口城西的山洞里，说哥哥惨死后他又如何与嫂子假扮夫妻住在同一屋檐下……这些惨痛而艰辛的往事，都是佟国俊亲口说给她的，而今重新提起，又是当着代表国民政府权力机关的一个重量级人物，陈巧兰不由悲从心来，涕泪横流。佟国俊九死一生，在十四年里接连做下这些惊天大事，别无所图，只为报仇，为国家，也为他死去的那些亲人和同怀报国之志的异姓弟兄。我今天跟局长说起这些，绝无贪功求赏之念，我只想请求局长大人主持个公道，答应让我和佟国俊结婚，早日让我们光明正大地过上正常人的日子。

龚寂听得目瞪口呆。陈巧兰说的那些事，有他知道的，也有他亲身参与过事后追捕的。比如刘大年的媳妇求他，为刘大年去车站行李房另谋个营生，他为此还收了人家一只玉镯；比如日本医生被杀后，他带日本兵查户口，曾亲眼见刘家小炕上立着一块闸板；再比如他带日本兵连夜搜查小饭店……原来瓢子里都另有高妙，藏着玄机。如果当时自己看破了，又会如何呢？

有个警员敲门，进来了，怀里抱着文件夹。龚寂用手背往外挥，说那个事先放放。你把门给我关严了，就在门外给我守着，任何人不许进来，我和这位女士有机密事情要谈。

警员退出。龚寂问，这些事，你都跟谁说过？

陈巧兰抹了一把脸上的泪水，说，哪敢跟别人说，连我亲哥都没敢露一字。他整天看贼似地盯着我，屈死啦。这些事，眼下知道的，除了局长和我，也就佟国俊的嫂子了。

龚寂点头赞许，好，非常好。你很聪明，佟国俊的嫂子也很明事理，哦，说聪明轻了，是精明。听你这么说，佟国俊可不光是义士呀，他是英雄，实实在在的抗日英雄。可我还有一问，这么大的事，日本人又战败了半年多，佟国俊为什么不亲自来找我？

一声英雄，让陈巧兰深感熨帖，她有些激动地说，那我再实打实地说，眼下，佟国俊还信不过你，他嫂子也信不过你。那些年，你鞍前马后的，可没少给日本人当听差。

龚寂哈哈地尴尬一笑，点头说，正常，也算正常。以前我也算几次跟他们打过交道，都是跟在皇军，哦不，是跟在小鬼子身边嘛。我不把自己装成死心塌地的狗腿子，凶一点，日本人能信得过我？你不妨再想一想，作为老牌的军统局特工人员，你以为我会对杀完鬼子后的佟国俊一无所查？彼时彼景，我不过是变着法儿地保护他，忠贞之士，用心良苦，谁人可知呀？

心直口快的陈巧兰问，你既有所查，可当了这么长时间大局长，又不用怕小鬼子了，为什么不去慰问一下抗日英雄？

龚寂哈哈笑道，你这姑娘怎么一时精明一时犯傻呢。你想想看，日本人虽说滚回东洋老家了，可他们会甘心就这么一走了之吗？清肃敌顽，维护治安，哪一天我这一局之长不是忙得脚打后脑勺。有些事，总得让我调查清楚，禀报过上峰后再一一落实嘛。有句话，我现在就得跟你叮嘱清楚，走出我这道门后，你刚才跟我所说的一切，再不许跟任何人透露一字。这其中的道理我也不得不跟你说，那些潜伏的日本特务和狗汉奸一旦知了佟国俊的身份，那就坏了，他们极可能以暗杀的形式替主子复仇。佟国俊在明处，人家在暗处，那可是防不胜防啊，

听龚寂这么一讲，陈巧兰只觉一颗心又陡地揪到了嗓子眼。警察局长是专搞这个的，人家说的有道理。好在此前自己也算存了一份小心，没敢跟任何人说。真要说出去，佟国俊真就悬了！

陈巧兰问，那我们还要我们等到什么时候呀？

龚寂翻弄写字台上的台历，做出认真思谋的样子，说，也不会太久。这一阵我实在太忙，很难挤出时间。这样吧，二十天以内，不管多忙，我肯定邀请佟国俊叙谈。为表敬意，地点总要另找个像点样子的地方。至于具体是什么时间，我到时会安排人去你的饭店相告。但为了防止惊动潜伏的敌伪人员，这个事眼下你也不可告知任何人，包括佟国俊和他嫂子，明白吗？

陈巧兰嘟哝说，你还罚了我和佟国俊一人三十块大洋呢，欠这么大的饥荒，难死我们了……

龚寂哈哈大笑起来，说这算个什么，授勋颁奖之日，我会以表彰的形式百倍千倍地回报，放心吧。你那个小饭店，还开个什么意思，愿意继续干，北口城里没收来的那几家敌伪汉奸的大酒店，你随便选下一处，享受胜利果实嘛……

15

龚寂之所以将会见佟国俊的事一竿子支了二十来天，是因为他前几日刚收到军统局的一个通知，要求所有在抗战期间的潜伏人员详细述职，呈报业绩。他知道，这是论功行赏的前奏，还涉及日后的提拔重用，国家正需忠勇之士呀。听说，潜伏在各地的同仁志士有人巧妙地窃取了日酋的机密情报，也有人成功地暗杀了罪大恶极的敌伪人员，可自己在那些年里都干了什么呢？总不能说花了国家那么多的经费，为了深度潜伏而助纣为虐，并顺带着搜刮民脂民膏发了点小财吧。听陈巧兰说起佟国俊的那些事迹，龚寂心头不由一动，还随之生出一些惊喜，真是老天助我！佟国俊带人在辽阳做下的那些事情似可不提，但他在北口杀倭灭酋的时间，却正好都与自己在北口潜伏的时间高度吻合，尤其是他扳了道岔搅乱日军部署那一案，可正是潜伏的军统人员的职责所在呀。可此事干系重大，这篇文章究竟怎么往下写，却让龚寂一时拿不准主意了。往小写，似可称自己数番凭借职务之便，巧妙地掩护抗日志士摆脱日酋的追捕。但这需佟国俊确认佐证，佟国俊若是不识好歹不肯认账呢？一旦事露，那自己可就是光着腚推磨，转着圈地丢人现眼了。况且，保护志士之功，也过于微小，与别人杀酋窃密相比，实在不值一提。那就只能量小非君子，无毒不丈夫啦，但这需精密谋划，速战速决，来不得半点仁慈与拖沓……

半个月后的一天，一个便衣警察到了小饭店，悄然告诉陈巧兰，说局长有话，明天与佟国俊叙谈，请他明天上午九点到站前广场，局长专派小汽车恭候。陈巧兰心中窃喜，问，小汽车又去哪儿？便衣说，局长不说，我哪敢问，到时自然就知道了。陈巧兰算计着，那天佟国俊是日班，便在晚间去了大杂院。听了如此一说，佟国俊心中生出不悦，责怪陈巧兰说，你倒是敢替我当家，到底还是去找姓龚的了？嫂子捅了他一下说，别说巧兰急，我心里也是七上八下的，找就找了嘛，人家现在是警察局长，正管着这些事。陈巧兰看佟国俊的态度，心里也有些不痛快，又怕大杂院人多嘴杂，没敢多逗留，只是简单说了半月前见龚寂的情况，还特意强调了龚寂说的授勋颁奖的话，意在提醒他也别疑神疑鬼想得太多。陈巧兰走后，佟国俊仍觉心里没底，说这一去，也不知是吉是凶。嫂子安慰说，吉不吉的，咱们就不指望了，能让老百姓过上几天平平安安的日子就好。凶？不至于吧。又不是小鬼子横行霸道的时候了。

前一阵，佟国俊虽和陈巧兰见面不多，但听说龚寂当了警察局长后，两人还是悄悄地约会了一次。陈巧兰说，你是不是可以去找找龚寂了？把你的真实身份亮出来，起码也让我挺起胸脯做人，不然，就是在娘家哥嫂面前，我都难抬头。佟国俊将和嫂子商量过的话说给她，安慰说，也不差一月两月，还是沉沉心，再委屈一些日子，好饭何必怕晚。没想，巧兰还是急着揭锅了，但愿不至夹生吧。

第二天，佟国俊先去货场告假，一切还划着弧呢，所以也没多说什么，只说家里有事。去了站前，果然有小汽车和便衣警员静候。坐进去，问去哪里，警员答去城北的汤池山庄。佟国俊心里总算落了些底。汤池山庄是有钱人享受的地方，尤其是日本人在的那些年，那帮犊子就像北海道的猴子似的，好泡温泉，把山庄基本包了下来，寻常中国人哪得一进。看来龚寂除了叙谈，还想让自己跟着享受享受啦。

进了山庄深处的一个包房，却没见龚寂的身影。两个精壮的便衣汉子候在宴桌旁，见佟国俊进门，立刻满脸堆笑地起身迎过来，还远远伸出手，说欢迎佟先生，龚局长马上就到。佟国俊越发放松了警惕，两手都被人握住了，却见两人突然都变了脸，两臂被用力一扭，就背到了身后，随之又被跟在身后的警员扣上了铐子。那一刻，纵是打遍天下无敌手的武二郎再世，也难施展得开手脚了。

佟国俊气得大叫，你们要干什么？

精壮汉子迎面就是一拳，说你小子杀兄霸嫂，你说我们要干什么？打的就是你这畜生！

佟国俊再喊，快让姓龚的出来说话！

精壮汉子又是一拳，骂道，你小子白披了张人皮，还配跟我们局长说话。今天你敢不老实，小心活剥了你的皮！

佟国俊情知自己今天就是误入了白虎堂的林冲，遭了姓龚的暗算，怕是难得一好了。他气得再骂，我是杀日本鬼子的好汉，杀掉的小鬼子一巴掌数不过来，你们给姓龚的狗汉奸为虎作伥，残害忠良，小心天打五雷轰！

精壮汉子听佟国俊如此骂，便暂且住了手，跑去向泡在温泉池里的龚寂请示。龚寂冷笑斥道，他说炸了日本广岛的那颗原子弹都是他扔的，你也信？可这畜生和她嫂子睡在同一铺炕上，可是我亲眼见到的。他跟站西货场外饭店的小老板娘明铺暗盖，也被我按在了炕头上，不然她老婆能服服帖帖地去派出所交罚金？这些埋汰事，眼见的日本人撤回国内去了不好做证，可你们再去问问警察局以前的弟兄，都还在北口城里混饭吃呢，看看我说的可半句有假！你们把他的嘴堵上，少他妈狼哭鬼叫地让我听着心烦。让他自己写就是，我知道这小子识字。他要是再不老实，也用不着再来问我，那只能怪你们没本事！

有了局长大人的这般示下，佟国俊所受的摧残就可想而知了。但佟国俊又怎么会提笔去写狗屁的供词，违心的也不可能。姓龚的明明已从陈巧兰口里得了自己的底细，可他却昧着良心一字不提杀敌报国之事，反倒逼着自己认下杀兄霸嫂的罪名，仅这杀兄一罪，就足以夺去自己性命，其用心之歹毒已是秃子脑门上的屎壳郎。自己没供述，或许他一时还不敢杀我，熬过这一程，时来运转重见天日也未可知。

那帮人打累了，也曾换过嘴脸劝降，对佟国俊说，好汉不吃眼前亏，你这是何苦？你以为我们愿意打你呀？杀没杀你哥的事咱们先放下不说，你可以把霸占你嫂子的事先认下来，我们也就好向上边交差了。眼下，警察局追查卖国求荣的汉奸还不忙过来呢，号子里早塞满了，你跟你嫂子的事顶多算个伤风败俗，监狱里哪有地方关你，出上两月苦力也就放你回去了。你自己琢磨琢磨看。佟国俊摇头，只是不吭声。就是为躲毒打，委曲求全，也不能往恩重如山的嫂子身上泼脏水，那会让哥哥的在天之灵也不得安生。再说，这帮人的话明显是在设套，想一步步地牵着自己走进他们早就挖好的陷阱。姓龚的要是只想治自己伤风败俗的罪，又何苦动这么大的干戈？

同一日，龚寂另派两拨人马分别去了大杂院和货场附近的小饭店。在大杂院，两警察守在了佟家的门前，说事涉重案，任何人不许出，也不许入，连佟国俊嫂子想去厕所都不行，放进了便桶在屋内。又有警员去找大杂院的邻居们询问。邻居们惊诧莫名，说那家两口子都挺本分厚道的，在这里住了十多年，对外从不讨嫌惹事，家里也和和睦睦的。警员问，知不知道这家男人还有个哥，哥俩长得一模一样，是一对双？知不知先前住在家里的才是这家女人的正宗男人？有邻居听此一问，想起刘家男人身上多年前确曾出现过些许不同或曰变化，心中也生疑惑，但又怕话多语失，不定伤害了谁，便都摇头，只说我们眼笨，没看出来。而在小饭店，警察们则以同样的理由将陈巧兰的哥哥撵回乡间，只留陈巧兰在店内，另派人守在门外，将小饭店的酒幌摘去，还在门前竖起了暂停营业的牌子。佟国俊的嫂子和陈巧兰虽不得照面，却自然都想到佟国俊八成遭了暗算，凶多吉少。但不管两人各在屋内怎样心焦似焚哭骂不止，看守的警员只是充耳不闻，只候局长大人的谕示。

打手打不出佟国俊的口供，也逼诱不出笔供，龚寂只好另想邪招。他在监牢里提出一位先前帮日本人办过案子的刀笔吏，如此一说，刀笔吏正巴不得给警察局长效劳，岂敢不从，立马依龚大局长之意造出了那么两份询供笔录，连佟国俊的签名都一并造了下来。龚寂再安排心腹之人带了伪造的笔录去找佟国俊按指印。佟国俊自是不从，连抓带咬，恨不得就将那笔录撕成烂泥。但龚寂的心腹哪会遂了他的意，抓住他的手，牛不喝水强按头。而那刀笔吏却没料到，只在当夜，便被人带出牢房，以通敌卖国罪一枪毙了。刚刚结束战争状态，社会急需安定，民心急需抚慰，警察局长手里既握生杀之权，留那些狗汉奸何用，正好灭了活口，剪除后患。

至于佟张氏的那份询供笔录，事情就办得简单了许多。听说佟张氏不识字，龚寂亲自出马，一脸笑模样地走进了大杂院。他把随员远远赶开，一脸诚恳地对佟张氏说，我知佟国俊是抗日英雄，可偏又有人举报他杀了亲哥哥。这事我若公开真相，佟国俊和你的荣誉虽一时可得恢复，但佟国俊可就命悬一线了。我担心的是那些还没清除干净的日伪特务对他下黑手，所以才想出这么个办法，先将佟国俊送个秘密地方保护起来，等过些日子，社会消停了些，你们一家自然就团圆了。佟张氏说，那你这就带我去见见他。龚寂摇头说，现在不行，我带你一去，特务若是一路尾随，那佟国俊的藏身之地暴露了，还谈何保护？小鬼子当道的时候，我可是没少帮过你的忙，还数次暗中保护过佟国俊，我的话你还信不着吗？佟张氏说，你既这么说，为什么还把我关起来，连门都不让出？龚寂笑道，什么关，这不过是做给外人看的一种形式。除了佟国俊，我也要保护你呀。不然举报的事传出去，你还敢出门吗？这个打听那个问的，你又怎么回答？至于说佟国俊杀了亲哥哥的事，我是坚决不信的。我已让人做了一个询供笔录，就是由你来证明那些不过是胡说八道，你按个指印就行了。佟张氏说，我又不识字，哪知你们都写了什么？龚寂说，你不认识，我给你念念嘛。于是，他便做比成样地念起来，那些问答的词句都是另编派好的，龚大局长不过在背台词。见龚寂掏出了血一样红的印泥，将信将疑的佟张氏心里仍有犹豫，嘟哝说，不按不行吗？龚寂笑道，警察局为了驳斥那些无稽之谈，没有这样一份白字黑纸加红指印的证明怎么行？哦，对了，我现在就把以前你交给我的三十元银元如数奉还，还有这只玉镯，是当年你放到我手上的，当时我不好不接。听说这可是你家祖传的宝物，现在一并完璧归赵，请你收好。那只手镯进一步打消了佟张氏的顾忌，龚大局长说得头头是道，若不是如此，又为什么把银元和手镯退回来呢？犹犹豫豫间，她还是把指印按下了。

几天后，佟国俊被推进一辆美式吉普车，拉出了汤池山庄。就是在那一刻，佟国俊也没意识到命丧黄泉的一刻已迫在眼前。他以为不过是另去监牢，人家营业性的汤池哪能让警察局当成永久性的刑讯监押之地。即使姓龚的恶贼想要他命，也总该提前给吃顿断头饭吧。及至到了城南河套，又见堤坝上已站了不少看热闹的民众，他才知坏了，这是来了刑场。以前他听人说过，北口城凡是公开处决案犯，都是押赴城南河套。可嘴被死死地堵着，双臂被牢牢实实地捆绑着，纵是武松再世，又奈其何。

就在佟国俊被押赴刑场的同时，羁押他嫂嫂的警察也撤离了大杂院。走前，他们打开房门，对佟张氏说，你家的野男人杀兄霸嫂，罪大恶极，已押南河套去了，你去给他收尸吧。佟张氏呆怔片刻，便疯了似的往城南跑。亲自去了城南河套监刑的龚寂故意拖延，刻意等着这一刻，看佟张氏远远地冲来，便把戴着黑皮手套的巴掌恶狠狠地挥了下去。两个警察试图让佟国俊跪下去，佟国俊不跪，警察便踢他的膝弯，佟国俊屈屈身子，硬挺着站起来，转过身，怒目圆瞪，直视黑洞洞的枪口。行刑手胆战了，枪口垂下来，怯怯地扭头看了龚寂一眼。龚寂怒骂，看我干什么，白吃饱，废物！佟张氏冲到了刑场边，嘴里不住地大喊冤枉，冤死了……警察执枪拦阻，佟张氏抓住枪管，想从下面钻进去。龚寂掏出手枪，砰地就是一响，是冲天打的，可算鸣枪示警。佟张氏哪管这些，仍喊着冤往前冲。龚寂骂道，袭警夺枪，还等什么！跟在他身旁的警卫闻言，掏枪扑向佟张氏，也是砰的一枪，直接射向了佟张氏的胸膛。佟国俊眼见了嫂子惨死，还想挣扎着往前扑，执刑手心一横，手指也扣动了扳机……

看热闹的人们心惊肉跳，唏嘘不已，带着诸多的感慨纷纷回到了城里。负责看守小饭店的警察得了撤回城内的一局之长的示意，隔着房门对陈巧兰说，佟国俊被枪毙了，他嫂子劫刑场也丢了小命。你再敢胡闹，下一个就是你！陈巧兰立时就不闹了，因为她呆了，直了，傻了。想一想，都怪自己，怎么就没听国俊哥的话，就一个心眼儿地去找了姓龚的那个吃人不吐骨头的笑面虎呢，是自己害了国俊哥和他嫂子呀！这天下哪还有个公理，自己这辈子哪还有个奔头，还不如这就随国俊哥一路去了，也免了他黄泉路上的孤单……陈巧兰发了一阵呆，进了小后屋，找出一根绳索，把自己悬在了房梁上。

得了严防死守命令的两个警察一直又在小饭店外监守了小半天，见店内再没动静，呼叫敲门也无人应，这才开锁进去。见年轻的女店主已死，警察这才跑回局里报告。龚寂似还不信，蹙着眉头问，陈巧兰真的死了吗？警察重重地点头说，死了，真死了。我们进去看了，是上吊死的，身子都硬了，没救了。她还把大红的衣裤都穿在身上，看样子那套衣裳是为结婚备下的。龚寂的巴掌重重地抽在警察的脸颊上，瞪着眼睛骂，陈巧兰不过是没守住妇道，何至于就该一死！废物，都是废物，连个大活人都看不住！龚寂装作很生气的样子地又在地心转了一阵圈子，见两人还站在那里发呆，又道，这样吧，局里出十块大洋，从你们两人的俸禄里也一人扣五块，就算安葬费。赶快通知她家里人，把尸体和安葬费一块领回去。一个警察说，陈巧兰的哥已来了，说是要带人把尸首抬到警察局来。龚寂恨道，真是不识好歹，反了他！

　　一枪三眼，一计三命，将可能坏了自己大事的人一并灭口。那个弑兄霸嫂和姅宿民女的罪名太好了，以道德和法律的名义，足以调动起格外看重伦理亲情的天下民众的冲天义愤。军统出身的警察局长在对付日酋时无计可施一如蠢猪，但在暗算自己的同胞时却毒似蛇蝎，狠比豺狼，而且还有着远超狐狸的狡猾，谋划得足够周密，手段也足够残忍毒辣！细想想中华民族的五千年文明史，民众死于内乱的，可能要远远高于牺牲反抗外部侵略的数量吧。

　　我再翻惨案后的北口老报纸，知心黑手辣的龚寂果然立功获奖，并得高升。数月后的报纸版面上有一张不小的照片，被民众士绅簇拥着的龚寂恬不知耻地笑着，好一番意得志满春风得意之态，身旁还满是飘飘彩旗及爆竹硝烟。报道中称，警察局长龚寂先生在抗战期间，无愧于国民政府军事委员会调查统计局的无畏斗士，在潜伏北口期间，多次成功刺杀万恶不赦的日酋，并巧妙破坏日军在大撤退前的战略部署，近日荣授国民革命军忠勇勋章，晋升上校军衔，并即将奔赴戡伏匪患平定内乱之新战场。北口民众及士绅贤达深切感念龚寂先生在此地潜伏期间，利用伪警官之身份为保护苦难民众少受日寇铁蹄践踏而做出的不懈善举，及抗战胜利后大力清剿敌伪残存势力，维护北口地区治安稳定而做出的卓越贡献……北口民众恋恋不舍，依依惜别，祝愿他再创功勋，荣归故里。

　　那是1946年的下半年。人民解放战争已经拉开序幕，在摧枯拉朽般的历史浪潮中，臭鸡子儿一个的无赖小人龚寂还会有好结果吗？啊呸，别再提他了，恶心！

15

　　爷爷仍是一时清醒一时糊涂。有一天，我趁他神智正好的时候，拿出厚厚的一本书，翻出其中的一篇文章给他读。文章的题目是，《杀敌勇士国之俊杰》。文章讲，日寇在策动震惊世界的"九一八"事变之后，东北军年轻的爱国军官佟国俊为报国难家仇，在部队撤进关内之际，率领少数弟兄留在白山黑水之间，频频袭杀日本侵略者。跟随他的众弟兄接连阵亡，他的孪生兄长佟国良不惜牺牲性命，掩护佟国俊在北口城内潜伏。佟国俊不忘报国之志，继续以"东北军独立一师"的名义袭杀日酋，却不幸在抗战胜利后被国民党当局以弑兄霸嫂的莫须有罪名惨遭杀害……

　　文章刚读了个开头，爷爷便挺直了腰板，昏花的双眼里也闪出异样的光芒。我几次想停下来跟他攀谈，他挥手催促我，念，接着念。

　　文章不过两千余字，很快读完了。爷爷已是老泪纵横，他抓过书，戴上老花镜看封面，问："这是本什么书呀？你从哪儿找来的？"

　　我说："是我们报社资料室的，我听你老人家常叨念佟国良、佟国俊，正巧在这本《东北抗日英烈传》上读到他们的事迹，就给您老带回来了。"

　　爷爷再问："谁写的呀？他怎么什么都知道？"

　　我答，作者署名是佚名。佚名的意思就是不知是谁。也许是编者一时没找到作者，或者是作者不想暴露身份吧。

爷爷的泪水越发难止难歇，他哽咽着说："作为佟家的后人，你爷爷真是白活了，我小时还直怕跟了你二太爷的名字担埋汰呢。多亏你二太爷临死前还是把那些事说给了贴着心信得着的人。人家不愿露名字，估摸是领导不让写，他怕秋后算账穿小鞋吧。我估算着，这知情人的年纪也小不了了。"

我装出吃惊的样子，问佟国俊就是我的二太爷吗？这么说，佟国良就是我太爷爷？我又说："眼下都什么年代了，人家是在赞颂抗日杀敌的英雄，还怕什么领导让不让呀。"

爷爷叹息地说："可你二太爷佟国俊是东北军呀，属于国民党的那根蔓。"

我说，不管是哪根蔓，中华民族的祖根是一个，也只有一个。早在好几年前，国家就承认国民党军队抗战阵亡将士的烈士身份了，最近，一些地方的民政部门还给健在的在乡国军抗日将士发放了优抚，许多地方还建立了国军抗日阵亡将士纪念碑纪念馆呢。你看到的这本书就足以证明，我二太爷不是也可以进了抗日英烈传吗？

爷爷脸上现出欣慰之色，不住地点头赞许，说这就对啦，咱们国家的当家人明白了，都是血肉之躯，都是为了赶走驴操的小鬼子，还分个什么党什么派呀。哪个人为国捐躯了，家里人心里不疼得慌呀！

由是，爷爷便给我讲起了许许多多的往事。他说，幼时的他名字本叫"奎"，后来阿玛给改成"馗"了。他不愿改，说这个字难写，许多人不认识。阿玛梗着性子说，就这么改，不商量。待大些后，馗子才明白，那个馗是钟馗的馗，钟馗是专门打鬼的好汉。十五岁那年，馗子为避羞辱，离家出走，一路近乎乞讨，走过好多地方。好在那时他还小，日伪宪警也没太把这个还不配办良民证的小流浪汉放在眼里，任他自生自灭。后来，他连病带饿，倒在了沈阳小南门附近的一家鞋铺前。鞋铺的老板兼师傅是个好心人，救下了他，并收留他当了小学徒。为防家里人找他，馗子谎称姓黄，叫黄顺宝，父亲给日本出劳工病死了，母亲改了嫁。他不愿跟着母亲当带葫芦子（又称拖油瓶）吃下眼食，才跑了出来。一年后，收复失地的国民政府当局重新登记户籍，馗子不好在师傅承认当初编谎，便还以黄顺宝入册。这个姓氏一直用到今日，弄得我和父亲也一直难寻祖归宗。数年后的 1949 年，出徒后的馗子回过一趟北口，想把母亲接到沈阳一块居住。走进大杂院，迎接他的是老邻居们惊愕悲悯的目光。额娘和阿玛都不在了，都成了那些执法人的枪下之鬼。直到那时，痛不欲生的馗子才知自己本姓佟，先前用的刘姓是阿玛用来护身的假姓。馗子除了悲痛，还有一言难尽的悔恨。如果当初自己不离家出走，额娘和阿玛是不是或可留得一命呢？馗子去了城外的乱尸岗，烧了纸钱，长跪不起，把额头都磕得血肉模糊，起身后只得再回沈阳。新中国成立后，因为众所周知的原因，他继续延用黄顺宝的名字，无论谁问起他的父亲母亲，都只答亡故多年，记不起了。唉，是啊，护住苦大仇深根正苗红的出身，总比陷入危机四伏的斗争里强吧。叔父的东北军军官身份，父亲的死无葬身之地的历史疑点，又岂是一抓就灵的火红岁月里哪个普通中国人所能承受得起的，况且，叔父还杀兄霸嫂，额娘苟且偷生，如此家丑，奇耻大辱，又怎么张得开嘴巴对人说呀……

其实，那篇两千字写佟国俊的文章就出自我的笔下，那本书也是我"做"的。我在旧书摊上买来那么一本八成新的《东北抗日英烈传》，连同我写就的那篇文章，一并送到还算有些档次的打字复印社，对小老板说，你想办法帮我把这篇文章夹到这本书里去，争取让人以为就是这本书里的内容，行吗？我只要一本，工本费你说，我不讲价。小老板颇有些为难，说晃一晃外行人的眼睛还行，但放到专业人士的手上，就难了。先生您不是也想申报职称或评什么奖吧？我笑了，说那您就辛苦辛苦，我用这本书的用项可远比申报职称和评奖重要百倍千倍。我心想，爷爷虽识字，但毕竟已是耄耋之年，一辈子没跟书本打交道，又哪里来的专业人士的辨识水准。我将此书呈到爷爷手上，除了想借此抚慰一下老人那颗只觉愧对先人的心，也想由此打开他的记忆之闸，把那些不堪回首的往事说给我听。我成功了！

在"做"那本书前，我也曾找过北口市地方志办公室，拿出我写好的文稿，并以我拍照下来的日伪时期报纸佐证，希望能将那篇文章印发在每年都要出版的地方志史籍中。那些编辑同人客气而坚决地回绝，说编撰地方志不同写小说，必须要有货真价实的史料基础。你还是去作家协会请教请教，试试写小说，小说可以演绎，也可以虚构，足以施展你无限广阔的想象才华。

我又不是傻子，不会听不出这客气里的揶揄与挖苦，只好愤愤地拂袖而去。

而今，那本说假就假、说真亦真的英烈传就在爷爷的手上，整日整日不离身，睡觉都放在枕旁，连我想拿走都难。家里不管来了什么客人，也不论那时爷爷的神智是清醒还是糊涂，他都会来到客人身旁，打开那本书让人家看，很是骄傲地说，你知道吗，我二叔是东北军独立一师⋯⋯

二舅二舅你是谁

1

霍小宝是在村外的河水里找到的。有在河边一起玩耍的孩子，突然发现少了小宝，便疯了般跑回村里喊大人。那个时候，晚霞铺在河面上，鲜红的颜色，像浓浓的血，不声不响地缓缓流动，荡起细碎的波浪，仿佛一个孩子的死亡，与它毫无关联。人们闻讯，赶到河边去，会水的人从河里捞出了小宝。小宝的妈妈王咏梅抱着那个湿淋淋的小身子哭天抢地，放声哇哇大哭，一只手在河滩地上的死命地抓挠，抓得手指都出了血。小宝的爸爸霍林舟蹲在一旁，脑袋埋在裆里，用两手薅着自己的头发，浑身颤抖，只见泪水无声地淋落，把脚下的河滩都淋湿了一窝。归栏的羊儿顺着河滩走过来，咩咩地叫，那声音像极了向母亲撒娇的孩子，王咏梅闻声，便哭得更加哀绝，说小宝小宝，你也喊声妈呀，你咋就不喊了，你给妈喊一声呀。听得人们心里都酸酸的，痛痛的。

霍小宝才十一岁，死因一目了然，孩子的脸蛋憋得青紫，一手抓着手草，另一只手里还死攥着两个蛤蜊。把小宝从水里摸上来的小伙子对人们说，河边水不深，可往里走不远，陡地就出了一道沟，一人多深，沟里是泥底，那道沟在水面上看不易被发现。小宝肯定是下河摸蛤蜊，一脚滑进沟，又被淤泥陷住了。人们唏嘘感叹，陪着抹眼泪，有人托起孩子的尸体，女人们便搀扶着王咏梅回村里去了。

先是村人们跑来安慰，村里的干部和小学校的校长老师们都来了，后来赶来的便是王咏梅娘家的亲友，外乡外村的，离得远，有人还塞给王咏梅一两张票子，骂河里的妖怪，馋，比那养汉老婆还馋，隔两三年总要吃上一个人，又说好在霍林舟两口子都还年轻，天不灭曹，抓紧再生一个，还来得及。晚风中传来二人转的演唱和人们的哄笑声，那是村里有人在给老人过八十大寿，与霍家屋子里的哀绝与恸楚极不协调。霍林舟去把窗子掩上了，王咏梅歇斯底里地骂，打开，打开，王八蛋，让他们乐，让他们乐，乐得他们一口气上不来，正好给我的小宝做陪葬！

乡间的习俗，未成年的孩子死了，不管男女，都不停灵举丧，也不设祭发送，宛若死了一条猫狗。因为人未成年还算不得这个家庭的正式成员，不过是个匆匆来去的过客。旧时，有钱人家打口薄皮棺材，送出去一埋了事。穷人则找领破旧席子，把死孩子草草一裹，送到乱葬岗子，狼掏鹰啄全随天意。现在没有乱葬岗子了，尸体也不可随意掩埋，便统统送到火葬场，家属多不要骨灰，或弃之河淖，或扬之荒野，任其随风而去。

清晨，听着鸡叫了二遍，霍林舟将穿戴一新的死孩子往小被子里一裹，在妻子骤起的哭嚷声中，冷下心抹把泪挟起来就出了房门，妻子王咏梅有她嫡亲姐姐陪着呢，不用管。院子里早停着一辆三轮农用车，村里邻家的，昨晚就借下了，只借车，没想再麻烦驾车人，霍林舟自己会摆弄。

汽车的前灯亮了，发动机轰轰地响起来，缓缓地驶向院门。灯光里突然站定一个人，手里还扶着自行车，打着手势让车停下来，那手势很坚决，不容置疑。

霍林舟跳下车，问："姐夫，啥意思？"

拦车人叫赵斌，霍林舟的一担挑，连襟，昨天夜里就和媳妇赶来了，坐了一阵，让媳妇留下来陪妹妹，他就回去了。赵斌仍对着农用车做手势，意思是退回去，又对霍林舟说："不能就这么拉倒，好歹得讨个说法。"

霍林舟说："孩子是自己淹死的，跟谁讨说法？"

赵斌把霍林舟往旁边拉了拉，声音低下来："你讨不来说法，却有人能帮你讨。但人家有条件，赔偿款下来后，不能少于一勾儿。"

　　勾儿是民间的说法，都懂，一以分三，算数上叫三分之一，相当于算盘上的三一三十一。霍林舟想了想说："这抽头儿，也太大了点吧？"抽头儿是乡间的说法，相当于提成。

　　赵斌说："可不认人家抽，那咱家的孩子就白死了，你的两个空爪子只能挠墙去。"

　　霍林舟叹了口气："那就抽吧。没说能给讨来多少？"

　　"人家给的保底数是这些。"赵斌攥了一下拳头，又支叉开五个指头。

　　"一万五？"

　　"多还是少？"

　　"不少不少，落到咱手里也是一扎票子呢。就算家里着了天火，往外逃命时却拣了个钱包。"

　　赵斌冷笑："这年月，死了个人，一万五还叫个钱？你再乘上十。"

　　霍林舟吓了一跳："一个孩子，又是自己淹死的，十五万，能吗？"

　　"猪八戒不能，沙和尚也不能，可孙猴子能。但人家还有条件，为防意外，必须是上打租，钱到手，才担事。不过也不用担心，如果赔偿款没替咱争下来，一分不少，如数奉还。"赵斌说。

　　霍林舟刚刚有点热乎起来的心，又陡地掉进了冰窟窿。他苦着脸说："人家的意思咱懂，这是怕咱们日后反悔不认账。可我家的情况瞒得了别人还瞒得过你？为翻盖这房子，没少拉饥荒，从你手里拿的两万还不知啥时能还上呢。可让我上哪儿再去找那五万元钱？要是三头二百的小钱儿，我就一狠心先把圈里的那口半大克郎卖了。"

　　赵斌说："我家要是还有现钱，这五万我也就替你垫上了。你看这样中不中，我在中间当个保人，把我家在城里的那处房子的房证押在人家手里，事后你别叫我坐蜡就成。"

　　霍林舟拉住了赵斌的手："中，姐夫，这咋不中。你放心，我就再是个耍赖不守信用的人，也不敢在姐和姐夫面前放挺打横儿吧，那还是个人吗？"

　　"那你把孩子再放回屋里去，还是开这个车，立马跟我进城，去见见那个人。"

"到底是谁呀？"

"二舅。"

"你妈那辈不是没哥们儿吗？"

"我还不兴有叔伯舅和表舅啊？你就别打听那么多了，抓紧跟我走吧。"

2

请愿的人群是上午九点多钟涌进乡政府院子的，呼啦啦足有近百人。霍小宝的尸体放在一块门板上，上面盖着白布，由两人抬着。霍小宝的妈妈王咏梅由姐姐扶着，一路啼号进了院子。一些人立刻忙着搭灵棚，棚布和木杆都是随身带来的，放在那辆农用车上，车上还带着几个花圈和录音机，录音机一直没停放哀乐。乡政府的人慌了，乡派出所的警察忙着堵住了院门口，阻拦如潮而来的看热闹的人。先是一位副乡长出面，问谁是死者家属，咱们到屋里谈谈好不好？赵斌黑着脸说，不好。我知道你是摇旗呐喊的，说了不算，我们只跟乡里的一把书记说话。副乡长只好跑回楼里去，乡长很快露了面，说我姓林，武书记去外地招商引资了，不在家，乡里的事就由我暂时主持。你们派三位代表，跟我到办公室谈吧。其实，乡党委书记此时正在楼里，刚才还在主持党委会，风云突变，书记就派乡长出阵抵挡，自己则带着其他党委委员掩在楼上会议室的窗后观察动静。遇到这种情况，久经战阵的三军主帅一般是不亲自出面的，他必须给自己留下一个缓冲和回旋的余地。普通农民霍林舟哪懂这些，他扭头问赵斌和一位胖胖的中年妇女，姐夫，三姨，那就咱们三位？

三位跟在林乡长后面，进了办公室，在办公桌旁的沙发上落座。有秘书跟过来沏茶，林乡长则不失时机地从桌上抓起一盒烟，挨个递上。烟是好烟，粉红色的硬盒子，没抽过，但认识，是玉溪。林乡长很客气，递过烟，还按起打火机给几人点。但那位三姨没等点到她，自己已摸出了打火机。霍林舟看在眼里，心里不由一沉。原来三姨是残疾人，她是左手按打火机，右手却齐刷刷地缺了拇指、食指和中指，那颗烟是夹在无名指和小指之间的，让人触目惊心。

林乡长也看到了三姨的巴掌，故作吃惊地说："哟，这位大姐，受过磨难，不容易呀。"

三姨冷冷地说："别扯闲的，说正事吧。"

林乡长说："家里死了人，我深表同情。在没谈事情之前，我有个要求，政府是办公机关，不适合办丧事，先安排亲友们去个地方休息，再把灵棚拆了好不好？"

三姨把嘴巴里的烟雾浓浓地吐出来，抢先说："虽说死的是个孩子，可那也是一条人命，人的魂灵还在天上飘着呢，不能再让他没个着落吧。你要不让在这里搭灵棚，那我们马上就走，去县政府搭，去市政府搭。现在上上下下都在喊以民为本，执政为民，老百姓的这点最基本的感情诉求，你们当领导的，总得体谅吧？"

民说官话，官说民话，连以民为本执政为民的话都整出来了，这也是时下访民中司空见惯的新奇现象。林乡长笑了笑，抓起电话打出去，"你这就到我屋里来，有些情况你也听一听。"

推门而进的是派出所所长，一身警装，威风凛凛，腰带上挂着手枪，还挂着手铐和警棍。霍林舟看得心紧，不由望了三姨一眼。三姨却故意大声说："哟，警察同志来了，更好啊。警察代表着广大人民群众的根本利益，警民本是一家人，人民警察爱人民，有警察保护我们最基本的公民权利，这事就更好办了。不过，我也先给这位警察同志提个意见，你来执行公务，穿着警服足够了，把那个铐啊棍啊什么的摘去多好，沉甸甸稀哩哗啦的有用吗？我跟你保证，我们来的这帮人中，绝对没有打砸抢分子，你用不着吓唬耗子，你也不是猫，警察和人民群众更不是猫鼠关系，对吧？"

所长看了乡长一眼，林乡长说，这位大姐也是好意，爱护你，你就轻松轻松好了。见所长果然将手铐和警棍都放到了办公桌上，林乡长才又对三人说："有什么话，你们说吧。"

霍林舟看了三姨和赵斌一眼，说："我是河东村的村民，叫霍林舟，是被河水淹死的孩子霍小宝的父亲。我的孩子是昨天淹死的，具体时间肯定是午后，因为中午时他还在学校上课，他妈妈给他留的午饭焐在锅里，他回家时也吃了。据我所知，我们河东村的村委会主任昨天给他老爹过八十大寿，他跟校长借操场，说过了晌就要搭棚造厨，然后在操场上摆席设宴招待亲朋，晚上还要唱二人转。所以校长就点头了，让老师们把后晌的课都放在晌午上完，放孩子们回家时都过晌了，一点多了。昨天可是礼拜二啊，又不是放了寒假暑假，如果不是学校突然把孩子们都开了圈门放了羊，我家小宝能跑到河里去吗？我要问的就是，孩子的死，责任是不是就在学校？"

霍林舟说得很顺畅，把事情的缘由和责任都说清楚了，也没有因为哀伤而显得过于激动和愤怒。这番话，在来乡政府的路上，那位三姨已教他说了好几遍了。

派出所所长问："昨天下午，你和孩子的妈妈在干什么？"

霍林舟说："我在山上选矿厂打工啊，他妈妈在乡里织袜厂干活呀，都是日头快压山的时候才回的家，进了村才知出了大事。这都有人证明，你们去问问好了。"

所长又问："孩子没有爷爷奶奶姥姥姥爷吗？或者叔姑姨舅什么的。"

赵斌把手上的烟头远远地甩到一边去，又把一口唾沫啐到地上，说："领导这么问话可就没意思了。我就是孩子的姨父，正宗的，亲的，我和他姨在县城家里守着一个水果铺，都没出门。可你们有谁通知过我们昨天午后学校突然停课了吗？是校长还是老师亲手把孩子交回到了家里亲戚朋友手里了？孩子的爷爷奶奶姥姥姥爷就算都硬朗，也未必就会知道学校突然把学生放了羊吧？领导要是这么打太极拳，舞舞扎扎的，只知把责任往外推，那我们现在就走，不信这世界上还没个说理的地方了呢。"

林乡长急起身，用双手按住赵斌的肩膀，让他坐："这位兄弟，怎么还是炮仗脾气，沾火就要炸呢。我知道，谁家里死了人，心里都不好受，我理解，理解。有话好好说嘛，坐下，快坐下，来，抽烟，再点上。"

三姨说："怎么叫有话好好说？这位挎枪的同志就有话好好说啦？以法律为依据，以事实为准绳，执法的人更应该懂得这个道理吧？"

"他不过是问问，还没裁断嘛。再说，依我看，这种事，最好不用他们司法部门裁决，咱们还是争取心平气和，平等对话，妥善调解为好，建立和谐社会嘛。他呢，刚才问的那些话，不过是了解一下情况，你们也别想得太多。"林乡长又对所长说，"基本情况就是这些了，那你这就去跟主管教育的副乡长跑一趟，去河东村，找校长，找村支书和村主任，再问问村民和老师，抓紧把情况核实后向我报告。"林乡长说这话的时候，还悄悄动了一下大拇指，那个动作很隐避，不太容易让人察觉。

派出所所长起身去了。乡长拉了把椅子，坐到几人对面来，那情景不像是领导和上访群众对话，更像几个亲友在拉家常。林乡长问霍林舟和媳妇都多大年龄了，身体怎样，做过绝育手术没有，又问孩子的爷爷姥姥们是否已知道了这件事，还问孩子的学习好不好，平时是否淘气。林乡长还说，事情既已发生，也不能长久地沉浸在悲伤之中，凡事都要从长计议，保证活着的人身心健康才是第一位的。等过了这一阵，趁你们两口子还年轻，抓紧再生一个，还许生个龙凤胎呢。我负责告诉乡里管这摊工作的同志，一定一路给你们开绿灯。现在我越来越信命了，也许小宝那孩子本来就不该是你们的孩子，而是观音菩萨身边的金童，金童也还是个孩子嘛，背着菩萨跑人世间了玩几天，被菩萨发现，就喊回去了。菩萨大慈大悲，不会眼看着让你们悲伤，肯定还会再赐给你们孩子，而且会更聪明更健康，那才是你们两口子老来的依靠呢……

林乡长说这些话时，手机响过一次。乡长接了，嗯了啊的，也不知手机里是谁在说话，都说了些什么，估计肯定是跟眼下的事情有关。收了手机，乡长又跟几人扯了几句闲话，说去方便，便出了。趁这工夫，霍林舟问三姨和赵斌："刚才乡长偷偷给所长挑了一下大拇哥，啥意思？"

三姨不屑地撇嘴一笑："那还不懂，是叫他出去后抓紧向大老板报告讨主意呗。在乡里，乡长是老二，书记才是老大。"

霍林舟又问："这么大的事，说了算的书记咋不露面？"

赵斌说："二舅不是也没露面吗？"

三姨用白眼仁翻了赵斌一眼，没说什么。

3

一直到现在，霍林舟还没见过那位二舅呢，他姐夫赵斌也没见过。

清晨，汽车快开进县城时，赵斌给他的一个朋友打去手机，说我和我妹夫这就进城了，是直接去二舅的家，还是另找什么地方？朋友说，去文化广场吧，二舅说在西北角上等你们。赵斌收了手机，霍林舟问，二舅是个什么样的人啊？还不知姓个啥呢。赵斌说，别说你不知，我也不知，我只是听说县里有这么一个人，特别好打抱不平，好给人撑口袋（辨是非，争利益），而且有办法有路子，出手多是赢。昨天夜里，我从你家回来，刚进家门，就接了我这个朋友的电话，说听说过二舅吧？二舅听说你一担挑的孩子淹死了，觉得死的挺冤屈，问还想不想争个是非里表。后来就说了帮忙的条件，还说前有车，后有辙，提成一勾儿不议价，办事过程中的人吃马嚼都在那一勾儿里，什么都不用咱们管，以前不管帮谁的忙，都是这规矩。说这话的时候都过半夜了，我在家里连衣服都没敢脱，打了一个盹儿，急着又跑回村里去了。要是再差上那么一点点，你就把孩子送走了，多悬！

赵斌以前也在村里撸锄杠，后来闺女考上了县高中，两口子把乡下的房子卖了，把责任田也租了出去，跟进县城租房子，一边侍候闺女读书，一边用那卖房子的钱做底垫，又倒卖青菜又卖水果的，没想几年下来，不光把孩子侍候得考上了大学，自己在城里也有了自己的楼房。霍林舟打心眼里佩服这个连乔，人家不光敢想敢干，广交朋友，脑筋也活络。可想想眼下的事，他心里还是有些不托底，便犹犹豫豫地说，孩子……走也就走了，咱斗不过阎王爷，我只怕……咱又让别人耍了。赵斌心里有些不悦，说他耍咱啥？咱光腚的还怕他穿衣的呀？争来赔偿，给他一勾儿，争不来，顶多搭上一个瞎忙活，那个二舅不也瞎子点灯白费蜡吗？霍林舟说，我是怕……你家的房子。赵斌冷笑，房子咋？事情办不成，我和你姐不在售房协议书上签字按手印，那房证就是一张废纸。我不信号称最讲究的二舅还敢为这种事跟我对簿公堂！他不怕砸了吃饭的家什儿呀？

　　汽车到了广场西北角，眼前空旷旷的哪里有二舅的身影。广场上，好几拨老头儿老太太在晨练，有穿一身白亮亮的衣裤在打太极拳的，有披挂得大红大绿跳大秧歌的，也有跳迪斯科和颠儿颠儿跑步的。还有人在遛鸟放风筝，那风筝也不知安设了什么销构（不知名的小巧机关），竟在半空中嗡嗡地唱。他妈的城里人，日子过得真舒坦，吃得五饱六饱的，跑这地方来消食儿。咱哪辈子才能过上这种日子呀。

　　两人抽了足有三颗烟，一辆出租车才开过来，车上钻出一位胖嘟嘟的妇女，直奔二人而来，开口就问，谁是赵斌？赵斌望着绝尘远去的出租车问，二舅没来呀？女人说，他病了，躺着呢。有我，一样。赵斌看了霍林舟一眼，目光里流露出的是失望和不信任。这个女人，中等身材，半百上下，上穿杏黄T恤衫，下着青色牛仔裤，脸有横肉，目光冷峻，一看就不是个善茬子。赵斌问女人，怎么称呼？女人说，我姓叶，你们就喊我三姨吧。我都五十出头了，也没占你们什么便宜。霍林舟问，二舅是你哥还是你弟？三姨说，这有用吗？想让我帮忙，就先说说你们应下的条件。事已至此，确是再说什么都没用，赵斌将一勾儿和以房抵押上打租的话又重复了一遍。三姨再问，东西带来了吗？赵斌从怀里摸出房产证，里面还夹着身份证。到底是城里人了，事情算计得周到，早都备下了。三姨接过几个证件看了看，塞进自己的仿皮挎包，说那就这样，你们抓紧回去，多找点亲亲友友，在家里等着，我随后就到。

　　霍林舟调换车头往回开。路上，赵斌也没闲着，打手机呼唤七姑八姨兄弟姐妹，要求立马都到霍家院里聚齐，还要求是亲戚都帮着打声招呼。一担挑，连襟嘛，至爱亲朋多都连带，折了骨头连着筋，喊上一个，就等于通知了一帮。果然，两人到家不久，一些人陆续到了，再等了一会，三姨也到了。让霍林舟和赵斌很是吃惊的，三姨来的可不是一个人，而是轰轰地开来两辆车，一辆是中巴客车，另一辆是拉货的小型卡车。中巴上呼啦啦下来一大帮人，有女人，也有汉子，还有拄着拐杖的老头儿老太太，有的像城里人，也有的与乡间土老帽儿无异。赵斌问，来了这么多人，都是谁呀？三姨说，你家不冒烟，没人来救火，都是来帮忙的，眼下都是你们的亲戚。霍林舟说，我也不认识啊。三姨说，先忙正事，慢慢地就都认识了。你们看着叫，叫伯叫舅，叫姨叫姐，都行。三姨又问，你们这里离乡上多远？霍林舟说，六里多路吧。三姨转身向人们招呼，时候不早了，这就走吧。路不远，不坐车了，两辆车回去，岁数大腿脚不利索的坐霍家的那辆三轮车。大伙儿的手都别闲着，把车上的东西都带着，大件的就放到三轮车上去。

原来卡车还带着东西呢，有搭灵棚的帆布，还有粗粗细细的木杆，帆布下还压着几个花圈，竟然还有灵桌，连祭祀用的香烛、碟盘、水果、糕点都备上了。算计预备得这般细致周到，了不得！三姨还对王咏梅说，带上你家孩子的照片，有大点的更好，小一点也行。

一个几十人的队伍向着乡政府开进，前面有人抬着霍小宝的尸体，哀乐一路低回，引得村民和路人惊诧。霍林舟心里没底，这是不是没病找病，作呀？他看赵斌，赵斌低声说，没有金刚钻，人家也不会揽这瓷器活儿，由着人家弄吧。霍林舟不无忧虑地说，还有那么多的人呢，又不是亲戚，哪个会白来？赵斌说，管他多少人，都从那一勾儿里出，这个章程，咱学纪晓岚，铁嘴钢牙，咬住，到啥时也不能松口。

三姨使眼色，赵斌和霍林舟放慢了脚步，跟在队伍后。三姨说，到了乡政府，领导必是要咱们出代表跟他们对话，咱出三位，孩子亲爹不能缺了席位，再两位就是我和赵斌，你主唱，我们两个帮腔。唱主角的一定要叼住理，说村官跟学校借操场，再说学校突然把学生们放了半天假，家里大人都不在家，缺了对孩子的看管。霍林舟心里愈发吃惊。从昨晚到现在，自己就是个哀痛绝望，就是陪亲友们唏嘘抹泪，头两天村主任确是打发人来家说过请赴席祝寿的事，昨儿一晚只知哭天抹泪了，哪会想到还与小宝的死有着如此的因果关联。他说，我们河东村的事，原来三姨知道的比我还清楚。三姨说，打仗还讲究个知己知彼先侦查呢，不知盐为啥咸，醋为啥酸，我敢让你把死孩子往乡里的衙门抬？放心吧，这个官司你准儿打准儿地赢。到了谈赔偿那一步，你就咬住三十万，不见我的眼色别点头。霍林舟心里除了对三姨的叹服，又加上了惊疑，三十万？小豆鼠子啃老牛，这个胃口也太大了吧，可能吗？这都是那个没露面的二舅的主意吗？

4

乡政府大院的铁门被关上了，还挂上了锁，老大的铁锁，生铁铸的。外面的人进不来，里面的人也出不去。几个工作人员和派出所的警察站在铁门边，阻止里外的人出入和通话。有人搬出两箱矿泉水，放在院心，随便喝。临近中午，又有人喊人们进食堂吃饭，大米饭，牛肉炖萝卜，还有凉拌海带丝和拍黄瓜，管够造。那时候，乡政府里的人都瞅着，眼巴巴地。炊事员笑哈哈地说，你们吃你们的，吃饱了让他们拣剩儿。有吃相不好的人噎得直挺脖儿，问，我们都是大肚子，吃没了呢？炊事员说，那就让他们少吃一顿，也该减减肥啦。

这期间，大门打开过一次，人们看到有人从外面搬进来两个大纸壳箱子，也不知装的啥物件。很快，大家的手机都打不出去了，也不再能接发短信。有明白的人说，这是不知是从哪儿借来的机器，人家这是给屏蔽了，怕咱们跟外面联系。可吃公饷的人办公室里还有座机，人家可啥也不耽误。不懂的人问，啥叫屏蔽？答说，好像有人放了个臭屁，你不想闻，是不是你就要用手捂住鼻子？那你的手就是对你的鼻子实行了屏蔽。乡下人这才知道，高科技真是厉害，原来手机还能屏蔽，并不是到哪儿都能畅通无阻。感慨之后，人们心里便有些发慌，嘀咕说这大门给关上了，手机也给屏蔽了，咱们这不是牛马进棚猪进圈，被变相软禁了吗？心一慌，有些人就坐不住了，想寻衅找事，让警察把大门打开，说有急事要出去办。警察说，你们要想好，出去可以，我马上开门，但再想进来，就绝对不行了，我们已经接到了领导的命令。想整事的人都是霍林舟和赵斌的正宗亲戚，跟三姨来的那些人却不急不躁，泰然处之，有人还靠在荫凉处打起了盹儿，看来是久经战阵，见怪不怪。三姨看在眼里，对赵斌说，告诉他们，杨三姐打官司的年月还没手机呢，人家也把官司打赢了，让大家都消停消停吧。赵斌把话传过去，人们很快就安静了。

从乡政府的食堂出来后，三姨对两位上了年纪的老头老太太说，你们回去吧，别再把你们折腾出病来。两位老人似还犹豫，三姨把他们拉到一边，低声嘀咕了一阵，两人都点头了。霍林舟看在眼里，心里说，这么大岁数了，本就不应该叫他们来。但看大铁门打开了，还是要送一送，非亲非故的，站脚助威也好，摇旗呐喊也罢，人家还不是来帮咱家的忙？老太太临出大门前问，那我们就不回来了？三姨紧点头，说别回来别回来，回家好好歇歇，这边的事就放心吧。又叮嘱说，出去不远就有出租车，别舍不得钱，打车走啊。

正是秋老虎逞凶的时节，大太阳仍很毒辣，火球子般高悬在天空，晃照得人睁不开眼睛。在不停歇的哀乐声中，吃过午饭的人们散坐在院子四处的荫凉里，有人恹恹欲睡，也有人在说着悄悄话。霍家的亲友很快就和三姨带来的那些人混熟了，俨然真的成了姑舅叔姨或兄弟姐妹，彼此敬着烟，谈说着家长里短。霍林舟心里生出一些焦躁，对坐在树荫下的三姨和赵斌说，吃了饭，咋还谁都不理咱们了呢？三姨冷笑说，还不让领导们坐在一起商量商量对策呀。一会儿就可能有人找咱们谈了，这回要一个一个地轮着来。你们记住，不答应条件，说出天花来，也不能点头。还有，要谈就在这院里谈，不管他们说是什么事，都不能出去。赵斌问，可能会问到我们和你的关系，怎么答？三姨说，咱们不都攀过亲了嘛，我是你妈表哥老丈母娘的闺女，他们有兴趣，就去查。也是，一个县，几十万口人，说少不少，说多也不多，真要这么攀起来，三拐五绕的，几乎都能搭上点亲戚的边。

果然，这边的话刚落地，林乡长就亲自跑了出来，对霍林舟说："我刚接到的电话，县领导听说了你家小宝的事，已经亲自带着教育局局长和河东小学的校长到你家慰问去了，我这就派车，送你和你媳妇快回去。"

霍林舟看了三姨一眼，臭硬石头一样地说："我家小宝都死了，死了还上什么学？教育局和校长都不关我的球事，一百竿子也打不着了，我不回去。"

林乡长陪笑说："自古以来官都不打送礼的，他们总不能空着手去你家慰问，你咋比当官的架子还大？有什么要求，你们两口子正好可以跟他们谈嘛，他们谁都比我小乡官说了算。"

赵斌接话说："县官不如现管，他们想谈，直接到这里来嘛，领导都有轱辘，转一转就到了。乡政府大院就不能慰问和商量事了？"

林乡长无奈，只好又跑回楼里去。三姨点头赞许，说回得好，只要林舟和媳妇一离开这个院，怕就难回来了，他们有百样的招法缠住你。你们皇上和娘娘撤了朝，我们小太监们还在这里闹腾个什么劲儿。这种时候，千万不能上了他们的道儿。

过了一会儿，又有工作人员跑下来，说乡领导要单独和霍林舟谈话。这回进的是乡党委书记办公室，一见面，乡党委武书记就上前紧紧握住霍林舟的手，说自己正在外地和客商招商引资，听说这个事，就急赶了回来，刚进屋。我的年龄肯要比你大，那我就是哥，你是弟，当哥的说话轻了重了些，都是为你好，兄弟可得多担待。霍林舟知道乡里当家主事的是武书记，年龄比林乡长大，在乡里干的时间也比林乡长长，以前没少去村里，又是宣读又是动员的，早就面熟。只是奇怪，刚才也没见有人开大门，他既是刚回来，怎么进的院子呢？

武书记又说："乡长上午跟你们谈话的情况，他都跟我汇报了。家里死了人，心情肯定不好。人啊，越是在心里空虚无助的情况下，越容易被人蛊惑。蛊惑是啥？话说得好听，就是让你一时分不清啥是黑啥是白，啥是大啥是小，顺着他给你指的道儿，迷迷瞪瞪地往前走。过去市面上有一种说法，叫拍花，尤其是给年轻的女人拍，让她去哪儿就去哪儿，让她脱衣就脱衣。眼下有人破解，说是拍花人施了迷魂药。拍花人为啥让你顺着他的道儿走呢，因为他们包藏着祸心，想从你身上获取好处。再好比传说中的黄仙、狐

二舅二舅你是谁 101

仙迷人，它们迷惑人的目的就是吸人的精，喝人的血，它好成仙得道。我先要提醒兄弟的就是，千万不要受人蛊惑，上了别人的当，咱们自己的日子还得自己过，自己的章程还得自己拿。"

霍林舟知道武书记说的是什么意思，指向很明确，可人家蛊惑我，起码能给我两勾儿好处，我要是听了你的，那就得把死孩子送到火葬场去，变成灰拉倒。账如果这么算，还不一定是谁蛊惑我呢。他说："我不傻不茶，家不趁钱，我又不是黄花大姑娘，谁费心巴力地蛊惑我干什么？今儿陪我来的人，都是我家亲戚。家里死了人，要是连亲戚都不管不问的，那我霍林舟可活成了什么样的人啦？"

"那你说说看，那位所谓的什么三姨，是你什么亲戚？"武书记不绕了，枪口直指了把心。

"她是我连襟的姨，他喊三姨，我也跟着喊三姨。"

"你们以前见过面吗？"

"当然见过。我姐夫家有什么大事小情的，比如红白喜事，他家买楼，送闺女上大学，我去了，她也去了，我看她挺能张罗事的，所以这回我也求她帮助张罗张罗。"早防着有人这么问，回答是早准备好的。

武书记冷笑了："张罗？据我所知，这位三姨可是位在公安局里早挂了号的人物，姓叶，叫叶奉华，满族，51岁，据说祖上跟那位祸国殃民的叶赫那拉氏女人有枝蔓，是族亲，年轻时在县农机厂当过工人。后来农机厂黄了，她去南方打工，右手掌被机器压去了三个指头。老板黑心，说她操作违章，后果自负。但有人帮她打官司，听说还是个律师，替她争到手二十万补偿金。她回到县里后，就开始学帮过她的律师，翻过不少法律方面的大厚书，却一直考不下律师证书，所以就四处整事，不管是谁家的，也不管跟她是不是真的沾亲挂拐，她都出面张罗，当了原告当被告。她的张罗可不是白张罗，都有抽头儿，文词就叫提成。她先生原先也是农机厂的，当过班组长，跟她一起从南方回来后，在道边摆过修车摊，前两年病了，脑血栓，在家躺着呢。她还有个闺女，结婚了，在外地，日子过得也挺艰难。她的日子全靠她的提成撑着呢。你给我说说看，她从你手里要的提成是多少？"

霍林舟心里吃惊，原来领导什么都知道，而且远比自己详细具体。但他知道不能在这样的话题上跟领导绕下去，一句话说秃撸了嘴，被当官的抓住，那就崴泥坏菜，再挺不起腰张不开嘴啦。当官的有当官的打击目标，咱老百姓也有自个儿的耙心，同样爹娘给的一根舌头两片唇，何苦非让你牵着走？他故意倔哼哼地说："老母猪下不出羔子你抽驴，整那个没用。你就说吧，俺家小宝死得冤不冤？你们官家有没有责任？"

武书记说："刚才县领导和县教育局局长不是要去你家慰问嘛，可你又端着架子不回去。那我就当回二传手，把他们的处理意见转达给你，本着人道主义的关怀，他们准备慰问家属五万元钱。钱到手后，你必须马上把孩子的尸体送到火葬场去。"

领导在存心避着责任二字，只说慰问而不提赔偿，可没责任你掏钱干什么？老百姓日子过苦日子的多了，你们咋不慰问慰问别人去。三姨的招法果然不错，叼住理啦！霍林舟学着领导的样子冷笑："书记大哥，你也有孩子吧？我家小宝十一了，还是周岁，你说从他妈十月怀胎算起，再去县医院把孩子生下来，再一把屎一把尿地把他拉扯到这么大，再今儿这个费明天那个费地供他上学，我就不跟你说精神损失不损失的啦，你说五万元钱够不够？"

武书记沉吟有顷，说："教育部门是清水街门，让他们再多拿也是勉为其难。那就这样，乡里另拿五万，这就十万了。你知道，咱们乡也不富裕，农业税取消了，工业项目虽有几个，也都不大，作为最基层一级的人民政府，我们已经仁至义尽了。"

霍林舟说："你们真要仁至义尽，那就拿三十万，钱到手，我和这些亲友立马走人。"

武书记黑下了脸，不再说民话："霍林舟，我提醒你，不要得寸进尺！这里不是农贸市场，你再胡闹下去，就涉嫌讹诈，你是不是以为国家的法律就没有办法惩治你啦！"

霍林舟也一挺身而起，还重重地拍了一下茶几，大声说："你也别搬起块大石头吓唬俺们小蚂蚁，那石头落下来未必砸得着蚂蚁，倒是你们当官的臭脚丫子要注意！"

正是这时候，乡里的一个秘书推门走进来，手里还拿着几张纸片片，有些慌急地说："武书记，《关东瞭望》报社传真发来了报纸清样，说请乡领导抓紧审定核实，一个小时不回话，他们就要下稿付印了。"

武书记怔了一下："什么事？"

秘书看了霍林舟一眼，说："就是……他们的这个事，不知怎么让报社的人知道了……"

武书记勃然大怒："我说你还有没有个脑子？知道不知道我在干什么？出去，出去！"

5

霍林舟又回到了大院里，跟三姨和赵斌原原本本地讲了乡党委武书记和他谈话的过程，还讲了武书记已经答应给十万元。赵斌说，原来大掌舵的在家里呀？三姨嘿嘿一笑，说你们还以为他真没在呀。他去外地招商引资，昨天晚上就回来了，咱们到这儿的时候，正带人开党委会呢。赵斌又问，咱们这算不算取得了阶段性的胜利？三姨说，还得看看再说。乡里两个头儿的姓也真巧了，一个姓武，一个姓林，合在一块，也没看出是什么武林高手。但我们不能掉以轻心，他们背后的人多着呢。不光咱们这儿不能松嘴，还得看外边给他们什么样的压力。尤其是看上边大头头的意思。霍林舟蓦地想起报社发来传真的事，说了，还说武书记龙颜大怒。三姨的眼睛亮起来，却责怪霍林舟，你只记得人家答应给了多少钱，这个事咋忘了说？霍林舟嘟哝说，我以为这事跟咱们没关系呢。三姨掏出手机看了看时间，说关系大着呢。如果这时候，再有人给他们的大领导施加施加影响，那作用就更大了。等着吧，天黑前，武林里的人一定还得找你商量赔偿的事。

趁着三姨去厕所的工夫，赵斌对霍林舟悄声说，领导一会再找你，你也别傻了吧唧地死撑着，别让咱自己亏了就行。霍林舟一时懵懂，问啥意思。赵斌眼睛溜着院子角落的厕所，说诸葛亮再高明，也只能坐在大营帐中摇羽毛扇，他还能亲自陪五虎将上阵冲杀呀？这种事，就得随机应变，临场发挥，你自己琢磨吧。

入秋后的太阳一落山，天气很快变得凉爽起来。乡里的工作人员再跑出来，这回是领导请霍林舟和媳妇进楼谈话。赵斌对三姨说，不让咱俩当代表啦？三姨对霍林舟说，该说的话我们都说过了，大主意你自己拿吧。

霍林舟和媳妇王咏梅坐进了会议室，对面坐着武书记和林乡长，中间有亮光光一尘不染的会议桌隔着。环境决定气氛，这样一来，就颇有电视里常见的平等会谈的味道了。工作人员在每人面前放了一杯水，见武书记往外摆手，便退出去，还紧紧地掩上了门。

武书记说："在乡里，书记和乡长就相当于一个家庭的两口子，你们也是两口子，咱们是平等商谈，争取尽快把事情定下来，再拖下去对谁都不好，是不是？"

林乡长说："我和武书记又认真研究了一番，考虑到你们家里的具体困难，听说盖房子还留下不少债务，还考虑到失去孩子的悲伤，乡里决定再追加五万慰问金。这是最高限额了，你们也得理解我们当领导的难处。这笔钱支出去，可能下个月乡里干部的工资都不能按时开了。如果你们没什么意见，咱们马上签协议。"

果然是十五万，早晨时赵斌传二舅的许诺，说的就是十五万，那个二舅知天知地，快成神仙了，了不得！霍林舟看了媳妇一眼，狠狠心，还是从嘴巴里往外砸石头："我听说，前一阵山上拉矿石的大卡车下山时，一颠，滚下来一块石头，正好把路边一个老爷子砸死了。那老爷子都八十来岁了，还赔了二十多万呢。我家活蹦乱跳的一个孩子，小命就不比一个老棺材瓢子值钱呀？不行，三十万，少一个子儿都不行！"

林乡长笑了："别把话说得这么死嘛。真就一点没商量了？"

霍林舟说："没商量。"

林乡长说："那我先替你们算算这笔账。就算乡里答应了三十万，真正能落到你们手里的，估计顶多也就二十万吧。这种事，我懂，蒙不住我，更蒙不住武书记。有些人无利不起早，不会白帮你们上蹿下跳地闹腾。我们当领导的如果不是讲政治，一切从大局出发，从社会的稳定考虑，那他们就闹腾，看闹到最后的结果是什么？"

一直没吭声的王咏梅嘟哝说："好歹俺们能到手二十万，总比你们答应的十五万还多五万呢。俺们不傻，这个小账，不用掰手指头，也算得过来。"

会说的不如会听的，这话说得不甚高明，有点像用放过了年头的面粉包饺子，没了面筋，露馅了。林乡长笑了，说："好，那我们就首先保证霍家的利益不受损失，让你们拿到手二十万。不过呢，付款的方式要有点变通。官凭文书私凭印，咱们先签下一个十五万的协议，这样呢，我估计你们两口子总能拿到手十万。另外的十万呢，不往协议里写，你们也不要再向任何人透露，等孩子火化了，亲友们也散去了，一切四平八稳了，你们两口子再单独来乡里找我。包子有肉不在褶上，你们拿了多少钱也不在协议上，这笔账不难算，你们还是拿到手了二十万不是？"

原来当领导的也会玩这套，跟农贸市场上那些中介人似的，鬼魔眼障，覆云覆雨。这样变通，我霍林舟确是一分钱没亏，可官家却得了便宜，少掏五万，亏的是二舅三姨他们那些人。这事日后真要叫二舅三姨他们知道了，会不会要有麻烦？霍林舟想着刚才姐夫赵斌关于随机应变的叮嘱，思忖着，犹豫着，不知怎么回答，就觉媳妇在桌子底下踢他，还用手在他腿上重重地掐，那是催他点头呢。正这时，秘书又推门进来，这回学乖了，不再直门亮嗓了，而是附在武书记的耳边说悄悄话，武书记则对秘书说，替我报告市领导，一个小时之内，保证顺利结束。

霍林舟狠了狠心，说："领导这么算账，还是把好处都留给了自己。我那样拿二十万，心里踏实，亲友们也都乐呵，半夜敲门心不惊。可照你们领导们说的办法，虽说也是二十万，却是雪地里埋孩子，就是埋得再结实，永远不露，也让俺们两口子提心吊胆。提心吊胆的日子不好过，也不值，就好比你们当官的收了别人的钱，那能跟拿在手里的工资一样吗？我们两口子宁可大大方方地明着拿，也不学做贼养汉那一套。"

武书记说："那我就不跟林乡长商量，自己拍板了。按林乡长说的办法，再给你们加一万，这可就是十一万了。"

霍林舟说："两万，加两万我就签字走人。"

武书记站起身，指点着霍林舟的鼻子笑："我说你这位老弟呀，真是一点亏都不肯吃。我算彻底服你了，好，不争了，那就两万。"

霍林舟溜了媳妇一眼，眼神里满是得意，怎么样，你爷们不过多说了几句话，就又争来了两万，咱两口子苦挣苦拽干一年，也未必能挣到家两万呀，连乡里大掌包的都亲口说服了俺。可那种得意不能流露出来，人到啥时候都得装，都得把尾巴夹紧，霍林舟稳住骤然而起的狂烈心跳，继续苦着脸说："那就谢谢领导对小民的体谅了。可俺们小老百姓就怕……等哪天来了，领导不认账，变了卦……"

林乡长如拨浓雾见了青天般地哈哈笑起来："公家的事，我犯得着吗。好，那我就以个人的名义，给你们打欠条，我要真是那种赖账不还的小混混儿王八蛋，你们就拿着欠条去法院告我，中了吧？"

6

暮色落下来的时候，乡政府的院子又一次乱了一阵。乡里的干部们从楼里冲出来，忙着拆灵棚，往农用三轮车上扔花圈。跟霍林舟来的那些真假亲友们上前拦阻，干部们说，签字了签字了，你们还想在沙家浜扎下来呀？人们问，赔了多少呀？答说，不知道，一会你们问死孩子他爹他妈。说话间，人们怀里的手机都响起了笛笛的提示音，各般曲调，此起彼伏，响成一片，就好像进了夏夜里的荒野地，无数的蛐蛐蝈蝈在唱那种求欢的歌。有明白的人说，这是把屏蔽关了，憋了一天的信息都挤进来了。人们掏出手机看，果然，除了短信，还有小秘书台发来的来电提醒。有性子急的，便忙着躲到一边打电话去了。

霍林舟两口子在武书记和林乡长的陪同下，走出楼门，站在台阶上，在已亮起的灯光的映照下，显得意得志满，气定神闲。霍林舟向赵斌和三姨招手，两人赶过去。霍林舟说，领导问，钱是带现金，还是划进卡里？赵斌抓住霍林舟的胳膊，往旁边扯了扯，小声问，多少？霍林舟则有意让三姨也听到，大声说，十五万。赵斌拧眉说，你就点头啦？霍林舟扭头剜了身旁的媳妇王咏梅一眼说，有个败家的娘们在旁边忙着点头，我还能说个啥？就她那双耗子眼，又见过啥？以为老母猪就是地球上最大的动物啦。王咏梅挺配合，接话说，我看天说黑就黑了，这么多亲戚朋友陪着呢，谁家没老人孩子大事小情的，大家不说，我心里也急得慌。再说，我看领导们也是尽心尽意了，以前那条河，还少死人啦，又有几家得了赔偿？还不是人死了就烧了埋了。领导要是冷下心不闻不问，咱小老百姓还能大闹天宫呀？咱们还是感谢眼下的领导以人为本吧。武书记点头赞许，指点着赵斌笑说，我看你小姨子就比你有见识有胸怀，知情达理，你这个自以为是的纯爷们儿就跟着好好学去吧。

霍林舟一直留意着三姨的神色。听着几个人这般说，三姨面无表情，只是不易察觉微微叹了口气，说："死人出了门，总不能再往家里拉，连夜往火葬场送吧。天黑了，又有漫荒野地的山路，十五万也不是能塞进腰包的小钱儿，还是打进卡里吧，免得六指抠鼻子，再出别的岔儿。"

霍林舟说："我哪有什么卡。"

三姨说："我带着呢。明儿咱们一块去银行。"

霍林舟又说："都这种时候了，乡里储蓄所还办公啊？"

林乡长说："我已经告诉信用社留人了，火葬场那边也留人，你们的事不利索，他们谁也不许回家。你们呢，刻不容缓，必须立即把孩子尸体送到火葬场去。"

霍林舟心里咚咚地跳了跳，原来这女人什么都想在前面，也备在前面了。可钱进了她的卡，就等于钱包揣进她怀里，明天她还能按事先应下的话，吐出两勾儿吗？天下女人都好打赖叽，给她时千般好，朝她要时万般难，这位三姨不会也是那种人吧？

林乡长说："还是这位大姨考虑得周全。不然，出了这个门，村子缺了假了，我可就都不管啦。"

霍林舟再去看自己的偶像姐夫，赵斌读懂了他目光里的顾忌，哼了一声，冷冷地说："狼吃看不见，狗吃撑个死，你自己琢磨吧。"

霍林舟自然琢磨得出这句话里的责怪，姐夫还是在怪自己不该只应下官家给的十五万，嫌少了。他把乡里领导比作狼，吞下去的是整头猪羊，而三姨只能算是一条狗，叼去的充其量是两块没有多少肉的骨头棒子。可姐夫哪知道，其实还有比狼胃口大的活物呢，真正的老虎就站在他身旁，眼都不眨地已经整整吞下十二万，那可相当于肥肥壮壮的一头牛啦！是亲三分向，在小宝这件事上，姐夫跑前跑后的，又动脑子又出力，着急上火一点不比自己差，有些私房话，只能另找机会单独跟他说了。等真钱到了手，也不能被窝里放屁，自个儿独吞，多少也得分给姐夫一些，接不接是他的事，可那份心意是一定要有所表示的……

风吹云散，喧闹了一天的政府大院瞬间清宁。就在人们向院外和农用三轮车走去的时候，武书记又扭头喊："哎，派出所谁在这儿呢，你们派辆车，跟上两个人，一块去。"

三姨说："这就免了吧。一个早咽了气的死孩子，你们还派公差押解上路呀？我们保证尽快送到还不行啊？"

武书记说："看看，又误解了不是。这哪是押解，而是护送。好好好，既有大姐这句话，派出所的同志忙了一天，也就不受这份累了。"

7

还是霍林舟开车，奔上了去县城郊区的火葬场道路，旁边坐着三姨和赵斌，车后厢里则放着小宝的尸体。车开出乡政府大院前，霍林舟让媳妇带其他人，去了乡政府附近的饭店，跟着站脚助威吆喝一天了，又正是吃晚饭的时候，总不能让大家瘪着肚子回去。王咏梅说，好几十号人呢，我身上哪带那么多钱？你能不能先跟乡里借点？霍林舟看三姨正在旁边望着自己，再去找乡长借钱，怕跟乡里做下的猫腻露兜，便说，能赊就赊，不答应赊就让他们跟你回家取钱，这个月的工资不还在家里放着嘛，正好没来得及还饥荒。有人喊三姨一块去吃饭，三姨说，我正好坐车顺路，也不饿，回家再说吧。霍林舟知道她这是怕身上的卡出闪失，十五万呢，不到家谁的心里都不落底。三姨又将王咏梅拉到人少的地方，塞过去一张百元票子，低声叮嘱，说当着领导的面，有些话我不好说。一会吃完饭，你务必叫上两辆出租车，把那几位岁数大腿脚不好的送回家去。王咏梅点头说，三姨放心，要是我身上有钱，这钱哪能让你出？

汽车开出乡里，就是蜿蜒的山路。天已经黑透了，有点夹阴天，夜空中的星星和月亮时闪时没，天地间就更黑得有点蝎虎。车灯的档次又低，只在前方投射出不能不让人格外小心的光亮。三姨靠窗坐着，掏出手机摆弄，说："别都闲坐着，我给你们念几条短信，都是手机被屏蔽时发进来的。头一条，'我们已兵分两路，分别到了县政府和市政府。我们这一路是常务副市长亲自出面接待，答应天黑前一定给答复，并要求我们立刻撤兵。'"

霍林舟蓦地想起吃过晌饭时，三姨催促两位老头儿老太太回家歇息，那可能只是个幌子，实质是让两位不惹人眼目的老人带出她的指令，调兵遣将，另出两路兵马佯攻；又想起傍黑前乡领导找他谈话，武书记让秘书报告市领导一个小时内顺利结束的话，原来一切尽在三姨的掌控之中。你们有手机屏蔽的高科技，三姨有送出鸡毛信的土办法，兵来将挡，水来土掩，不等生孩子，人家早已先备下了猫月子的鸡蛋，而且一大筐，不少呢。

三姨又念："又一条，'报纸清样已电传发出，县委宣传部的人已约去一家咖啡馆面议。一切似只可伺机而动。'"

赵斌说："哟，连媒体都参与进来了！"

三姨说："没有大领导在上边压，再有媒体在旁边挤，乡里的这块豆饼能这么快滴出油来？当然了，也不光是那一块豆饼出油。听听这一条，'县长刚刚开过紧急办公会议，已定拨款二十万，资助乡里尽快平悉事态。'再听下一条，还是午饭前发过来的呢，'派出所长到了局里，局领导已派人再查三姨背景与相关情况，务请小心。'"

赵斌吃惊地说："了不得，连公安局，三姨都有人啊！"

霍林舟只觉心里越发紧上来，说："有人也得小心。"

三姨冷笑："我早小心了。犯法的事情不做，毒人的东西不吃。人家划了圈儿，咱们就只在国家法律准许的范围行使民主权利，不过界，不犯规，不然，我叶奉华早他妈的坐进大牢里去了。"

说话间，汽车已到了一处盘山道，一侧是黑黝黝的山岭，另一侧则是不知深浅的山涧，山涧里传来哗哗的流水声，像水怪的狞笑，唉，水出山就平缓了，小宝就是在这条河里淹死的。突然，灯光照处，只见三条汉子并立山路中心，手里都杵着锹镐之类的家什儿，两辆摩托车则停在道路两旁。霍林舟情知大事不好，急踩闸刹车。三姨倒还沉稳，吩咐说，你们别慌，都少说话，一切由我应对。

汽车停在了汉子们面前。灯光下，原来拦路者脸上还都束着黑布或围巾，只留了眼睛在外面，让人恐怖。三姨开门下车，平平静静地说："兄弟们有事呀？"

一个高个儿汉子因围巾堵嘴，瓮声瓮气地喊："都下来。"

三姨说："车后还有一个死孩子，也抱下来？"

汉子说："少废话，别拿死孩子吓唬人，他成不了精！"

那个时候，霍林舟和赵斌还坐在车上。霍林舟心中陡地闪出一个不祥的感觉，他小声对赵斌说，会不会这也是三姨事先安排好的，不然她为啥不让派出所的人送咱们来？赵斌说，看看再说，这种时候，活命第一。说话间，见三姨回身招手，两人都下了车。

三姨说："孩子叫河水淹死了。这位是孩子的爹，那位是孩子的姨父，都是土里刨食老实巴交的庄稼人。活人不挡死人道，这是自古以来的讲究，几位兄弟不会不懂吧？"

另一位细瘦汉子说："借着死孩子，你们也算发了一笔小财。你们吃肉，总得让我们也喝上一口汤吧？"

三姨说："这位兄弟说得有点不近情理。请问，又不是买彩票捡钱包，这种财谁愿发？你们会盼着家里的闺女儿子也去死吗？"

一条镐头呼地抡过来，打在三姨的大腿上，抡镐把的是那个一直没吭声的人，粗壮而敦实，还恶声恶语地骂："操你妈，你才盼着你的闺女儿子死呢。快把钱拿出来！"

三姨哎哟一声跌坐地上，疼得嘴里吸溜冷气。霍林舟和赵斌急去扶，三姨却往旁边推二人，对打她的人说："要命一条，尽管拿。但现金没有，钱都在卡上，想要卡，你们也拿去。密码我不知道，我也是奉命而来，想去银行提款，那你们去找二舅。"

高个子问："二舅是谁？"

三姨说："连二舅是谁都不知道，你们还在这条道儿上混个什么劲儿？"

敦实人又高高地扬起镐把，恶狠狠地说："我这一镐头下去，叫你脑袋瓜子立马开瓢儿，这你信吧？"

三姨仍坐在地上，举起那只缺了三个手指的巴掌，说："那咋不信，人的脑壳，比山上的核桃也结实不了多少，一敲就碎。你们看我这个巴掌，我可是在鬼门关转过一回的人啦。人死了比活着容易，我早有体会。你们可以一镐头打死我，还可以把这两位兄弟一人一镐头都砸死。人为财死，鸟为食亡，可你们得到了什么？我身后这辆破农用车你们肯定看不上眼，开走了也未必好处理。我们身上还有三部手机，都是过了时的低档货。可出了人命，就是大案，哪个国家的警方都不能不管，二舅也不会袖手旁观，那你们日后要遭的罪可就比我挨了一镐头厉害多啦。依我的意见，你们就此罢手，我可以把今晚这个事看作是三位兄弟酒后犯懵，一时取乐，保证不报案，还保证我的这两位老弟也守口如瓶。如果你们信得着我，还可以给我留下银行卡号或通信地址，五日内我会把一千元钱给你们打过去，算作三位兄弟今晚出来的车油钱。"

细瘦汉子说："我知道大家都喊你三姨，姓叶，还知道死了孩子的那位叫霍林舟，家住河东村。"

三姨说："知道了好，明人都别做暗事，我更不想跟谁做仇结梁子。"

三个汉子对了一下目光，细瘦汉子一甩头，率先奔了摩托，另两位持着家什儿，倒退着，也到了摩托车边。在摩托的轰鸣声中，细瘦汉子留下的话是，"三姨，对不起啦，给二舅带好！"

两辆摩托逆着汽车来时的方向迅速驶离，瞬间消失得无影无踪。坐在地上的三姨撑不住了，突然趴在地上，哎哟哎哟呻吟起来。霍林舟和赵斌急上前去扶，三姨越发喊疼，说别碰我的腿，可能是把骨头打折了。赵斌掏出手机，说我这就报警，路上还留着摩托车印，跑不了他们兔崽子。三姨说，这几个人像是初犯，还算听人劝，没恶到家呢，做人要言而有信，也别给咱们自己日后找麻烦，得饶人处且饶人，拉倒吧。霍林舟说，那就抓紧送三姨去医院。

两人把三姨抬上了汽车。三姨不能再坐着了，只能趴在副驾驶的双人座上，赵斌便跳上了车后厢。还是霍林舟开车，心里急，却不敢快开，怕颠疼了受伤的三姨。霍林舟问，要不要再告诉什么人先去医院等着。三姨说不用，又不是什么要命的伤病。霍林舟说，我和我姐夫身上都没带钱，医院要交押金的。三姨说，我身上不是带着那个卡吗，就先从那个卡上划，行吧？霍林舟说，那个卡你不是不知密码吗？三姨苦笑道，我蒙歹人的，你怎么也信？

想想刚才对三姨的猜疑，再想想三姨面对高扬的镐头脸不变色的从容与镇静，霍林舟心里好生惭愧，好一阵说不出话。三姨侧伏在车窗上，手在脚下的挎包里摸了又摸，问："还有烟吗？"

霍林舟说："带一包都抽了，还有老旱烟，得自己卷了。"

三姨说："那也给我。抽上，兴许不再那么疼。"

三姨接过烟口袋，在汽车的颠簸中伏在那里卷烟，一个巴掌外加两个指头竟上下翻飞，卷得很熟练。她的烟很重，坐在乡政府的院子里，手上几乎没离过，扔下一颗又一颗，估计一天两包都不够，但档次并不比卖力气的人强多少，是五块钱一包的硬红河。霍林舟说："三姨，想想这一整天的事，你还不都是为了我们家，真得谢谢啦。"

三姨说："也不光是为了你们家，我不是还要了你的一勾儿嘛。你放心，我只拿五万，多一分都不要，去医院看病的钱，也从那五万里出。"

霍林舟忙说："那可不行三姨。你不说我也知道，那五万，最后到了你手上的，不会剩下多少，那么多人跟着忙了一天，露了面的，还有不露面的，你都得有所表示，这个钱哪能再由你出？那我不太贪亲财黑了嘛。"

三姨叹息一声说："你心里有数就行啦。但这个事，你别再跟我争，这不符合我给自己定下的做人做事的原则。为人办事，应到哪儿，就得办到哪儿，哪能见财起意，半道变桃子。那往后谁还能让我插手人家的事情。再说，你到手的这笔钱，不比那些办动迁争产权的，没了正招人喜欢的孩子，你和你媳妇心里够懊糟的了，我哪能再让你们心里不舒坦。"

霍林舟心里越发感动，只觉脸上灼烫起来，突然之间，他心里涌动了把那猫腻十二万元的事说出来的冲动："三姨……你听我说……"

没想，半趴在座位上抽烟的三姨打断了他的话："大黑夜的，路不好，好好开你的车，别说了，啥都别说了。其实，有些事，何必说出来，你不说谁心里就没个小九九？这样的事，我经的见的多了，那些当官的，鬼魔眼障，自以为聪明，其实鬼招子也就那么几个来回，哪有什么新鲜把戏？不过是多少扣下两个钱，显得自己有能力，再就是在请愿者心里埋下地雷，盼着咱们起内讧，为他们日后各个击破留伏笔。咱们都算弱势群体，在人家眼里就是刁民，就别再让他们搅得鸡鸣狗跳窝里斗，让人们拣笑话啦，你说是不？"

8

霍林舟和赵斌将三姨送进了县医院，办了住院手续，对大夫和护士只说是被车上甩下来的石头砸的。在护士忙着量体温测血压做手术前准备的时候，三姨催促两人快去火葬场，霍林舟不动，说天亮再去也不迟，车后厢上盖着被子，谁知是什么。三姨说，你不急，火葬场的人却急，你们对我不放心，去了再回来。

火葬场在县郊，不远。夜已很深，火葬场却仍是灯火通明，大门洞开。听到汽车响，经理亲自跑出来，酸着脸埋怨说，怎么这时候才来？赵斌说，饿了一天，不许我们先喂喂瘪肚子呀。这种事忙什么？经理说，天黑前，市县两级维稳办（维护社会稳定办公室）和民政局的领导就来过电话，叮嘱留人值班，不许关炉，尸体一到，立即火化，还要求领导必须在岗。这一晚，都来过好几次电话询查情况了，你们再不来，我们就报警啦！

在火葬炉前，面对即将被推进烈焰化为灰烬的儿子的小小遗体，霍林舟突然怔了。恍惚间，小宝的眼睛似在眨，嘴唇也在动，似还咧嘴笑了笑，可那是孩子的冷笑。忙了一天，闹腾了一天，钩心斗角的，都是为了什么？不过是争那笔赔偿金，怎么就几乎把刚刚死去一天的宝贝儿子彻底忘了？忘了孩子躺在那里一天没吃没喝，忘了小宝活着时的千般乖巧，也忘了自己曾经有过的悲伤，连昨晚还要寻死觅活的媳妇在将乡长亲笔写的欠条抓在手里时，脸上都有了掩饰不住的笑意，票子真比我的小宝更重要吗？这么一想，霍林舟的心酸上来，疼上来，忍不住放声大哭，鼻涕一把泪一把，如狼丢了羔子一样哀号，哭失去的儿子，也哭不义的自己。火葬工递上一张纸，还递过一支笔，说早死早托生，哭两声就中了。骨灰要是不留，就请家属在上面签字。霍林舟接笔在手，笔尖落纸，抖抖颤颤，好一阵，又把笔递回去，说骨灰留下，我隔两天来取。赵斌劝慰说，伤心归伤心，你也别糊涂。刚十岁的孩子，还算不上你们霍家的男丁呢，留那东西干什么？你媳妇也不是不能生了，早忘心里早安静。霍林舟说，埋进我家责任田的地边上，压块石头做记号，留个念想吧。不光是念想小宝这孩子，我还要念想这个事呀。

在返医院的路上，霍林舟把另有十二万元钱的事跟赵斌说了，还说了在汽车上跟三姨的那番对话，赵斌也好生感慨，说三姨虽说是个女人，可活得比咱们还像个爷们儿。

霍林舟问："那二舅到底是谁呀？"

赵斌说："我不是跟你说过嘛，我也只是听说有这么个人。"

"娘亲舅大，既叫舅，总该有点说道。"

"咱中国人不是有这么个讲究嘛，谁家有点掰扯不开摆不平的事情，总是找娘家舅去当裁判做中人，萝卜不济长埂上，辈分在那儿呢，又不牵扯他的个人利益，两不偏向。要讲说道，是不是就在这儿。要不，咋不叫二伯或二叔？"

"会不会……根本就没那个人，是三姨虚……哦，编派出来的一个人呀？"霍林舟想说的是虚拟，电视科技频道里常说这个词儿，但太文，他也不甚了了，话到嘴边，就变成了编派。

赵斌说："她瞎编这个干什么？"

霍林舟说："你看过《三国演义》吧，诸葛亮借东风，本来是早算计到的，到了时辰必有东南风刮过来，他还设坛烧香，舞舞扎扎地故意装神弄鬼呢。"

赵斌想了想说："也许是吧……"

菩提湾的碉堡

1

朱老景住进村东头的那个碉堡可有些年头了，掐指算算，快往七十个年头上奔了，说他一辈子都住在那碉堡里也不为过。

朱老景大号叫朱福景，和母亲住进碉堡那一年八岁，是 1948 年的冬天。那一年好记，深秋的时候，整个东北地区打过一场恶战，炮火连天的结果，国民党的军队被包了圆儿，从北满扑过来的老八路占了天下。那时候，母亲还喊朱老景叫小福子，拉扯着他在城市里讨饭。母亲端只破碗，腰间别条口袋，小福子则抓根打狗棍，挨家挨户去求爷爷告奶奶。大战过后，达官贵人们一夜之间走的走，逃的逃，多数都滚球子了。小福子娘俩便跟在人们身后，想办法冲进那些人家的宅院，只图拣点有钱人逃离时带不走的洋落儿。可此番达官贵人的逃离叫不比前儿年小鬼子滚蛋了。小鬼子得了天皇宣布投降的诏令，虽说也是滚得快，但他们前面滚，后面的接管人员却没有跟上来，连昔日的警察都换身衣裳跟老百姓一起疯抢，为抢洋落儿丢了性命的中国人可不在少数，有被还没来得及滚蛋的绝望日本人开枪打死的，也有被哄抢中红了眼睛的中国人自己打死踩死的。那一年，小福子母子也在城里讨饭，但哄乱中母亲不敢往前冲，因为小福子还太小，她知道任何财宝都不如儿子金贵，所以死搂着小福子蜷缩在街边墙角，只有看到得了手的人们在奔跑中丢掉了什么，才跑过去揽在怀中。小福子头上的狐狸皮帽子就是这样拣的，虽说戴在头上晃晃荡荡，大了许多，但母亲说，大点好，过几年就不大了，我先在里面多给你衬点什么。可1948年秋天城市里的哄抢则只是曾有过相似经验的人们的主观想象，因为老八路一进城，达官贵人家的宅院外很快就挺立了荷枪实弹的士兵，没站士兵的也站上了戴着红胳膊箍手执棍棒的工人纠查队员。

巴望着再拣一次洋落儿的人们撤去后，母亲才拉着小福子凑上前去，对守护的士兵求告，说老总，我们是要饭的，让我们进去吧，我们什么都不拿，能找点能糊口的嚼货就出来，我们娘俩都两天没吃东西了。士兵摇头，不语。正巧，院门里走出一位军人，挺年轻，也斯文，看样子像军官。军官看士兵和母子纠缠，便伫下脚步问，怎么情况？士兵答，要饭的，想进院找点吃的。军官看了母子两眼，问，老家是哪儿的？母亲答，北口菩提湾的，我们娘俩都出来好几年了。军官脸上露出惊喜之色，说我们部队从北边开过来时，正好经过北口县城，晚上宿营的地方就离菩提湾不远，你们那里真有一棵菩提树呀？小福子母亲说，在村北头的林子边，我们村里人还在旁边建了一座三仙庙呢。军官说，那可是棵神树，听说释迦牟尼，就是如来佛，就是坐在菩提树下修行后涅槃的。那天，我们几位官兵都想不睡觉也跑过去拜认一下，可团首长不答应，说战事正紧，随时都可能开拔。哦，扯远了。那你怎么不带孩子抓紧赶回去，那边正闹土改，有了房子和地，还不比在外头吃百家饭强呀。快回去吧。母亲在外面颠沛流离，也听说了一些共产党带领穷人闹土改的事，便问，老总这话可是真的呀？军官笑道，以后再见我们东北联军的人，千万不要喊老总，不管官大官小，你都叫同志好了。军官又对那个士兵说，看样子，这娘俩确实是受苦人。你让他们进去找一找，填饱肚子赶快回老家。时节不饶人，形势更不饶人，现在就回去，只怕也晚了一步啦。

2

还真应了那位八路军官的话，小福子母子赶回老家时，土改大宴的头道大菜已经吃过了，而且碟盘狼藉，干净彻底。好在人们更为期待的那道分田分地的硬菜还未上席。贫协主席林大成说，土地得重新测量，没那么急，开春解冻之前总会分下去。人既回来了，放心吧，少不了你家的那一份。

没赶上的那头道菜便是分地主家的房子和浮财。穷苦人解放了，却正值天寒地冻时节，总得品尝一下胜利果实的味道吧，怎么能让地主老财还住在暖暖和和的砖瓦房里，却让贫雇农在冷飕飕的茅草屋里挨冻过冬？所以工作队一进村，就张罗先把地主家的房子和被褥棉衣分下去。小福子娘俩没能赶上那头道菜，主观原因便是一路跋涉，走得太慢。这也怪不得两个讨饭人，手里没钱，只能凭两只脚一步一步地量，好几百里路呢，况且，还需一路走一路过村赶店讨吃的，不然就得饿死。再一个原因便是小福子母亲是半民脚，赶路的时间稍一长，两脚便疼得受不了。所谓半民脚，就是女人五六岁的时候裹过脚，裹到一半放开了，受不得那个罪了。东北地区旗人（满族）多，民人（汉族）也不少。旗人家的女孩是不裹脚的，长大后和男人一样疯跑疯跳，被民人蔑称为大脚片子。而民人家的女孩则将关内的民俗带过来，在五六岁时就要被家人活生生地裹残，以求三寸金莲，日后好嫁。辛亥年皇帝老儿滚下龙椅后，民人家的一些女孩也不再裹脚了，有裹到一半扔了裹脚布的，便被称为半民脚。乍眼看去，半民脚与天生健足一般无二，可走路的时间一长，还是见出高下。有当初被裹折的脚骨窝在脚板肉里，就是恢复得再好，也好比鞋窠里被人塞进块石子，而且那石子永远无法清除干净。

小福子娘俩在村里一露面，便直奔了村公所。贫协主席很吃惊，搓着巴掌说，我真没想到，你们娘俩还……这可怎么好？这可怎么好？

小福子母亲苦笑说，没想到我们娘俩还活着，是吧？要说生生死死，这几年，我们娘俩可没少了折腾，有时候，我都想抱着这孩子，一头钻了火车轱辘算了。前两年，还有人撺掇我带着孩子和独身汉子打伙计，可我怕带葫芦子孩子（又称拖油瓶）到了别人家受气，我好歹得给他爸留条根，就没走那一步。我寻思着，这孩子也十来岁了，我们娘俩再苦上几年，等他长成半拉子（未成年的劳力），日子慢慢会好过些。小福子，快给你大爷磕头。你记着，你爹死时，墓坑还是你大爷带人打的呢，这个恩情，到啥时候都不能忘……

跟着母亲讨饭，跪地磕头的事小福子不陌生，也不在意。听了母亲的话，他立时伏倒尘埃，把脑袋磕得咚咚响，嘴里还喊，大爷行行好，可怜可怜我们吧。那是讨饭时常挂在嘴上的话。林大成慌慌地将小福子拉起，转过身又在地心打磨磨，嘴里嘟哝说，咋说，这也是回家来啦，却连个遮风避雨的地方都没有，又正赶上数九隆冬。

旁边有人搭话，说要不，让娘俩先去谁家猫上几天？

林大成瞪眼睛说，这是三天五天的事吗？朱家几辈独苗，这孩子要是有个叔叔大爷，我还用发这个愁？

肩上搭着三八大盖的民兵连长上前扯了扯林大成的棉袄后摆，意思是借两步有话单独说。贫协主席却粗声粗气地说，有屁就放，这疙瘩又没花子队（还乡团），怕个球！

民兵连长说，为了防花子队报复，这些人我天天夜里带人围着村子转，后半夜冻得实在受不住，就钻进村东那个碉堡里去。别说，小鬼建的那玩意儿那真叫个结实，清一色的洋灰（水泥），里头还有手指粗的钢筋。前几年，老毛子（指苏联红军）打过来，小钢炮把炮弹正正地打到碉堡顶上，也不过在上面炸出碗大的一个坑，相当于给小鬼子弹了个脑瓜崩，屁事不顶。我看那疙瘩住人可行，里面小火炕现成，四周的枯树枝子有的是，烧呗，保准冻不着。

身边的人闻言，纷纷点头。林大成却把脑袋摇成了拨浪鼓，说不行不行，八辈子受苦的贫雇农，好不容易盼到翻身解放了，却住到小鬼子丢下的王八窝子里去，好说不好听。再说，当年小福子他爹是在河套里放羊被打死的，小鬼子就是在那王八窝子里开的枪，别人不忌讳，这娘儿俩却不能不隔应。不行！

一直坐在八仙桌旁闷声不语的工作队长说话了，说那就这样，让老地主徐茂林住到碉堡里去，空出的间半房子让给刚回来的这娘俩。给徐茂林限时半天，日头压山前必须把房子给腾出来。

小福子母亲认识林大成和民兵连长，都是前些年跟丈夫一起扛过活的受苦人，却不认识工作队长，可看他坐在八仙桌前的架势，再看他腰间扎着的牛皮带和腰后挂着的驳克枪，便知这是个说话比贫协主席还有分量的人。小福子母亲怔怔神，忙说，我记着咱村后还有座三仙庙，要不，我们娘俩就先住在那儿，多帮我们找两床厚实点的被子就成。

民兵连长说，那个庙哪还在。前两个月，国民党兵惊枪的兔子似的四处乱逃，有一拨人躲在那儿，为了烧火取暖，连房梁都劈了。咱就按工作队长的指示办，让徐茂林立马去碉堡，你们娘俩先在这里歇歇脚，等徐茂林腾完窝再说。

小福子母亲却忙又说，可别。那个碉堡我知道，虽说以前没进去过，可打远的，也看到过，我和小福子就先住在那儿吧，有乡亲们帮衬着，咋说，也比在外头睡别人家房檐下强。要说隔应，小鬼子在的那些年，到处祸害中国人，真要隔应起来，那还有个头？千万不能因为我们娘俩回老家来，再闹得老茂二叔一家不得安生。真要非逼着老茂二叔腾窝让房子，我和小福子还不如再出去吃百家饭呢。

小福子母亲的这番话，说得一屋子人都哑了嘴巴，一个个你看看我，我瞧瞧你，谁也不再吭声。工作队长将吸了一半的老旱烟甩到地上，黑着脸向外走，说，葛剌喂驴，吃与不吃，咱们的心思算到了。她愿住哪儿就住哪儿吧！临出门，又大声说，就这觉悟，小心着吧。贫协主席知道工作队长的后一句话是冲着小福子母亲还将徐茂林叫叔去的，便对着民兵连长挤眼睛，民兵连长大声回道，是，提高警惕，花子队要是敢来，保证让他们有来无回！

3

民兵连长带母子二人去了村东碉堡。临出村部门时，林大成对小福子母亲说，我这就挨家走走，让那些分了浮财的人家多少都匀出一些来，锅碗瓢盆和粮食什么的，傍黑前一定送到。以后过日子有什么难处，你就跟我说。

碉堡在村东一箭地外的坡岗上，顺着山坡往下走几十步，是一条铁路。铁路顺着山势往东盘延，经过一架铁桥，直插大山深处。往西，二十多里外便是县城，有火车站与直达关内的铁路干线相连。当年，日本侵略军建碉堡就是为了保护这条铁道线的，所以四周凡遮挡了视线的树木被伐砍个干干净净，看得到的地方子弹都打得到。可那条铁路三两天才过一趟闷罐子火车，用得着专修个碉堡保护吗？直到日本人投降后，苏联红军用火车从大山里拉出了一列又一列的枪炮弹药，村人们才明白原来小鬼子早把大山掏空了，在里面建成了日本关东军的军火库。

碉堡从外面看，不足一人高，像一只大个儿的老鳖趴在那里，四周都有枪眼。顺着坡梯下到里面，方知地下还有半人高，相当于中国北方人挖的地窨子。地窨子好啊，冬不冷，夏不热。碉堡里有两铺炕席大小，那铺已有些坍塌的土炕上铺着一领破炕席，睡三四个人不成问题。紧贴炕，是一个小炉灶，上面坐着一口锈迹斑斑的铁锅。民兵连长说，刷干净，烧水做饭没问题，没漏。这口锅还是我从家里拿来的呢，为的就是备着巡逻时在这里躲风避雨烧口水喝。嘴巴里正干渴的小福子说，那你怎么不多带来一个桶呀，好去河里提水。民兵连长笑着去压动装在墙上的一个铸铁柄，说洋井见过吧，这就是，现在缺的就是一点引水。洋井就是压水井，小福子不陌生，在城里跟母亲讨饭时，没少见，也用过。民兵连长在地角处又掀开一块木板，原来下面还另有地窖，和上面一样，地面和墙壁都用洋灰抹过，可以存放食品和弹药。小鬼子算计得可真周到，看样子就是被围在里面仨月俩月，也不致慌了手脚，里面吃喝不愁呀。

民兵连长交代了一番，说村里还有事，便回去了。走上地面，又返身回来，从腰间摸出一包火柴，数出几根，交到小福子母亲手上，说下面还是阴冷，抓紧把炉灶点上，有火了就得仔细看护，千万别让它熄了。这东西眼下不好讨弄，有钱没处买，我也没剩几根了。母亲忙在褴褛的衣衫上吱啦一声扯下一块布条，将火柴裹好，攥在手心。小福子明白母亲的心思，一是怕弄潮了，二是怕他玩火。那年月的火柴随便在硬实处一划就起火，在鞋底板上都能划出火苗来。

母亲开始清理起自己的家来，没有扫帚，便用脚底拨，下手抓，又让小福子快去找柴禾。要过饭的人眼睛都好用，没走进碉堡前，小福子已发现南墙朝阳处已堆了不少枯树枝子，还有几捆高粱秸，兴许也是民兵连长他们备下来的吧。万万让人难以料想的是，小福子拖动高粱秸时，下面竟现出几只活物，都是黑黄的颜色，两只大的，数只小的，大的有尺多长，拖着和身子差不多长短的尾巴，尤其让人注目的是活物的两只小眼睛，圆圆的，黑亮黑亮。那只最大的活物往开阔处窜了几步，竟又跑回来，立起身子，合起两只前爪，对着小福子做起了做拱打揖状，这回小福子看得清爽了，原来这东西嘴巴却是黑黑的，而它身后的那几只小崽子则在慌乱中先后跳上了另一只大的背上，有一只最小的几次挣扎都没跳上去，大的便把它叼在嘴上。从没见过这一幕的小福子惊得大叫，妈，妈！母亲急跑出来，眼见那只身背嘴叼的大兽已跑出丈多远，面对着小福子的黑嘴巴却还在做拱打揖。母亲怔了怔，竟一下跪在地上，也是做拱打揖，还连连磕头，说大仙饶恕，我儿子小，不懂事，别怪罪。大仙保佑啦！身旁有了母亲，小福子胆壮了，顺手抓起地上

孙春平中篇小说选

的一块石头，欲打眼前的黑嘴巴，却没想脚裸被母亲一拉，扑通一声摔倒了。正是这眨眼之间，那黑嘴巴躬身而起，直追身背嘴叼的那只去了。母亲仍那般痴痴地跪着，嘴里喃喃叨念，说以前只听说黄狼子会给人作揖，活了这些年，今儿还是头一回亲眼见。看来，这是黄仙显灵了。听母亲这么说，小福子才知刚才见到的小兽是黄鼠狼，便说，原来是黄皮子呀，那怎么不让我打？听说这东西的皮能卖钱呢。母亲爬起身，说这小东西是灵兽，可打不得。这些年，咱们朱家的时运一直不好，早该求求黄仙保佑保佑啦。又说，回到乡下来，以后可能还会见到长虫、狐狸，那也是灵物，都伤不得。谁知黄仙、长仙、狐仙哪路神仙是护着咱家的呀。小福子不愿听母亲嘟哝，又去拖高粱秸。母亲说，不过多走几步，到处都是干巴树枝子。这堆柴禾照原样堆好，不能动。我看那也是一家子，一公一母，带着几个孩子，冰天雪地的，在外面找不到地方，没准还会回到这儿来。小福子说，要是不回来呢，还让现成的柴禾白扔在这儿呀？母亲撂下脸子，说还犟嘴，叫你别动就别动！

村里陆续有人来了，多是女人，有的身后还跟着小孩子，怀抱手提的，送来了被褥、碗筷、粮食、衣物什么的，都是过日子必不可少的东西。女人们和母亲说话，小孩子们则警惕地互相对望上一阵，等钻进地窖看新鲜时，就快活得似乎成了老朋友。

入夜时分，徐茂林来了，肩扛臂夹的，带来的是斧锯凿锛，还有一捆刨得白白亮亮的木条子。跟在徐茂林身后的是个小丫头，看样子比小福子小几岁，手里提着一盏马灯。有马灯一照，碉堡里立时亮堂了许多。小福子母亲急急地迎上前，说二叔，你老怎么还来了？回到老家来，我正打算收拾出落脚的地方就去看你老和婶呢。徐茂林说，以后就直呼我的大号吧。我听说了，后晌就因为你还喊我叔，都惹工作队长生气了。小福子母亲说，到啥时也不能乱了纲常辈分，对长辈呼姓叫名的成了啥体统？以前在你家时怎么叫，我还怎么叫。小福子，快喊爷爷。徐茂林说，身边没外人时，叫什么都成。有了外人，还时小心点吧，为这种小事惹人生气，不值。孩子奶奶病了，白天，我进城去给她抓药，回来时，天都傍黑了，寻思着，可不能拖蹭到明天了，就赶过来了。母亲问，我婶得了什么病呀？徐茂林说，染了风寒，身子烧，也怪她自己，心眼小，抗不住事。不用挂念，将养几天，就没事了。说话间，两个大人便俯下身子，稀罕两个孩子。徐老茂抹捽小福子的脑袋，说几年没见，这小家伙都长成大小伙子了。爷爷也没啥见面礼，正好家里还有几个黏豆包。徐老茂一边说着，一边把手掌伸到炉灶下去掏灰，惊得母亲大叫，二叔，那是灶坑，不怕烧呀？徐茂林伸开巴掌给母亲看，笑说，庄稼人的手，哪那么娇气。再说了，灶坑里不过塞些庄稼秫子和树枝子，都是软柴火，又不是烧煤烧炭。小福子看了那只手，心里也是惊奇，粗粗厚厚，黑黑黢黢，满是老膙。徐茂林仍是用那双手，将粘豆包埋进草木灰中，对小福子说，别看冻得硬邦邦石头蛋子似的，埋灰里烤一会儿，就软和了。过一会儿爷爷干活，你自个儿别忘了扒出来。草木灰不埋汰，拂一拂就行，吃进肚子也不生虫子。那小丫头怯怯地说，爷爷，我也要。徐茂林说，好好好，跟小哥哥要，有你的。

这一幕，被小福子深深地记在了心里，一藏数十年。他觉得，自己果然跟着母亲回家了，这个样子才像个家。

母亲将小丫头揽在怀里，问，这小闺女长的可真俊，是二叔家我老兄弟的吧？我记得带小福子离开村子时，她还没出月窠呢，叫什么名字呀？

徐茂林说，叫天聪，整天小尾巴似地跟着我。她妈又双身板了，说是明年开春生。跟我跑跑也好，省得在家闹她妈了。

天聪说，妈妈要是给我生个小弟弟，爷爷连名字都起好了，叫天野。

小福子母亲奇怪地问，哪个野？什么意思呀？

徐茂林说，荒野的野。这世道变了，我也不知该怎样管教他，就由着他疯长野长，自由自在地活吧。

说话间，徐茂林已抡展开斧锯，砰砰啪啪，不过两袋烟的时辰，碉堡入口安上了门框，还立上了门，虽只是用绳索绑在那里，但毕竟也算有门啦。那四周墙壁上的射击孔也都用木框挤上了，再钉上碎毡片，不透风不。徐茂林说，天头冷不要紧，屋里有火，就不怕。我怕的是荒村野外的，真要蹿来狼呀野猪什么的，不说咬伤人，只怕孤儿寡母吓也吓个半死。先这么将就着吧，等开春天暖了，我再来帮你们娘俩儿好好拾掇拾掇。哈哈，你看我说的这是什么话，也许不等开春，你们就有房子住了。小福子母亲说，二叔忙活得这么麻溜，那些木条子都是合椎合铆的，看来是早有准备呀。徐茂林说，那我就实打实地说，确是早有预备，但不是为你们娘俩，我是为我自个儿一家子人呀。从老屋子搬出去后，我只怕不定哪天，村里一声令下，又让我滚蛋，那我一家几口人就只有猫到这儿来了。前些日子，我已来过里，门洞和枪眼的尺寸早量得一清二楚。反正入冬后庄稼院里也没什么活计，我就锯呀刨的，都预备了出来，没想还真用上了。小福子母亲问，村里来过好几拨人，我一直没敢问，二叔一家子现在是住在哪里呀？徐茂林说，没出老院子，就是前几年你和小福子他爹住过的那间西厢房，盘了对面炕，我们老的住一面，他们小辈的住另一面。那间屋子，原来我是一直照着原样子留着，寻思不定哪一天，你兴许会带着小福子回老家来。小福子母亲想起以前的事情，泪水流下来，簌簌奔泻。徐茂林说，侄媳妇，哭啥嘛。你带孩子去村部的事，我都听说了，说心里话，我真得好好谢谢你呀。你想想看，家里一个病的，一个快生的，真要被赶到这里来，虽说也能猫人，可会不会死上一两口子，就难说啦。你咬牙跺脚地非要住到这里来，那就是救了我们一家子，这份情义我徐茂林记下了。小福子母亲哭得越发汹涌，提哩秃噜，鼻涕一把泪一把，说，二叔，你别说了，我心里难受。

要说这徐茂林，那一年的岁数也不算很大，年近半百，可乡下人风吹日晒，面相老，一有了孙辈人，乡人们就都喊他一声老，含着敬意在里面。徐老茂能干，会干，还善算计，除了地里的活计，木匠活呀泥瓦活呀，都有那么武把操，混在行家里也不丢份。最难得的是，徐家在村里虽算首富，却心软，看了谁家有难处，从不装没看见绕道走，更没做过欺男霸女的恶事。小福子随母亲离开村子时，还小，记不得世间的人和事，但后来，一天天大了，在讨饭的路上，听母亲老牛反刍似地一遍又一遍诉说家事，早对这徐老茂有了印象。早年，朱家虽说也是穷，但总还有那么几亩薄地。但那一年，小福子的爷爷奶奶突然双双患了重病，父亲为救治二老，狠狠心，把家里的地都卖了。二老辞世后的那年冬天，朱家又遭受了第二次严重打击，一天夜里，茅草房突起大火，虽说人都跑了出来，那个家却被烧得房倒屋塌，一无所剩。一家三口人正欲哭无泪一筹莫展时，徐老茂对小福子父亲说，住到我家西厢房去吧，庄稼院的活计多的是，不然我也要雇伙计。只要人活着，就还有奔头，慢慢来，日子得一天一天过。

小福子的父亲是死在小鬼子滚蛋的前一年，应该是民国三十三年，1944年。前一年入冬后，徐老茂把家里的伙计都打发回家猫冬了，却对小福子父亲说，你家的情况特殊，就别怕挨冻受累。我把家里的二十几羊都交给你，村里有羊的人家不少，有愿意凑群的，你找点颜料抹上记号，一块放，多少也算有些进项。开春的时候，小福子的父亲将羊群赶到河套里，因为向阳的地方已见了些绿色。那天，突听叭勾一声枪响，一只羊一头栽倒在地。父亲知枪是从碉堡里打来的，急去圈拢惊散的羊群，没料又是一声枪响，他也一头栽倒在了河滩上。愤怒的村人抬着尸体去碉堡讨公道，远远地，已见小鬼子已架了歪把子机关枪在碉堡顶上。伪保长跑过来拦阻，说咱们放羊的已过了皇军的军事警戒线，是自己找死，你们再往前走，过了杠，皇军就要突突机关枪了。人们愤怒地喊，日本人还讲不讲理？伪保长放低声音说，跟那些人还讲什么理，讲理还叫小鬼子吗。那一次，徐老茂亲自带人伐倒了自家山林地里的两棵黄花松，又亲手动锯抡斧为死去的人打造了一口厚木棺材。有徐家族里人对徐老茂说，放倒两棵老杨树也够意思了，何必！徐老茂说，朱家侄子是为我家放羊丢的命，死的屈，莫说黄花松，要是有柏木板子，我也给他用！死者入土后，小福子母亲觉得再住徐家，就有点赖在人家吃闲饭的意思了。徐家的家规严，女人们谁也不许甩手吃闲饭，院门里的那些家务活，喂猪养鸡一日三餐织布裁衣做针线，有徐老茂的老婆和媳妇们已是足够。母亲扯着小福子走出徐家时，徐老茂还一再挽留，说侄媳妇，非走不可吗？这院子里哪就多了你们娘儿俩。母亲让小福子跪下给徐老茂磕头谢恩，说我带孩子去他舅舅家散散心，过些日子就回来。母亲绝口不提出门讨饭的打算。哥哥家去不得，哥哥好说，嫂子却容不得人，十天半月的时光好将就，时间一长，终归得走，晚走不如早走，亲戚间伤了脸，太不值。她知道，要饭的话一出口，老茂二叔是无论如何不会让她带孩子走的。

4

正月过了，天地间一天天暖起来。村子里已开始张罗分地了。一天，林大成来到碉堡，问小福子母亲，说有件事，得你自己拿主意。一是由村里张罗，给你家盖上两间房。要是你还在碉堡住下去，分地时可多给你家划出两根垅。小福子母亲一时拿不准主意，犹豫了好一阵，说让我再想想，中不？林大成说，我给你三天时间。节气不等人，有人已想往地里送粪了。

母亲拿不准主意，是想听听徐老茂怎么说。在这种事上，她只信服徐老茂。她知道徐老茂每天天一亮就背粪箕在乡道上转悠。那天清晨，她装作带小福子出门，无意与徐老茂碰上的样子。她不能去徐家，也不好在村人面前与徐老茂过多讨教。徐茂林是地主，在许多人眼中已是臭狗屎了。她将林大成问过的话重复了一遍，徐老茂没迟疑，立时作答，说最难将就的一冬，你们娘俩不是也挺过来了吗。要地，庄稼人，土地永远是根本。母亲道了感谢，拉着小福子转身回碉堡。徐老茂在身后又追上两句话，说要是有可能，就让村里把你家的地与我家的挨着。你们家没大劳力，从春到秋的侍候庄稼不容易。我们爷俩顺手就帮你们把那点活计带出来了。至于怎么跟村里当家的说，你自己琢磨。只是，有个轻重你自个儿一定要事先掂量好，分给我家的地，十有八九是边边兒兒，不是囊囊膪也是血脖，好不到哪儿去。不过，也不当紧，土地都是人侍候出来的，用不上几年，我种的地保准不比他们任何人差。小福子母亲心里滚烫，连连点头而去。

再见林大成，小福子母亲便将想多要一点土地的意思递了上去，并把想挨着徐家的那个意思也说了。林大成的目光锥子样钉向小福子母亲，说你可别忘了，徐茂林现在可是地主，被管制的对象。小福子母亲说，他是不是啥关我屁事，我只知道他侍候庄稼没得比，我孤儿寡母的，傻子过年看界比子（邻居），总没错吧。林大成淡淡一笑说，也算个理由。

是不是小福子母亲的话对林大成有了影响呢，不得而知。在林大成带着村干部研究怎么分地时，他便提出了抓阄的方案。要分给贫雇农的土地都是没收地主的，先把要分的地块定下顺序，再按贫雇农抓到手里的序号一家一家地来。村干部说，抓阄的办法好，听天由命，谁也不好挑肥拣瘦。只是，现在地主们也没地了，多少总要分给他们一点儿。是不是先把那几家拨出去，犄角旮旯儿的就让他们去种，总不能让他们跟着贫雇农一样享受胜利的果实吧。林大成说，咱村的几个地主都是土财主，以前雇长工吃租子有剥削不假，但好在都没有过欺男霸女那样的恶行。就说那徐茂林，前些年我在他家当过长工。他那人我可知道，长工们最怕跟在他身后下地了。到了地里，他从不吆五喝六，自己先当了打头的，闷头就知道干活，那谁还敢偷懒糊弄呀。大家想想看，徐茂林侍候的庄稼，不服真不行。我的想法是，若是把他们跟贫雇农放在一块，多少能给大家打个样儿，全村的庄稼都丰收还不好呀？又有人说，全村不过巴掌大的地方，整天低头不见抬头见，让他们在哪块地里干活不是一样打样儿，谁还眼瞎呀。林大成说，这可就不一样了，把他们一股脑地都打发到靠山远水的薄地上去，那就只能种些糜子谷子小杂粮什么的，可肥厚的大田里却要种高粱苞米大豆，品种不一样，应对节令也不一样，怎么打样？要是觉得让地主拣了便宜，那我也另有主意，一是把要分的地按薄厚分开，抓两次阄；再一个是把村里几家缺劳力的贫雇农和地主捆绑在一起抓阄，让他们的地紧挨着。以前，是穷人给富人当长工，这回，咱们要让地主老财也尝尝给穷人当长工的滋味。而且，村里要把狠话说在前头，穷人地里的收成真要差了，那就向地挨地的地主家问罪。林大成这么一坚持，大家就不吭声了。

研究分地的会议土改工作队长没有参加。工作队进村后的任务主要是发动群众和划清敌我友，东北全境解放后，县里有更重要的工作，工作队的工作重心就转移了，只是有时回村做些原则性的指导。工作队长再回村时，林大成将分地的情况做了汇报，队长见没出什么纷争，便没说什么。可当他再一次离村时，还是对林大成说，我多少还是听到一些反应。谁是我们的敌人，谁是我们的朋友，这个问题是革命的首要问题，各级领导同志务必充分注意，万万不可粗心大意。知道这话是谁说的不？毛主席，咱们的大救星毛主席呀！队长又用手指点着自己的脑袋说，关于村里的工作，我最担心的一点还是在这儿，敌情观念不强，你是村里的当家人，革命警惕一定要提高再提高。林大成对工作队长的提醒或曰批评，连连点头应诺，是，提高，再提高。

　　开春种地的时候，小福子家的地果然和地主徐茂林家的挨在了一起。在地里干活的时候，徐茂林对小福子母亲说，我是借了你的光，还得谢谢你呀。小福子母亲说，人心里都有一杆秤，我看这公平，二叔别想那么多。

5

小福子和母亲住进碉堡最初的那几年，虽说就像住在小船上，有风有浪，颠颠簸簸，但总的来说，还算安稳，有惊无险。

其实，落到小福子家的土地，母子二人也就耕种了三年，那几年风调雨顺，再加有徐老茂的帮助，收成不错，足以糊口。三年后，村里成立了互助组，小福子母亲闻信就报了名，没再去找徐茂林商量。这样好，有需重体力的农活让互助组里的男人多干，有些细碎的事情女人则主动多做一些，这样互助，心里安稳。徐老茂帮助种地，虽说人家一直很主动，但毕竟自己不那么坦然，心里总觉欠着人家，而且还怕别人说跟四类分子走得过近。但互助组也只存在了两年，村里又成立了合作社。这也很好，只要能把地种上，过日子的事基本就不用愁了。合作社也只是两年，又成立了高级社。高级社与初级社的区别就是土地都归了集体，自己说了不算了。为这事，小福子母亲拿不定主意，又悄悄地请教徐茂林。徐茂林说，这是大势所趋，谁拿主意也没用。反正地也不是自家的了，依我的主意，你不如再去找找村里的当家人说说看，说不想再在碉堡里住了，想要块房场盖几间房子。好歹，房前屋后有了小园子，家里吃的青菜不用愁了。

小福子母亲便去找村支书。解放了这几年，掌了天下的共产党组织不需再隐在地下了，昔日的贫协主席便成了村支书。林大成听了小福子母亲的话，笑了，说你身后有高人呀。小福子母亲不说有，也不说没有，只是说，啥高人不高人的，遇事没了主意，就多打听打听呗。林大成说，房基地我可以帮你向乡上申请，但现在可不比刚解放那阵，村里不好再张罗人张罗料帮你盖房子了，其他事只能靠你自家独力承当。小福子母亲点头说，小福子也一天天地大了，我们娘俩小燕垒窝，一口一口衔泥呗，总有垒成的一天。

因有了村支书亲自跑动，房基地很快批了下来，足有三分地。林大成一块帮跑下来的，还有徐茂林儿子的，只是稍小些，两家紧挨着。依着乡里原先的意思，徐家是地主，房基地不能批。林大成说，徐茂林是地主，可他儿子不是。土改时，把地主一家轰到一间屋子里去，那应该。可土改都过去这么些年了，一家三辈五六口人还挤住一间屋子，睡着南北炕，即使人家不说什么，咱也看不过去。树大分根，总得分家。连毛主席都说，没有区别就没有政策，地主子弟这一块还是应该区别对待。乡里听村支书一再这么说，就给徐家也批下了。徐茂林再悄然给小福子母亲出主意，说盖房备料需时日，可地却不能放荒闲着。你和小福子还在碉堡里住，有时间就托点坯，堆在那里，见到树棍木棒什么的，也拣回去，权当是备料吧。开春以后，你把那块地种上，主要是种青菜，自家吃不了，就换俩油盐钱。小福子母亲依言，日子果然过得富足了一些。

让日子过得有了些生气的，还包括家里养了一条狗和一群鸡。那只狗是小福子放学时从同学家里抱回来的，刚断奶。小福子说，养条狗能护家，不然咱住在村外，也太孤单了。母亲也有此意，便随他。至于那几只鸡，则是母亲在互助组干活，歇崩儿（工间小憩）时随农妇去家里喝水时兜回家的。正是春末夏初时节，院子里一群小鸡雏围着老母鸡叽叽喳喳，母亲蹲下身子戏逗。农妇说，妹子喜欢，就兜几只回去，几个月就下蛋了，过年时公鸡也算一刀肉。你住的那坡岗上，草窠子多，也用不着专心喂，只那草籽儿和蚂蚱就把鸡养得肥肥的，下的蛋油水大，格外好吃。母亲摇头说，可不敢，你不知小鸡子最怕黄狼子呀，我家院里正好有一窝那东西。农妇说，那就轰走呗，你不敢，我让我家爷们儿帮你去轰。母亲忙说，可轰不得。你不知，我可是有点信黄仙的，连我家小福子要轰我都不许。说来也是怪，我和小福子刚住进碉堡时就看到这窝小东西了，小东西先时还躲出去几天，后来又回来了，还是钻进那堆柴禾下，晚出早归的，从不讨人厌。更怪的是，我家大黄狗和那窝东西也各过各的日子，两不相扰。农妇再出主意说，那你就找个密实点的编篓，把鸡崽子扣进去养，上面压块大石头，就算黄狼子再能钻，不信还能钻进去。母亲看姐妹如此真心实意怂恿她养鸡，而且还是无偿奉送，却之不恭，便用衣襟兜回去了五只。

鸡雏长得飞快，山野间一片葱绿的时候，已长成老鸹大小。那天，小福子母亲下工回家，看到放到院心的荆条篓被掀翻在地，那块脸盆大的片石也滚落一边。母亲大惊，看看四周，全无半大芦花鸡的踪影，看来凶多吉少了。她不甘心，放大声音咕咕地叫，日常，给鸡添食时都是这般叫。没想，叫声中几只鸡扑腾着翅膀从林丛中跑过来，身后还跟着家里的那只大黄狗，数了数，五只，三母两公，一只不少。小母亲嘘了口长气，知道错怪了黄仙，合掌向着碉堡前的那堆柴禾祷告。从那以后，母亲再不用篓扣鸡，任由它们去觅食。在地里干活时，常听姐妹们骂，说家里的鸡又被黄狼子咬死了，那东西都是先喝血，再吃肉。小福子母亲说了家里养鸡的事，说几只黄狼子就躲在我家柴堆下，那几只鸡也成天围着柴堆转，怎么从没见鸡被咬？姐妹们惊异后有些将信将疑，问夜里鸡圈在哪里？母亲说，就让它们和狗睡在碉堡前，下雨才让进到里面。姐妹们说，真是怪了，都说兔子不吃窝边草，兴许黄狼子也不咬窝边鸡吧，你还是加些小心好。

要说不幸的事也有，却没发生在小福子身上，也没发生在母亲身上，而是让徐茂林的孙女天聪倒了大霉。村里建起合作社那年，办起了小学校，要求所有学龄孩子都要进学堂，新中国不允许再有文盲。小福子去了，天聪也去了，因都要从头起步，所以就分在了一个班。天聪比别的孩子小，又是地主家的孙女，有些同学欺负她。小福子在班级里算大的，又是正宗的贫雇农子弟，见谁欺负了天聪，便挺身而出，还常用拳头讲道理。就为这，天聪放学后愿意和他一块玩，一块躲在碉堡里写作业，因为那里虽逼仄，却比她家安静，回到家，她就得带着小弟弟天野玩了。却谁料那年秋天，天聪和小福子一块钻进碉堡附近的林丛间采榛子时，忽听轰的一声响，天聪就倒在了血泊中。那天，林大成抢下车老板的鞭子，亲自驾车，一路疯跑，把天聪送进了县医院。坐大车一块去医院的还有天聪的爸妈，徐茂林和小福子母亲也一路跌撞，跑到了医院。手术室外，林大成不停地嘟哝，说早知道小鬼子围着碉堡埋了不少地雷，日本人投降后，村里还专请国民党军队除过雷，为这事，村里还杀猪宰羊地犒劳过清雷的官兵，哪曾想，还是没拾掇干净。医生从手术室出来，对守在外面的几人说，还算万幸，孩子性命无虞，幸亏没踩在雷上，而是趟到了挂弦，把几米外的雷扯响了。小福子母亲急切地问，无虞是什么意思？医生麻搭了她一眼，说就是命保住了，不用担心了。但炸伤还是挺严重，主要在腿上，伤了骨，也损了筋，最好的结果日后也要跛。哦，就是瘸了。再有呢，就是左侧脸颊，弹皮虽说都取出来了，但留下疤痕是不可免的了。家里如果有条件，日后带孩子去大城市的医院去做做整形，也许会好些。林大成说，你可别像当年国民党军官似的，口口声声说地雷清干净了，到了还是留下了祸害。医生听这话，有些不高兴，说你不放心，就亲自再上手术台。

虽说天聪的命保住了，众人的脸色还是不好看。天聪的爸爸垂着头，谁也不理。天聪的妈妈则一边抹眼泪一边嘀咕，说满村的人家，谁家不能玩，非让孩子去王八盖子下去疯。徐老茂知道儿媳这是在怪罪自己，想一想也确是自己支持孙女跟小福子玩，便不接腔，蹲在一边只是抽烟，一袋又一袋。小福子母亲觉得这事似乎跟自己也有干系，但又不知说什么好，只是惊惶地望望这个，又看看那个。

天聪被炸伤这个事，对徐老茂打击很大，腰板陡然弯了许多，下巴上的花白胡子也再没心刮剃，任它支支翘翘疯长，人好像一下苍老了十岁。小福子母亲知道徐老茂的心病在哪里，天聪是他的心尖尖，说她跟爷爷比爸妈亲，一点都不为过。有时见徐老茂两眼空茫，默默发呆，她便走过去安慰，说二叔又想啥了？徐老茂说，我个老爷子还能想啥呀。论说，前几年闹土改，家里的房子和地都分给乡亲们了，我确是懊糟了一阵子，可那也只是十天半月。钱财上的事，生不带来，死不带去，没了就没了嘛。可这回，是我孙女的一辈子呀……小福子母亲说，二叔想那么多干嘛，儿孙自有儿孙福，老辈人尽了心就行了，也不是你知道那儿还埋着地雷。徐老茂泪水流下来，说天聪这辈子还会有啥福，腿瘸了，容毁了，一朵花刚拱出骨朵就遭了霜打，只怕日后连个婆家都不好找呀。我一寻思这事心就抽抽，我老头子还能活多少年，我只怕到死都为这孩子闭不上眼啊。小福子母亲心里也痛上来，不知再怎样安慰，想了好一阵，才说，二叔，过些年，天聪大了，我给她当婆婆怎么样？我喜欢这丫头，只怕高攀了。徐老茂苦笑道，侄媳妇，新社会了，你还想包办呀。小福子母亲说，可不是包办。你没看，小福子上学放学的，都跟天聪在一起，俩孩子寸步不离的。徐老茂说，那是小，不懂事。这种事，强求不得的。

小福子母亲没说假话。天聪被炸伤后，小福子好像一下长大许多，很自觉地就把自己当成了天聪的保护神。上学时，他提前去徐家院门外候着，放学时，他也要一直将天聪护送回到家里。天聪受伤后，不敢照镜子，原来叽叽喳喳好说好笑的花喜鹊变成了轻易不吭声的闷老鸹。有时，天聪说，福子哥，我走得慢，你自己走吧，有事我找你。小福子不吭声，反倒把天聪的书包抢到怀里，仍是默默地跟在身旁。

一天夜里，母亲突然发现睡在身旁的小福子肩膀一耸一耸的，像是在哭。母亲奇怪，从小跟在身后讨饭的儿子性格是刚强的，在外挨了打骂，甚至被恶狗咬了，回到母亲身旁都不抹眼泪，这是怎么了？母亲将儿子揽在怀里，问为什么哭。小福子说，天聪太可怜了。她放学回家，饿，见母亲正在烙鸡蛋饼，是两块，便拿起一块吃，没想被她妈妈看到了，一下抢过去，说天野还没吃呢，就你那模样，也配！母亲心里酸上来，不知说什么好，只是把儿子搂得更紧。在乡间，女孩是赔钱货，天聪又受了那样的伤害，天聪妈把一颗心都移到了儿子天野身上，似乎也不奇怪。小福子哭了一会，说妈，我想跟你商量个事，你一定要答应呀。母亲说，你说吧。小福子说，就让天聪也住到碉堡里来吧，跟咱们一起过。母亲哭笑不得了，说又不是一家人，叫她来咱家住可算怎么说？小福子说，要不然，在学校里，同学们也喊我和天聪是两口子。我们就两口子了，看他们还怎么说！再说，天聪受的伤也是为我搪的灾，不然，那颗地雷不伤了她，早晚也会炸到我，我钻那片树棵子可是比谁都多。母亲拍着儿子肩膀说，难得我儿有这片心。可你还太小呀，就是想娶天聪当媳妇，也得再过一些年。这些话，跟妈说说行，可不能去跟外人说呀，让人笑话。

那年，小福子十二岁，天聪八岁。

6

乡下人风调雨顺的日子过上了十来年，接下来的就是连年灾荒，天下大旱，一年又一年。屯里又有人外出要饭了，可上级有要求，说这是抹黑，不许。领导不许老百姓就说出门走亲戚，出家门时都是逢年过节才舍得穿的齐整衣裳，出了村，再换上一身褴褛。碉堡下坡的铁道上也不时可见要饭的人了，那是走错了道路，以为顺着铁道就能走到人多的地方。人们把那些人叫盲流。小福子也曾问过母亲，说咱们还要出去讨饭吗？母亲说，咱家多亏了有那块房场，实在揭不开锅时再说吧。

听了徐茂林的主意，小福子母亲一直没急着盖房，似乎比别人家提前几年得了一块自留地。当然，除了主观上的原因，条件不足也是实实在在的。盖房子不能缺了四梁八柱，也缺不得砖瓦木料，请人帮忙，总得保证一日三餐，没有荤腥，大饼子白菜汤也总得让人家吃饱吧。这都需要钱，可一个女人带个孩子，仅凭在合作社挣工分，哪有这笔钱。村支书林大成理解小福子母亲的难处，但也听过社员的议论，说朱家得了宅基地却不盖房如何如何，便对小福子母亲说，咱村的山林地里有几棵枯干的老杨树，乡里已答应让伐了，就给了你家吧。你抓紧张罗着把房子盖上，哪怕先盖泥草房呢。不然，乡里听了反应，已有了把宅基地收回去的意思。母子俩依此言，用几根梁柱简单地搭起房子的模样，夏天时，再架起床铺，让已长成半大小子小福子住过去，权当夏夜乘凉了。霜露起时，再住回碉堡。没钱盖房子嘛，又奈何？

关于大宅基地上种什么，徐老茂则给了严密而周到的算计。他说，开春地暖，你娘俩先把土豆种下去，那东西耐寒，生长期又短，入夏时正是青黄不接的时候，就可扒出门豆吃了，可当菜，也可抗饥。赶在夏初的时节，你们另找块地方，锅台大小就行，密密实实地种上玉米。咱不指望它长大抽穗，而是要秧子。等土豆快收的时候，就把苞米秧子移过去。小福子说，等土豆收净后再种苞米不行吗？徐老茂摇头说，不行。苞米不长足日子，不能成粮。种晚了，秋霜一打过来，只怕就只能啃青了。咱庄稼人，一年啃上那么一两回青苞米，尝尝鲜解解馋就行了，哪能拿正经粮食败祸。宅基地上的庄稼长得好，也是多亏了徐老茂的暗中相助。无论春夏秋冬，徐茂林依然坚持着晨起拣粪，回来时就将箕子里的宝物倒进了儿子家或者小福子家的园田。地是粪当家，有了粪肥的园田里长的菜蔬和庄稼自然就长得格外青翠茂盛。徐老茂还叮嘱小福子，早早晚晚的，多挑两担水，浇上，会长得更好。小福子说，村里的井都探底了，得把好几家的井绳接一起。徐老茂说，那就去河里挑。咱村东那条河是从大山里流出来的，四季不断。年轻人还怕多走几步路呀。小福子说，听说，咱中国人也能打洋井了，要是在咱两家菜园里也打上一眼多好，我天天压。徐老茂说，那也得一泡儿钱呀。再说，地下水位落下去了，你家碉堡里的老洋井是不是压水也费劲了？

到了五方六月，菜园里的土豆秧下的门豆快有鸡蛋大了。小福子回家吃饭时说，咱家的土豆种的早，说好也不好。昨晚又被人偷了，连秧一起拔，好几棵呢。母亲叹了口气说，那你夜里就警醒点。但凡谁家还有口吃的，也不会走这一步。看到有谁夜里进园子，你千万别难为人家，更不能扯着嗓子又是吵又是骂的。小福子说，那我还能瞪着两眼装看不见呀？母亲想了想说，你提前摸出几个门豆预备着，看有人来了，就送给他，自然他就不会毁土豆秧了。人心都是肉长的。母亲的这一招很见效，那以后，果然夜里来偷土豆的人就少了，还赢得了村中不少人的称赞，夸老朱家娘俩心善，仁义。

其实，天地间的灾荒在未来之前已有了征兆，就像后来频发的地震，大震之前常见鱼翻塘鼠乱窜老母鸡不上窝的。先是前一年吃大食堂，说是要跑步进入共产主义社会。那一年，高级社也被更高级的人民公社取代了，乡镇变成公社，村屯则变成了大队。大队书记林大成跟着去参观学习后，却对闹哄哄地吃食堂另有自己的想法。他说，咱村虽不大，可也千多口人呢，哪去找十八轫的大铁锅，而且还不止一两口。再有，想办大食堂，就得把全村的口粮都集中上来，盖粮库总得把材料预备足。可共产主义不能不进，怎么办？我看这样，粮食呢，一口人先齐上十斤，只吃晌午一顿，早晚还是各家吃各家的。等这批吃完了，再齐下一茬。食堂呢，安排点女劳力，每天蒸足窝窝头，按人头分下去，拿回家去吃，下饭菜和汤汤水水的自家张罗，省得呛风可冷的或咸了淡了的入口不舒服。大队长犹豫说，只怕公社来人检查呀。林大成说，咱把大灶搭好，做饭的家什儿预备齐，查就查嘛，不信公社的人还在村里住下了。

　　林大成的这一消极应对，当年还没显山水，可到了来年青黄不接时，就相当于救村人于水火了。大灾之年，菩提湾没有饿死的，外出要饭的人也远比外村人少，社员们说，这是当家人的功德。有人悄悄问林大成，怎么就有了未卜先知的计谋？林大成笑骂，狗屁的未卜先知，野地里的耗子都知道在窝里备足过冬的粮食。

　　大灾之年林大成的另一得意之策便是在河套里开出了几十亩水田。那一决策惠至今日，说一声英明都不为过了。那年，秋庄稼收完后，公社召开会议，议题只一个，说为了迎接来年的更大丰收，在上冻之前要掀起一个农田改造新高潮，具体做法就是深翻耕地，深翻的要求是不能少于两尺，最好达到三尺。还说这是外地亩产万斤粮的成功经验，土壤翻得越深，庄稼的根子才能扎得越深，越能吸取土壤里的养分和抵御日久不雨的干旱。林大成对这个经验很怀疑，所以在公社领导逼着各大队表态的时候，便顾左右而言他。种了大半辈子庄稼，谁不知道庄稼的根最多也就扎下尺来深，再往下面去，就是生土了，生土里还能有多少养分？只怕生土把熟土压到下面去，庄稼更没得吸收，那才叫一穷二白了呢。公社领导对林大成的态度不满意，心里还记着吃大食堂时林大成的阳奉阴违，所以散会后，特意把林大成留下来。领导说，为了支援我们打好农田改造这一仗，市里给我们公社派下来二百多高中生，五个班，时间是两周，后天就到位。为了集中优势兵力打好这一仗，公社决定，把这股生力军都派给菩提湾。林大成心里大惊，忙说，别别，可别，还是好处均摊吧，我可不想吃独食。公社领导说，就这么定了，你回去后，除了考虑好怎么农田改造，就是一定要把学生的生活安排好。林大成说，二百多生牡子呀，哪顿吃不好不得叫唤！公社领导说，学生都自带着行李、粮票和伙食金，补贴部分县里和公社另有安排，不用你们负担。你负责的事就是怎么安排好吃住。林大成还要说什么，公社领导却转身而去，扔下话，就这么定了，你抓紧落实吧。

那晚，林大成连夜召开大队干部会议，研究怎样落实公社交下来的任务。关于接待学生，其实根本不用费心。屯子虽不大，也好几百户呢，哪家热炕上不能多睡几个学生。给学生们办伙食也简单，几月前准备应付公社检查时备下的锅碗瓢盆都留着，再添置也有限。林大成把接待的事一甩手都交给妇女主任，说让我伤脑筋的事是豁出哪块地让城里来的学生折腾。地下的生土不可翻上来，这个道理哪个庄稼把式都懂，但执锹提镐的学生们说来就来了，公社领导又有指示在先，总不能让学生们来了后天天听忆苦思甜报告吧？

蛤蟆癞老旱烟抽得屋子里烟气冈冈，呛得人直咳嗽。有人跑出去换气解手，回来嚷，三星可都横过来啦！这话庄稼人都懂，秋冬时节，天河边的三星一横，就是过了子时。林大成把叼在嘴巴上的烟尾巴远远甩到窗外去，说你们谁腿快，麻溜儿的，这就把徐老茂给我请过来。众人面面相觑，有人提醒，说咱们开的可是班子会。林大成立刻哈哈笑，说看这事整的，让蛤蟆癞熏懵了，忘了宣布散会。散会，散会，这就散会。可散会归散会，各位谁都别急着回家睡大觉，坐在这儿再一块合计合计。谁去喊徐茂林，就说大队找他问话，叫他立马就到。还有，顺路再多喊来几个，要那些平时遇事能拿主意的人。

林大成格外高看徐茂林，这大家心里都有数。春天，林大成去各生产队检查春播，他要喊上徐茂林跟在身后，看哪块地不适宜种什么，他便立即纠正；秋天，他也带徐茂林在庄稼地和场院里走走看看，哪块地应先开镰，哪块地还可多晒几天米，悉听徐茂林的意见。早有人在喊徐茂林是菩提湾的二东家了。为这事，有人提醒林大成，说还是小心些为好，徐茂林可是地主分子呀。林大成不以为然，说李鼎明先生是不是地主？毛主席还亲口夸过他呢。提意见的人说，徐茂林哪能跟李鼎明比，人家是开明士绅，共产党没坐天下就减租减息。林大成说，人的觉悟有先有后，共产党来咱东北还比去陕北晚十几年呢。那你说说看，在种庄稼的事上，徐茂林是不是比一般人拿的稳、准？他没故意出过什么坏主意坑过咱们吧？

徐茂林和几个老农很快就到了。林大成也不绕圈子，开宗明义，把难题摆在了大家面前。老农们挺踊跃，你三言我两语的，却都是隔着靴子挠痒痒，不解痛处。而徐茂林则一直坐在那里揉眼睛搓脸颊，不知是真没睡醒还是无话可说。林大成呼名点将，说叫你来可不是让你来凑热闹的，有啥话，不管咸淡，说出来让大家听听。徐茂林咳了两声，便说了。

他说，城里来了这么多学生，这可算是天兵天将，咱们偏得了。但光靠学生不够，最好趁着上冻前，把全村精壮劳力都开上去。只要把地里的庄稼收进场，场院里的活计不妨放一放，打冬场嘛。调派这些劳力干什么呢？我的意思是去河套里筑堤开渠修水田。我估摸着，顺着村东河套的拐肘弯筑起一道堤坝，再顺着河水的流势修出一条渠，足可拦出几十亩水田，旱涝保收，明天就是百天大旱，也旱不到那块田，等着秋后吃喷喷香的大米吧。

有人提出疑问，说在河套里筑小坝，真要一场大水下来，别说水稻，只怕连堤坝都冲得干干净净，还吃个屁的大米？

徐茂林说，咱那河套满槽时有没有呢？有。据我几十年的观察，满槽间隔最长的是十四年，最短的是八年，平常年景，坝有一人高，足以挡住夏秋之际的那阵大水。咱以十年满槽一次算，赚了九次，亏了一次，做啥买卖这也算值。坝毁了可以再筑，庄稼人的力气不用也存不下。过几年，等村里有了更大的力量，可以用水泥和石头把那道坝筑得再高再牢实一些，那咱们承担的风险可能就更小了。再说，明年真要河套满槽，那是喜事嘛，说明大旱已除，丢了水田，几千亩大田的收成手拿把掐了嘛。

人们为丢小握大的前景笑起来。有人再问，种水田讲究可大，谁知道那田底漏不漏水？好比家里的水缸，要是底下有道纹，只怕挑来多少水，也顺着那道纹流光了。

徐茂林说，河套下面是什么样的地层我不敢说，但漏不漏水我却知道。

不知大家注意没有，每年夏天大雨过后，那片河套的低洼处常窝水，窝的日子长些，小鲫鱼瓜子都可以捞回家炸鱼酱吃了。这说明什么？漏水的话能窝那么长日子？

有人对鲫鱼瓜子的话题感起了兴趣，说也是怪了，夏天下了大雨，高粱地里低洼处汪了水，水里怎么也会有鲫鱼瓜子呢？四面都是庄稼地，也不靠河，莫说是从天下随雨水落下来的？徐茂林说，鲫鱼那东西最禁活，就是在干滩上死，也会把肚里的鱼籽留下来，只要一见水，立马又生成新一茬的鱼苗苗。不知大家吃鲫鱼时留意没有，那东西刚有拇指大小，肚里就揣了籽了……

林大成急把大腿拍得啪啪响，说馋鱼酱的，回家叫老娘们给你炸。别跑题，抓紧合计正经事。

人们哈哈大笑。有人再提疑问，说咱菩提湾，自古以来都是种大田，这抽冷子多了几十亩水田，谁会侍弄呀？

徐茂林说，这也不难。大家可能还记得，我有个妹子嫁给了本溪那边的朝鲜族人。鲜族人多数都会侍候水田。这些年，我妹妹那边有大事小情的，我没少跑，有时还住上几天。种大田和种水田，初看是隔行如隔山，但细心一琢磨，却是隔行不隔理，我不敢说把那一套都学到了手，但也八九不离十了。真遇到跨不过去的沟坎，我把我妹夫叫来，现场指导嘛。不信他跟我还敢装大尾巴狼。

在窗外一声高一声的鸡啼声中，林大成拍板定砣，说中了中了，就这行定，筑坝修渠造水田。咱先不说能不能把喷喷香的大米吃进嘴，只要不糟蹋咱菩提湾现成的庄稼地，我就烧高香了。各生产队，一队抽出十个劳力，跟我去修坝，多数人还是留在场院抢收粮食。上头催粮催得紧，咱不能因没按时交上公粮挨骂。

人们出了大队部，四下而去。林大成和徐茂林往东走，过了该分手的路口，林大成还不停步。徐茂林说，不是困迷瞪了吧？好歹回家眯一觉，天亮后你的事少不了。林大成站住脚，不说话，借着月光拧旱烟。徐茂林看出大队书记似乎还有话说，也摸出了装烟叶的小布袋。林大成却拨开徐茂林的手，双手捧着已卷好的烟卷，恭恭敬敬地呈送过来，说二叔，我没事，就是想亲手给你卷上一颗烟。谢谢二叔，又帮我过了一道不好过的火焰山。徐茂林心有感动，说好汉护三村，好狗护三邻，你为难遭窄又是为啥。林大成说，二叔出手就拿出了这么好的主意，看来断不是一张嘴就来的。徐茂林说，你要这么问，我就实话实说。其实，这主意，打我妹子嫁到种水田的地方，我就生下了。可那时，小鬼还在咱国家横行霸道呢，谁吃一口大米就是经济犯，咱能费劲巴力的白便宜了小鬼子呀。后来，新中国成立了，土地分给一家一户了，不说乡亲们能不能齐心合力开水田，就是开出来，该归谁怕是也有纷争。现在菩提湾成了一大家子，倒正好成就了这件好事。别忘了，明年秋后收完稻子，别忘了抬上两麻袋刚磨好的大米，去公社报喜。不然，只怕有人还是要纠缠你没深翻土地这个事呀……

7

菩提湾的稻田第二年果然让社员们吃上了大米。也不是新开垦出来的庄稼地里长出的粮食就可以私分，那年月，社员的口粮是有严格标准的，生产队交足公粮后，才可按标准把粮食分下去，大劳力360，老人、妇女和半拉子280，没满十二岁的儿童再减半。须知，那可是毛粮呀，没去壳没去糠，若加工成成品粮，则还需有三折的耗损。算算吧，肚皮里寡淡得没丁点油水的农民，仅靠这点粮食裹一年之腹，该是何等艰难。菩提湾人获得的潜在好处是可以分稻米。一人按20斤算，加工成大米便是14斤，快享受城里人的待遇了。也不是大米饭就抗饿，那东西白花花光溜溜，没有菜也径往嗓眼里钻。乡下人哪舍得吃白米饭，又哪敢吃白米饭，除非到了年三十儿，或者家里有了病人，才如数玑珠般煮上那么一点点。不舍得吃也不敢吃的乡下人多是把大米偷偷地带到黑市去，一斤最少可换来三斤玉米或高粱米，菩提湾的大米则可换更多一些，因为城里人都说菩提湾的大米格外好吃。算一算吧，这样一来，菩提湾的社员一人就多可三十来斤的口粮了。在那颗粮如金的年月，菩提湾人过得相对轻松一些，就很自然了。

但那毕竟只是相对。到了灾荒的第三年，菩提湾人还是嗅到了死亡的气息。初夏的清晨，大太阳已明晃晃地悬在空中，把这个季节本应有的一点清凉早早地赶走了。那天，已长成大小伙子的小福子肩着锄头去生产队上工，路过家里那块房基地时，看到天聪蹲在相邻菜园里拔菠菜，不时抹一下眼泪。朱家的房基地虽已种上了土豆，但土豆秧上还没扬起蓝白色的小花，估计门豆才不过鸽子蛋大小，所以小福子还没搬到这边的窝棚里住。小福子和天聪早就不上学了。小福子是没考上乡里的中学，天聪能考上，却不考。菩提湾距乡中学十多里路，早出晚归的，一拐一瘸可怎么走。徐茂林曾对孙女说，你还是去念书吧。我想法弄台洋车子（自行车），你练练，骑上。天聪却坚决地摇头，说念了又怎么样，还不如留在家里照顾照顾奶奶呢，不念。徐老茂看孙女态度坚决，便也不再勉强。

小福子走到了天聪身后，开玩笑说，看老天不下雨，以为流眼泪也能抗旱呀？

天聪站起身，瞪了小福子一眼，又低下头，说看别人心难受，还开玩笑，不厚道。

小福子说，好好好，是我不对。那你告诉我，因为啥呀？

天聪说，我奶奶的身子浮肿得更厉害了，两条腿足有碗口粗，按一按，老大的一个坑，半天起不来。大夫昨晚来家，说再不抓紧想办法，怕是挺不过去几天了。

天聪的奶奶自从土改时得了病，再没彻底痊愈，一直病快快，院门里的活计，做做饭呀，扫扫地呀，磨蹭着，还勉强干得，真要一着急一用力，就大喘气。

小福子说，那就快去找呀。今天我不上工了，陪你一块找。

天聪知道小福子说的找是找什么，又去哪里找。广阔的田野里，地面上的庄稼收割完了，地下面其实还有粮食，那是田鼠藏下的，而且藏的时候，田鼠还懂将芯子（胚胎）先吃掉，免得发芽。庄稼人都知这个事，但平常年景，很少有人去挨那个累。天聪说，我和爷爷都找过多少遍了，要是找得到，我何苦上这个火。

不错，都知田鼠会藏粮的人们早就把目光盯牢了田野，有人不光吃那粮食，连田鼠都抓来吃掉。小福子说，我这就回家，让我妈把鸡蛋先给奶奶挤出两个。

天聪一把拉住小福子，说可别。再惹乡亲们抡起拳头，我们一家心里更不好受。

因为缺了粮食，村庄里已很难见到与人争食的鸡狗了。倒是住在村外碉堡里的小福子家里还有几只鸡，那是因为那几只鸡不吃粮食，靠着山林里的蚂蚱和草籽生存。饥饿年月的饿殍，常是先浮肿，医生说，那是因为人体细胞缺了蛋白质，吃了黄豆、花生之类的粮食就会有效，若有肉鱼蛋下肚，必生奇效。城里的大领导每月有一斤鱼一斤肉的特供，被称鱼肉干部；比大领导小一些的官员则是一月一斤鸡蛋一斤黄豆，又被称为蛋豆干部。乡下人做梦也不敢想特供，那就只好自己想办法，挖鼠洞，吃耗子，吃长虫，甚至吃蛤蟆。小福子家的大黄狗早就不见了踪影，母亲说，找不回来了，十有八九是进了谁的嘴巴，若能救人一命，也算它的造化。也早有人把眼睛盯向了不时在碉堡边蹓跶的那几只芦花鸡，母亲也因此把这几只鸡看得死紧，夜里，她把鸡轰进碉堡，跟自己一块睡，白天，则宁可不去上工，也像老抱子（孵蛋的老母鸡）一般跟着那几只鸡去山林间觅食。母亲看紧的是母鸡的屁股，因为母鸡能生出救人性命的宝蛋蛋。村里有人现了浮肿，家人便带了粮食、衣物或者祖传下来的什么物件，来碉堡里求告，只盼能带回去两颗鸡蛋。小福子母亲却从来不收取任何东西，说既是救命，就快拿着鸡蛋走吧。那几只老母鸡生出的蛋是有限的，每天也就三两颗，可抹着泪水来求蛋的人却越来越多，母亲便让小福子找块木板，用粉笔把求告之人的名字写上，不管是谁，按求告的顺序排号。就为这，急得火上房的人们在碉堡前不止一次地大打出手，害得小福子母亲好不焦心为难。

天聪低声说，为我奶奶的事，我爷昨晚都哭了。想想看，你啥时见过我爷哭？他说，种了一辈子庄稼，家里人却饿死，丢人呀！

小福子低头想了想，说今晚天黑后，你到碉堡来，我求求我妈，让她再想想办法。

天聪问，我姑又会有什么办法？

小福子说，先别问。到时你来就是。

那夜，正好是满月，月上东山时，天聪来到碉堡前。晚饭时，小福子已经把天聪奶奶的事跟母亲说了。母亲什么都没说，只是脸色平静地坐在灶前，一根一根地续着柴火。所谓晚饭，其实极简单，不过是在铁锅里烧开一瓢水，再抓来两把玉米面撒进去，用勺子搅，待滚开，再往里丢进半盆洗净的野菜和一把盐粒。野菜主要是蕨菜和苣麻菜。那两年，老天爷可怜天下受苦人，苣麻菜格外多，生长得也格外茂盛，随便在哪里都可随手抓来一筐篮。这样的晚饭吃起来也简单，母亲盛出一海碗，小福子端到一旁去吸溜，余下的，母亲不再往出盛，就坐在锅前，一勺一勺刮送入口。甚至，饭后的锅碗都不用清洗，碗是小福子舔净的，锅则是母亲用手指抿过，再不会留有一星一点的粮食。吃过饭，母亲从炕沿边捻出三支香，小福子知道，母亲这是答应帮一帮天聪了。

又圆又亮的月亮升有一树高的时候，母亲点燃了那三支香，双手合十，面对着碉堡前的那堆柴禾跪下身。小福子和天聪也跪下，小福子用眼角余光观察母亲，母亲的嘴巴在不住地阖动，不知在祷念些什么。

良久，母亲掌上的香快燃尽的时候，突觉柴禾堆有了轻微的响动，眼见一只硕长的黄鼬探头探脑地从柴堆下钻出来，窜跳着直向月光里跑去。母亲抓起早备在身后一把镐，送到小福子手上，说跟上它，不见鼠洞别动手。

月光里，黄鼬在前面跑，小福子和天聪紧随其后。在学校里学会了翻字典后，小福子才知道黄狼子还有大号，叫黄鼬。天聪腿脚不便，跌跌撞撞的，跑不快，小福子安慰她，说不用急，这小东西，是神兽，会等我们的。

说来也确是怪，黄鼬在前面蹿跳，上坡，下岭，穿过庄稼地，有时，在沟坎的暗影中没了踪影，害得小福子和天聪正不知如何是好时，它竟会又在一片月光如水的空旷之处闪现，有时还会直立起腰身，做出向四处观望的样子。终于，在村南一处沟坎下，它再次潜藏不露，但片刻之后，便听在吱吱的叫声中，它叼着一只小田鼠，直向远处窜去。小福子说，就是这儿了，挖吧。

那夜，小福子和天聪在鼠洞里找出的粮食足有二斤多，且一半是黄豆。小福子用布袋包了，塞到天聪怀里，说巧了，咱们盼着的是黄豆，黄仙就带咱们挖了一个豆鼠洞。

天聪不要那么多，说你还是给我姑带回去一些吧。

小福子说，先救奶奶要紧。

天聪说，福子哥，是不是你以前也这么挖过呀？

小福子说，那我给你交底，算这回，一共是三回。头两次，一次是后街大宽媳妇生孩子大出血，求到了我妈；再一次是前街林四爷闹起了浮肿，对对对，就是林大成他四叔，是林大成亲自找的我妈。你想想，连大队书记的亲叔都饿成了这样，这天下粮仓八成真就都是底朝天了。

天聪说，你要是夜里自己出来，跟在黄狼子身后找鼠洞呢？

小福子说，那谁跟得住？没有我妈事先又跪又拜地求告，只怕没十步远，那小东西就闪得没影了。这我试过，真不行。

天聪说，那就让我婶多求求。

小福子说，我妈说过，事怕过三，只怕经过今夜，我妈再不会求了。她说，凡事，都不可过，求神仙也一样，过了，就是贪，神仙才不会帮助贪心太重的人。所以我妈无论帮过谁，肯定是一点好处也不肯收的。

天聪感叹地点头，说姑是好人，善人，村里不少人说，小福子妈是菩萨转世，不然，黄狼子在她眼皮底下，怎会连你家的鸡都不咬。福子哥你说，这天地间，真的有菩萨有神灵吗？

小福子说，老年人都说，信则有，不信则无。

天聪说，那我以后就信了。

小福子说，这话可不能说出口，小心打你个封建迷信，再说，你家成分又不好。

天聪说，我不是只跟你说嘛。

8

连续的灾年过后，国家的政策有了些调整，社员的日子好过了一些，各家柴门里又跑动起咯嗒咯嗒叫着的老母鸡，分到各家的稻米也舍得熬碗稠粥解解馋了。但那日渐起色的日子也仅仅过了几年，一场更大的风暴又骤然来临。

先是听说城市里的学校都不上课了，有在县里读中学的学生满世界疯跑一圈回村后，满脸兴奋地夸耀，说大串连如何长了见识，又说来年开春还要去更远的地方。可春暖花开，他们没走，却引了一拨城里的红卫兵冲进村里，和村里的一些人扯起了旗帜，建立起了战斗队，叫作"农奴戟"。在普天之下一片夺权的喧嚣声中，"农奴戟"自然把锋芒对准了大队书记林大成。他们将村里的党员集中一起，说要重新选举支书。有党员说，既是我们菩提湾的党内会议，那就请不是党员的出去，不是菩提湾的也出去，你们不出去我们不开会。"农奴戟"的人只好退到了外面去。不过片刻，选举结果出来，大队支书仍是林大成。"农奴戟"再出邪招，找出一些村民，给出的名堂叫贫下中农代表，再召开夺权大会，说菩提湾村保皇狗太猖獗，我们必须踢开党支部闹革命。林大成是菩提湾村头号走资本主义道路的当权派，谁再选他掌权无效。但那次选举的结果仍让"农奴戟"尴尬，他们提出的人选只得了寥寥几票，更多人的选择了沉默。

时已入夏，稻秧已在返青，大田里的庄稼苗已密匝匝一尺来高，再不开锄定苗就晚了。可那天，"农奴戟"还是把全村人集中到小学校操场上，用课桌拼成的批斗台上，除了站立地富反坏右分子，还另加了林大成。几人都戴了纸糊的高帽子。与五类分子稍有不同的是，除了高帽子，林大成项下还被挂了一块柳芭斗大小的木疙瘩，那木疙瘩被刻凿成了印章形状，还刻意用水浸泡过，看样子足有二三十斤重。木疙瘩吊在纳鞋用的细麻绳上，林大成难负其重，便双手托着，腰也深深弯下去，眼看着头上的汗水雨一般淋落。挂木疙瘩的意思一目了然，印章象征权力嘛，造反派是来夺权的。

徐茂林是被造反派从河套稻田边的窝棚里押过来的，除了戴高帽，还被挂了一块木板，上写黑字，还打上血淋淋的红叉，那几个字是"笑脸黄世仁"。黄世仁的意思人们也都懂，恶霸地主啊，三岁孩童也知《白毛女》的故事。徐茂林被推到林大成身旁，比其他五类分子靠前两步，这意思也是光头上的虱克郎，今天的批斗重点就是林徐二人了。

"农奴戟"们要夺林大成的权，却接连受拙。他们经过周密谋划，便决定另找突破口，彻底扒下被人称为二东家的地主分子徐茂林的画皮，那林大成与阶级敌人狼狈为奸的嘴脸也就暴露无遗了。有人上台揭发，历数徐茂林在新中国成立前盘剥长工和佃户的种种罪行；又有人举例，说徐茂林之所以让小福子一家住到他家去，其实是老花鬼徐茂林看中了小福子母亲的年轻貌美，企图达到勾引成奸、长期霸占的目的，他的这一企图就是新中国成立后也没死心，他一直以帮助孤儿寡母为名靠近小福子母亲，其实还是想达到继续奸淫贫下中农妻女的无耻目的；有人冲上台，喊着要曝料，说经过内查外调刚刚得到的最新消息，现有充分证据证明，小福子父亲的死也与恶霸地主徐茂林有极大关系。徐茂林为了达到霸占小福子母亲的目的，暗中买通驻在碉堡里的日本鬼子，在小福子父亲在河套里放羊的时候，打黑枪将小福子父亲一枪毙命。

会场上躁动起来，嗡嗡起来，那是人们将信将疑，真的会这样吗？徐茂林难道会和日本人有勾结？徐茂林若是下此黑手，那可就比黄世仁还要狠毒啦！有人不失时机地带头喊起了口号，打倒日本帝国主义！打倒狗汉奸徐茂林！也就在口号声刚刚落下去的那一刻，台上的徐茂林突然瞪着血红的眼睛怒骂了一声，"王八羔子们，丧尽天良啊！"人们正惊愕间，只见徐茂林跳下批斗台，一头撞向了一旁老槐树的粗壮树桩。咣的一声沉闷响动过后，天地间为之静寂。

那一年，徐茂林66岁，是虚岁。那一年的正月初六，徐茂林的儿子曾为老父小规模地庆贺寿诞。北方的习俗，人过66，那可是个重要的阶坎，因为这标志着从此正式进入了当颐养天年的年龄。虽是小规模，坐到寿宴上的客人只限于家中的至亲，可夜幕降临后，还是有不少村人们悄悄走进徐家，或呈上一只膀蹄，或送上6只鸡蛋。（最好是66只，但那个年月，就是让亲生儿女拿出那么多，也是难。）人们借此，表达着对徐老茂的敬重和感谢。年夜饭上，菩提湾社员能像城里人一样捧上一碗大米饭，谁不念上徐老茂的一声好呢。活到66岁的徐老茂从没张口骂过人，这次不光让人们当众清晰地听到了，还伴以一声闷雷一般的响动。这徐茂林，拼了老命，也要证明自己的清白啊！

当时，并肩站在批斗台上的林大成听到那些人一声高过一声的胡说八道，也曾担心过徐老茂承受不住，他的安慰和提醒方式只能是一声接一声的重重咳嗽。咱们小老百姓可算个什么呢，那些开国元勋们不是也照样遭受着天大的委屈吗，他们愿意满嘴喷粪，那就喷吧。可林大成哪里理解得了徐茂林的心情。徐茂林虽说也听懂了林大成的咳嗽，他们说我剥削，我认；他们说我花心不死抢男霸女，这口气我也可吞咽；但说我跟日本小鬼子勾搭在一起，那我徐茂林可就生不如死啦！别人不记得，我徐茂林却不能忘，我的亲奶奶和一个小姑，就是死在小鬼子的炸弹下，我还有一个同爷孙的叔伯兄弟在古喜口长城会战时，和小鬼子拼大刀殉国，至今不知葬在哪里。要说和小鬼子的仇恨，我徐茂林不比任何一个中国人小呀……

望着血泊中的徐茂林，望着惊慌失措四散而去的人们，那一刻，痴呆呆的林大成生出深深的自责，我这两只手呀，只知端着死沉的木疙瘩干什么，为什么不能一下抓住茂林二叔呢……

9

小福子的母亲是天傍黑时走进徐家的。

这个院门，自从当年小福子父亲被小鬼子黑枪打死，母子二子外出讨饭后，小福子母亲再没走进过。就是重回了菩提湾，二十来年了，她也从没回过。有时遇事，想找二叔讨个主意，她顶多也是在院门外面转一转，等着徐茂林出来。徐茂林理解她的心思，也从没主动请她进屋一坐。

当年，小福子父亲的尸体被抬回，到了院门外，脚步就缓下来。乡间看重习俗，横死之人不可回家门，说是进家门会给家族再来更大的横事。况且，那也不是死者真正的家。迎着抬尸人探询的目光，徐茂林将院门大大地敞开，高声吩咐，快抬进来，就停在炕头上。炕头是一家之主的位置，徐茂林的态度令村人们惊诧，也由衷感动。

那天午后的批斗大会，小福子没在现场，小福子母亲也没在。小福子没在现场，是因为徐茂林从稻田窝棚被押回村里时，经过自家门前，看天聪正在菜园里给豆角插架，便吩咐说，稻田里没人，快去喊一声小福子。地主分子嘛，不光定期要去大队请示汇报，平时被吆来喝去的事也习以为常，天聪和徐茂林都没把那天的批斗当回事。稻田开出并见了收成后，邻近村落的人自是眼红，听说没少找公社，说要利益共享，大家共有的河套嘛。公社的回答是，那是集体开荒，有本事你们也去开出一块，公社一样支持。遭了冷落的外村人便不时窜到菩提湾稻田来，扒扒水渠口子，薅上几把稻秧。后来，稻田里又见了越来越多的螃蟹和泥鳅，那可是鲜美异常的好嚼货，不光是外村人，连本村的孩子们也不时跑去乱踏乱摸。林大成对徐茂林说，二叔，你岁数也不小了，就把心思主要用到稻田里吧，大田里有事我再找你。为此，徐茂林在稻田边搭起了窝棚，从稻秧插下到收割，昼夜不舍地守在那里，连吃饭都喊上一声小福子或儿子，去帮照看。单喊天聪不行，女孩子，腿脚又有毛病，有人故意欺负她。喊去天野也不放心，天野早说不小了，但玩心正盛，没大人在身边，他先绾起裤腿下田摸起了螃蟹。

小福子的母亲没有去现场，那是因为"农奴戟"怕信口开河的批斗受干扰，便提前派了两人把小福子母亲拦在了碉堡里，说要帮助她提高阶级觉悟，和地主分子斗争到底。小福子母亲知道红卫兵、造反派们的脾气都不好，动不动就尥蹶子，所以也尽量顺从，不招惹他们。造反派问，新中国成立前给地主家当长工，曾受到徐茂林一家怎样的剥削？她答，我脑子不好，哪还记得。造反派让她说一说徐茂林曾怎样侮辱她占她的便宜，她便使劲抽鼻子，说这碉堡里咋这么臭呢，不是有耗子死在这里了吧？要不就是谁放了臭屁，憋在这碉堡里散不出去！弄得那两人恼也不是，恨也不是。忽然听到村子里传来一声接一声的哨子声，那是事先约定好的信号，两人这才丢下小福子母亲，跑回屯子里去了。

曾经的居处，二十多年未进，只觉颓败低矮了许多，那梁柱也都塌了弯身。小福子母亲站在土炕前，禁不住泪水决堤般汹涌。就是在这里，小福子父亲当年也曾挺身直卧，可那时他已是气绝身亡。而眼下，老茂二叔也躺在这里了，虽还一息尚存，只怕也难拖延多少时间了。

徐茂林还没有死，那是因为他撞的是大树，而非水泥柱或石柱。徐茂林的儿子想给县医院打电话，请快派急救车来菩提湾，可"农奴戟"们占领着大队部不让动电话，说老地主自绝于人民，死了活该。徐茂林儿子又跑到外村才把电话打出去，可县医院竟先问患者的成分，一听是地主便立时变得冷酷无情，说你们要是把人送来，我们不能说不救，可让大老远地去接，对不起，别忘了我们是人民医院。徐茂林神智还算清醒，只是说不出话来，听说小福子母亲来了，便努力睁开眼睛，又伸手抓过天聪的一只手，放到小福子母亲的手上。母亲岂会不懂徐老茂这一动作的用意，急抬头去找天聪的爸妈。天聪爸说，老爷子常夸你刚强、有菩萨心肠，就让他放心吧。小福子母亲闻此言，俯身向前，泪水再涌，对徐茂林说，二叔，有我和她爸她妈呢，天聪不会受委屈的。

徐茂林是第二天鸡叫头遍的时候撒手西去的。那一年，天聪二十二岁，在乡下也算大姑娘了。

10

　　小福子和天聪的婚礼是在第二年秋天新粮上市时举行的，地点就在碉堡外的小院里，洞房则是碉堡。其实，也无所谓婚礼，不过贴了几处大红的喜字，杀了一只鸡，又去河套里钓了几只拃来长的鱼，也算讨了个吉庆有余的彩头。关于请不请客人，天聪父母说，算了吧，鸦默雀动的，只咱两家人，坐在一起吃顿饭就算了。小福子母亲说，那可不行，好歹也是孩子们一辈子的大事，总得有个主婚人和证婚人，哪怕只请一人呢。天聪父亲为难地说，就凭我家这成分，那可请谁？小福子母亲说，我只请林大成一人，这人厚道，别看不当大队书记了，在咱菩提湾老百姓心目中，还是拿得起立得住的头一位。天聪父亲说，为我家老爷子的事，人家未必敢来吧。小福子母亲说，要是不敢来，他就不是林大成了。莫说眼下他也是个平头百姓，就是仍当着菩提湾的家，我也保证他能来。天聪母亲说，要是林大成能来，我看就不如再请几个人。小福子母亲摇头说，不请了，就是林大成一个人吧。办事时，我还另有打算，人多嘴杂，不好。

　　小福子母亲所说的另有打算，就是在简单的喜宴前，小福子和天聪拜过天地，拜过高堂，又双双互拜后，小福子母亲又单独捻出六根香，每人三根，点燃，分别送到儿子和儿媳手上，拉着他们再去对着碉堡前的那蓬柴堆一拜。天聪的父母面面相觑，满是狐疑。林大成说，老妹子既信这个，就让孩子拜拜，或有或无，全在人心。

一年多前的那场批斗会，虽说徐茂林以命抗争，但丝毫没能阻止"农奴戟"们夺权的脚步。很快，大队革委会主任的桂冠被戴在另一个人头上，那是集党政之权于一身的职务。帅帐易主产生的立竿见影反应之一，就是朱福景家的那块宅基地被收了回去，说那是变相的自留地，是资本主义的尾巴，必须连根铲除。有人进了那块小菜园，也不管正在生长的各种菜蔬如何枝繁叶茂，立时遭了铱镰风扫残云般的灭顶之灾，支撑着夏日栖身的窝棚的几根梁杆也被砰砰嘭嘭地丢到了菜园外。小福子气不过，提起镐头想去拼命，说我是根正苗红的贫下中农，他们还真想翻天呀！母亲死死抱住他，说你还真把贫下中农这件破衫子当护身符呀，给你扣上个现行反革命的帽子，让你到死也翻不了身。

徐茂林死后不久，一直病恹恹的天聪奶奶忧忿交加，两月后也气绝而去。本来，天聪的父母是打算让已二十来岁的儿子天野住到爷爷奶奶那两间屋的，但刚上任的革委会主任传来命令，说房子另有安排，城里的五七大军很快就到。五七大军是城里的干部，说是要接受改造被派了下来。天聪的父亲去找主任，本来满身是理，却吞吞吐吐地不知如何说好。他说，我家闺女和儿子都老大不小了，怎好再挤在一间屋子里，我爸我妈在世时，我都是让天聪陪爷爷奶奶睡在那边。这回二老都没了，孩子们可连个睡觉的地方都没有了。主任冷笑，说你还不如乡下老娘们奶孩子，敞开大襟亮亮堂堂地唰（说）。你就说，那西厢房是你家的，或者再说得明白点，那个大院子，连同坐北朝南的五间大瓦房，原来都是你们徐家的。可你别忘了，新中国成立后，地主老财早就被消灭了。原来让徐茂林还住在厢房里，那是贫下中农枪口抬高一寸，给了老地主一分人道。可现在老地主和地主婆都蹬腿拔蜡了，你还想跟我们翻翻变天账呀？天聪父亲看人家根本不想跟你讲道理，只好蔫蔫退下。在商量小福子和天聪结婚的事宜时，天聪父亲说，那间老碉堡，虽说也能睡人，但毕竟还有小两口的妈妈在，又难以间壁开。依我看，不如就这样，我家好歹也是三间房，让天野跟我们老两口在东屋睡，西屋那一间，就给福景和天聪当新房吧。小福子母亲听此言，虽心存感谢，可还是说，你家那边，虽说比我这边稍好些，可也宽绰不到哪里。天野也是大小伙子了，哪好总跟老爹老娘挤在一屋。再说，天野眼看着也到了该说媳妇的年纪，哪家闺女看他连间自己的屋子都没有，肯嫁过来呀？尤其是，福景住到你们那边去，倒不倒插门的我倒不在意，只怕有人就把他和下辈随成了你们那边的成分，那日后的亏可就不知要吃多少了。我这话没错吧？听了此言，天聪父母对望一眼，不再吭声。特别是最后那两句，既看准了现实，也不乏远见。小福子母亲又说，这边的事我有安排，不会让天聪太为难。

那天，吃喜宴时，林大成曾悄悄问过小福子母亲新房的问题，并说，我家有个耳房，平时放些杂物，你要是不嫌委屈，我这就让家人收拾出来。小福子母亲将说给天聪父母的话又重述一遍，并说，我倒要看看，贫下中农的日子过得这么难，他们掌权的怎就一点不动心？林大成说，但凡有此心，这帮人当初也不会那样满嘴喷粪地埋汰徐老茂了。别忘了，就因为你一直没配合整治我，人家十有八九还记恨在心呢。

儿子的新婚之夜，母亲说，这碉堡里还是闷，我去外面吹吹风凉。你们想睡觉了，你们就喊我一声，我不走远。朱福景和天聪岂会不懂母亲的心意，心中酸热着，却又不知说什么好。天聪抱了爷爷留下的老羊皮袄，交到婆母怀里，说妈，夜里有露水了，凉，披上这个吧。天聪说这话时，眼里汪着泪水。小福子母亲替她揩了揩，说孩子，大喜的日子，不许哭。

小福子母亲在满地的月光中走向坡岗，那里有棵老松树，茂密的枝叶可当蓬伞，地上拱出的如椽虬根则正做椅凳。老羊皮袄披在身上，扑进鼻翼的是熟悉的味道，是老茂二叔的汗味和烟草味。唉，俩孩子总算成了一家人，也算对得起小福子他爹和老茂二叔了。村里批斗会上埋汰二叔的话，后来有人断断续续地说给了小福子母亲，有人担心她会炸，跳起来骂娘，若传到"农奴戟"耳朵里可就遭殃了。可没想，小福子母亲听后竟只是撇嘴一笑，说驴腔里放出狗屁，说怪也不怪。凡事，善有善报，恶有恶报，不是不报，时候未到。善恶有报的话是徐茂林说过的，一字未改。

又快到月圆夜了，清辉满地，微风徐徐。坐在坡岗上，正好可见河套里的那片稻田和那个窝棚。窝棚里，马灯的光亮着，外面，晃动着年轻人的身影，还有年轻人的歌声和笑声。在笑闹声低落下去的时候，也会听到河水的呜咽，还有身后不时掠过的松啸，给人一种凄冷的感觉。去年，徐老茂一死，稻田的收成立马减半。也不是徐老茂怀有什么不肯示人的绝技，侍候庄稼如同侍候婴孩的道理并不是谁都真正懂的。新派去看护稻田的人眼珠子盯在了田里的蟹子和泥鳅上，整天任由家人去田里踩踏摸挖，有时嫌稻畦里的水影响了美事，竟干脆泻放干净。秋后，莫说村里的人恨骂，连提着粗粮来换大米的村外人抓起瞎瞎瘪瘪的新米看了看，都苦笑着摇头走了。今年夏初，稻秧插下后，林大成委屈着自己，主动去找大队主任，说我去看管那片稻田吧，给不给工分都行。主任又鸭子样嘎嘎地冷笑了，说真想不到，地主老财啥样的衣钵都有人继承。你去了稻田，贫下中农又怎么对走资派监督改造？你就死心吧，我已派了人，咋也比对你放心。主任新派去的人就是刚来村里的知青。那些城里来的学生入夜后不好好睡觉，不是唱就是闹，闹得鸡鸣狗叫四邻不安，社员们意见大，大队便派知青去守稻，等于把河套当成了知青的娱乐场。看来，菩提湾人今年想吃口喷香的大米饭，又是白日做梦了。

如水的月光下，突见几只灵巧的小东西窜过来，依次在身前五六步远的地方亡了脚步，直起身子，向着小福子母亲抱掌拱揖，然后向着远方跑去，消失在了夜色中。难道黄仙也知福景和天聪今日成亲，来给我道喜了吗？小福子母亲怔了怔，慌慌跪地，连连叩首祷念道，同喜同喜，谢谢，谢谢啦……

11

天聪十月怀胎，于又一年秋天生下一个胖大的儿子。两家人大喜，小福子母亲是趁着天未亮，田野里还没见人影的时候分别跑到徐老茂和小福子父亲的坟前焚了香烧了纸，遥报喜讯。

又是一年，朱福景的儿子已蹒跚学步会喊妈妈奶奶了。每次去村里，常有人戏逗孩子，问你叫什么呀？孩子奶声奶气地答，朱小雕。再问，哪个雕呀？每每这个时候，抱着孩子的天聪便半是气半是笑地解释，说是他爸起的，说这孩子是碉堡生，碉堡里长，就叫小碉了，碉堡的碉。我说这叫什么名字呀，非叫碉，就用老雕的雕吧，大鸟，一种鹰。村人们说，别的鸟咱不知，这雕可是满天下没谁不知的。戏台上天天都演座山雕，听牡丹江那边的亲戚说，要论当年打鬼子，这座山雕算条汉子，不含糊，豁得出身家性命，只可惜后来站错了队伍。天聪回家把这话说给福景，福景高兴地说，那我儿子就把这两个字的意思全用上，住在碉堡里不忘小鬼子杀爷之仇，但愿有一天，真能给他爷爷报仇雪恨！

更多的时候，小雕是由奶奶看管拉扯着。看着小孙子一日日长大，小福子母亲常会痴痴自语，说大了，大了好，总可以舍手了。天聪听过这叨念，福景也听过这叨念，村里的女人也听过这叨念，这叨念里似乎含着一种悠远的忧绝，说不清道不明。

　　小福子母亲突然离去是在又一年初冬的一个看似极平常的日子。午前。天聪带小雕去姥姥家，回家吃晌饭时，看炖白菜贴饼子已在锅里，只是不见婆母身影。那些日子，福景随着生产队的大车送公粮，午饭常在县里粮库吃。天聪出了碉堡，冲着山上的林子喊了几声，见没回应，以为婆婆又去采榛子了，便也没在意。以前这种事常有，婆母或去村里串门，或去地里拾秋，错过饭时也平常。但那天，直到傍晚福景下工回家，也没见母亲的身影。天聪腿脚不好，留在家里照看孩子，福景先奔了山林间，又跑回村里，凡是以前母亲常串门的人家都问了，却未得半点消息。一村人都惊动了，许多年轻人跑出家门，又跑向旷野，跑向山林，不惜把嗓子喊肿喊哑。

　　那一夜，朱福景和天聪是在期盼与恐惧中度过的。福景爬到碉堡顶上，拢起一堆火，不断地续柴，直让火光冲天，以期母亲在远远的地方也能找到回家的路。天聪则不停地流泪，又学着婆母的样子，不时地燃香跪拜，求黄仙保佑婆母平安无事，早点回家。想一想母亲曾一再说过的话，两人心里不禁打战。舍手，母亲要舍什么手？莫非母亲早有了未对人言的想法与去处？

　　清晨，终于有人发现了异象。河套里，锅底坑处，只见几只黄鼠狼在水边蹿跳，直到放羊人赶过去，黄鼠狼才离开。那个锅底坑有场院大小，缓坡，坑底足有两人深，四季不结冰，据说坑底有泉眼，夏日里这里的水比别处清凉，也洁净，所以常引人们来这里嬉水。大人们则严厉警告半大孩子，说那个坑里有鬼，馋，专好吃小孩。这种坑，南方人称为潭，北方的词语往往更透着形象，锅底坑，都有了。让人奇怪的是黄鼠狼，那是昼伏夜出的小动物，很少有看它们在大太阳底下蹿跳。人们在水边寻觅探索，很快就在流水的波纹下，发现了小福子母亲的身影。小福子母亲是坐着死在水下的，直到被人们发现，她一直端坐如盘。几个男人下水，将她抬出水面，送到河滩干爽处，她仍那般端坐，面容平静安详，皂褂皂裤，裤角用黑色的缠布裹得严严实实，白袜，黑色的千层底鞋，花白的头发梳理得整整齐齐，于颈后挽了个髻。村里的女人们闻讯赶来，见了小福子母亲这般模样，有人扑地便跪，说这不是仙姑吗，快拜！菩提湾村北高阜处二十多年前的三仙庙，又称三姑庙，供奉的是狐仙、黄仙和长仙，三尊塑像都是女性，据说就是小福子母亲的这般装束与模样。女人们叹息说，怪不得福子妈一辈子一心向善，从不求回报，原来是黄仙转世，这是重归仙位啦。

至于小福子母亲为什么一直到死都是端坐，而没有在水中飘浮上来，也很快找到了答案。原来在衣衫下，小福子母亲用布袋将一块平滑的河石捆缚在了腹间。人们说，成仙人既是去意已决，也就没有什么可遗憾的了。还是安安稳稳送福子妈入土为安位归仙班吧。

朱福景和天聪将母亲请回家中。想一想时已入冬，这个时节，寻常人下水蹚蹚河，都要冷得打寒战，母亲却抱着石块，一步步走向水潭深处，那是抱着一种怎样视死如归的信念，想到此，天聪不禁号啕大哭。在给婆母擦洗身体时，天聪又有重要发现，原来在婆母贴心窝处，还藏着两件物件，一件是老花镜，还有一件是一本书，《警世恒言》。老花镜是爷爷的，那本书也是爷爷的，用白布精心地包裹着，虽已被水浸透，却再没有别的损毁。徐茂林死后，天聪去稻田窝棚清理爷爷留下的物品，却偏偏没有找到这两件东西，原来是被婆母收起来了，原来婆母还要将这两样东西给爷爷送到另一个世界去。天聪细细为婆母梳理，便越来越清晰了婆母弃世而去的心理思路。年过半百的婆母对已近古稀的爷爷绝无男女私情，却有着对慈父般的尊崇与敬重。婆母的父亲去世早，与哥哥也早断了来往，土改后再回菩提湾，凡遇疑难之事，她都请教昔日的老东家。爷爷徐茂林在婆母的心目中，是苍天，是靠山。那些年，婆母凡是遇事找爷爷，从不背天聪。爷爷有了主意，婆母便轻松地笑了，爷爷若也为难，婆母便一直愁苦，直至云开雾散。爷爷看护稻田那几年，婆母常去窝棚坐坐，有时夜里也去，夜里去是送食物，或者两只卧鸡蛋，或者是大米粥小米粥，看爷爷吃完，也不急着走，而是坐在窝棚外，听爷爷给她讲古往今来稀奇古怪的故事，杜十娘怒沉百宝箱呀，朱买臣马前泼水呀，卖油翁独占花魁呀，那些故事天聪也都听过，知道都是家里曾藏有的那几本书里写的，故事的主题只有一个，说天下之事，皆有因果，善恶有报，终躲不开轮回。爷爷少年时读过几年私塾，也算粗通文墨，读一读这种半文半白的书不费力。徐家也曾藏有一些书，闹土改时，不识字的人们把那些书塞进灶门当柴烧，徐茂林趁着混乱藏起了《警世恒言》，并坚信善恶有报是天理。

可坚守着天理，一生从未做过恶事的爷爷却突然死了，临死还被人当头淋上一盆又一盆的脏水。爷爷的死对于婆母来说，是天塌，是山崩，别看她听到批斗会上那些恶心人的话后表情淡漠，似乎不以为然，但也许就是从那一刻起，弃世的心思已经萌发。婆母之所以在爷爷死后没急着离去，那是因为爷爷将天聪的手放在了她的手上，那个嘱托对于婆母来说，是活下去的理由和力量。她张罗着为天聪和小福子成了亲，又眼见着天聪也成了母亲，并帮助天聪把孩子拉扯过了周岁，她便决意而去了。多年之后，天聪知道了人世间还有一种病叫抑郁症，比照着婆母在世时的种种症状，原来患的就是这种病症。入夜，她坐碉堡外孤望寒星，其实回碉堡后也经常睡不着，有时悄然起身，再去外面坐。白日里，她拼命地干这干那，只求让自己彻底疲累夜里好能入眠，可是没用，睡不着就要想前世来生，想生命中的种种困窘却总是找不到出路。那种病症对于人是一种慢性折磨与无情摧残啊。

数月后的一天，天聪问福景，我好像有一阵没看到黄狼子了，你没感觉吗？小福子被问得发怔，想一想，确是有些奇怪，以前，家里的鸡虽一直与栖在柴堆下的黄貔两不相扰，但那些鸡是决不会站到柴堆上去的。可近来，已有母鸡在柴堆上拱出窝，蜷在里面下蛋孵雏了。福景小心地去拨看柴堆，下面干干净净，竟连黄鼠狼换季时褪下絮窝的毛都不见了。福景问，你是什么时候感觉黄狼子走的？天聪想了想说，好像咱妈一走，就再没见。福景听得发呆，望着西天火红的云霞，好久好久不说话。

12

朱福景和天聪又在碉堡里住了十余年，待儿子朱小雕十多岁的时候，天下发生了沧海桑田的变化。先是人民公社重又变回乡，生产队灰飞烟灭，农民开始耕种自家的责任田。接着是地主富农摘帽，家庭成分成了历史，并被人们慢慢淡忘。

年过花甲的林大成重新担任菩提湾村村支书后，接受朱福景提出的宅基地申请并再度亲自去乡里请求批准，他还下令将以前住过五七战士、知识青年的房屋和各生产队的队部全部拆除，将一些房木卖给了朱福景和急需的村民。当然，有些不是卖，而是物归原主，比如徐茂林住过的厢房，拆下的房木就理所当然地全归了徐家的后人。天聪父亲说，老爷子一辈子疼爱孙女，都给天聪，她正需要。

新房子落成后的当夜，已年过不惑的朱福景却只是睡不着，先是翻来覆去地在炕上烙饼，后来竟伏在枕上流起眼泪来。天聪问怎么了，他说我想老妈了，自打回到菩提湾，咱妈到死都是住碉堡，一天也没住过好房子。天聪说，咱老妈是神仙，咱家的事她都在上界看着呢，肯定在替咱们高兴。朱福景说，我也知该高兴，可我就是睡不着。要不，你再给我吃回瞌睡药？朱福景说着，就往天聪身边凑，吓得天聪使劲推他，说这两天正悬，你修修好吧。朱福景说的瞌睡药，就是男女被窝间那点事。天聪除了朱小雕，已又生了两个女孩，早就不想生了。朱福景败兴地说，那我还是回碉堡睡去。天聪说，愿回就回。进门别忘先给炕灶塞把柴，傻子睡凉炕，全凭时运壮。哼，我看你不壮。

也是怪事，朱福景回到碉堡，头一挨了枕头，立时酣酣睡去，直至日起三竿。自那以后，这便成了他的生活习惯，在家里吃，去碉堡里睡，即便家中有事，忙过了，已过子夜，他也要去碉堡。有人背后戏笑，说福景不会是叫黄狼子迷住了吧，听说王八壳子那儿当年可是有一窝黄狼子的。但这话很少有人当面对朱福景说。朱福景什么玩笑都开得，唯有这玩笑，一开就急眼，急眼了就操棒子抓石头，敢玩命。

光阴又过了十年，天下日益成了胆大之人的游乐场，诚所谓撑死胆大的，饿死胆小的。谁也料不到，菩提湾村胆子最大的人会是徐天野，老地主徐茂林的孙子。徐天野先是承包了河套里的那片水田。那片水田原是河套里的荒地，不在国家掌管的耕地范畴。村里便把那片地留在村委会，租给村民耕种，收入的一部分便成为村委会的办公经费。此时，年逾古稀的林大成已将村支书的职务让贤给年轻一代，在村里却仍有着一言九鼎的力量。在竞争承包稻田的会上，徐天野给出的承诺很豪壮，说我不管天灾人祸，秋后保证交给村里大米若干，大米可用秋后市场价格兑为现金支付，现在就可预付一万。我的有利条件是得了我爷爷种植水稻技术的真传，若没天灾，我爷爷的技术可保那片稻田的收成十拿十稳，百无一虞。但即使有天灾，我也保证兑现承诺决不食言。徐天野的豪言让人振奋而惊异，人们念着徐老茂在世时的厚道与诚信，又得了林大成带有倾向性的意见，便把那片地包给了徐天野，一包十年。

有了那片稻田，插过秧后，徐天野便将老爸老妈请到姐姐天聪家里去住，说反正我姐夫白天在地里干活，夜里去老碉堡睡觉，你们委屈三月五月，先由着我折腾这一阵再说。徐天野的折腾便是把自家的那几间房子收拾了一番，又在院子里加盖了六间厢房，东西各三间，大门挑空处悬起了大大的匾额，"天野农家乐度假村"。天聪老爸说，你也老大不小了，折腾什么！稻田既包下来了，你好好侍候就是，忙不过来还有我们呢。徐天野说，我爷爷一辈子本分，到头儿却把老命搭进去了。你和我妈也本分，从不乱说乱动，只怕眼下再划成分，你们肯定会划成不带一丁点疱黵儿（毛病，缺点）的贫下中农。但贫穷不是社会主义，这可是邓大人说的。你们就让我趁着还折腾得动，折腾几年嘛，只怕再过十年，我也光有那个心没那个力了。

为了拉度假村的客人，徐天野骑车跑到离村五里外的公路边。那里有条省道，道边已有人建起店面，供过路的客人吃饭。那饭吃得实惠，大锅里整日鼓嘟着排骨酸菜，主食有大米饭，也有高粱米水饭和贴饼子，一位十元，可饱造。这种营销策略吸引了南来北往的不少车辆。徐天野不想跟这里的店主搞竞争，却要借着这里的风飘起自家的旗。趁客人剔牙走出店门时，徐天野迎上去，亲亲热热地喊大哥大姐，说往后，诸位要想尝一尝山鸡野兔，不妨把车轮往里打一打，不过几分钟，就到我家了。开车乏了，大哥大姐再在小火炕上烙烙腰，保准美死了。您带家人多住几天，我更是求之不得。客人听说有山鸡野兔，自然要问价位。徐天野回答得敞亮，说全凭大哥大姐赏，您高兴了，多赏点，我祝你发财；您不满意，那就抬腿走人，我照样感谢您捧了我人场。徐天野这般忽悠或曰宣传了一些日子，就有客人闪亮登场。徐天野不食前言，果然是真正的山鸡野兔上席，价钱也尽由客人自定。那山野之味是他跑山区集市偷偷买来的，虽然国家不许捕猎了，反倒更衬了稀少与珍贵。

最初的日子，徐天野的生意只是赔本赚吆喝。他把老爸老妈好不容易积攒下来的几个钱儿都搭进去了，连姐姐家的钱今天二百明天三百的也往坑里填。亲人们看着心疼，一再劝说罢手，可徐天野却是踌躇满志，说只要有客人来，就是赚。等着吧，过一阵就是城里学生放暑假的日子，暑假一过，我欠下的饥荒保证全还上，而且还有厚礼以谢。

谁也没料到徐天野是把商机押在了那片稻田上。暑期一到，不少城里人带孩子来菩提湾吃野味，酒足饭饱之后，徐天野推荐说，其实我们菩提湾还有一个绝妙的玩处，村东那片河套里有片稻田，稻田里有螃蟹，还有泥鳅，绝对的纯野生，下水就摸得到。学生们一听就兴奋起来，中老年人对下水摸蟹摸泥鳅也有着与生俱来的兴趣，听有此乐，纷纷随他去了河套。到了稻田边，客人望着绿油油的稻秧，先还有些怀疑，问真的有螃蟹吗？徐天野也不答话，甩开鞋子，绾起裤角，下到田里弯腰摸蟹，不过三五分钟，手上已有了张牙舞爪的八脚蟹公。徐天野说，眼见为实，我没撒谎吧？说着，便将那只蟹子重又远远地甩回稻田里去，惊得孩子们直喊，你不要给我呀，扔回去干什么？徐天野笑说，这营生，跟钓鱼一样，玩的就是一个过程。自己摸，才有意思呢。看人们已在脱鞋绾裤，他这才亮出底牌，大家玩可是玩，咱们得把丑话说有前头，下稻田摸蟹，可是有价钱的，摸出一只十元，不论长鳍还是圆鳍，也不管大小，一概这个价。泥鳅按条算，也是这个价。光下水玩没摸着或不想摸的，一人三十。人们问，你不说是野生的吗，怎么还收费？徐天野说，螃蟹和泥鳅是野生的，不错，可这稻子是人工种的呀。为承包这片稻田，开春时我甩手就是十万元。大家想想看，进了稻田就难免踩坏稻子，稻秧被踩倒就要减产，十万元秋后我是不是能收回来还得两说着呢。大哥大姐想想看，去水库钓鱼，还没弄脏水，是不是人家也收费？钓上来的鱼比农贸市场卖的不知贵上多少倍。徐天野说得通情达理，不能让人不信。反正到乡下来就是玩，但图一乐，城里人也就不那么计较了，笑说，好，咱们就先摸他一百元钱的。

中国人的从众心理严重，乡间尤甚。徐天野办起了农家乐，把客人引到家里来，村里很快有人照葫芦画瓢，而且立竿见影见了效益。在这个事上，徐天野想得开，表现得也大度，有时客人多，他还主动积极地往其他人家推介。菩提湾的农家乐吃得到野味，还能去河套里摸螃蟹洗山泉澡，声名远播，吸引了更多的城里人。徐天野要的就是这效应，别家有客吃野味，也可睡热炕，摸螃蟹却只能来徐家，因为稻田已被我承包，方圆数十里，独此一家，别无分号。

稻田摸蟹项目让徐天野狠狠赚了一笔。热闹的时候，稻田里足有二三十人，从早到晚，人影和乍乍呼呼的说笑喊叫声此起彼伏缕缕不绝。看守稻田的朱福景估计，哪天塞到小舅子手上的票子都数以千计。刚入夏的时候，徐天野对朱福景说，姐夫，我的事多，正好你夜里睡在碉堡，那儿紧挨河套，那片稻田也只有交你我才放心。你说吧，是想按股分成，还是按月拿报酬？朱福景问，我不懂啥叫按股分成，按月拿报酬又怎么说？徐天野说，按月拿报酬就是我每月给你一千元，嫌少再商量。按股分成呢，就是秋后一起算，稻田一年到头的各种开销都剔出去，纯赢利部分咱两家二八分成，你二，我八。朱福景笑道，你才二呢。徐天野也笑，说那姐夫就二五，哈，二五也不好听，干脆你三我七，谁跟谁呢，是吧？那时节，朱福景哪会料到稻田会有这般收入，不就是一亩地几百斤稻谷嘛，刨除交给村里的承包款，就是有赚，也有限。当时，朱福景没犹豫，笑过之后便选了旱涝保收的一月一利索。稻田摸蟹的创收项目是入伏后闹腾起来的，让菩提湾的人们大大吃惊。徐天野不惜下血本抢包稻田，原来伏笔在这儿。一般人下棋看三步，他却算计五步，不服不行啊！可是，徐茂林活着时，严防死守，坚决不让村人踏进稻田。徐老茂死后，没人管得那么死了，偶尔踏进泥水里虽然也多不空手，但斩获毕竟有限。菩提湾人疑惑的是，那稻田里到底有多少螃蟹和泥鳅呀？连摸蟹的客人都不时问，这么多人，天天下水摸，稻田里还有蟹吗？徐天野笑答，那你们就问问我身后这条河，它哗啦啦日夜流淌，水里还有多少蟹吧。

也许，这个秘密除了徐天野，眼下也只有朱福景知晓了。稻苗返青后，徐天野专程跑过一次辽宁盘锦。盘锦有片大苇荡，号称亚洲第一。多年前，苇荡里的螃蟹多得叫人眼晕，夜里提盏马灯，坐在苇荡边，不过一顿饭的时辰，便可将奔亮而来的蟹公划拉一麻袋。后来，不知什么原因，苇荡里的蟹子突然绝迹了，附近稻田便发展起了稻田养蟹，听说效益亦丰。徐天里与苇荡附近的一家蟹农订下协约，说入伏后，你接到我的电话，就赶快将蟹子送到我告诉你的地方，运输办法你定，我只管收蟹，一只一元，一手钱一手货。但蟹子的个头你必须保证，不能小于一两重。那阵，徐天野已添置了一辆客货两用车，老百姓把那种车叫半截美。稻田摸蟹的项目开始后，每隔几日，徐天野便亲自开车，去公路边接回从盘锦送来的螃蟹，每次都是十稻草袋。徐天野不让送蟹的汽车进屯，自己将蟹子拉到碉堡，也都是夜里，神不知，鬼不觉。蟹子被藏进碉堡的地窖里，让朱福景每隔一阵往稻草包上浇两盆水。螃蟹是两栖动物，只要有水，活上三五日不成问题。徐天野再让姐夫每天天亮前往稻田送些蟹子，随手撒些砸碎的豆饼。已饿数日的蟹子见了美食，自是一顿饱餐，轻易不会再往远处窜跑。朱福景问，这是不是有点蒙人呀？徐天野说，城里人图的是乐，咱们卖的是辛苦。你看变戏法的，哪个不是将东西暗藏好，你能说人家是蒙人吗？戏法灵不灵，全靠布来蒙。这事只能咱俩知道，说开了，就不灵了。

那年秋后，徐天野还清了所有债务，还给老爸和姐姐各买了一台二十四寸的日本原装彩电，惊羡得满村人咂嘴。暗暗后悔没参与分成的朱福景问徐天野，你给姐夫交在实底，今年一年，你到底挣了多少？徐天野答，落在手里的，咋也比交出去得多。这个回答虚虚实实，让人不好再问。回到家里，朱福景对天聪说，天野不愧是老地主徐老茂的嫡亲孙子，那脑子真是灵光。想当年，咱俩同样跟在你爷爷身后，怎么就他把稻田里的蟹子看成了赚钱的门路呢？天聪说，我也是我爷爷的孙女，这跟嫡亲不嫡亲有啥关系。朱福景笑说，你原先脑子也好使，可让小鬼子的地雷一炸，就炸成贫下中农的媳妇了。天聪说，当贫下中农的媳妇也没啥不好，咱不求大富大贵，庄稼院的日子，不愁吃不愁穿，平平安安的比啥都好。

13

　　稻子割毕，摸蟹的把戏只能等来年夏天了。让朱福景万没料到的是，徐天野还有新项目，而且是把项目盯在了自己家的碉堡上。徐天野说，姐夫你肯定也注意到了，凡是来农家乐吃住的人，都要去村外走一走看一看，围着碉堡转的人可不在少数。这可是小鬼子留下的东西，别的地方肯定不多了。朱福景似乎听出了商机，问，你是说，可以让人进里面参观，咱们卖票收费？徐天野哈哈大笑，说那能赚多少钱，你的碉堡又不是皇陵，还能几十几十的收呀？我的打算是办一个儿童游乐场，让城里的孩子们玩八路攻碉堡的游戏。朱福景忙摇头，说那可不行，孩子们动起手来，没轻没重，伤了谁都不好。真要送受伤的孩子去医院，你得掏多少钱？徐天野仍是笑，说攻碉堡还让能孩子们抢棒子拼刺刀呀？咱们先做好服装，一边是八路，灰色的，一边是鬼子，黄色的。再预备一些玩具枪，那种枪能发射束光，相当于打子弹。八路的枪一人只能射出十颗子弹，守碉堡的鬼子用的是机关枪，子弹不限。被光束点中脑袋和胸脯的，算阵亡，点中胳膊腿的，算受伤，受伤三次，也得退出战斗。再找人做几个假炸药包，只要八路将炸药包送到碉堡前，一拉弦，就算爆炸，小鬼子就完球子了。朱福景说，那鬼子的机枪打中了八路的脑袋，八路还往前冲，又怎么办？徐天野仍是哈哈笑，不过是逗孩子们玩，那么认真干什么。咱俩当裁判，碉堡里一个，碉堡外一个，现场裁决。攻取碉堡有功者，咱们还可设奖，就奖八路用的那种步枪。我打听过了，一支枪也就十多元。朱福景问，那咱们怎么收费？徐天野说，刚启动时，一人五十，等日后玩的孩子多了，再考虑适当加码。这五十里包括服装和枪支，那些东西一时半晌坏不了，经用，赔不了。

那一次，姐夫小舅子商量的内容还包括合作的方式。这次朱福景选择了参股。徐天野说，碉堡是姐夫家的，二八、三七都亏了姐夫，我看就五五，挣了钱，对半扒，这行吧？在这路事上，徐天野一直表现得很大度，从不食亲财黑，让朱福景感动也放心。

徐天野玩的这一手，又让两家大赚，而且把农家乐度家村的秋冬淡季办成了旺季，菩提湾所有办起农家乐的人家都跟着受了益。周末时，不少家长陪着孩子专程来玩攻碉堡，甚至还有学校的少先队包了大客车，组织活动，说那个攻碉堡的游戏既是爱国主义教育，也是培养孩子们团体意识的有效方式，寓教于乐。少先队只是请求在收费上适当优惠。徐天野回复得让人开心，说没想到这游戏还有如此上讲究的说道，那你们就看着给，别让我赔了就行。

翌年开春，腰包已越发鼓起来的徐天野又有了让菩提湾人做梦都想不到的新举措，他要复建三仙庙。这事不同于稻田摸蟹和攻碉堡。稻田和碉堡现在都算是他的一亩三分地，他说了就算。复建三仙庙就涉及用地和宗教方面的一些问题了，他先找村里商量地，村里拿不准主意，带他一同去请示乡领导。那天，徐天野在乡街上最亮堂的一家餐馆设宴，请来了乡长、副乡长和具体管这种事的两个助理，还请来一位白发苍苍的老者，给大家介绍说，这是省城大学的民俗学教授，对萨满文化的研究在国内都有重要影响。也不是乡干部嘴馋，一请就到，而是此时的徐天野在乡里已是个无人不晓的能人了，徐天野在短短一两年时间内就以自身的示范作用把菩提湾办成了颇有些名气的度假村，这正符合上级倡导的一村一品（品牌）的战略构想。乡村能人徐天野的一举一动，不能不牵动以发展乡域经济为第一要务的乡领导的心。

酒过三巡，趁着众人脑子还清醒，徐天野讲了自己的请求。其实，来乡里前，村委会主任已将此番的意思向乡领导做了报告，乡领导心里也基本有了主导性的意见，不然，他们才不会贸然来端这个酒杯呢。副乡长说，三仙庙建起后，游客多少还是要收取一些费用吧？这就涉及工商和物价，这两块都由县里统一管着，我建议徐老板再做做县里的工作。徐天野说，这个庙完全由我个人投资复建，日后的修缮和管理，所需资金也全由我出，我的目的不在挣钱，只想通过宣传传统文化进一步带动度假村经济的发展，还没考虑过收费。我估计，三仙庙建成后，不光是菩提湾，南北数屯，甚至咱们全乡度假村的客人都会迅速增长。乡长点头赞许，说徐老板只讲付出与贡献，不计较个人的损失，我非常欣赏。关于修庙用地那一块，我看问题不大。那里早些年就有庙嘛，这回不过是在原址上重建。那就你建糊涂庙，我来当这个糊涂神，日后上级真要问起来，由乡里负责回复。现在我心里没底的地方是，重建这个庙，会不会被人看成是宣传封建迷信？徐天野再次隆重介绍坐在身旁的大学教授，说乡长看问题就是深远，我才疏学浅，说是文盲也不为过，所以特请大专家大学者解惑释疑。大学教授不慌不忙，张口就是学者风范，从民俗学角度介绍萨满文化，说从地域上看，萨满教存在于北纬38度以北广阔地区，不论哪个国家与民族，都以不同形式存在。而从历史纵深看，则已有数千年，在已发现的历史遗迹中，都不乏萨满文化的内容。而狐仙、黄仙和长仙，则是萨满文化在我国北方地区的具体存在形式，精神核心还是鼓励人们要有精神寄托，劝人多行善事。老教授越讲兴致越浓，已有点像卡拉OK歌厅里的麦霸，南朝北国，越扯越远。徐天野看乡长已在耐着性子装出兴味盎然的样子，却不时偷偷看腕上的手表，便在桌下踢教授的脚。见老教授终于端起茶杯润嗓，乡长便不失时机地说，听专家讲了这么多，真是受举办匪浅。对这个事，乡里总得有个态度嘛。乡长的目光扫过了乡里的几个干部，像是在统一意见，然后才说，乡里的意见是，不支持……见徐天野等几人现出失望丧气的神情，乡长才又说，但也不反对。顿时，酒桌上响起一片轻松的笑声。徐天野忙着起身抓瓶重斟酒，说谢谢领导，谢谢领导的不反对。

乡长端起酒杯，又说，在专家面前，我再冒昧提一个不甚成熟的建议。关于庙的名字，三仙嘛……未免还是有宣传迷信之嫌，而且与酒桌上的地三鲜、三鲜馅饺子同音，不好听，欠别致。依我看，不如在庙旁那棵菩提树上做做文章。菩提树，被佛教界视为神树，这我就不多说了。唐朝初年，禅宗六祖慧能写过一首关于菩提树的诗，流传甚广，"菩提本无树，明镜亦非台。本来无一物，何处惹尘埃。"骤然一听，好像慧能祖师不承认世上有菩提树，其实不然，他的本意无非还是宣扬四大皆空的佛家思想。这种树，在日本可见，在印度、马来西亚、菲律宾也可见，但在咱中国，却不多，尤其在我们北方地区，更罕见，因为这树喜欢潮湿高温气候。我在县里工作时，专程来看过这棵树。到乡里工作后，只要去菩提湾，也必去瞻仰。据说，这棵树还是早些年一个日本人发现的。日本人对咱们东北地区的了解，可一点也不比中国人少啊，小鬼子的豺狼之心，由来久远，早盯住这块肥肉了。至于这棵树为什么孤零零地出现在了咱这儿，揣测与猜想也是多多，有说是候鸟从日本那边带过来的，也有说是日本游僧种下的。菩提湾早年间也不叫菩提湾，而叫太平湾，这没错吧？我的建议就是，菩提树的名声既然这么大，那个庙何不就叫菩提寺，也免了一些人的说咸道淡。

乡长是正宗的大学毕业生，给县领导当过秘书，素以儒雅强闻著称。众人听他如此一论，不由面面相觑，又把目光投向了大学教授。教授重重一拍酒桌，学着电影里某反派演员的口气大声说，领导就是领导，高，实在是高。众人轰地笑起来，接着便是热烈的掌声。

这年月，只要不差钱，工程速度不用操心。不过月余，五间清一色的青砖青瓦的正殿已傲然耸立，拱檐还用了橙黄色琉璃瓦，被寺后岭上的青松映衬，更显气势不凡。除了正殿，还建有东西两处偏殿，各三间，但比正殿略低矮。徐天野放出话去，以后每到周六周日，东偏殿设文化讲座，将远远近近的专家学者陆续请来，西偏殿则设投影电视，每天循环播放那些专家学者的讲座和专题片。菩提寺的围墙也有规模，高有人余，统为黄色，把那棵菩提树圈在了院内。尤其是那座庙门，门楣处悬着匾额，上书"普天行善"四字，烫金的，据说是出自一位副省长的手笔。朱福景私下问，既求那么大的领导，怎不就写菩提寺？徐天野摇头说，人家不给写，说要用就是这个，不用拉倒。朱福景又问，多少也得花俩钱吧？徐天野撇嘴笑，说那叫润笔。俩钱儿？这我还拐弯抹角不知求了多少人呢。徐天野说着，冲姐夫伸出两个手指头。朱福景大惊，不会是两万吧？徐天野笑，说拉倒吧我的亲亲姐夫，我人求人花出去的还不止两万呢。朱福景惊得越发阖不上嘴了。

万事俱备，就要请三位大仙端坐仙台了。在朱福景的想象中，三位神仙应该是泥塑彩绘，不乏乡土的味道。请上仙台时也应该有个不小的仪式，比如像乡下人盖房子的上梁，鞭炮齐鸣，锣鼓喧天。却没想，一向凯歌高奏的徐天野在这事上却处理得极其低调。夜里，大卡车开来，后面跟着吊车，等天亮人们去看热闹时，三位神仙已端坐就绪。神仙都是汉白玉雕造，端庄富贵，与影视剧的观音很是相似。朱福景和天聪站在神仙塑像前，左看右看，却找不到母亲当年的一丝模样。徐天野问，姐，你看怎么样？天聪说，怎么跟我想的不一样呢？徐天野问，那姐想的是什么样？天聪说，起码，年纪应该大些吧，衣衫也得朴素些，这脸庞与身形都太神态了吧。我没少听咱爷讲过，三仙是咱民间老百姓的神仙，现在上面坐着的可都是富贵人家的太太啦。徐天野笑说，姐姐有这种感觉，那就对啦。你心中的三仙，那是神仙来到凡界后的模样，相当于皇上微服私访，自然要做出平民的样子。可眼前的三仙，却是复归了仙位的，怎能再那么穷酸。姐再想想看，眼下的日子可是越过越好了，有钱人越来越多。古往今来，你啥时见过有钱人甘心伏下身子向穷酸人膜礼叩拜的呢？

朱福景也曾问过徐天野，为啥不搞个迎接神仙或大开庙门的隆重庆典，如此天大的事，难道就这么鸦默雀动的拉倒了？徐天野给出的解释是，要搞庆典，就要请领导。可领导们早有话，不支持，也不反对，再去请，就难免自讨没趣。与其不尴不尬，不如恭迎八方香客。但求仙界和凡尘各得安宁吧。朱福景冷笑，说你怕领导冷落，怎么就不怕冷落了各位神仙？徐天野笑道，我的傻姐夫哟，普天之下，哪有什么神仙。那都是人们心里瞎寻思出来的。朱福景心里越发奇怪，你心里既没有神仙，又建这个寺庙干什么呢？

朱福景曾在心里给小舅子算过这笔账。这次建庙，他可又没少破费，估计百万不止。而徐天野却明确表示，菩提寺只供香火不售票，那这笔钱真就这般花出去不求一点回报了？

徐天野曾找过姐夫商量守护寺庙的事。说这么大的院落，十多间房子，夜里总得有个可靠的人。咱老爸老妈年事已高，我那个儿子还得念书，我看不如请姐姐姐夫住到这里来，我在西偏殿间壁出一间房，保证委屈不了二位至亲。费用嘛，还是按看守稻田算。朱福景想了想说，我还是看稻田吧，换个地方，到哪儿我也睡不实。天聪看朱福景没点头，也说，就我这模样，别再吓着了谁。算了吧。朱福景没说出口的想法是，菩提寺眼看着光往里填，却看不到来钱道儿。亲戚里道的，小舅子赔得稀里哗啦，亲姐夫还要工钱，好说不好听。再说，仙台上供着的几尊大理石塑像怎么看，也找不到母亲生前的一丝模样，天天从早到晚地守在这里，不值。徐天野也不勉强，另请了媳妇娘家的两个人。

一切照着徐天野的计划进行。每到周末，东偏殿都有学者来讲萨满文化，西偏殿则整日不歇地播放着与萨满文化有关的录像。庙门外，摆起一长桌，上面摆着红黄绿的几叠宣传单，是打印好的关于三仙的传说，供香客随意拿取。宣传单上说，很多年前，一只黄貔不知从哪里衔来一颗种子，在这里拂土掩埋。随后，便有一条通体银亮的长蛇盘在这里，寸步不离，只吃一只金色狐狸为它捕来的山鸡野兔。种子一天天发芽，破土而出，原来是一棵菩提树。三生灵不离左右，一直守护三年。宣传单又说，多年前，山洪暴发，河两岸的村庄多被冲毁，只有菩提湾安然无恙，洪水到了村边便悄然而退。避难的人们跑到村北高阜处，突见三位老妪坐在树下说笑，全无逃难的模样。人们打听可有人认识这三位老太，可转身回来，树下人已全无踪影再难寻觅。惊异间，人们发现，原来为老妪遮挡阳光风雨的竟是一棵菩提树，凡世间极难见到的。人们顿悟，怪不得别处遭灾，唯有这里太平，原来是有三仙保佑。大灾过后，人们在高阜处建起了三仙庙，将这里称为菩提湾。又说，前些年菩提湾有个老太婆，一生行善，乡民常见见人就躲的黄鼠狼却独独与她亲近，她养的鸡鸭也从不被黄鼠狼侵扰。某日，老太婆突然在水潭中坐化升天，人们找到她时，从日夜奔流的河水竟突然断流，直到人们将她抬出，水潭才重又漾满清波。又说，连续大灾之年，许多村庄出现了饿殍，唯菩提湾未死一人。原因就是菩提湾有一善心老太养了一群鸡，鸡生蛋，她却一枚不吃。凡见村人有饥疾之状，她便送上一蛋，那蛋不仅抗饥，还治病百病，极神奇。老太享年近百，家族数代单传，而今儿孙满堂。朱福景看了这传单，虽知都是赞美，心里却舒服不起来。他对徐天野说，你怎么夸三仙灵验，也不能瞎白话。我老妈可不是你说的那样子，我只有一个儿子，还没娶媳妇呢，就是娶了，国家的政策也只许生一个，不想单传也没辙。徐天野哈哈大笑，可爱的姐夫呀，我说那是你老妈了吗？再说，眼下只许生一个，还能永远只许生一个？等着吧，子孙满堂，不是梦想，咱们赶不上，儿孙们是一定赶得上的。

　　菩提寺的复建，果然拉动了度假村经济，不光菩提湾村，南北数村的客人明显增多。客人来了，都要看一看菩提寺。初时，看新鲜的多，伏地求拜之人寥寥，丢进功德箱的也不过是一元两元的票子。但渐渐的，求拜的人多起来，票子多变成了五元十元的。庙门前的宣传单增加了新内容。说某夫妇婚后数载不育，来此求子，竟一下怀了龙凤胎；说某农妇身体日渐消瘦，跑了多家医院，都说得了绝症。自从拜过三仙，竟是神奇痊愈，连医生都觉不可理解……这年月，腰包鼓起来的人们心里却日渐空荡，求子求福，升官发财，都想请神仙助上一臂之力。按概率学的说法，求告者肯定会有灵验的，庙门前那些宣传单并不都是无中生有。由是，一传十，十传百，迷信三仙的人越来越多，香客亦越发踊跃。不过两年光景，功德箱里的票子已多是百元的了，有时来人还愿，竟将木箱咚地哑出一个响动，那是万元，一扎，没开封，人家要的就是这效果，得让神仙有感觉。

　　朱福景知道，这回又让徐天野掏着了，而且耗子操牛，干了个大的。成精了，不服不行啊！

　　那一年，已逾八旬的林大成病在炕上，不能下地了。徐天野和朱福景去看望，林大成拉着徐天野的手，气喘吁吁地说，这些天，我一闭眼，就看到徐老茂，看来是要到你爷爷那边去了。你小子，脑子随你爷爷，好使，心气也比你爷爷大。但我还是要跟你说，别光想着挣钱，也别挣了钱就往自个儿腰包里揣。钱那东西，生不带来，死不带去，多了，反倒可能是祸害，不坑自己，也坑后人。有本事有能力了，千万不能忘了菩提湾啊。徐天野连连点头，说你老人家的话，是神仙点教，我记下了，你放心就是。

14

时光不觉又过了十年。这十年间，人世间的变化不再是天地翻覆，而是日新月异。

先说徐天野。菩提湾的第一幢别墅是他家的，菩提湾的第一辆小轿车也是他家的，而且过上两三年就再添一辆，一辆比一辆高档漂亮。听说他在县城里还有一条街的铺面，全租了出去，按月收钱，旱涝保收。也许，徐天野真是没忘林大成临死前的叮嘱，个人出资修了一条路，从五里外省道接过来，直通村委会，又直达菩提寺。说是村路，实际比省道还气派，同样的双向四车道，省道铺的是沥青，村路却清一色的水泥路面。徐天野还给母校乡中学重铺了操场，橙黄色塑胶跑道，让县中学看着眼红。他还投资重建了乡政府办公楼，冷眼一看颇似美国的白宫，好惹了民众一番言论。

但舍得花大钱买面子的徐天野终是没逃脱福祸相依的古训，遭遇了很没面子的事。进了新世纪后的一天，市里的两辆警车开进村子，把他"请"了去。很快有消息传来，说徐天野被告下了，告他非法敛财，还告他非法经营。非法敛财指的是将菩提寺的巨额香资窃为己有。非法经营则指稻田摸蟹和攻打碉堡，两个项目都超出了农家乐的经营范围。很快，警车又来，又带走了朱福景和村内其他几个人。后去的几个人去了一天就被送回，原来他们是去出证。看来，所谓传言是实了。人们正猜测着徐天野会被判多少年的时候，徐天野却突然跨马而归，宛若功臣。当然，徐天野不会真的骑高头大马，他乘坐的是"宝马"，县里的小轿车，县政协主席和一位副县长亲自陪送到家，后面跟着的车里还坐着乡领导。原来是县乡两级领导出面，把徐天野保回来了，提供的取保条件便是那条水泥公路、乡中学的操场以及徐天野参与的一些公益活动，称徐天野经营和赢利的方式虽说不那么规范，但所得资金并没有完全进个人腰包，而是大部奉献给了社会，为了鼓励民营经济的发展，似以免予起诉、宽大处理较为合适。

那天，县乡领导离去后，已被人们喊为朱老福的朱福景和天聪去看兄弟。朱老福说，没事了就好。想想看，家里小洋楼住上了，小轿车开上了，县里铺面的租金，让你打滚花也花不了，拉倒吧，以后就在家享福，别操心挨累的了。让那些眼馋的人看着解气都不值。徐天野却叹息说，看来，还是做的小。要是再大些，只怕那些人想咬都无处下嘴。朱老福说，大有大的活法，小有小的活法。这些天我没事看电视，看过那动物世界我就琢磨，非洲大草原上，狮子专吃角马和羚羊什么的，可那鬣狗和豺狐什么的也没饿着，趁着大狮子不注意，就偷来点什么。比鬣狗还小的耗子、蚂蚁什么的，再拣剩，专捡肉末骨头渣子充饥。这人世间呀，跟动物世界一样，或大或小，都是从娘胎里一生出来，老天就给定好的。是小的就别巴望变成大的，是那吃草的就别眼热食肉的。比如咱们两家，混到今天这一步，已是很不错很不错了，知足吧。你还想往大干，你长吃肉的牙了吗，你有那靠山吗？徐天野笑说，大象也没长吃肉的牙，它整天甩着大鼻子吃草，你看谁敢欺负它？朱老福辩解说，狮子们饿急眼了，也敢对大象下手，一对一不行，人家就玩团队合作。徐天野笑道，那毕竟是极特殊的例外，叫大象踩死的狮子可不是少数。

徐天野在家住了些日子，便又走了，听说是去市里住了。市里他也有楼房，听说好几百平方大，请姐姐姐夫去住住，可朱老福不去，说管你的房子有多大，我睡觉有炕头这块地方足够，连炕梢都多余。朱老福说的炕头，当然还是指碉堡里的炕头。六十岁以后，他就彻底成了乡间老头，白天他会帮儿子在责任田里搭把手，更多的时候，他则靠坐在碉堡的向阳面，一晒就是几个时辰。身后的水泥墙壁被大太阳照得热烘烘，身下的草堆也暖暖的，他眯上眼睛，眼前就出现了似梦非梦的情景。那里有童年的青草地，有青年时代的青纱帐，还有中年时河套里的哗哗流水……但不管在哪儿，母亲都在不远处喊着他，小福子——小福子——河套里的那几十亩稻田早被村中人看成了香饽饽，说是让徐天野白捡了大便宜，所以十年承包期一满，徐天野将稻田交回村里，立时惹得村里为承包这片稻田闹成了蛤蟆塘，哄嚷了好些日子。朱老福曾对徐天野说，你外面的买卖多，顾不过来，那就我来包。徐天福说，算了吧，那片稻田已是半老徐娘，不定哪天，就变成活不起的老太婆了。前几年，我包那片田，算是偷了驴，你再包，就是回身拔橛子了。姐夫需牢记的一个事就是，咱俩从盘锦买螃蟹往稻田里放的事可是个秘密，千万不能往外说，对谁都不能说。说出去除了惹骂，啥好处没有。朱老福对小舅的这番话将信将疑，挺好的一块地，怎么就啥也不是了呢。果然，不过三五年，徐天野的话就得到了验证。先是稻秧病快快半死不活，后两年，即使再往里面扔蟹子，也没有哪个客人愿踏进臭泥坑了。究其原因，其实也简单，大山里发现了稀有金属，说是镁，又说是钼，开矿就要选矿洗矿，洗矿粉的水不知掺兑了多少化工原料，再从山里流下来，所经之处，臭烘烘便很难长庄稼了。经历过蹲看守所接受审查的事，徐天野对攻打碉堡的项目心也冷了，再不让姐夫经营。朱老福说，你是草原上的狮子，不吃这棵歪脖树下的青草，让我羚羊啃两口还不行吗？徐天野并不再多解释，只是说，让你别开你就别开，你和我姐缺钱花，跟兄弟我说一声就是。徐天野说的不算大话，哪年过年来家拜年，他都往老姐姐面前拍上的票子都是成扎的，不收都不行。

但菩提寺却依然红火着，且有干柴浇油，越烧越旺之势。尤其是徐天野被县乡领导亲自送回家后，香客几乎像初一十五的潮水，汹涌澎湃，据说已有邻省的人专程驱车而来。赶上特别的日子，比如传说中三位神仙的生日，香客排出庙门老远，每个香客跪拜的时间也有了严格限制，不得超过一分钟。宣传单上新增的内容是，当初复菩提寺的不过是个普通农民，自从信了三仙后，十余年间便成为一方首富，且次番遇难呈祥，逢凶化吉。这个传说的力量很强大，让人不能不信，因为有真人实事为依据。尤其让人料想不到的是，徐天野回家后不久，便将村里的几位当家人聚到一起，还请来乡里的领导做现场指导。徐天野开宗明义，主动将菩提寺的管理权交到村里，以后他只收取香资两成，作为当初建寺的投资回报。很快，又有消息传出，其余的八成也不是都归了村里，而是三成呈乡，三成呈县，只不过是以村里捐赠的形式出现。朱老福曾问妻弟求证真伪，徐天野苦涩一笑，说姐夫这回总能多少明白点我为啥有那么一难了吧？这里的水深得很，你别打听了，糊涂点好。天下挣钱的路子多的是，再找嘛。

数月后，徐天野再在菩提湾露面，则是陪着数辆高档小轿车来的。那天，菩提寺清场，只供贵宾礼拜。那些人出了庙门，便奔了老碉堡附近的那片坡岗。徐天野陪在一位中年女士身旁，那女士衣着平常，相貌也平常，但徐天野的一路小心，可知人不可貌相。跟在女士身边的还有一位副县长和一位老者，老者皓发童颜、仙风道骨的模样。趁着女士和老者站在碉堡附近冲着河套指指点点之际，朱老福问徐天野，可是要整啥事？徐天野低声说，大老板要在这儿建别墅。朱老福问，建几座？徐天野笑，几座？三百六十五座，一天一座。朱老福吓了一跳，说，那钱可得老鼻子啦？徐天野亮出一只巴掌，晃了晃。朱老福说，五百万指定不够，五千万？徐天野说，五个亿。朱老福低声喊了声我的妈，扭头再去看冲着河套指点的几个人，再问，哪个是老板？是那女的还是那老的？徐天福说，老的是风水先生，从香港特意请过来的。女老板的房地产项目遍布全国，省长见了她都得礼让三分，人家姐夫是常在中央电视台露面的人。那一次，朱老福真是吃惊不小，不光为那个相貌平常的女人，还有那数以亿计的票子。有一天晒墙根的时候，有个老哥说，一万咱常见，十万咱也见过，城里人叫一方。一亿呢，那是一千个一方。你寻思吧，那么大一堆的票子，不动大卡车，肯定是拉不走的。我的天，一卡车拉一亿，人家女老板要动用五辆卡车，那还是钱吗……

15

半月后的一天，夜已很深，徐天野突然摸到碉堡，将姐夫唤醒。朱老福问他啥时候回来的，徐天野说汽车就等在村外，我坐一坐就得赶回城里去。

朱老福警醒了，问，有事？

徐天野笑说，而且是大事，没有大事不登门。

朱老福说，那你快说。

徐天野说，前一阵跟你说的在这儿建别墅群的事定下来了，白天跟县里签的字。

朱老福说，一下建那么多，可卖给谁？

徐天野说，不用愁。听县里说，省里有个跟德国人签下的汽车流水线的项目，决定就放在北口县，离菩提湾不过十多里。德国人要长期派专家来厂，不能不提前给人家预备好住的地方。听说光这一宗，就销出去一百来套。

朱老福说，德国人还把家搬来呀？

徐天野说，哪能搬，但不能不让人家在这边交女朋友吧。

朱老福说，为了人家交女朋友就先给一人预备一套房，那咱们的那些女人可算个啥？

徐天野摆手说，愿算啥算啥。不说那个，抓紧说咱们的正经事。那个风水先生陪大老板来过后，盛赞菩提湾的风水好，有仙气，说朝南如何，坐北如何，尤其是盘着村东的那个河套又如何。那些话我学不好，就那个意思吧。但他也提出两个问题，一个是河水污染问题，说浑汤臭水一下来，风水就大打了折扣，怕是要影响别墅群建成后的销售。大老板说这事由她解决，县里要是在两年内不让河水重新一清见底，她就让上头把书记县长都换换……

朱老福兴奋了，说：这可好，河套真要能治回原来的样子，那片稻田我还包。

徐天野说，别打岔，那几亩稻子不值一提。风水先生说的另一个问题，就是你的这个碉堡了。风水先生说这个碉堡好比漂亮女人脸蛋上长了个瘊子，而且这个瘊子正长在脑门上，黑黢黢的，有煞气，无论如何必须把它去掉。女老板特别信这个，不然也不会把那么大一笔资金投到菩提湾来。她对我说，你是菩提湾土生土长的人，不光这个村，方圆几十里都视你为头号大能人，这个事就由你落实吧。真是怕啥来啥，我当时就对她说，这个事，老板交谁办，怎么办，我都没意见，但还是别把我裹进去。我宁可从这个项目中彻底滚球子，都不会应下这个事。女老板却把我摸了个底朝天，说，住碉堡里的不是你姐夫吗？姐夫小舅子什么事不好商量？我回答说，天下的关系，可能就姐夫小舅子最难辨扯得清楚，一家不一家，两家不两家，软不得硬不得，咋都整不出个好来。前些年，就是因为生意上的事，我们两家彻底掰生了，大路朝天，各走一边。不信您调查调查去，看护管理菩提寺那一块，是不是请我姐夫最合适？为啥我偏偏不请他，反倒去找别的亲戚。女老板说，归根结底，只要钱能解决的事，都不算事。这事你去办，不管你姐夫提出啥样的要求，你应下就是，我给你兜底。我说，老板这样说，我就更不接了。我不想挨那个骂。女老板问我挨什么骂，我说给少了，姐姐姐夫骂，手松了，公司的员工骂。就是老板您不骂，背后跟你唠叨闲话的人多了，您也会烦。这事翻来覆去的，折腾几个回合，最后总算交给县里了。我今儿来，就是跟姐夫说这个事。

朱老福听到这里，脸有些变了颜色，急扯扯地说，听你白话了老半天，总算让我吧咂出了点味道。原来这事你能管，可你偏不管，是吧？好比我和你姐落在了水里，还都不会水，可你这个会水的站在干滩上，手里还抓着竿子，却眼看着我们老两口在水里瞎扑腾，最后是啥样结果都跟你没关系，是吧？

徐天野摇头苦笑，说我最怕的就是姐夫迷了这一窍。你想想，小鬼子留下的这个破碉堡，要是让我来处理，撑破天又能补偿你多少？帮你批块宅基地，再帮你建上三间房，总说得过去了吧？可由别人牵头处理，你一个扔了六十奔七十的乡下老头子，铁嘴钢牙，死活不松口，办事人员急着交差，让他们给你建一幢我家那样的别墅都不是没有可能。这个磨磨儿，你静下心好好琢磨，看是不是这么个理。

朱老福闷头抽烟，打个怔，似乎有点明白了，嘟哝说，姐夫还是老了，对不住了。那你说，这个老碉堡，还真得除了它？

徐天野说，没有房基地，也没有任何批建手续，我看县里就是按违章建筑拆除，咱都说不出啥。人家再帮你建三间房，就不光合法，还合了情理啦。所以，从今往后，姐夫必须死死守住这个碉堡，哪儿都不能去。你想想看，这碉堡真要让谁趁着你不留神，轰的一声炸了，你还有什么抓挠？就好像牵牛，你不抓住牛鼻子，它能老老实实跟你走？

朱老福连连点头说，好好好，这个理我懂，我哪儿都不去，我就在这儿守着。可你刚才说，终了，这碉堡还是得拆。让我睡哪儿，都没睡在这里踏实呀。

徐天野看看腕上表，说，不过是个生活习惯，慢慢调整，啥习惯改不过来？就是抽大烟上了瘾，都戒得掉。行了，我得抓紧回城里去了。姐夫务必记住，今晚我来这儿的事，天知地知，你知我知，谁也别告诉，尤其是我姐。女人上了年纪，难免嘴碎，不小心说出去，不定传成个啥。往后一段时间，我和姐夫在明面上的联系可能要少许多，有时在公开场合碰头撞脸的，我都可能故意冷着姐夫，姐夫心里有数就是了。

徐天野起身往外走。朱老福想着刚才的错怪，心里很是过意不去，想多送几步。但徐天野坚决拦住了，说现在这碉堡可不像当年了，几步远就是人家，让人看见不好。朱老福想想也是，村庄逐年往外扩张，与碉堡快连成一体了。他说，说了这半天，还不知兄弟这回在公司里是个啥角色呢。徐天野说，女老板任我总经理。我是菩提湾的人，乡里县里有事，人熟，好沟通。朱老福说，总经理就得啥都管呗。徐天野笑说，好比村委会主任，表面上啥都管，但遇到大事，还得村支书掌盘子。朱老福沉吟一下说，生意上的事，兄弟做的也算有些年头了，以前，啥事不是你自作主张支派别人，这回，咋还俯首称臣，甘心听一个老娘们的了？徐天野说，这里的水太深，涉及的资金也太大，我初涉此道，一不小心，就可能咕咚一声掉进去。所以，我才要跟一跟手眼通天的人物。等把道趟熟了，再说。

16

从那夜起，朱老福便成天想除碉堡的事了，干活时想，晒墙根时想，连夜里做梦都想。想县里会来什么样的人，人来了可能怎样说，自己又如何应对；想自己先提出怎样的条件，县里若是不答应，自己是坚持到底还是适当退让，退又退到哪里。千种可能，万般细节，朱老福都想到了，有时嘴里还嘟嘟哝哝，做战前演练……

但县里没人来，一个都没来。坡岗上的工程已经忙起来了，先是测量，接着是铺路，各种车辆开上来，战场铺的很大，一眼望不到边，到处是人，从早到晚，不舍昼夜。伐树电锯的尖叫声，破石清障的爆破声，挖地基下地桩的气锤击打声，声浪一波接一波，冲得人脑仁子疼。眼看着，有些小楼的地基已冲出地面，足有一人高了，但县里人还是没来。有时朱老福甚至想，怕不是天野道听途说，用炸碉堡来吓唬自己吧？天野不是那样的人呀，再说，姐夫小舅子这些年一直处得不错，他犯得着吗？

那些日子，不管四周的环境多乱，声音多噪，朱老福都坚持住在碉堡里，连吃饭都很少回家。老伴天聪愿送就送，不送自己弄一点，好将就。朱老福不敢离开，主要是防着施工人员眨眼之间就可能把碉堡炸了。眼下干啥都玩高科技，把炸药送到碉堡里，人站在安全的地方，只需将手里的按键轻轻一按，别说碉堡，几十层的高楼大厦都立时成了废墟，这种镜头电视上常播。老伴有时来送饭，埋怨他，也不是没个家，抬抬脚的事，非不回，你可在这儿守个什么劲儿？朱老福说，山上干活的人杂，我怕有人进来。老伴说，你可有啥，都拿走又值啥？朱老福无话以对，徐天野叮嘱他的话不能说出去，便装作生气的样子说，你不愿送就别送，别一见面就啥呀啥的，烦死人了！

工地上的施工人员确是常有人来，多数是站在坡岗上看稀奇，也有人走到碉堡前，还有人想走进去。每当那时候，朱老福就站在碉堡门前挡着，说里头乱七八糟的，拉倒吧。没进去的人有时会提出一些问题，比如您多大年纪？在碉堡里住了多少年啦？有儿有女吗？享受社保吗？诸如此类。初时，朱老福还如实作答，后来，被问烦了，便用手指耳朵，摇头，示意自己耳聋，听不见。这一招挺灵，问话的人感觉没趣，转一转便走了。

半年后的一天，县里的人终于来了，是两人。一个胖些，年龄也大些，慈眉善目，脸上挂着笑模样。另一位是女士，高挑，年轻，打扮得时髦漂亮。听陪着来的村主任介绍，朱老福记住年龄大的是个局长，漂亮女士是什么翻译。县里的衙门多，自然局长就多，主人客人都是中国人，跑来个翻译干什么？朱老福心里正这般奇怪着，局长已打开手提包，拿出两瓶酒和两条烟，说初次拜识大叔，略表敬意。酒确是好酒，茅台啊！烟也是好烟，中华！朱老福对这两样东西不陌生，逢年过节的，徐天野都会送上一二，还劝姐夫姐姐别留着，抓紧享受。对县里来人，朱老福早有百样的应对计划，人家笑脸来，便笑脸回。没想人家还带来贵重的礼物，那就抓紧沏茶吧。茶也不错，武夷山大红袍，自然也是天野送来的。天野说，最顶级的咱整不来，那是贡品，悬崖上只有五棵茶树。但我送姐夫的肯定是花钱能买到手的最高档的那种。管他高档不高档，朱老福和天聪老婆子没喝过几次，不是舍不得，是喝完睡不着觉，那是何苦！

朱老福忙着烧水沏茶。女士挺懂事，帮着冲洗茶杯。朱老福手上忙着，没忘留意身后局长和村主任的嘀咕。局长说，墙上的这条标语，还有毛主席的画像，无论如何得去掉。村主任说，放心，这事交我，用水抹刷上一层，就都盖上了。朱老福心里奇怪，不是要去掉碉堡吗，那还盖标语干什么，脱裤子放屁呀。那条标语是儿子十来岁时村里来人用油漆喷上的，"要想富，一条路，少生孩子多养猪。"妈的，骂人骂的挺狠，还没吐脏字，编标语的人缺了八辈子大德。那一年，天聪肚里已怀上第三个了，乡里来人让刮掉，两口子死活不刮，宁可认罚，说都六七个月了，只怕孩子刮掉了，大人也丢了命。那个毛主席像是闹红卫兵时喷上的，是木刻版，看似简单，不过寥寥几笔，却把老人家的气度与神态都表现出来了。刚喷上时下面还有个"忠"字。可时间一长，烟熏火燎的，忠字就淡了。毛主席像之所以清晰鲜艳，那是朱老福用笔描的，而且不止一遍两遍。建菩提寺时用红漆，后来修缮时也用，只要看到红漆，朱老福都会要回一点来。毛主席是咱穷人的大救星，是镇着妖魔鬼怪的神仙，到啥时候，咱们都得敬着拜着呀！

几人落座。局长先讲，一开口就让朱老福大惊。原来县里来人，并不是要去掉碉堡，而是另有外事接待任务。局长说，县政府最近收到一封日本友人的来信，说是要来北口走一走看一看，特别是想到这座碉堡看一看。县领导看了来信，指示我们务必做好接待工作。我们此行，就是为接待日本友人打前站，做准备。哦，对了，日本人的亲笔信我们带来了，让翻译女士读一读吧。

女士拿出信，读起来，叽里咕噜，动不动还一抹湿。朱老福说，拉倒吧，我听不懂，你不是翻译吗，不如直接用中国话跟我说。女士从头再来，用的就是字正腔的中国话了。

尊敬的中国北口县县长先生：

我是一名日本老兵。七十年前，奉天皇诏令，曾赴支那参加大东亚圣战，负伤后在贵县一个叫菩提湾的地方一座碉堡里驻防三年，直至天皇再下诏令，回到日本。而今，我已年近九旬，常在梦中重回菩提湾，重回那座坚不可摧的碉堡。今去信，恳请贵方能够理解一来日无多之人的心情。我想在接到贵方政府的回复后，即带我的儿子再去菩提湾，最好让我重在那座碉堡里住上几日，借以追忆那曾经的青春岁月，也借此激励我的儿孙效忠天皇、效忠大日本帝国的志向与决心。

随信呈上我在菩提湾服役时的几张旧照，聊以佐证。

布礼！

乞复。

女翻译念叨过一个日本人的名字和日期后，将信和已发黄的几张照片送到朱老福面前。信确是夹着繁写汉字的日本字，手写的。解放初那几年，朱老福和天聪念小学，曾学过一阵汉语拼音，那时的拼音字母跟日本字差不多，丢胳膊缺腿的。后来，听说那种拼音字母扔了不用了，改成英文的abcd。照片一共三张，都照有一个很年轻的日本兵，一张是站在碉堡顶上，荷枪远望；一张是站在河套边，背景是跨河大铁桥和对岸的莽莽青山；还有一张是站在村北的那棵菩提树下，旁边是摇摇欲塌的三仙庙，日本兵将军装脱了，只穿白衬衣，手里拎着一把日式指挥刀，雪亮的锋刃在阳光下闪烁。估计这个日本兵当时还没有配用指挥刀的资格，他是照相时借用的，纯粹的猪鼻子插大葱，装象（像）。三张照片的共同点是日本兵的神情，意得志满，耀武扬威，傲然天下。这小子是当年枪杀父亲的凶手吗？即使那一枪不是他打的，起码，他当时也在碉堡里，是参与者。朱老福将信和照片丢到炕上，问，这小鬼子叫个啥？

女翻译一字一顿清晰地说，龟—岛——雄。

朱老福讥嘲地冷笑道，还龟，这王八名字起的。他爹真不如将这股雄甩进粪坑，或者甩到墙上让狗舔吃了呢。

这是东北乡间很重的一句骂人话。所说的"雄"，是指男人的精液。局长和女翻译对此骂因不懂而显茫然，村主任则对朱老福使眼色，提醒他这儿还有女人。

朱老福继续发问，这都多少年了，小鬼子怎么知道这个碉堡还在？

局长笑说，听说日本人一直对咱们中国的事很关注。前些年，大叔和徐天野徐老板在这儿搞攻打碉堡的游艺项目，照片上过报纸的，让日本人知道了也不奇怪。听说20世纪六十年代，就因为报纸上发表了一张铁人王进喜的照片，外国人不光猜到中国发现了大油田，还猜到了油田的具体方位和可能的蕴藏量……

朱老福打断局长的话，冷笑道，不好好过自己的日子，却一门心思蹲墙根，扒门缝，只有贼心不死的人才总干这种小人勾当。不怕贼偷，就怕贼惦啊。

局长点头说，那是。大叔的警觉，佩服，让人佩服。

朱老福再问，当年，小鬼子漂洋过海，到中国来杀人放火，无恶不作，你们怎么就认定这个老鬼子是友人？

局长和女翻译对望了一眼，不知如何作答。

村主任说，老福叔的父亲当年就是在河套里放羊时被日本兵开枪打死的。小鬼子开枪的位置就在这碉堡。我听老辈人讲，老福叔当年才几岁，父亲一死，就跟母亲外出讨饭去了。

局长慌忙起身，向着朱老福鞠躬，说对不起，不知者莫怪。但是，那毕竟是家仇，咱们中国与日本实现邦交正常化几十年了，那个日本人早放下了屠刀，他希望能再来中国看看，也在情理之中。

朱老福把茶杯重重地墩在炕沿上，愤怒地说，狗屁的情理之中。小鬼子真要老老实实认罪，那是在情理之中。他若来，咱以礼相待。可这老鬼子在信里说的是啥，他认罪了吗？他说当年是奉天皇诏令，来中国打的是圣战？呸，还圣战！跑别人国家来，杀人放火，无恶不作，那叫圣战？还说追忆青春岁月，听听，他悔罪了吗？分明是以杀人放火为荣，还骄傲着呢！再听听最后那句，他驴揍的还想激励儿孙效忠天皇。什么意思，就是想让他的儿孙们有机会也像他那样，重来中国横行霸道。这就好比一个强盗，跑到别人家，杀了人，抢了东西，过了一些年，又把儿孙们带来，显摆说我当年就是在这儿，看不上谁就杀，瞧哪个女人长得漂亮她就得陪我睡觉，你们要长志向，以后也来这儿闹腾闹腾啊。就这种东西，他还是友人？别以为我老了，听不出！电视里天天在讲日本侵略者当年的罪行，也没少讲那帮王八蛋贼心不死，难道你们这些拿国家工资的人，回家连电视也不看看吗？

局长上前拉朱老福坐，说大叔别激动，千万别激动。凡事，还是以大局为重。眼下的大局是什么呢，就是招商引资，以经济建设为中心。我跟大叔再透露点秘密，县领导本是不让我往外说的。这个日本老兵的两个儿子都是有相当财力的人，不光在日本国内有实业，在许多都有投资。日本老兵写信来，他儿子也附了来信，说除了陪同父亲，他们也想来北口考察，看是否有长期合作的可能。县领导已经回信了，也是亲笔写的。

朱老福突然问，这位县头儿是不是跟小鬼子有什么亲戚？

局长怔住了，问，大叔是什么意思？

朱老福说，你听不懂人话呀？

女翻译却听明白了，忙说，没有，绝对没有。

朱老福不客气地斥道，我没跟你说话。

女翻译脸一红，不吭声了。

局长想明白了朱老福刚才的问话，说县领导考虑的完全是经济发展的大局，跟他个人一点关系都没有。咱们都要以大局为重啊。

朱老福说，好，那就以大局为重。老鬼子一定要来，我也拦不住。但进了这个碉堡，必须先趴地上给我老爹磕上三个认罪的响头，到时我自会把我老爹的画像预备好。若不认罪，小心我冲他脸上吐唾沫。行了，你们可以回去给主子交差了。

局长很沉得住气，仍腆着笑脸，说大叔，别激动，千万别激动。你老再想想，三天后，我们再来。

女翻译说，三天，正好是星期天。四天吧？

局长翻愣了一眼说，我说三天就三天，就是天下刀子也来。

朱老福冷笑道，你来是二五，不来是一十。这事，就这么定了，没商量！

两位县干部抓起鬼子来信和照片，慌慌离去，村主任也跟着走了。朱老福只觉胸口还堵着，顺手抓起那两位用过的杯子，跟出去，叭叭两声摔在地上，响得震天，脆得痛快。跟在县干部身后的村主任回过身，冲着朱老福竖了竖大拇指。

17

摔了两只杯，虽说心中的郁闷稍释，但想一想老鬼子要来，心中还是觉得憋气。日本人贼心不死，那是明睁眼露的，也用不着什么高人，连我这乡下老爷子都看得一清二楚，县里的官怎么就看不出来呢？是故意装气迷，还是真看不出来？怪不得天野说县里负责把碉堡除掉，他们却迟迟不来，原来他们另有咕咕鸟儿（深藏不露的秘密），是等着用老碉堡讨东洋人的欢心呢。

傍晚时分，老伴又来送饭，盒盖还没打开，香气已弥漫开来，肯定是韭菜饺子，外加红嘴绿鸳鸯翡翠汤（菠菜炖豆腐）。这是朱老福最得意的一口，可天聪嫌烙韭菜饺子费事，并不常露手艺。朱老福笑问，今儿怎么想起犒劳老爷子了？天聪故意冷着脸说，朱老太爷今儿不是劳苦功高嘛。朱老福愣了，问我今天做什么了？天聪紧绷着的脸突又绽放成了一朵秋菊花，说现在满村的人差不多都听说了，是村主任回去说的，夸你义正词严，句句叼理，字字千钧。还说你要不是有时没忍住，当着女人的面把骂人的话带出来，那就是连当外交部发言人都够格。

朱老福被夸得有点飘，说那当然，小时候的那几年书不能白念，没事坐在电视机前也不能白打发时间。县里的干部走后我就寻思，他们这是搞突然袭击，要是给我点时间，让我先琢磨琢磨词儿，我能让那个狗屁局长连这碉堡都走不出去。

天聪说，也别听人夸你两句胖，你就喘。我刚才在来这儿的路上还在琢磨你的那些话，虽说都在理，也都有力度，可细寻思寻思呀，有些事考虑得还是欠周到。你想呀，你说不让他们来，可他们偏来了，还有县里头头陪着，那又怎么好？你说不让老鬼子进碉堡，人家不进，但照样可以四处走走看看呀，站在菩提树下照样可以人模狗样地照相，站在河套边也照样可以挺胸抬头，尤其是，人家把老碉堡当背景照进去，你总不能拦吧。回到小日本国，人家拿着照片照样吹牛，也照样埋汰咱中国人。说这个碉堡就是当年我们占领时建的，我在里面一守好几年。可六七十年过去了，这个老碉堡中国人不光当成宝贝留着，还在里面娶妻生子一直住着人呢。你想想看，这是不是让咱中国人很没面子？

朱老福被噎住了嘴巴，韭菜饸子也没了味道。他问，那你说怎么好？

天聪摇头说，我也没个主意。你再想想吧。

天聪老婆子又坐了一会，似乎想说什么，但没说，帮助收拾完碗碟，回家去了。朱老福再难坐得安稳，打开电视，却看不进去。老伴顾虑的不是没道理，那个老鬼子只要来，必要围着这碉堡转，照了相就十有八九要拿回去吹。他娘的，这帮鬼东西哪有好下水！县里的官肯定是要来的，说三天后就来，下刀子都来，来了又怎样应对他们？炸！这个字眼如石光电闪，一跳出来，先令朱老福心里抖颤。对，炸了这碉堡，炸它个灰飞烟灭，不信县里的官还跑来个球，不信老鬼子还带鬼崽子来追忆个球！

但转念一想，朱老福又有些心疼。这个碉堡只要一炸，真就应了徐天野说过的那句话，没个抓挠了。这可能是三间砖瓦房，也可能是一幢小别墅，轰的一声，说没就没了……哼，没就没，没了咱也不是没地方睡，没了也想吃啥吃啥！这些年国家政策好，农民们没少得实惠，尤其是自己，前些年跟在小舅子身后扑腾，没捕到大鱼也捞到一些虾蟹，存进信用社里的钱都有6位数了。以前常说，人穷志短，人不穷了志更不可短。人的这一辈子，活的到底是个啥？是骨气！尤其是站在小鬼子面前的骨气！

决心下定，行动便快捷。朱老福揭开炕席，从下面拣出一张又一张广告卡片。那些卡片名片大小，多是施工人员看碉堡时扔下的。那些人搂草打兔子，一边看新奇，一边就替所在公司把广告的活儿做了。广告多是建筑的，也有爆破清障的，还有的是推销建筑材料。朱老福平时接了，也不知有用没用，都丢在炕席下。他选出其中的一张，又找出手机，这摁摁，那摁摁，还算不错，摁开了。手机是拣儿子朱小雕的落儿。儿子的手机淘汰了一茬又一茬，父亲也跟着换了一茬又一茬。有了那玩意儿也没用，乡下老爷子，谁找你，还得总给它喂食（充电），所以就常关机，到了想用的时候再打开。电话打通了，听朱老社说了意思，电话里说，明早开工时我们就到。朱老福说，这活儿你们是接还是不接吧，接，立马来，说不接，我再另找别人。

不过两棵烟的工夫，两个年轻人就来了，是开着小面包车来的，汽车停在坡岗上的路边。高个子问，大爷，黑灯瞎火的，怎么这么急呀？朱老福说，我这人性子急，想干的事说干就干。高个子又说，爆破的方法有很多种，使用的炸药也不一样，价钱自然有高低……朱老福打断他，说我就想来个痛快的，越快越好，差不了你的钱。大个子年轻人听如此说，便从车上取来电钻，对着碉堡吱吱啦啦地钻起窟窿来。个子小些的则帮朱老福清理碉堡里的东西。清理也简单，值点钱的也就那台电视和大锅盖，炕上的被褥一卷，锅盆碗筷往外一端，都送到五十米开外的地方，完活儿。钻孔那边，几个窟窿打完，充填进了炸药，人也退到了朱老福的身边。

见高个子已拿出了电视遥控器一般的小东西，朱老福问，手一摁，就炸吧？高个子说，大爷还挺懂呢。朱老福说，傻子过年，多看看别人呗。那我亲手炸行不？高个子笑，说过年时，大爷特爱放炮仗吧？其实是一个意思，还没放炮仗过瘾呢。但就在朱老福伸手去接遥控器时，小个子却伸手拦住了，说刚才尽忙了，还没看看大爷的批件呢。爆破前，我得用手机把批件照下来。朱老福愣住了，问，什么批件？小个子说，爆破碉堡的批件呀，县里的乡里的，有一个就行。朱老福气血陡地涌上来，恨恨地说，小鬼子建这祸害人的王八窝时可没求谁批准，怎么中国人要把它炸了，还得有批件？小个子说，大爷也不用生气，这是规矩，我们必须得这么办。您想呀，要是把文物、古墓什么的误炸了，上头追下来，我们空口无凭呀。朱老福掏出手机，忿忿地说，你不炸，我找别人炸，想挣这笔钱的多了。大个子急拦阻，说大爷别着急，稍等等，我这就给我们头儿打电话。

大个子是躲到一边去打的手机，很快回来了，说炸吧，头儿说了，大老板来工地检查时，为这碉堡的事都问过好几次了。不管事大事小，有人给咱兜着就行。

爆破的按键是朱老福亲手按下去的。在按键之前，小个子年轻人又跑回碉堡检查，还围着碉堡转了两圈，扯着嗓子喊了又喊，确认爆破区内安全无虞后，高个子这才将遥控器交到朱老福的手上，说大爷，我倒数几个数，就像电视节目主持人似的，喊到"1"时，你就按。朱老福说，电视节目那是逗你玩，你说像导弹发射那样多好。高个子点头笑，说对，打比方也得讲境界。那夜是上弦月，月亮旁浮着几朵云彩，天地间不是很明亮，但几十米外，老碉堡黑乎乎的影子还算看得清楚。朱老福设想着按键按下去后，惊天动地，震耳欲聋，火光冲天的情景，心窝里竟莫名地咚咚撞起来，手也没出息地颤抖。5，4，3，2，1，起爆。朱老福在右手大拇指上使了力气，只觉脚下的地皮拱了一下，昏暗中，碉堡也似乎晃了晃，然后便坍了下去，只是冲起一股烟尘，不是很大。朱老福失望地问，这就完了？高个子接过去遥控器，说完了。朱老福仍在遗憾，说真不如过年放炮仗，一点不过瘾，也不解恨。小个子跑过来，问大爷恨谁呀？朱老福说，这王八壳子是小鬼子修的，我当然恨小鬼子。小个子说，这块地儿，工地要是有用，自会有人把建筑垃圾拉走，咱们就不用操心了。撤吧。

18

那夜，朱老福回到家里，是那两个年轻人开面包车送回去的，主要是送碉堡里搬出的那些东西。客人离去后，天聪撇嘴笑说，你早该把那破碉堡炸了。晚上去给你送饭时我就想说。朱老福说，那你为啥不说？老太婆说，就你那一根筋的脾气，还是让你想明白了自个儿拿主意吧。我要是先说了，你还歪我是想法骗你回家呢。哼，你以为我得意你呀，一挺尸，放屁咬牙吧唧嘴，再加上一宿不断捻儿的大呼噜，要多烦人有多烦人。朱老福知道老伴这是心里高兴，话才变得这么多，便也笑道，那是以前，只怕今晚，别说不断捻儿，只怕连捻儿都点不着了。

却也是怪，只怕自己回家睡不着的朱老福那一夜竟睡得格外踏实香甜。睡前，天聪将他带来的老羊皮袄压在他被上，朱老福说，又没冷，你想谋害亲夫压死我呀？天聪说，你不是离不开碉堡里的味嘛，这皮袄上的味儿足，让你闻个够。朱老福将老皮袄扯下去，放到枕边，很快进入了梦乡。天大亮，朱老福醒来，回味梦中的情景，竟很为这一夜的酣睡奇怪。

隔天傍晚，儿子朱小雕突然骑着摩托急匆匆跑回了家，进了家门就拉父亲去了院子一角。小雕将家里的农家乐和责任田交给了媳妇和老爸老妈，自己去县城开了一家保洁公司，生意做得不错。对外甥开保洁公司，徐天野很不屑，说不愿意留在村里，那就跟着我嘛，舅把县里那些商铺都交给你，总比让我再雇外人放心。徐天野将这番话也跟姐姐说过，但朱小雕不为所动。有些心里话，小雕不好跟母亲说，却不瞒着父亲。他对父亲说，我舅太精，精得有点让人不落底。我只怕跟着他，不定哪天栽进去，都不知该恨谁怨谁。朱老福似乎也有同感，说那就自己干，这年月，不管挣多挣少，先要求个稳当踏实。

朱小雕问父亲，老爸，听说你把那个老碉堡炸了？

朱老福怔了一下，说，屁大的事，你在县城里都听说了？

小雕说，还屁大的事。为这事，县头特意在最好的酒店开了一桌，人家庆贺呢。

朱老福问，咱家的事，他庆贺啥？

小雕说，你也不先问问参加庆贺的都是谁，只怕你听了就该骂人了。

朱老福问，是谁？

小雕说，有县里的一个副县长，人家是常务。常务不懂吧？就是一把县长管不过来的事，他都管。还有村外那片别墅工程的女董事长，还有县里的一个局长，听说这个局长前两天特意来找过你。

一听有那个局长，朱老福更纳闷了，说，有他？他来村里找我，是告诉我当年守过这碉堡的老鬼子要来故地重游，让我做好接待准备。你爷爷就死在这帮小鬼子手里，临了临了，这老鬼子还要跑咱这儿来得瑟，你说，这碉堡我不炸了，还留着呀？我纳闷的只是，那个局长口口声声要我接待小鬼子，怎么我把碉堡炸了，他还庆贺个什么？

小雕说，我再说出一个去喝酒庆贺的人，你就更纳闷了。而且这人你最熟，熟到连他身上哪儿有块疤癞你都一清二楚。可偏偏是这个人，是这件事的幕后军师，鬼点子都是他出的。

朱老福更惊了，说别绕，到底是谁，说！

朱小雕说，我舅，那片工程的总经理，我妈一奶同胞的亲兄弟徐天野。

朱老福这一惊确是非同小可，他长吸一口气，稍作沉吟，才说，儿子，我知你一直对你舅有看法，说他太鬼道，摸不准，这我不跟你犟。可是，这些年，他对咱这个家，也算不薄。他好不秧儿的去当他的总经理，去挣他的大把票子就是了，他犯不上跟我玩这鬼招子呀，这我真就鬼划弧，磨不出这个道儿了。

小雕却忍耐不住，气得骂，他这是抱孩子去老丈人家，显鸡巴能耐呀！

朱老福急呵斥，说他是你亲娘舅，别没大没小！

小雕冷笑，反驳道，这年月，黑的就是至亲，人家划个圈让你跳，可没忘了你是他的亲姐夫呀。徐总经理出此绝杀一手，目的就是让老板和县里头头看看，别人下棋看三步，他却能看五步。别人搞工程，为拔钉子户，花大钱，下毒手，黑白两道，费尽九牛二虎之力，却未必如愿。可放到他手里，却兵不血刃，一分钱不掏，让钉子户自个儿就把碉堡炸了。呵呵，这得多大的能耐呀！还有，也是最重要的，听说在用谁当总经理的事上，那个女老板一直心存犹豫，直到今天，也没彻底放权。徐天野就是想让老板看一看，为了老板的发财大业，他连亲姐夫都敢下手，这样的人不信任，那还能信任谁？

朱老福说，这么说，小鬼子要来的事，根本没那八出戏？

小雕说，没有，百分之百的没有。你儿子有绝对可靠的消息。

朱老福嘟哝说，可县里来的那两个人，手上可是拿着小鬼子的亲笔信，还有几十年前的老相片，这是我看得真真的。

小雕苦笑说，我的实心眼的老爸哟。这年月，连钱票子都能造假，那可算个啥嘛。去大街上，随便找一个会日语的人，他就能给你造出封小鬼子的信来。那老照片，就更简单啦，先派人把咱菩提湾附近的景物照去，再上电脑轻轻点几下鼠标，唬你这老实巴交的乡下人，还不是手拿巴掐的？蒙我也一样。

朱老福问，那你能不能再跟我说说，你这绝对可靠的消息到底是从哪里得来的？

小雕说，我在乡中学念书时，有个同学，跟我关系一直挺好。他爹当时是乡党委书记，调回县里时，把他也安排进了县一中。后来，他在市师专毕业后，因有老爹的靠山，直接进了县政府，眼下已是县府办的科长了，还兼着常务副县长的秘书。我在县城办起保洁公司后，他家里擦擦洗洗的事就一直由我来做。巧的是，今天上午，他要我派人去他家把窗玻璃都擦一擦，赶上公司人手不够，我就上岗了。中午，他陪县头参加庆贺宴，因喝了酒，送领导回家后，他也回了家。当时，我还正在他家忙活呢。酒下肚，话就多，他是把这事当新奇主动说给的我，还连夸徐天野怪不得能从一个普通农民变成一方首富，果然是足智多谋，善出奇招。他不知徐天野和我的关系，我从来不打我舅这张牌，不然，估计这事他也不能说给我。

朱老福只觉脑袋大起来，开始无限地膨胀。他真蒙圈了，也不知自己是个什么心情，是恨还是怨，是信还是疑，就算已是确信无疑，自己又该拿出怎样的对策。朱老福抱住脑袋，颓然地蹲下身子，对儿子说，你先回屋里去，陪你妈说说话。说什么都行，就是别提碉堡和你舅的事，你让我好好想想再说……

19

朱老福下定了要把碉堡重新建起来的决心。他对老伴说，儿子公司打更的师傅病了，他去顶两天。他跨上摩托的后座，到了村外，让儿子停下来，说你一个人赶快回县里去。这时辰，要买建碉堡沙子水泥啥的，还买得到吧？朱小雕明白了父亲的打算，却有些犹豫，说市场经济，只要肯出钱，什么时辰都买得到，多打两个电话的事。只是……这事老爸可得想好，你炸碉堡的时候，按键一按，轰的一响，就完事了，可你再想建起来，就极可能有人来管，跟你要批文，没批文就是违章。朱老福心里正烦，恨恨地说，所以我才让你赶快回去，赶快把东西买回来，我连夜就建，一时一刻都不能等。等天大亮管事的人跑来时，碉堡已经立在那儿了。我才不怕来人问，我倒想问问他们，人民政府的官员，有事不跟老百姓好好商量，为啥骗我？就是县长来，我也这样问。不跟我说清楚，那就滚犊子！朱小雕仍有迟疑，说为这事，老爸犯不上生这么大气，你老也是七十多岁的人了，知道我舅是啥样人就中了。朱老福生气地嚷起来，你听不听你爹使唤吧？你怕惹祸摊事，我就去找你妹子你妹夫！朱小雕苦笑说，老爸这么大岁数，都不怕惹事，我怕啥。想盖，也用不着这么急。水泥浇铸到一定高度后，总得养上一段时间，结实后才能再往上浇铸。哪能一夜之间就建得起来，弄急了，还不得压趴窝呀？朱老福说，别以为你爹老了，啥都不懂。电视上不是说有了那种高标号的水泥吗，见风就凝，不过抽支烟的工夫就结实成石头一样。你就给我买高标号的，不管花多少钱，我认！再说，建那么结实干什么，还想祖祖辈辈往下传呀？

一切都按朱老福的吩咐进行。朱小雕的手机里备有现成的老碉堡照片，各个角度的都有，照着葫芦画瓢就是。施工人员曾问，既是重建住人，是不是可以在朝南方向开扇窗，门也建高些宽些？朱老福想都不想说，一切都照老样子，快动手就是。太阳升起来的时候，与炸掉的碉堡一模一样的新碉堡已经在原址立起来了，还是那么高，还是低低的门洞和四面可望的射击孔，只是颜色略有不同，呈青灰色，而老碉堡则是灰白色。施工人员说，这是高标号水泥的效果，经过风吹日晒，慢慢会变过来的。

坡岗上重现碉堡，引来了惊奇的村里人，也引来了工地上的施工人员。有人问，老福大爷，炸了老碉堡，又建新碉堡，可是图个啥呀？朱老福说，老的是小鬼子建的，看着心里烦。新的是我自己建的，住着舒坦。问话的人难得要领，心中狐疑犹存，却再问不出什么，摇头笑着离去了。

朱老福重又住进了碉堡，心里在一遍又一遍地掂量着若是县里的人来，他要讨个说法的问话：既是人民政府，为什么要骗我小老百姓？他还想，光嘴巴上认错不行，这事必须上报纸上电视，公开道歉，眼下的老百姓可不那么好糊弄了！但他盼望的那些人却一个也没露面，那个局长没来，县长没来，建筑公司的头头脑脑没来，就连徐天野也没来。你个浑蛋小舅子，拉泡臭屎在这儿，你就不敢来啦？不来也好，说明你还在乎自己的那张脸，你要腆脸敢来，看我怎么啐你！

一日又一日，一月又一月，寒来暑往，四季轮回。那些人一直没来。只是听说，徐天野早就不在那家公司干了，好像是在省城里单挑了门户，连老婆孩子都带走了。他是被女老板踢走的呀，还是翅膀硬了，自己飞走的？老伴天聪说她也不知道。

有一夜，朱老福睡不着，歪在枕上看电视。突听门外有动静，久违的却很熟悉的声音。他起身，趿鞋，打开碉堡的门，遍地月光，清辉满地，眼见有两只油亮亮黑黄色的小东西离开门前，蹿跳着向前奔去。哟，小黄貔，好些年不见，你们还好吧？朱老福尾随而去，轻手轻脚，唯恐惊扰了那通灵的小神兽。蓦地，朱老福发现，小神兽原来是跟在一个人的身后，看背景，是个女人，皂衣皂裤，哦，是老妈啊！母亲不回头，一直往前走。前面就是很陡很峭的乱石坡了，白日里，就是年轻人想从那里下坡也得加百倍的小心。母亲仍不停步。朱老福急得大叫，妈——声音未落，只觉脚下一绊，扑通一声跌倒在地。坐起身，揉揉眼睛，眼前一片漆黑，哪有如水的月色，哪有母亲的身影，又哪见通灵的小神兽？倒是自己跌倒在乱石坡前，耳畔是坡岭上风掠松林的呼啸，还有坡下汩汩的流水声，再往前走一步，只怕就要滚下去了。

深更半夜的，我怎么来了这里？惊出一身冷汗的朱老福彻底醒过来了，呆坐在那里不动，回想梦中的情景，不由心悸，电视里说过梦游的，莫不是我也梦游了？可这一梦一游，到底预示着什么呢……

耳顺之年

1

那厚德赶回北口时，已近子夜了。进父母家的楼门前，抬头看五楼的窗口，厨间的灯亮着，桔黄色，透着温暖，看来问题不是很严重。他仁了脚步，摸出一颗烟，点燃，深深吸进去。老母旧病发作，那种病最怕的是烟味，进了家就吸不得烟了，况且，他也需要静静心气，把可能面临的家事好好想一想。妹妹急慌慌地打电话让他回来，虽只说老妈又犯病了，但他猜测，事情绝不会这般简单，不然，懂事而勤谨的二妹绝不会惊动他这位远在省城的大哥。

节令过了雨水，已是八九雁来的时节，但北方的真正雨水还得两个月呢，雁来了又落在哪里，大地与湖泽仍是冰封一片。北方的人们将来自中原地区的农谚做了改造，七九河开河不开，八九雁来雁不来。仰面望空，高天中寒星闪烁，看来空气质量不错。凛冽的夜风中带着丝许湿气，那是春的气息，毕竟不比隆冬了。只盼母亲能挺过这阵春寒，等真正的春天一来，就算又躲过肺气肿这个恶魔一劫了。

那厚德上了五楼，指节刚在家门上一扣，门就打开了，是二妹不息开的，看来她早候在了门廊旁。闻声，大妹载物和弟弟自强也都从南屋赶出来。大妹说，妈在南屋呢，能喘上气就念叨你。弟弟说，医院给设了家庭病房，氧气瓶都架过来了。厚德问，爸还好吧？二妹说，我让他先睡下了，在北屋呢。

厚德先进了北屋。父亲并没睡着，听了门外的动静，起身坐在了床边。厚德欲扶父亲快躺回被子里，父亲却拗着身子不躺，厚德只好扯过被子披在父亲身上。房间里虽供着暖气，却不足。父亲说，长子回来了，家里的事，你就拿主意吧。我和你妈都老了，不中用啦。厚德心里动了一下，说爸你老快躺下。家里的事，有我们哥四个呢。父亲说，你们老娘一辈子的功德，就是生了养了你们四个，别的话，就别让我说了吧。厚德说，对，对，老爸什么都不要说了，儿子明白。

四兄妹进了南屋。南屋比北屋大些，但靠墙摆着几十年前时兴的组合柜，再加双人床，还是显得拥挤了，尤其是床头还立着氧气瓶，就更连转转身都要小心了。厚德俯身到母亲面前，轻声喊了两声妈，母亲的面部明显浮肿，眼闭着，口鼻上扣着吸氧罩，没应声。妹妹说，看来这阵还不错，总算睡着了。厚德直起身，对三姐弟说，天这么晚了，你们都回去，家里的事，咱们明早商量，行吧？二妹说，大哥，你也是六十岁的人了，又坐了半夜的路，还是你去歇歇吧。我的家离这儿又不远，我这就给家里打电话，让那爷俩睡双人床，你就在那张单人床上将就半宿。厚德说，那又何苦。还是你回去，我在老妈身边睡。一会儿妈醒了，我正好跟妈说说话。弟弟自强也想说什么，厚德摆手挡回去，说天不早了，都赶快回去，有话明早说。

姐妹们离去了，厚德脱去外衣外裤，盖上妹妹不息离开时从组合柜里抱出的被子，躺在了妈妈身边。他侧过身去，想抱一抱母亲，又怕将母亲惊醒。却没想母亲将扎着点滴的手颤颤地移过来，抓住了他的手。原来母亲没睡着，她在等着大儿子回来。

"德子……救救……妈……"

泪水岩浆般猛地冲出眼睑。母亲嘴巴上捂着吸氧罩，再加有气无力，说话呜呜的，但厚德还是听清了。面对自己身上掉下的这块肉，母亲在求救。老母虽重病缠身，神智却还清醒，远未到昏聩不堪的地步。她既求救，必是已意识到自己病情的危重，家里人却施救不力。母亲以前已住过六次院，都是康复之后回的家，她不相信留在家里也能把病治好，况且这一年，她八十四岁，在老年人的心目中，七十三，八十四，都是人生不好跨越的沟壑呀。厚德将嘴巴凑到母亲耳边，一字一句坚决地说："妈，天一亮，儿子就送你去医院，请最好的大夫，用最好的药。北口治不好，儿子带你去省城，去北京。"

母亲肯定听清了，她抓儿子的手用了些力气，喘息地说："妈还没……看到……重孙子……"

厚德的心里又酸热上来。四世同堂，那是人生的一种向往。他对母亲说："妈，等开春了，不光要看到，太奶奶还要抱抱重孙子呢。淑芬这回没回来照顾你，过年也没回来，她在秦皇岛照看你的重孙子呢。过一阵，孩子再大些，就能给太奶奶抱回来了。"

淑芬是厚德的媳妇，到了这个年龄，叫老伴才合适。有了这一番对话，母亲心里安稳了些，终于沉沉入睡。厚德感觉到母亲抓着自己的手松开了，呼吸也平缓了一些，便觉自己的身子也酸软上来，脑子木木的，却睡不着。春节时他回来过，从腊月二十九到正月初六，在家陪老爸老妈整整住了八天。那时，老妈还能扶着拐杖，在家里缓步行走。大年初一的早上，母亲从枕下摸出两双袜子，都是大红的，一双递给了他。母亲说，今年咱娘俩都是本命年，都穿上。厚德犹豫说，我个大老爷们，脚脖子露出一截红，多难看。母亲佯装生气的样子说，穿，给妈穿，起码正月里得穿。只要有妈，你再活六十岁也还是个孩子。这话说得多好，只要有妈，就还是个孩子。可正月还没过完，病魔就重袭上来了，但愿老妈这一次仍能有惊无险，平安无事吧。

收到二妹报告母亲病重的信息，是在今天午后三点多。那个时候，那厚德正在会议室里开会。主管副省长突然下到厅里听汇报，看样子可能是收到了上访信或更上级的首长的指示，厅里在的几领导都坐在会议桌的前排，可能涉及的业务职能处的处长们则坐到领导们的身后。在厅长去楼下迎候副省长的时候，常务副厅长很严肃地对大家说，请把手机都关掉，就是有天大的事也等省长走后再说。厚德没关机，但把手机调到振动状态。最近几年，他一直这样，不管是谁，就是你把刀子架到脖子上，他也不关机。老父老母都已风烛残年，任何情况都可能随时发生，他讨厌任何人在这种事上为自己找借口。果然，在厅长汇报时，手机颤起来。他掏出来看，是二妹的，心里就暗叫不好。不息知深浅，没有大事从来不在这个时间找哥哥。他按了拒听键，发了两字回去，"短信"。很快，妹妹的短信发来，"妈又咳血，量很大，吓人。最好速回。"厚德只回了一个字，"知"，便又把心思努力拉回到会议中。

副省长对省内几件可能涉及用地违规的情况问得很具体也很细致，最后又发表了措辞强硬的讲话，离去时已六点多了。厅领导下楼送行，厚德则远远地跟在后面。等厅长转身往回走时，他急迎过去请假，说老妈病了，我这就得往北口赶。厅长眉毛拧在了一块，说老那，不是我不通人情，省长的指示你也听到了，要求三日以内书面的分析报告必须呈报上去，这个报告主要还得出自你们土地利用管理处，而且最好是你亲自动手，你说让我怎么准你的假？那厚德说，我把U盘带在身上，我保证按时完成任务，一刻也不耽误。厅长说，涉及对几个违规案件的分析，你在外面写，又要往回发送，我担心泄密呀。厚德说，我百倍小心吧。材料初稿完成后，我专程往回送。厅长叹了口气，说你也不年轻了，如果老人家的病情确是危重，你也别来回折腾了，报告写完，你给我来个电话，我派车专程去取就是。厚德心里热了一下，道了声感谢，转身欲走时，厅长又扯住了他，说家里的情况要是不那么紧急，你能回来还是要抓紧回来。今年于你，情况有点特殊，有些话，我就不多说了，你心知吧。

2

入眠虽有些艰难，但一旦睡去，便沉沉得连梦都没有了。昨夜，到火车站时，已是入夜时分，售票大厅里乱哄哄拥满了人，却完全没有像点模样的买票队列。电子显示屏上，一片红色，注明的都是无票。这不奇怪，正是春运，尤其是过了正月十五，返程的民工和大学生两股潮流汇成了一股，冲击成了一年中最严重的票荒时段。厚德去问黄牛党，问了几人，都是摇头。急迫之中，厚德想起有个大学同学说女儿在火车站工作。电话打过去，大学同学说赶巧女儿今天歇班，你等着，我这就给她打电话，你等她的电话就是。很快，老同学的女儿电话打过来，请那叔叔去直接去贵宾候车室，找正当班的某某，我已经跟她说好了。有了这般安排，乘车的事才顺畅起来，某某送他上了站台，站台值班员将他委托给一列通过列车的列车长，列车长将他带到一硬卧车厢，说先生在边座上委屈一下吧，正值春运，我也只能做到这些。一会儿我让人来给您办补票。

年已花甲，虽说身子骨还算硬朗，但在机关里忙了一天，又坐了半宿火车，身体的疲惫还是抗拒不得的，那份酸痛从筋骨里往外漫延，再加内心里对母亲的牵挂，那厚德只觉那三个半小时的路程格外漫长。

清晨六点，厚德激灵一下醒来。我这是在哪里呀？但那份懵懂只是一瞬，他就彻底清醒过来了。我这是回北口家里了，睡在妈妈身边。该死，老妈病重，我怎么还睡得这么死！他侧过身，正见母亲瞪着一双昏花的老眼望着他。母亲努力咧嘴一笑，说还是你小时候睡觉的样儿……妈给你……弄醒了吧？厚德忙坐起身，说没，我天天这时候醒。哟，妈，是不是身下湿了，煺着了吧？母亲说，过会儿……你二妹……就来了。厚德心里自愧着，说我是你儿子，不用等她。

不息给母亲用了尿不湿。春节载物回来时，也是让妹妹回家睡，自己陪在母亲身边，那时，母亲想去卫生间了，就拨醒他，由他扶过去。对尿不湿，厚德还笨手笨脚，撤下去，再换上新的，忙活一阵，额上竟出了微微的细汗。母亲叹息地说，废物了……真不如……死了。厚德边忙边说，妈，咱不说这样的话。我们几个小时，你给我们换尿布何止千次万次，养儿防老，这是天理。

洗过手，厚德才觉饿了，真的很饿，有些心慌。可不，连昨天的晚饭都没吃呢。昨夜也曾觉过饿，可那时是坐在硬卧车厢里，入了夜，为了不影响旅客休息，车厢的门锁死了，不许售货车推进来，那就只好忍着。饥饿像海潮似的，一拨又一拨，昨夜那一潮过去，今早这一潮竟越发凶猛。厚德拉开冰箱冷藏室，正好见有面包和牛奶，便取出来，先扯开面包，急不可耐地揪下两块送进嘴巴。有点凉，毕竟不是夏秋时节了。父亲闻声，穿着衬衣衬裤扶墙走出来，劈头就是责怪，真就是饿死鬼托生的？不知道先放进微波炉烘一烘呀？厚德忙上前扶父亲，说您也不穿件衣裳，快回被子里躺着吧。我没事，习惯了。父亲气乎乎地说，习惯了什么？你以为你还年轻呀！

厚德扶父亲重回床上，又将面包和牛奶放进微波炉，定时一分钟，转身开了房门，站在楼梯过道里点燃了一颗烟。坐机关这些年，不是开会就是写材料，烟瘾熬得挺重，一天一包都不够，早晨起床，往往第一件事就是吸烟。

不息顺着楼梯走上来，手里提着水豆腐和油条，这是厚德每次回家百吃不厌的早餐。厚德打招呼，这么早？不息说，夜里回到家才想起，大哥可能连昨晚的饭都没吃呢。外面冷，走这一道都凉了，我再热热。厚德说，你先别忙着进屋，家里是怎么个情况，你先跟我说说。

不息站在了大哥面前，低下头，好一阵，才抹了一把已泅出眼角的泪水，说："大哥，一会儿等我姐和二哥来，咱们就叫救护车，把妈快送医院去吧。费用上的事，全由我担着，你别为难，也别啥都别问。只是……我家的情况大哥都知道，我手上真没钱，大哥手上要是带着，就先替我垫上，我一定抓紧张罗给大哥补上。"

"是不是谁说了什么？"

"说什么都不错，这事本就应该由我承着。"

"那我问一句不该问的话，爸手上还有多少钱？"

不息犹豫了一下，说："也不多，五万多一点吧。除了退休金节省下一些，就是逢年过节咱几家孝敬父母的。每次，爸手里有了点闲钱，就交我替他存进银行，回来时再将银行卡交回他手上。要是往出提款，就让我扶他去储蓄所，他亲自按密码。"

"给妈治病，爸又是什么意见？"

"昨晚，你回来，爸不都亲口对你说了吗？爸跟我说的只是，等你大哥回来再说。"

厚德思忖有倾，对不息说："一会载德和自强来，不管我说什么，你都别反对。家有千口，主事一人，眼下老爸老妈都那么大岁数了，我这当大哥的也该替他们拿拿主意了，听明白了吗？"

不息自然是听明白了，说："大哥，你千万别硬撑着。哪个家也不只是一个人的，你那边还有嫂子和大侄呢……"

厚德没让妹妹再说下去，拉开房门，将不息推进去，自己站在楼道里，又点燃了第二颗烟。老爸当年，也算才智横溢，在北口这个中等城市，竟十分罕见地考上了清华大学。那是1948年的夏天，接到了录取证书后却因遍地的战火不能按时赶到北平报到。这是父亲一生的遗憾，为了小作补偿，婚后，他将先后出生的一双儿女分别取名叫载物和厚德，那四个字连起来是清华校训的后半部，完整的八字是"自强不息，载物厚德"，他希望儿女们长大后继承他的志愿，再考清华。老父老母的原计划，这辈子只生一双儿女足矣，但新中国建国初期，领袖鼓励生育，说人多力量大，他就又生了两个，顾不得校训八字的顺序了，二子便叫了自强，小女儿叫不息。母亲没上过学，除了自强，对其他三个儿女的名字都不理解，也不喜欢，又犟不过父亲，在家里便喊两个女儿为大丫二丫，喊厚德为大德。直接喊丫，两女儿小时还说得过去，大些了，便联手抗议，母亲便再喊她姐，她妹，用的是相互指代，倒也别具特色。

没上得了清华的父亲当了一辈子中学老师，用他自己的话说，中学里的课程，他全教过，包括音乐和体育。四姐弟继承了父亲的遗传基因，脑子好使，都是念书的材料。可惜的是，厚德只读到了初三，载物读完了初一，自强虽也算初中毕业，其实只是在学校里厮混，除了军训没上过几堂正经课。三兄妹都下过乡，撸锄杠撸得脸黢黑，心却并没红到哪里去。不息更惨，学校的玻璃被砸得没剩几块那几年，她才十来岁，有限的那点知识还是父亲在家里教的她。恢复高考那年，已结婚生子的载物抱孩子哭了半宿，把那张申请表撕了。自强说，我连 ABCD 还认不全呢，就别去给人陪绑了，拉倒吧。厚德去考了，矮子里拔大个儿，竟考中了省城的一所大学，并从此在省城扎下了根。眼下，载物和妹夫带女儿经营着一家小超市，虽非富贵，温饱尚可不虞。自强和媳妇回城后都是大集体工人，前些年厂子都黄摊了，好在两口子身体都还不错，自谋职业寻财路，或去当钟点工，或去擦吸油烟机，也算把一个女儿供完了大学。最可怜的还是不息，他们两口子的遭遇虽跟二哥二嫂相仿，但数年前，当电工的妹夫从二楼摔下来，虽保住了一条命，腿脚却再吃不得力，只能坐在家里干些帮饭店串串烤串或糊糊药盒，美其名曰挣计件工资。挨摔时，建筑公司也算有些赔偿，可那几捆票子早在供儿子念大学时花完了。老父亲心疼小女儿，在两年前除夕全家聚餐时宣布，我和你妈一年老似一年，总需有人侍候，既雇别人，哪如用自己的女儿。我也不给不息报酬，等我和你们的妈死后，这户房子就给了她。我今天在这儿说这个话，就算我们老两口的遗嘱了，如果谁觉得程序不正规，哪天我就把公证人员请到家里来。载物说，何苦把票子白给了外人。老爸老妈的话，我们牢记在心就是。厚德笑着用筷子蘸酒在桌面上划圈，说我已圈阅，同意，照办。父亲望定把脖子梗到一边去的二儿子说，自强，你也表个态。自强抓起眼前的酒杯，说大过年的，说什么遗嘱呢。我祝老爸老妈健康长寿。父亲却不拿杯，正色道，生老病死，自然法则，我不忌讳。厚德看桌上的态势有点要僵，忙在桌下踢了二弟一下，自强只好说，那……大姐大哥都点头了，我也只能同意了。小妹不息说，谢谢爸妈，也谢谢各位哥姐。我心里明白，老爸老妈这样安排，是心疼我，有点偏心了。我们两口子这辈子可能就这样了，可我儿子还算刻苦努力，如果他日后真能有点出息，我一定告诉他好好孝敬姥爷姥姥和各位姨舅，回报各位长辈的恩情。父亲这回端起了杯，说要说偏心，我承认，我和你们的妈都有。人的这颗心呀，本来就是偏长一些的，不偏反倒不健康。为人立世，不光要讲孝，还要讲悌。悌是什么呢，就是要敬爱哥哥姐姐，那哥姐们呢，也要关心爱护妹妹弟弟。我知道眼下你们各家都不容易，哪家都有一本难唱的经，可最不容易的还是不息，我们老两口就只好偏一点心了，按照时下的说法，就叫有所倾斜，对吧？好在，不息心里有数，知道亏欠了哥哥姐姐，这就中了。来，喝酒吧。

看来，家里的矛盾还是出在遗嘱上。人世间千家万户，很多老人在自觉身体日薄西山时，将家产明确交给某个子女，同时也就把生老病死的责任与义务交付了出去，这似乎是约定俗成的做法。现在母亲重病在身，要送医院，不能不支付很大一笔费用，这个钱谁出，对房产已不存指望的载物和自强有些想法也正常，他们都盼着自己拿出个公正公平的主意。可在一个家庭里，真正的公正公平又在哪里呢？民间古来有话，清官难断家务事呀。

厚德吸完第二颗烟，觉得脚下和两条腿很凉了，正想回到屋里去，怀里的手机唱起来，拿出来看，是儿子的。儿子问，爸，你没在家呀？厚德说，你奶奶病重，我昨天夜里赶过来的。有什么话，快说。楼道里，二弟自强顺着楼梯上来，站住脚，问，大哥，这么早就有人找你？厚德说，是你侄子。二弟说，哥，家里的事，一碗水端平端不平，我就不说什么了，但也不能淋洒得太多。厚德知道二弟想说什么，却不想让他往下说，拉开身后的门，说外头冷，你进屋，有什么话，一会儿咱哥几个一块商量。

二弟进屋了。厚德对手机说，说吧。儿子说，爸，有时间你给我妈打个电话，说说她。昨晚俩老太太又激歪了，大早起还都甩着脸，谁也不搭理谁呢。我这是跑到外头给你打的电话。厚德气恼地说，你的两个妈，都是去给你们帮忙的，你和你媳妇凡事要主动些，不要啥都指靠两个老太太。那也都是六十来岁的人啦！两个老人有些什么不愉快，那也正常，你和你媳妇多哄哄，多做些调和工作，别遇点事就烦我。你也是三十出头的人了，不能还断不了奶吧？厚德说完，就恨恨地将手机按断了。家里的这摊事，不光心里焦虑，还让人烦躁，对老父老母，只能好言抚慰，对兄弟姐妹，也发不得脾气，肚里的这股火，便只能发给儿子和老婆了。唉！

3

大妹载物来了后，厚德将父亲扶到南屋，给他戴上耳机看电视，自己带着三姐弟开家庭会议。因心里急着送母亲去医院，厚德不想再耽误时间，所以开门见山地亮出了自己的意见。他说，老妈必须赶快送医院，不然真要出点什么山高水低，不用外人说什么，我们自己先在良心上过不去。现在的问题不过就是住院费用，我的意见，咱们兄妹四人，一人一万，先安排老妈在医院住下，其他事以后再说。二弟说，大哥，凡事，都是前有车，后有辙……厚德打断他的话，说前面的车是别人家的车，留下的辙也是他们的辙，咱们家的车跟别人家的不一样。不息家里眼下拿不出这么大一笔费用，那就只能这么办。载物看了二弟一眼，犹犹豫豫地说，可不可以动员老爸，把他手里的钱先拿出来。老爸以前不止一次说过，他攒钱就是为了给妈防老的，现在可正是需要的时候，老爸以后有用得着的时候，咱们再商量嘛。自强忙点头支持，说我看姐的这意见对。厚德说，老爸还不糊涂，他手里的钱怎么花，什么时候花，他自有主意，咱们先别操心了好不好？厚德从衣袋里摸出一张银行卡，交给载物，说这张卡你拿着，里面存着几万元钱，怎么支出，你就全权负责。你们谁要是一时手紧，就先花我的，等宽绰时再说。不息又想拦阻，说大哥，你别……厚德说，别耽误时间了，你马上打120，送妈去市一院，论硬件和软件，还是一院最好些。不息眼圈又红了，说大哥不让我说，我也要表个态度。该我承担的一万元钱，两天之内我一定交到大姐手上。爸的银行卡虽然在我手上，但也请哥姐放心，我一分钱也不会动。

厚德的明朗态度，让三姐弟再不好说什么，虽然二弟的脖子又梗起来，侧目望着外面灰蒙蒙的天空。厚德知道他心里肯定还有话，但此时不宜辩争，便借口去外面迎候救护车，远远躲了出去。等他陪医护人员再回到屋里时，父亲已从两个女儿口里知道了结果，站起身，大声说，厚德像个长子的样，这个舵掌得不错，我满意！

四姐弟都陪母亲去了医院，救护车里挤不下，自强和不息是骑自行车去的。但让厚德没料到的是，医院里的患者满登登，连走廊里都摆了病床。住院处的人说，情况你们都看在了眼里，我就不多说了，我建议，你们还是去别的医院看看，兴许会好些。厚德担心重病的母亲不定会想到哪里去，不想走，便问跟在身边的三姐弟，说你们在北口呆的年头多，好好想想，可有什么门路？两姐妹都摇头，二弟说，我们都是小沙弥，就算认识个大和尚，可人家不认识咱呀。哥，你在省城衙门里混了这么多年，北口的领导不会一个都没联系吧，到了这当口，暗器就得使用一下了。听自强这么一说，厚德暗骂自己脑子短路，转身寻了一僻静处，把电话打了出去。

北口市国土资源局局长很快亲自赶过来了，姓沙名力，五十来岁，精明而干练，见面就责怪，伯母病成这样，怎么才告诉？大哥真是不把兄弟当兄弟呀。厚德说，我也是昨天夜里才回来，实在没了办法，才敢惊扰你，我知你忙。沙力从厚德不时扫向他身后的目光中读出了急切与问询，说大哥稍等，一会儿就有人来。这么点事，不算啥，好解决。

果然，说话间，院长和主管后勤的副院长都来了，还客客气气地陪着一位粗粗壮壮的中年人，听沙力局长介绍，知道中年人姓楚，是一家房地产公司的董事长兼总经理。楚老板对那厚德挺客气，先握手道了久仰，又俯身问候了病车上的老人，这才对两位院长说，那处长的妈就是我的亲娘，二位大寨主看看办吧。副院长小声对院长说，我问过了，5病区的病房都用着，启动8号吧。院长暗叹了口气，悄声回道，但愿这几天领导们都康健无虞吧。

一院之长发了话，白衣天使们便忙着送病人去病房。那厚德致谢沙力局长，说改日再叙，你快回局里去忙，可不敢再打扰了。沙力说，大哥何必这么客气。刚才楚老弟说的对，大哥的老妈就是我们的老妈，哪有不让兄弟尽尽孝心的道理。沙力坚持要陪送到病房，楚老板自然也要陪着，楚老板的举动又要影响到院长副院长，医院大楼里的医生护士们见两位院长亲自送病人去病房，便呼啦啦跟上一溜儿。自强跟在厚德身旁，颇为自得地低声嘟哝，说哥，听我的没错吧。这个姓楚的，可是哪路神仙呀，把两个大院长都拉来了？厚德暗中捅了兄弟一把，小声叮嘱，少说话。又说，至于那个人是谁，我也不知道，咱们心里只谢沙局长就是了。其实对这事，只需一搭眼，那厚德已是一清如水了。楚老板要发展房地产业务，不能不巴结管理土地的地方领导。楚老板的公司以前肯定参与过这家医院的扩建或改造工程，看窗外不远处仍有工程在建的架势，八成仍是他承建。工程完工了，建筑款却一时到不了位，主管后勤的副院长不得不讨好大债主，却在医疗业务上说话不算数，便把大院长拉来喝令三军。这不过是一出眼下社会上和官场里通行的游戏，棒子打鸡，鸡吃虫子，虫子嗑棒子。在这条生物链中，自己算是占了一点省厅的权势之优。但这些话，怎么跟兄弟说？他的那张嘴，真要得瑟显摆出去，那还了得！

　　一行人上电梯，过走廊，逶逶迤迤，直向幽深处而去。那厚德一路慨叹，这家医院，自己只是几年没来，竟改造得快让自己迷路了。总算到了5病区，电子感应门刚刚自动开启，就见两位保安样的人从一间屋里闪出来，因看了有两位院长陪送，便又悄然退下。整个病区，安安静静，与刚才见过的宛若农贸市场的内科病区完全是两个世界。及至打开8号病房，更是让人大开眼界。这是三连套，足有一百多平，内里的那个房间，配着卫生间和洗浴室，架着可自主调解的病床，旁边备着呼吸机和生命指征监测器，迎着病床的墙壁上，是大屏幕的液晶平面电视。中间那间则简易了许多，只设两张单人床和沙发茶几，看来是供陪护人员休息的。最令人惊异的是进门的第一间，不仅有宽大的真皮沙发和电视，墙角还摆着让人叫不出名字奇异花草，东西两侧贴墙处，一侧是博古架，摆设着亦真亦假的古玩玉器，另一侧则是一排书橱，里面的书籍满登登，都是文史哲各类大厚本的名著。尤其是，南窗下还摆有一个古色古香的大型金鱼缸，弯在上面的龙头潺潺吐水，不仅湿润着室内的空气，还起着为鱼缸里的水循环加氧的作用。鱼缸内是两条通体银亮，却头顶红帽的金鱼，足有巴掌长，翩翩游动，怡然自得。厚德一直喜欢金鱼，前两年，没少利用星期天跑去观赏鱼市场，但买回家里几次，少则三五天，多则十天半月，便一命呜呼，气得夫人不断责怪，说他笨牛扑蝴蝶，白长那个心思。厚德知道鱼缸里的两条金鱼叫鸿运当头，仅凭了这个名字，就成了时下显贵之人的最爱。看来，这间屋子就是会客厅了，有时在电视里看某领导人会见客人，报称在医院里，应该就是在这种场合吧。

医护人员将病人安置在病床上，忙着做初步检查和诊断。趁着这工夫，院长请几人坐到会客间，说在咱们一院，这就是最高档次的病房了，几位领导还有什么要求，尽管提。副院长补充说，这间病房，可算是院里的紧急预备，平日里，没有我们大院长的亲自批示，谁都无权启用。站在厚德身旁的自强忍不住，问，进这样的病房，我可是大姑娘坐花轿，头一遭，住一天挺贵的吧？楚老板说，给伯母请医用药的事，你们跟院长商量。这病房的费用，交我处理就是。厚德脸上热了一下，心里暗怪二弟还是嘴欠，便说，今天，病房一时紧张，院领导安排我老母亲住进这里，我深表感谢。我只希望如果有患者出院，院里能优先把我母亲调整过去，千万别影响了院里的统筹考虑。我们家属的要求也不高，能有个单人病房当然最好，两人间也非常感谢了。

再三谢过，送走了沙力局长和院长等几人，宛若宾馆豪华客房的病房里只剩了兄妹四人。厚德说，你们都回去忙，有我留在这里就行了。自强说，哥，安排妈住进这样的地方，你是首功，还是你回爸那儿歇歇吧。这么好的地方，也让我留在这儿陪妈享受享受。厚德说，既住进了这里，此后的接来送往必少不了。我对这种环境多少还熟悉一些，别争了。自强还要说什么，载物去扯他的袖子，说大哥说的对，照说，应该我当闺女的留下照顾老妈才合适，可一进了这屋子，我就有点发傻。还是等妈病好了回家去，咱们再多出点力吧。送三姐弟出了门，厚德又悄声对二妹说，大外甥在家吧？你回家让他马上把他的笔记本电脑送过来，我有点工作上的事，要急着办。不息说，大哥，要不，还是你回家吧，我留在这儿。厚德说，你回家照顾老爸，听我的，就这么办。

也不是厚德信不着几姐弟。那阵，沙力带着楚老板一来，他就感觉到找他的电话打唐突了，有欠斟酌。他预料着，沙力局长的热情还仅仅是开始。果然，不一会儿，市国土资源局的副局长就带着办公室主任来了，捧了两个大花篮，说了一阵话后，又留下一个沉甸甸的信封。厚德知道那是什么，不接。副局长说，那处这么不给面子呀，你不接，我可不走了。厚德怕这般打架似的推让传出去不好，便收下了。5病区病房不多，住在这里的肯定都是非比寻常之人，不能不加着百倍的小心。

很快，外甥把笔记本电脑送来了。这台电脑，是外甥考进大学那年他送的，让外甥喜出望外，欣喜雀跃。当然，买电脑的费用不菲，为防着老伴的阻拦与唠叨，只能动用私房钱。外甥说，也不知大舅用的是什么输入软件，要不要我给你装上？厚德说，我用的是五笔，U盘里备着了。外甥说，大舅真是摆弄电脑的资深人士呀，现在我们年轻人谁敢用五笔，多难学呀！

母亲又在打点滴，总算安静地睡着了。独自坐在病床旁的沙发上，厚德将电脑打开，摊在膝盖上。省领导要的是全省土地使用情况的分析，成绩不能不讲，但重点是在几件反应挺大的案子上，听说有的案子已有人直接上书到了国家有关部委，甚至到了人大常委会和国务院。按说，这个报告并不难写，此前的相关文件存在U盘里，厅领导也早有主导性的意见，不过把相关文字刷黑粘贴，再加头收尾理一理顺一顺就是。这个报告之所以不交给别人，就是担心厅里掌握的情况和意见泄漏。可这般摆弄了一阵，厚德就感到了为难，问题涉及北口市，其中有家民营企业前几年在市郊开发了一块几百亩的高尔夫球场，近两年却将此用地转让给了另一家房地产公司，用于建设高档别墅小区。这件事明显严重违规，要不要写进去呢？以前，凡是涉及北口市的业务，那厚德一概小心谨慎，避而远之，唯恐担了老家人的干系。但这次，因是独自担纲，还怎么避让得开？写了，上级追查下来，首当其冲的必是市国土资源局，主要领导者难辞其咎。可仅仅在一小时之前，沙力局长还在为母亲的住院事跑前跑后呢，副局长又带了办公室主任来探望，自己如实而报，会不会让人视为恩将仇报不仗义呢？而且，这还不是卸磨杀驴，而是驴还在磨道上，就照着人家要害处攮出一刀子，日后叫人知道了，谁知会骂些什么。民间有话，拿人的手短，吃人的手短，这敲键的十指被人戴上了镣铐，真是重似千钧难得自由了……

4

母亲在医院治疗了三天，病情明显有了好转，还坐起身吃了些厚德喂下的东西。因有院长的亲自过问，院里的几位权威内科医生都来了病房会诊，院里的高档设备也都一一做了细致而全面的检查。主治医生问，有些进口药，效果可能更好，但价钱贵，医保不给报销，用不用？厚德没犹豫，说治病这一块，我不懂，您说好，就用。又问，经过你们几位专家一治，我母亲是否可以保证一段时间内无大虞了？主治医摇头道，我可不敢打这个保票。老太太年过八旬，早年患过肺结核，又长期缺少活动，我最担心的是肺外栓子引起的肺动脉栓塞，进而引起肺组织出血和坏死，在医学上讲，叫肺梗死。人的年纪一大，器官机能严重老化，稍稍有点风吹草动，都可能不治。有些老年人去世后，家属一再问我到底死于什么病，我说，人老了，就是病，谁能说出树叶落了是因为哪阵风刮下来的吗？厚德听了这些话，心里自是很沉重，但转念又想，哪个医生肯给人打保票呢，就是做个阑尾手术，术前都必须家属签字。母亲自住进医院，眼见明显好转，套用时下常用的话说，这就是阶段性的胜利。

那份分析报告，那厚德没耽误，是在母亲住进医院后第二天傍晚就用特快专递将U盘寄回厅里了。他没用电子邮箱，怕泄密。他也没让厅里派车来取，厅里的同事来了，见母亲住院，总会有些表示，推来攘去的没意思。他问邮政人员，特快专递什么时间到？邮政人员答，省内的，快，明早肯定送达。第二天一早，过了上班的时间，他给厅长打电话。厅长说，刚进楼，传达室就将邮件交我了，我正想问你密码呢。厚德说，是你手机的后三位加上你座机的后三位。有些问题的分析是否准确和到位，就请厅领导亲自把握了。厅长问了老太太的病情，厚德简单作答，说看来问题不大，请放心。厅长说，你们处里的工作，你让魏波牵头多抓抓，有些话，眼下你交代比我们来说好。厚德说，我明白。处里有两位副处长，魏波是其一。自己要退休了，由谁来接替处长工作，厅里一直没明确，听说，厅长们是有分歧的，而且不小。厅长沉吟了一下，又说，老太太若是不甚紧急，我的意见你还是抓紧回来。厚德说，谢谢厅长，我明白。

陪母亲在医院里，让厚德心里感觉日甚一日不舒服的就是一次次接待来探视的人。自从北口市局的副局长带办公室主任来过后，其他副局长也带着分管科室的人陆续来了，都是捧着花篮，走时也一定要留下一个信封。来的时间也有讲究，上午一拨，下午一拨，晚间再一拨，眼见是经过了周密调度安排。厚德给沙力打去电话，说拜求局长，你就下个命令，别让同志们再来了吧。沙力哈哈笑道，这可不在兄弟的职权范围了。那大哥也不必想得太多，情义往来，人之常情嘛。估计市局的人都来过了，该落潮了，没想北口管内县区的国土局局长们又来了，大有宁落一村不落一邻之势，仍是花篮，仍是信封，还要加上一些土特产，说对恢复病人健康如何如何有好处。这样一来，阔大的病房里就到处摆满了鲜花，把房间都挤得有些小了。载物三姐弟来看望母亲，见了满屋鲜艳的花朵，自是吃惊不小。载物说，快成花店了。厚德苦笑说，好在咱妈没有花粉过敏。载物犹豫地问，啥多了都不好，要不……我提走两篮，摆我超市里去吧？厚德说，别，明晃晃的，不好看。自强说，怕不好看，好办。我找朋友，借辆汽车，带篷的，夜里来，一勺都拉走，送到哪家花店去，只收他半价，多少也是一笔钱，正好给妈抓药治病。厚德剜了二弟一眼，提高声音说，这些花，任它估，任它烂，谁也不能动，一篮也不能动。自强自嘲地笑道，我不过是开个玩笑，大哥还当真了。厚德说，有的玩笑开得，这种玩笑却不能开。三姐弟走时，厚德让二妹将笔记本电脑带回去，又低声嘀咕了几句什么，不息点头称是。走出病房时，自强问不息，大哥是不是把花交你处理了？他又有什么高招？不息说，大哥让我哪天陪咱爸过来看看。

身体好了一些的母亲有心情观察和琢磨身边的环境了。她问厚德，这些花，挺贵吧？厚德答，妈，都是朋友来看你时送的。母亲说，那是人情债，日后都得还。厚德说，慢慢还吧，你把病治好了比什么都当紧。母亲又说，治病也用不着这么大的屋子，花这钱，不值。厚德说，医院一时没有闲床，争取过两天调换。母亲还要说什么，厚德掏出手机，调出孙子的照片，让母亲看。母亲说，兴许，我真能抱抱重孙子呢。厚德说，能，肯定的。

父亲是第四天晚上来的，载物和自强、不息跟在后面。厚德问，怎么又都来了？大妹说，老爸说都让来，白天我和自强忙，就只好等晚上了。父亲虽已早知母亲治疗的环境和情况，但进了病房，脸上还是露出惊讶的神情。坐到病床前，父亲拉住母亲的手，说这辈子，你拉扯大他们四个，没白受累。母亲说，我知你的心思，可我不想躺在这儿……我心不好受。父亲对四姐弟摆摆手，说你们去外间坐，把门关上，我们老两口单独说说话。

四兄妹去了会客间，心里都在猜想着两位老人会说些什么。自强还不失时机地给自己泡上一杯大红袍，问厚德，喝这茶叶，不另加钱吧？或有一顿饭的时辰，厚德听里面门响和拐杖拄地的声音，便起身去看。父亲已到了中间的陪护间，招手对厚德说，你把那道门也关上，我跟你说几句话。

厚德和父亲面对面坐在两张陪护的病床上。父亲说："在给你妈看病的事情上，我再说一遍，我和你妈满意，对你们兄妹几个都满意，尤其是对你这大头顶满意。"

厚德说："老爸老妈满意就好。当儿女的，不是应该的嘛。"

父亲说："那我这当老伴的，是不是也应该？这几天，我一直在反思，我坚持着等你回来，是不是太固执了？"

厚德说："爸，你老别多想。不是没耽误我妈的治疗嘛。"

父亲长叹一口气说："我也想好了，真要是耽误了，你妈前脚走，我随后就跟上，陪着她。人啊，一老了，怎么就一根筋了呢，跟儿女们犟个什么劲儿？"

厚德心里惊了一下，暗叹母亲转危为安，不然，家里真要出塌天大事呢。他说："爸，咱们不说这个了。关于我妈下一步治疗的事，我正想跟你老商量呢。"

父亲打断他，说："那你先听我说。第一，药片子苦，但能治病救人，不管花多少钱，都不能心疼。但这么大的屋子，这满屋花里胡哨的摆设，对治病没丁点儿用途，不如免了吧。好在，这环境，这条件，你妈也享受过了，再让她住下去，她心里会不安。"

厚德心里高兴，说："老爸务实，英明。你老再说第二点。"

父亲说："我这第二点是只说给你一人听的。咱无功不可受禄。你是省里的干部，回到老家来，下边的人自是要献些殷勤，哪些当受，哪些不当受，你自己心里当有一杆秤。我不容许自己的儿女临退休，再借着老爹老妈的名头贪占什么好处！"

厚德忙表态："爸，这一点务请你老放心。儿子别的可忘，但你老给我起的名字不会忘。厚德是什么意思，我过去不大懂，现在总算明白了一些。只是……我妈离开医院前，医药费总是要结清的，下一步的治疗还要有支出……"

父亲站起身，摆手说："这个你就不要说了，我有安排和打算。"

厚德扶父亲去了会客间，扶他坐，老人却拄着拐杖站着，大声说："关于下一步怎么给你们老妈看病，都听厚德安排。我现在宣布，看病的费用，我出四万。不息，明天上午，你陪我去银行。"

5

母亲是第五天晚上出院的，与入院时的呼呼啦啦完全不同，一无声息，风平浪静。

傍晚下班前，厚德去了主治医办公室，谈了母亲想出院的意愿。主治医说，你最好再认真权衡一下，患者的病情虽有好转，但距离康复出院，还远未到那个程度。见家属的去意已决，主治医便拿出一份表格，请厚德签下名字和日期。那厚德执笔时，手竟有点抖，他知道，这个字签下去，母亲再有个山高水低，责任尽在自己身上，完全和医院没有关系了。但愿母亲能一天天好起来吧。

医药费结算是厚德和大妹载物一起去的，一共花了两万多，近半是用在进口药物上。厚德仔细看了清单，又把单子送回窗口，问床位费是不是还需另找地方结算？工作人员说，主管院长有交代，这位患者的床位费最后由他处理，患者可以出院了。厚德说，不合适吧，这个钱理应由家属承担。工作人员怔了一下，为还有人主动拒绝免单吃惊，说，那您等一等，我请求一下领导。工作人员抓着手机闪离了窗口，载物小声责怪，说哥，你这是何苦，装糊涂啥也不说就是了嘛。厚德说，有的事可糊涂，这样的事却一丝一毫也糊涂不得。载物把脸扭到一边去，气哼哼地低声说，行，大哥觉悟高，我们都向你学习。厚德说，床位费这一块，都由我出，咱们兄妹别为这事生气。载物闻言，重重地将厚德往旁边一拨，将银行卡扔到大玻璃窗下的凹口里，嘟哝说，老妈又不是你一个人的。说话间，工作人员回来了，说院领导非常感谢那先生对医院工作的理解和支持，说一定要交，那就按五折吧。

厚德和姐姐是在入夜以后将母亲推出的医院的，轮椅医院里现成，出租车事先打好了招呼。但厚德没让出租车送母亲送回家，而是送去了市第三人民医院。那个时辰，二弟自强和妹妹不息已办好手续候在那里。这件事是厚德两天前安排给不息的，说尽快了解除了一院，市里哪家医院条件好些，若有闲床，就抓紧订下来。又叮嘱，这件事眼下只可你知我知，你那俩哥姐都先别告诉。

母亲的新病房是双人间，另一张床却闲着，等于独享了单间。母亲经过这一阵折腾，喘息又有些急促沉重，但还是高兴地说，好，这里好。值班医生给母亲做了初步检查，挂了维持的点滴，说等明早科主任上班，再做进一步治疗。待医生离开后，厚德对几姐弟说，这几天，我真有点累了，想回家好好睡一觉，这儿，你们谁留下。明早上班前，我赶过来，听医生们做过诊断后，如果没有特别需要，我得抓紧回去上班了，官身不由自己呀。

那厚德是翌日午后回到的省城。白昼已明显见长，时近四时，又红又圆的大太阳还高悬在西天，只是光有亮度，却缺少温度。出了火车站，厚德立即打车奔了厅里，离开几天，理应销假，早一时相当于早一天。厅长办公室的门锁着，厚德便去见常务副厅长郑林飞。郑副厅长说，部里有个会，厅长去北京了。你回来得挺及时，你们处里有几个事，都挺急，你抓紧过问一下。

回到家里时，天已黑透了。魏波不让他这么早就回去，说老处长这么急着回去干什么，回家也是唱单出头，我最近发现了一家涮羊肉馆，号称是地道的锡林郭勒大草原羊肉，早就想请老处长再给鉴定一下呢。厚德知道眼下是非常时期，自己即将退休，推荐谁接替自己也算有重要一票，这种时候跟谁谁走得太近，让人察觉了，反而不好。况且，自己也面临着一道槛呢，那道槛，可能是人生的最后一次机遇了。但这些话，又怎好对魏波说。他说，在医院骨碌了这几天，我现在最想的并不是吃，而是洗。满身的汗臭，还有来苏水味，我得先去好好泡泡蒸蒸，再请搓澡师傅彻底搓一搓。魏波说，那我也有好地方。或者先吃，或者先洗，还可以饿了再吃，吃过再洗，一张门票，吃喝拉撒睡，全包圆儿。厚德只好再找理由，说那可不行，我这个人，洗澡最怕的是身边还站着个熟人。魏副处长见厚德执意不跟他走，只好说，那你在家好好歇两天，有事我勤请示勤汇报。厚德说，好好好，看情况再说。

那厚德回到家里时，楼道里已飞扬着从邻家传来的《新闻联播》片头曲。哟，可不是，好几天连新闻都没坐下来好好看一看了。进家后第一件事，先看新闻，然后再做晚饭。关于晚饭，刚才坐在公交车里已经谋划好了，用电饭锅蒸大米饭，多蒸点，天还冷着，吃不了的可以放到北面晾台上，甚时吃放小锅里加水咕嘟一下就行。上次老伴回家来，看了电饭锅里的饭，责怪说，还是上顿下顿吃剩饭呀？他半开玩笑地回道，郑重声明，我那可不是剩饭，而是特意给下顿带出来的。菜呢，更好办，在电饭锅上屉蒸碗鸡蛋糕，再切一个家里常备的心里美萝卜，蘸蒜蓉酱，这一来，淀粉、蛋白质和维生素都不缺，基本符合营养结构，只是脂肪稍逊，那就明天中午去机关食堂里补吧。电饭锅按下按键，就可以去大众浴池了，一身清爽回家时，正好饥肠辘辘，万事齐备，甩动腮帮掀开大牙尽情饕餮就是。

但没想，厚德开门时却感觉到了异样。家门是防盗的，往常，开门时需反向拧三圈，但今天，只拧了一圈便落了底，再拧不动，用膝盖顶一下，门开了。厚德心里咯噔了一下，不会是走时忘了加锁防盗吧？或者，家里真进了贼，那可就坏了。因心里加了这份小心，厚德的动作就小心了许多，进门后连门廊灯都没敢开，也没忙着换拖鞋，而是小心翼翼向客厅里探过头去，还顺手抓起鞋柜上的长把鞋拔子，真要撞上贼，手里抓点什么总比赤手空拳强。没想，借着落地窗透进的光亮，客厅里的隐约情景越发让厚德吃了一惊。一个黑乎乎的人影从沙发前坐起来，也不问进来的人是谁，竟先用遥控器将电视按亮了。

有了电视上的光，厚德就看清家里的那个人是谁了，看来是躺在沙发上看电视，困了。他嘘了口长气，按亮了客厅里的吸顶灯，问：“你怎么回来了？”

老伴反问："我怎么不能回来，不是我的家呀？"

厚德又问："回来了应该通告一声嘛。"

老伴说："告诉你干什么？老太太那边有事，你还能不告诉我呀？你们哥几个忙活得过来，就不兴让我在家歇两天乏呀？"

老伴说话好用反诘句，外人听来，好像偏哼哼，厚德却知道她是刀子嘴，豆腐心，不必跟她计较。厚德一边找洗浴用的东西，一边又问："那边怎么就把你这穆桂英放回来了？"

老伴说："哼，老娘不愿侍候他们了，甩手就走，还用得着他们放不放呀？"

她不说，厚德也不再追问。用不了两天，她肯定会追着你把心中的委屈都说给你听。老伴比厚德小两岁，以前在一家企业当会计，十年前就放长假闲在了家里，三年前年满五十五，才办理了正式退休手续。见厚德已将洗浴用品和换洗衣物塞进了塑料袋，她问，晚饭还没吃吧？想吃啥，不能先说一声呀？厚德说，有口吃的，就是大喜，随便！

老伴的突然回来，让厚德心里很高兴，少是夫妻老是伴，有没有这个伴真是不一样。回到家里来，吃什么喝什么倒在其次，有时实在懒得动手，沿街的小饭店一家挨一家。关键是，在家里能有人说说话，哪怕两人都是犟骡子倔驴子呢，也比一人在家形同古墓死气沉沉的好。

一个多小时后，厚德重回家里，餐桌上除了紫红的萝卜条，还摆上了热腾腾的小米粥，还有酱焖小黄花鱼，都是厚德最喜欢吃的。厚德故意夸张地抽了抽鼻子，说还是老婆在家好呀。老伴讥道，老婆不在家，正好找二奶呀。厚德笑道，联结发的大奶都老太太擤大鼻涕，甩了咱了，还二奶呢。说一千，道一万，七十有个家，八十有个妈，没老婆的窝哪能算个家呀。

两人说说笑笑，吃过晚饭，重坐回沙发前，厚德选了《动物世界》，看那些血腥的优胜劣汰物竞天择，老伴坐在旁边絮叨，果然就不问自答地将在儿子家的委屈与怨恼都说了出来。原来是因为房子。小两口的房子八十多平，是结婚前厚德老两口罄尽积蓄交下了首付，说好按揭那块由小两口负责。儿媳怀孕后，两家娘都跑去照顾，尤其是孙子出生后，更显得房子小了。两个将老未老的母亲同住一间屋子里，时间短好将就，但一日复一日，矛盾就出来了，一个怪另一个睡觉打呼噜，另一个则怪对方睡觉说梦话，而且并不全是梦话，包括睁着眼睛说瞎话，就是不想让别人睡好觉。这种事情无从印证，也拿不出实打实的证据，于是就在肚子里憋气，另找地方发泄。后来，两个女人就轮岗睡了，一人睡在卧室，另一人睡在客厅。这一次老伴跑回家的原因，是因为亲家母提出了一个新的解决方案，她们老两口要买一处一百三十多平的房子，三室两厅，这样两个女人就都有自己的房间睡了，但有条件，原来的八十多平的房子要交由他们处理。老伴冷笑说，想得多美，这一来，原来是她住我家，她是客，以后就变成我住她家，我成客了。厚德笑道，拗这个气有什么用，哪个是她家，又哪个是你家？依我看，你们都是住在儿女的家。老伴说，凭什么咱们花钱买下的八十多平房子白给了她？厚德说，哪里是白给，她家不是另买了一百三十平的嘛。老伴说，一百三减八十，她家只买了五十平。八十和五十，哪个大？哪个小？为什么小的还想控股掌权？厚德又笑，谁控什么股了？有红利吗？我看共同的红利就是咱们那个孙子，也是人家的外孙，谁想分也分不开。老伴说，那你说怎么办？厚德说，无论什么年代，也不管在什么地方，三个女人凑一块，肯定是一台戏……老伴打断他，我们是两个女人。厚德说，别忘了，你还有一个儿媳妇呢，只不过你的儿媳还算聪明，有事也是支使你那傻儿子出头。两个亲家母不能凑一块，这可不是我的发现，而是全社会的共识，全人类的共识。所以我的建议就是，你既回来了，就别急着回去，正好在家陪陪我。老伴嘟哝说，想得美。你不知道，六七个月的孩子有多招人稀罕，咱那大孙子，就跟我亲，气得她姥姥直瞪眼。厚德站起身，说你也能把我气得干瞪眼。我先去睡了，你再好好琢磨琢磨吧。

6

　　厚德回到省城半月后的那天早晨，他正在刷牙，家里的电话突然响起，他抓起话筒唔了一声，就听二妹哭着喊，哥，哥，你快来，快来呀！厚德心里哆嗦了一下，情知大事不好，嘴巴里的牙膏沫子咕咚一声咽进了喉咙，说我知道了，马上出发。哪还顾得再问什么，穿外衣蹬鞋子，锁上房门就往外跑。

　　几天前，老伴已又去秦皇岛了，说是在家夜夜梦里都看得见孙子，醒过来就再睡不着。厚德笑话她，说天下最贱的肉就是奶奶肉，一毛钱卖二斤，不给钱还白送，想孙子你就去吧。老伴连着蒸了好几锅馒头花卷，塞满了冰箱冷冻柜，千叮咛万嘱咐的，还是奔了白挨累不讨好的地方去了。

　　春运已过，坐火车已不困难。坐进车厢，厚德想想母亲的种种可能，妹妹没再来电话，也许是在忙着抢救。自从把母亲转到三院后，厚德每天最少打回北口一个电话，或问妹妹，或问兄弟，回答都说妈妈一天天见好，能下地了，能让人扶着去厕所了，已在张罗回家了……蓦地，厚德想起还没跟单位请假，这个电话是打给厅里好还是打给处里好呢？思来想去的，他给魏波发去一条短信，"北口家中有急事，处里的工作你多受累，并请替我向厅领导告假。"魏副处长很快回复，"遵命，放心。"

下火车，打出租，直奔三院，母亲原来住过的病房空空荡荡，睡过的病床已铺得平平展展。厚德问护士16床的老太太转到了哪里？护士答，过世了，已送太平间。咔嚓，焦雷轰顶，厚德一下呆住，靠在了墙上，脑子里一片空白。妹妹是哭着给他打的电话，自己怎么就没想到这一步呢？

太平间在大楼后面，孤孤零零的三间平房，周围是高大的几棵老槐树，这个时节，给人看到的只是枯枝在寒风中的萧瑟。自强和不息裹着大衣守在外面，不忍只把母亲留在这里。见厚德踉踉跄跄跑来，二人迎过来。厚德推开两人，径直进了太平间。太平间临西墙的一面，是存尸的冰柜，地心两张灵床，有一张上面覆盖着雪白的尸布。厚德掀开尸布，便见了已去了另一世界的母亲。母亲穿戴得整整齐齐，是满族人的棉袍，稀疏花白的头发也梳理成满族妇女的旗头，别上了老人家珍存多年的银质镶珠的头簪，神情很安详，只是脸色蜡黄。厚德将脸颊贴到母亲的脸上，只觉冰一样的僵冷，已全无了温度，也没了弹性，自己的泪水便开闸一般倾泻，两膝跪地，咚咚磕头，不由悲从心来，放声痛哭。"妈，我的妈呀，你咋走得这么急，连句话也没跟儿子说一声就走了呀。儿子废物，到底没能救了生我养我的妈呀……"

自强和不息也和哥哥一块哭，却没忘了把哥哥从冰冷的地上拖起来。不息说，哥，咋哭咱妈也不能睁开眼再看咱们一眼了。妹妹这一说，厚德就越发哭得不可遏止。三兄妹相拥着到了太平间外，自强说，哥，如果不把妈从一院接到这儿，是不是咱妈兴许还能躲过这一劫呀？厚德使劲地摇头，把泪水晃得四处飞溅，一边哭一边自责，怪我，都怪我，我自私呀！自强说，哥，我这么说，不是在怪你，我是在怪我自己，我要是早把我应该出的那份费用拿出来，你也许就不会那么为难了。不息说，不是，都不是。今儿早起，咱妈还好好的，自己去的厕所，连我扶都不让。没想，从厕所出来，她先是咳了几声，突然就吐起血来，哎呀，那哪是咳血，而是喷血呀，喷得满病房到处都是。我给大哥打电话时，大夫们正急着抢救呢。大夫说，咱妈死在了肺动脉破裂。我问，如果是在一院，是不是还能有救？大夫挺不爱听我这么说话，说别说北口一院，就是到了北京三０一，请出给国家领导人看病的大夫也没辙。厚德听妹妹这么一说，便想起在一院时听那位主治医的话。

三院这边的大夫虽然也找到了病根，可那是事后诸葛亮，还是有防在先呢？

厚德问二妹，咱妈的旗头是你梳的吗？不息抹着泪水说，咱妈在的时候，早就跟我说，真到了那一天，务必给她梳旗头，到了那边，少不了要看到祖上的先人，不梳旗头，就合不了群了。那个发式，还是咱妈亲手教我梳的呢。厚德说，这两天，你再去给咱妈买个头簪，不管多少钱，买个好点的，送葬前，把咱妈头上的那支换下来。我记得咱妈说，那只头簪，还是她和咱爸结婚时，祖太姥给她的呢。咱们留下来，算个念想吧。

看守太平间的值班老师傅听了几兄妹的哭声，跑了过来劝慰，说老太太岁数不算小了，是喜丧，儿女们悲伤是常情，但哭几声也就行了。又说，人生在世，活的就图个快乐和顺，岁数一大，满身是病，吃不香睡不安的，没了快乐，就是活遭罪啦。老太太驾鹤西去，是成仙得道，享福去喽。听老师傅这么一说，三兄妹便收起了哭声，自强摸出香烟，先递给师傅，又递给哥哥。老师傅问自强，刚才我问你要不要将遗体放进冰柜，你说等你哥来了再说。这位就是你哥吧？听我的话，还是早放进去的好，太平间有耗子，真要让那败家的东西把尸首啃了，谁心里都不好受。

厚德说，师傅的这个提醒好，那就放进冰柜吧。

厚德又问，咱爸知道了吗？

不息说，我已经让我姐回去陪老爸了。爸一定要送一程，那就后天一并去殡仪馆吧。

厚德又问："后事怎么办，可有了安排？"

自强答："爸说，就等你回来呢。"

厚德靠在树干上，好发了一阵呆，才说："咱妈在世时喜欢安静，咱们就安安静静地送她老人家上路吧。我的意见，家里不设灵堂，除了家里的正宗亲戚，外人一概不告诉。"

自强说："你是离开北口的年头多，不在乎这些了。可我们姐三个几十年都在这里，秦桧还有俩朋友，谁都不告诉，难免要有人挑我们的理儿。朋友来了，总要对老人家的遗像三鞠躬，关系深的，还可能跪地磕上三个头，家里不设个灵堂怎么行？"

不息说："二哥的这想法对，咱家是满族，咱妈活着时没少说，旗人礼节多，也不能太简单了。"

厚德明白自强和不息的意思。按照北方习俗，亲朋家的红白之事皆为大事，只要通知到，都需尽量参加，参加了就要随上一份或多或少的礼金，含着众人添柴、大事共办的意思。北口当地对这种习俗又有一种说法，叫走往来。以前，自强等三姐弟肯定为这种往来都没少支出，现在老母去世，若是谁也不通知，家里也不设灵堂，那就是只往不来，不仅有失礼仪，对于小门小户过日子的人家，这笔理应回收的礼金完全放弃也不合常理。只是，只要家里搭起灵堂，也不需再专门打出电话，不定就有多少以前根本不认识的人奔上门来。你们每次接下的或是三头二百，我不得不接的则是一个又一个沉甸甸的信封。老爸有言在先，他是不允许他的儿女打着老爸老妈的旗号贪占好处的。看来，这人情往来的事，还是不好一刀切的。

厚德说："那这样好不好，你们姐三个，酌情自定，怎么张罗，我不参与，灵堂可在各家自设，后天送殡时去三院太平间外聚齐。老爸这边就不设了，这事由我回家跟老爸商量。"

自强说："大哥，别的事，不管公平不公平，我们可是都听你的了。但老妈的丧事，你这么安排，却是个笑话。我还没听说谁家里办丧事，儿女们分别在家里设灵堂里的呢。"

厚德说："怎么没有，而且还是国际惯例。你想想看，哪个国家的重要人物去世，是不是都在驻外的大使馆设灵堂？毛主席和周总理去世时，全国各地各单位还都设了灵堂呢。既是真心朋友，不会有谁会在意这形式，咱们只说老父年迈悲伤，需要清静就是了。"

自强冷笑道："怎么还整出了国际惯例？不过当个芝麻大的官，也不该回家这么忽悠人吧。咱妈只是个普普通通的老太太，咱们当儿女的，理应体体面面的送她走完人生最后一程。大哥如此调度，不会是怕我们这些小老百姓丢了你的什么脸吧？"

厚德意识到事情有些严重。自强的话里已带了浓浓的火药味，眼看要短兵相接了，他对厚德主张四子女平均分摊母亲的医疗费一直心怀不平，因此直到今日，也仍未将一万元钱交到载物的手上。二妹不息站在自强身旁，虽不住地拉他的袖子不让他说下去，但在如何办丧事的问题上，意见却明显倾向于自强。据说，子女们的矛盾多爆发在老人的入土为安后，却万没料到，在那家，母亲尸骨未寒，有人已想寻衅滋事了。厚德压抑着心中的哀伤与忿恼，故作平静地说，"这个事，咱们也用不着争辩，还是一会儿回家，听听老爸是什么意见吧。"

7

魏波傍晚时打来了电话。他还不知道那处长的母亲过世，厚德没告诉他。也不光没告诉他，厅里的任何人那厚德都不想惊动。告诉了会怎么样呢，第二天或第三天清晨，厅里肯定会有很多人坐着大客车或小汽车奔北口来，一个处室起码会派出一个人。当地的习俗，奔赴白事与参加红事有很大的不同，白事的随礼或曰来往必须在殡葬前送达，逝者一入土（火葬），再送票子就有诅咒丧家再死人的嫌疑了。尤其是，来人中极可能有一两位厅领导。只要厅领导一出面，北口市国土局的人必又是呼啦啦一大群，可能连分管的市领导都要出面，人家不是看重一个小处长，而是厅里来的大领导。那样一来，就和自己不设灵堂不发讣告的初衷完全相悖了。

魏波在电话里问，也不知大哥在老家忙什么？厚德说，我妹妹家有点急事，我帮跑跑。魏波说，厅机关党委刚发的通知，省委组织部明天午后要派人来厅里搞年度民主测评，要求厅机关干部尽可能参加，刚才厅长亲自吩咐我给你打电话，说如果你手上的事不是特别急，还是请你赶回来。厚德心里动了一下，似乎明白了。上级对年度民主测评看得很重，领导干部的不满意票若超过20%，组织部门就要派员下来进一步调查不满意的具体原因，还要进行诫勉谈话，若超过30%，就极可能停止工作了。据说，前两年厅长的满意度都不及常务副厅长郑林飞，因此就有了危机感，如果自己赶回去，在百余人参加的测评中，起码可增加1%的满意度。可厅长又不好自己打这个电话，便通过亦可信任的魏波委婉地把这层意思传达了过来。但是，比起后天一早就要出殡的母亲丧事来，哪个更重要还用掂量吗？厚德说，实在不好意思，拜托你跟厅长说一声，我实在是赶不回去了。魏波在电话里静了一会儿，又说，那有句话，我就不能不跟处长大哥说了。厅长刚才叮嘱我，不到万不得已，这个底儿轻易不能透露。明天的测评内容可不仅仅是针对厅班子和厅领导成员，组织部决定把拟提升为副巡视员的测评也一并搞下来。别的话，就不用小弟再多说了吧，临阵磨枪的功夫做一做总比不做好。另外，被测评人在不在现场，可能对结果也会有影响，这一点，大哥肯定比小弟理解得透彻。

魏波的电话撂了，那厚德抓着手机，坐在那里发呆。关于副巡视员的事，确是厚德眼下最大的心结。厅长此前一再提醒他的也是这个事。副巡视员不是副厅级实职领导，却享受副厅级待遇。在省直机关干了这么多年，退休前能获此待遇，也算一种安慰，起码，老来的医疗问题不用愁了。厅里的副巡视员的指数是两个，去年末退休了一位，厅里给省委组织部打报告，要求递补，组织的答复是稍候。稍候是多长时间呢？三月，半年，都不为过。干部人事上的事，当事者往往是忧戚与共夜不能寐，但放在掌权人身上，是切切不可希望人家和你一样急的。在厅里上报的候选人名单中，那厚德因占着即将退休的优势，被排在了首位。可一号种子选手是否能成为新科冠军，却还要看临场发挥。看硬件条件，还有两位处长也都达标，人家未必有义务要等你下了这班车再坐到那张椅子上去吧？

父亲可能听到了电话的内容，走过来问，是不是单位叫你回去？厚德摇头说，古时丁忧，三载为期，就是皇帝想夺情，还得掂量掂量理由是否充分呢。不管他。父亲说，只要后天天亮前你能赶回来就行。这边的事，我让不息张罗着。厚德说，明天是正日子，咱们自家的亲戚来奔丧，肯定还是要奔这里的来，我这当长子的不在家怎么合适。爸，你老放心，我的事，安排得开。

所谓正日子，是北口地区丧事上的说法。亡者逝后，一般都是停柩三日，第一日是发送讣告和家里人做相关准备；第二日开始正式接待八方赶来吊唁的亲亲友友，所以又称正日子；第三日晨时送葬，日正中天前一切是必须落幕的。

今天傍午时，厚德和自强、不息从医院回到家里，临近家门前，想一想以后回家，再见不到母亲的身影，不由又是悲从心起，努力控制着，才没有放声哭号。几子女坐到父亲身边，一时不知说什么才好，没想反倒是老父抚慰他们，说这是人生必走的一步，谁也躲不开。你们妈妈的离去，于她于我，于你们子女，都没有遗憾，这就行了。眼下最当紧的，就是怎样安排好后面的事了。厚德看看家里的房间，先回到家里陪父亲的大妹载物已用报纸将房间里的所有能折光的地方都用报纸遮掩住了，据说那是为了亡魂回家时不致迷了路径。母亲的遗像也摆在了家里最显赫的地方，香烛缭绕，果品供奉。载物说，我本打算把殡葬公司的人请来，在楼院里搭起灵棚，咱爸说，不急，等你回来再拿主意。听载物这么说，厚德便望定自强，把首议的机会让给他。可自强偏又让妹妹说，不息躲不过，便把两个哥哥的意见都亮在桌面上。父亲听后，点头赞许，说我猜厚德也会是这么考虑，不会把事情弄得哄哄闹闹，我支持。可我没想到的是厚德会让你们分头回家各设灵堂，他想得周到，我也同意。那你们就分头去忙吧，各自的人情各自承接，我这边的事就让厚德受累。记住，你们的妈活着时喜欢安静，我也讨厌闹腾，你们还是适可而止为好。好在，你们姐弟三个以前和现在都不是什么有职有权的人物，我也没有什么不放心了。

自强见父亲的态度如此鲜明，只好一声不吭悻悻地离去了。厚德知道，自强的不平之气还郁在心里，载物的心里也不平和，只能以后再找机会了。

8

　　厚德是母亲去世一周后回的省城。在给母亲送灵的队伍里，多了一个老太太还不认识却最想亲一亲抱一抱的小人物，那就是她的重孙子。厚德给儿子打去报丧的电话时，非常明确地说，你们回来时，一定要把你奶奶的重孙子抱回来。儿媳妇抢去了电话，说爸，我让你儿子陪我婆婆抓紧赶回北口，天气还冷，我怕孩子感冒，再说路况也不安全，还盖着冰雪呢，我带孩子在家，不去了吧。厚德冷冷地说，你回不回，我不勉强。但那家的长重孙一定要回来，这个没商量。放下电话，那厚德一次又一次地想，自己的话是不是太生硬了？儿媳妇真要坚决不同意把孩子抱出家门你又能怎么样？自己的话里是不是也太透着以男性为中心的封建主义残余呢？

　　厚德下了火车，又直接去了厅里，反正回家也是一个人。儿子家有了小汽车，是结婚时儿媳父母送的陪嫁。丧事办完，老伴本来想再回家陪厚德一些日子，可儿子对厚德说，爸，我岳母最近身体不大好，跟我妈处得也不愉快，有一阵没去照看孩子了。我媳妇也快休完产假上班了，就让我妈跟我们一块回秦皇岛吧，正好同车。只是又要委屈您了。厚德想起自己曾跟儿媳说过的冷硬之话，儿媳不管心里怎么不愿意，还是抱着孩子来了，也算给足了自己的面子，便说，好好好，我这边你们放心，我还能料理好自己。儿媳也说，爸，我们那边准备换大一点的房子，您退休后，就和我婆婆一块过来吧，也省得我们惦记。厚德又是连连点头，说好好好，以后再说。至于老伴，厚街知道她也为难。奔丧的七姑八姨来了，都对老伴说，把孙子照顾到这么大，当老人的也算尽到责任了，往后你还是把心思多往厚德这边用用吧，怎么说，他也是六十岁的人啦，男人岁数越大越得有人照顾，可不能捡了芝麻扔西瓜呀。老伴听了劝告，心里自是也有所动，私下里征求厚德意见，厚德说，秦皇岛那边，你一定要想办法处理好和亲家母的关系，那边风平浪静，我就省心啦。

母亲的丧事，亲友们三天之后便散去了，儿女们还要过头七，五七和七七。头七过后，厚德对父亲说，我还有工作，不好长假不归，等我妈五七时，我再回来吧。父亲说，我最讨厌的是活时不孝，死了乱叫。你妈这辈子最可心的是大儿子和小闺女，活着时不知跟我说过多少遍，住院时还跟我说呢。五七时你也不必一定回来。你妈在天真要有灵，不管你在哪儿，点上一炷香，或者在心里念叨几句，她都会知道的。看孝，论心莫论行，论行天下没孝子。心到，比什么都强。厚德想了想，又说，爸，还有一件事，我要汇报和请示。前一阵，为给我妈治病，我们哥妹四人一共拿出四万，你老又拿出四万，再加后来亲戚们表示的心意，一共是八万五千多一点儿。我和载物已经把贴目结算了，扣除给我妈治病和办丧事的费用，结余的还有三万两千多。你老的意见，这笔钱怎么处理呢？父亲说，那就留着？反正或迟或早，我也是要走这一步的。厚德说，留不留这笔钱，我看还可斟酌。你老人家和我妈一年最大的积蓄其实是我们兄妹四人呀，真要到了必需之时，正是对我们四子女的考验，我不信谁会袖手旁观。再说，你老拿出四万，是当着我们四兄妹的面郑重宣布的，到头来，又收回去了三万多，就不一定让别人怎么想。你老和我妈亲生的四个孩子自是无话可说，可你老别忘了，每家还都有外姓人呢。再说，一家家的情况并不都是很好，这边再把钱闲放着，也是不好。父亲思忖了好一阵，反问，那你说怎么好？再把每家交上来的那一万退回去？厚德做犹豫状，说，退回去也似有不妥。都是儿女，孝敬母亲，养老送终，还不应该应份吗。哦，老爸看这样好不好，你老一再表示对四儿女满意，不如就用这笔钱奖励一下，他们三个，一人奖一万，余下的两千，正好用于办五七、七七的费用。父亲又问，那你呢，为什么不奖？厚德说，我在外地，哪似他们天天围绕在你老和我妈的身旁尽心尽意，就这么决定了吧。父亲闻言，伸手在厚德手背上重重拍了拍，眼窝竟红润了。

关于要不要跟父亲谈这番话，又怎样谈，厚德是好费了一番心思的。谈话的效果不错，当日晚饭时，父亲在四子女面前宣布决定时，没用奖励二字，而是"赏"。到底是当过老师的人，一个字，意思一丝不差，还顿添了喜剧效果，把多日来沉浸在家庭中的哀伤气氛冲淡了不少。大妹载物提醒说，爸，忘赏谁也不能忘赏我哥吧？父亲没按和厚德商量时的话和盘托出，而是说，长子功高，理应重赏，容我再作考虑。厚德从三弟妹的目光中读到了喜悦，也读到了对父亲和兄长的感谢。不错，三家都是生活在城市底层的普通人，都不富裕，一万元钱对于他们来说，虽非天文数字，可也算不得小数，就不要用"小人喻于利"苛求他们了吧。稍得心安的厚德心里又生出几许愧疚，把官场中巧令唇舌玩弄辞藻虚实难辨那一套用到家庭生活中，用到至亲骨肉身上，是不是大不应该呢？

厚德回到厅里，刚进办公室，魏波便闻声跟了过来。厚德脱去外套，露出了套在夹克衫上的黑纱。魏波吃惊地问，是谁呀？厚街叹了口气，说老妈，昨天烧过的头七。魏波越发做出震惊和痛悔的样子，说前一阵，不是已见好了吗？这么大的事，大哥怎么也不告诉一声？唉，我这脑瓜子也是太笨，怎么就没往这事上想一想呢？也不是完全没有前兆嘛。厚德说，老太太在世时，喜欢安静，所以，我们子女就遂了老人心愿，谁也没告诉。咱们不说这事了，处里这几天没什么太急的事吧？于是，魏波便说了民主测评的事，说你是一号，划票前人事处长挨个介绍了几个符合条件的处长情况，也是把你排在一号，问题应该不大。这步棋下一步怎么走，全在省委组织部了，我的意思，处长大哥也别傻等着，有些人情上的工作，该做做还是得做。社会风气如此，犟着也没人夸咱高风亮节，还许骂咱二。厚德淡然一笑，又问，不知道投票结果吧？魏波摇头说，那可不知。老规矩，票收上去，省委组织部的人就带走了。要我寻思，不管咋保密，也总得让厅里的主要领导知道吧。要不你去问问厅长？

魏波下面说的事就让那厚德惊愕不已了。两天前，省政府有位副秘书长突然来到厅里，厅里把各处室的头脑召集到了会议室。那位副秘书长讲话的核心意思，就是对厅里前些日子上报的关于对省内土地使用情况的分析报告强烈不满，并传达了省政府主要领导的指示精神，领导斥问，有些市地违规用地的情况接连被举报，为什么在省厅的分析报告中却避而不谈，是在有意遮掩还是刻意包庇？厅长对上级的批评很重视，当即表态，从文件的最初草稿查起，一直追查到呈报到省政府的正式文件，在各个环节逐步追查，一追到底。郑副厅长却另有意见，他在会上说，不管是谁起草的文件，也不管在哪个环节上出了问题，文件上报前总要有厅领导签字存档，那就应该由签字的领导承担责任，推卸不到任何具体工作人员。我现在就正式请求处分，因为那个文件最后是由我审阅签批的。常务副厅长的如此表态，让参加会议的同志们都松了一口气，副秘书长也表扬说，厅领导的这个态度好，勇于认识错误，承担责任。至于是否给相关领导处分，又是什么处分，待我回去汇报后，由省委省政府决定。厅长见省政府派来的大员已有了这般意见，就不好再说什么了。

那天，魏副处长离去后，那厚德打开了电脑，电子信箱里积了好几封来信，已是一周多没开信箱了，很正常。可他来不及看，也没心情看，而是急着将 U 盘插进，调出那份分析报告。报告是自己起草的，又用特快专递送达厅长手上，这个事他谁都没告诉，连魏波都不知道。他将文稿从头至尾重看了一遍，又看了一遍，还调出以前的文件一一查对。是哪个城市的问题严重自己却忽略了没有写进去呢？没有呀。那就另有可能，那份文件在呈报前，另有经手人，有意将某些问题做了修改或删减。那么，自己有没有必要找一找厅长或常务副厅长，要求把呈报上去的那份文件要出来比照一下呢？不，不好，很不好！那样的要求，明显越权，况且，常务副厅长既已主动承担了责任，起草人再盯着不放，除了想推卸责任给自己洗洗干净，不会再有任何好处，弄不好，还不一定把谁硬拖扯进来，那可就得罪人啦。如果是厅里顺蔓摸瓜问到自己，那就是另外的问题了……

那一晚，那厚德晚上九点多才回家，好在街边的小饭店还有没打烊的，回家也是一人吃饱，全家不饿，这或许也算独守空巢老宅男的便利之处吧。

9

　　天气一天天暖起来。城市里路边的地皮青了，绿了；迎春花开了，落了；桃花和梨花也次第开落。待城市里荡漾起槐花的浓郁香气时，省委组织部突然来了一位部务委员，对省国土资源厅所有机关干部宣布，厅长将去中央党校学习，学期一年。离职期间，厅里的工作由常务副厅长郑林飞全权负责。厅长以前也曾去学习或外出考察，厅里的工作也曾交常务副厅长代理，但这次，厚德明显感觉出了不一样。由部里来领导宣布是不一样，会场上的气氛也不一样。但为什么不一样，厚德就说不出来了。

　　那天午后，厚德接到一个短信，是厅长发来的。"我家附近公园的槐花正盛，尤其是入夜时分，香气醉人。老哥今晚可否有兴致与我一块赏槐？"

　　厅长是个严谨的人，平时，除非工作上的事，很少与下属私下交往，更别说相约赏槐了。是不是厅长去学习前，另有什么事情交代呢。尤其是那一声老哥，也让厚德心里生出别一样的感觉。

　　厚德回复：难得厅长有如此雅兴。请告具体时间。

　　厅长回复：19：30。

　　五月下旬的晚七点半，夜幕已经垂临。厅长选了这个时间，不会仅仅是为了去品赏槐花的香气吧？

是夜，那厚德先到了公园门前。厅长脚步匆匆，很守时地来了，打过招呼，拉住厚德的袖子就往公园深处走，说我发现，原来槐花的香气也很有不同的，有几棵树，就香得特别有味道。

厚德跟在厅长身后，说厅长去学习，深造后理当重用，也许不会再回厅里了吧？

厅长前后看了看，见散步的人离得远，便放低声音说，回不到厅里极有可能，但重用的事就休想了吧。我跟老哥实话实说，这次，省委没把我就地免职，也算给了我的面子。前段时间搞的民主测评，我远未达标，能让我去学习，我只有叩谢隆恩了。

厚德心里沉了一下，说测评时，正赶上我老妈去世，我要是赶回来，也许测评的结果会好一些。

厅长瞪了厚德一眼，笑道："说什么呢，只差你这一票啊？有人存心给你下绊子挖陷阱，任你怎么走得四平八稳也得摔跟斗。我今天找你来，就是想告诉你，你的那个副厅的事，可能希望不大了，桌面上的理由跟我一样，也是测评票数不理想。老哥是啥样的人，我心里有数，老哥的工作能力和工作态度，我更一清二楚，要说怪，现在我只能怪自己，白当了这么些年的一厅之长。咱就别说为民做不做主的事了，连给尽职尽责的下属都难争来一份公道，我确实应该回家去卖红薯了。"

厚德的心似被重重地拧了拧，很疼。厅长此言，绝对不会是空穴来风，他不是个说空话善忽悠的人。人家已在如此自责，自己还能说什么呢。厚德努力让自己心平气和，不要失态，说，这些年，我一直得厅长厚爱，为我副厅这个事，厅长也肯定没少下力，得不到就得不到吧。您也不要想得太多，不就是退休工资多那么一点吗。我儿子已经工作成家了，我老父的退休工资也足够他老人家支配，我别无负担，晚年生活肯定自足有余，知足者常乐，真的很好。

厅长站下脚，回过身来，双目炯炯，一只手紧紧抓住厚德的臂膊，说："老哥如此超脱淡然，我感动，也放心。只是……有句话，我还是要提醒一下老哥，也许……事情并不仅仅至此为止，有些事，还是防患于未然，在最坏处着眼，提前做做准备为好。"

那厚德只觉头皮刷地一乍，有冷汗流下来。不至此为止是指什么？在最坏处着眼又是指什么？上升无望，也就罢了，难道连干了十余载的正处也保不住了吗？他努力镇静着，问："不知老弟指的是什么，能否再告诉我明白一点？"他第一次将厅长称为老弟，仅仅是为了套近乎吗？

厅长在厚德的臂膊上连拍了两下，说："这我说多了，已有违纪之嫌。老哥自己再想想吧。我家里还有客人，不陪了。你有兴致就自己再走走，我看还是早点回家好，公园入夜后不易久留，世风滑落，人心难测呀。"

厅长说完，就大步向着公园出口方向走去了。厚德怔怔地站在槐树下，好久好久。厅长家里真有客人吗？他乘着夜色匆匆而来，又匆匆而去，不会是刻意防着什么吧？哦，对了，这附近，原是省政府住宅区，住着厅里的不少人，人们在办公室里坐了一天，晚饭后自然都愿到公园里散散心，若是真被人撞到住在城北的那厚德跑来公园和厅长聚会窃谈，不定会怎样想。厅长刚才讲的世风滑落、人心难测，也不会仅仅是指公园里的治安吧？可是，厅长说的"有些事"，又是什么事呢？

厚德再无兴致在公园里逗留，转身坐公交车回家，一路上望着窗外熙熙攘攘的车流人流，脑子里乱哄哄，也不知都想了些什么。为了晚上和厅长聚会，下班后他没回家，而是坐在办公室看了一会网上的新闻。至于晚餐，他亦有打算，如果厅长有兴致，就请他小酌一番，也算为领导饯行了。进公园前，他连饭店都选好了，附近有家小锅饭，连锁店，挺清静，饭菜的味道也说得过去，档次适中。可万万没想到的是，厅长只说了几句话就走了，而且是那样的话。坐在家里的沙发上，厚德仍想着厅长说过的话，不觉饿，便没心去做饭。打开电视，抓着遥控器乱按一气，哪个画面也抓不住眼球，便关了，回了卧室。

半夜里，厚德醒来，跑到卫生间小解，身子竟抖起来，而且越想控制越抖得厉害，连尿水都淋抖得哪里都是。厚德情知不妙，这是感冒的前兆，每次都这样。他急急躲回被子里去，只觉冷，还是抖，筛糠一样地抖。北方五月末的夜间，虽说跟白天的温差很大，还是有些凉，但也不是这么个凉法呀。发烧陡起，抓紧吃药，越吃得早越起作用。可厚德死死地裹紧被子，只是不想动。要是老伴在家就好了，只需一个药字，甚至连那个字都无须说，老伴搭眼一看就知道了，会立刻将药片片和温白开水送到床前来，你想不吃都不行。厚德想起在公园时的头皮骤乍，感冒是不是就始于那一乍呢？厚德又想起没吃晚饭，也许腹内空空，病魔才会乘虚而入。唉，老那同志，别胡思乱想了，起来吧，吃药吧，不能再磨蹭了，服从命令，一、二、三！厚德起了身，仍死死地裹着被子，拉开抽屉，翻出一盒新康泰克，扣出一粒黑药片，抓起床头柜上的杯子，哪还管得里面的陈水是昨天还是前天倒的，咕咚一口，冰冷冰冷的，就把药片送下去了。

厚德重新躺回床上，可能因为那口凉水，身子抖得更厉害了，牙根子也被刺激得直入骨髓一般疼起来，看来真是上火了。都是因为"有些事"，可到底是什么事呢？唉，不管什么事，天一亮，总要去医院看看，到了这把年纪，又一人在家，有病是挺不起的。蓦的，因想着去医院，厚德陡然想起母亲住进北口市第一人民医院的事，哦，对了，是不是就是那个事呢？老母住进了给大领导备下的高级病房，又有一拨又一拨的人送去票子、礼品和鲜花，那些人，都是北口市管理土地系统的人。前几天，有消息说，北口市国土资源局局长沙力被停职反省了，那个处理的严重程度仅次于双规，会不会沙力一反省，就把指派属下去医院送礼的事交代出来了呢……

也许是因为想到了这一点，或许是吃下的药片片起了作用，那厚德只觉释然了，睡意袭上来，浑浑噩噩地沉入了上天入地忽寒忽暑的梦境之中……

10

那厚德将台历的 9 月 6 日那页悄悄打了个折。那一天，是他 60 周岁的生日，是他告老归隐的日子，他已经进入履行公职的倒计时了，还有近百天。本来，厅长没去学习前，已经明确示意给他，家里有事，该办就办，可以把处里的工作委托给魏波，那意思他心里自是明白，但他还是一天又一天地早八晚五地上班，该出差出差，该开会开会。高姿态叫站好最后一班岗，俗常的说法，就是只要还是一天和尚，总要撞响一天钟。但深层次，厚德确是还依恋着这份工作，就像一根长长的甘蔗，先吃梢时，或许只觉苦涩，吃到粗壮的中部时，便盼着下一口会更甘醇。现在，抓在手里的已是不足盈掌的根部了，已有明显干硬，再难嚼出汁液了，却还是舍不得扔掉。更深一点的想法便是，虽然已有了厅长的暗示，副巡视员的事已无指望，但他还是有点不甘心，不是还没水落石出吗，那就还有坚持和等待的必要，他可不想让自己河铆了一辈子的拔河之力，在宣布比赛结束前的最后一瞬先泄了力气。

在倒计时还有七十多天时，省委组织部的又来了两个人，这回没开大会，来了就坐在小会议室里找人谈话，也找那厚德谈了，重点是了解另一位处长的情况。来人虽没明确说明意图，厚德也明白了，这是在考核，看来厅长暗示给自己的话即将应验，这位处长正是仅排在自己名后的另一位副巡视员人选。走出小会议室，厚德从人们投过来的目光中，读到了探询，读到了同情，似乎，还读出了早知如此得意。

倒计时还有五十多天时，天气一天天热起来。厅里突然调来一个人，原是省内一市国土局的副局长。郑林飞副厅长亲自带着这位副局长来到厚德办公室，说老处长，在回家颐养天年之前，再发挥发挥余热，带一带新来的同志，帮助他尽快全面熟悉处里的工作。办公室嘛，也委屈一下老处长，暂时跟你坐对桌，不另调了。

那厚德明白这个安排意味着什么。厅里的布局是，厅级领导的办公室为套间，处长为单间，而副处以下的干部则是两人或三四人一间不等。新来的这位级别应该是副处，组织部门有硬性规定，公务员只可平级调动，提拔也须半年之后。他不去和别人合用一间，而是由主持厅里工作的领导钦定与即将退休的老处长坐对桌，这意思还用得着再做解释吗？厚德心中暗暗为魏波叫屈，却又不知该怎么安慰他。

当晚，魏波突然跑到厚德的家，手里还提着白酒和熏猪蹄五香花生米之类的下酒菜。厚德说，想喝酒，先打个电话来，我备下就是嘛。魏波说，我顺道，也顺手。厚德又说，大热的天，咱们还是喝啤的吧，清凉败火，家里现成。魏波一边开白酒一边说，那可不行，兄弟想跟大哥说点心里话，酒后才吐真言呢，啤的怎能算酒。厚德知道魏波心里不痛快，才大老远地找到家里来，心里便提醒自己，今晚一定要管好自己这张嘴，对方肚里的火气能压则压，压不住也万万不可往起加柴添油。

魏波率先起酒，说那大哥，今晚这酒，为咱老哥俩的同病相怜。厚德说，人生这桌大宴，往往是后有席，也许后一步，落脚会更踏实。魏波说，我可学阿Q，自个儿蒙自个儿，因为我毕竟还有十多年才退休。但我为老大哥委屈，老大哥的棋盘上哪还有下一步呀？厚德说，六十岁以后官大官小一个样，七十岁后钱多钱少一个样。后面还怎么说，我没记住。寻思寻思，除了一点点蝇头浮利，也就是个虚名而已，网络上的话，神马都是浮云。魏波说，可你本来应该得到，也能够得到，而且你得到后，用不了多久，就告老回家，那个名额空出来，也不没影响别人再得，可偏偏有人非得不让你得，你心里真不觉亏得慌吗？

魏波心里肯定有话，想一吐为快，所以杯里的酒便下得急，一杯又一杯，很快有了醉意。厚德被问得心里也堵上来，便问，那你就说说看，是谁非得不让我得？

魏波说，老大哥聪明一世，连这个都看不出来呀？测评的头一晚，我打电话让大哥快回你却不回，可眼下的这位大当家却亲自挨个给处长们打电话，再让处长们叮嘱各自属下，一是要把厅长投下去，再一个就是把你也投下去。眼下你来看，人家的算盘不是一一都如愿了吗？

厚德问，有人急着上位，把挡在前面的人挤走，这我多少看得懂。可我并没碍着任何人，又是为什么？

魏波说，扬威立腕呀！人家压你的意图就是给众人看，谁也别以为凭自己的本事，该得到的什么总能得到，要是本爷不想让你得，你就是吃进嘴巴的东西也得给我吐出来。比如我的今天，就是个明睁眼露的例子，不是一厅之长高看了你吗，那我就让你靠边站站，且看谁能奈我何？

厚德激他往下说，说熊瞎子打立正，那个巴掌未必真能遮住天吧？若说三两亲信听他的，我信，可让全机关的人几月前就都听他调遣，我还是想不明白。

魏波说，人家有招法呀，凭着手中的权势，早把爪牙安插到省内各市，一个个都东厂特务似的。厅里的人不论大小，只要到了下面去，吃了谁的，拿了谁的，贪占了多少，人家可都一清二楚。你听人家摆布，那些事便都不是事。你若敢尥蹶子，对不起，那些事便早晚是事。大哥想想看，现在厅里的人下到各市去，还有几个敢说一清如水？我今儿借着酒劲，就把什么话都跟大哥说了吧。就连小弟我，那天测评时都没敢投大哥的票。人家事先特意安排了两人，开会时坐我左右，夹住我，我画谁的票人家看得一清二楚，那是人家早就观敌布阵安排好的。也不光对我，凡是人家信不着的人，都是这种待遇。小弟腰杆子软，私心重，又看大势如此，只好顺了。大哥看好，小弟在此请罪啦！

魏波弯下腰去，脑门顶在茶几上，咚咚地连撞了好几下。厚德心里惊了又惊，急上前拦阻。魏波满面泪水，哭着说，大哥，我罪该万死，对不起大哥，也对不起厅长，你们白信任培养了我这么些年啦。我以为厅长树大根深，折掉几个枝叶无伤大体，又寻思，反正大哥也是要退休的人了，等我接了大哥的班，再好好回报大哥吧。却哪想，人家根本连这机会都不给咱呀，人家要大换血，完全彻底地换上自己的人。不知大哥听说没有，北口的沙力下台了还反咬你一口，听说就是因为厅里有人给他透底，说你向省里报告情况时无情无义恩将仇报落井下石……

那厚德静静地坐在那里，由着魏官人哭，听着魏官人说，心里翻腾着惊讶，也翻滚着感慨与叹息。都说官场异化人，没想异化至此，竟至同僚共事数十载，尚不知是洞府中的神仙还是山野里的鬼怪。原来他们远比自己灵通，什么都知道，时刻清醒着，却又故意装着糊涂。自己退休，指日可待，若是还有十年，面对如此诡异的沉浮宦海，我又当如何呢……

11

夏至三庚数伏。进了头伏的时候，厅里把一个去境泊湖培训的指标给了那厚德，时间半个月，可以带家属。是省总工会组织的活动，每年都有，名义上学习，实际是避暑，不然为什么带家属呢。厚德为此高兴，厅里把这个机会给了自己，显然是退休前的安慰。老伴以前一再说，某某同事陪先生去了哪哪，又某某单位专门组织干部家属去了哪里旅游，问你可什么时候能带我出去享几天福潇洒走一回呢？没想，这个机会总算被自己等来了。

厚德兴冲冲给老伴打去电话，老伴果然高兴，在电话里都能想象得到她眉飞色舞的样子，问境泊湖归黑龙江还是吉林呀？又问那里是不是离杨子荣打座山雕的地方不远呀？厚德说，你要是想去，三天之内必须赶回北口，然后咱俩一起乘火车奔牡丹江，不去也赶快给我回个话。听说，有愿意个人出资的，学习期间还有个俄罗斯海参崴三日游呢。老伴说，我当然想去，海参崴更想去，可你总得让我跟那小两口商量商量呀。哎呀，不说了不说了，买菜的回来了，我另找时间给你回话吧。

厚德知道，买菜的必是亲家母。老伴往家打电话，常是避着亲家母；厚德很少主动往那边打电话，也是防着老伴不在家而是亲家母接了电话，不客气几句话总是不好，可又说什么？世间的百样亲友关系中，可能就这"亲家"二字最蹊跷也最亲味深长了，儿女联姻，本应最亲，却最难相亲，亏着古人怎么琢磨出了这两字，连那"亲"字的发音都怪怪的。

老伴的电话是当天夜里打回来的，不再兴冲冲，而是气冲冲，说让你儿子跟你说吧，人家现在当家做主能耐大了。厚德一听这口气，心里一下凉了半截儿，情知坏了，老伴未得绿灯放行。果然，儿子在电话里说，爸，大夏天的，要讲避暑，哪儿还比得了秦皇岛。连中央领导避暑都来北戴河呢，北戴河就是秦皇岛的一个区呀。等你退休了，时间充裕了，咱不去镜泊湖，咱一家五口去丹麦，去挪威，好好住上几天，北欧才叫避暑胜地呢。厚德冷冷地说，你也用不着一竿子把我支到五洲四洋去，你妈这一阵在你们那儿又累了好几个月，就是个保姆，也该给放上几天假了。儿子静了一会，说爸，这一阵，真是不好调度了。前几天，你孙子的姥姥说，过几天老两口要去坝上草原玩几天，是和朋友们一块去。这事是人家先说的，凡事，总得讲个先来后到吧……厚德心里的火气冲上来，不想再和儿子费话，咔的一声，把话筒摔下去。过了一刻，电话又响起来，他猜不是儿子就是儿媳，干脆将电话线彻底拔出来，将手机也关闭了。

退休之前的镜泊湖之旅便放弃了。别人都是老夫老妻结伴而行，自己却是孑然一身，景致再美心境不畅又有什么意思。新来的副处长已在主持处里工作，厚德开始清理文件和物品。有些文件做了粉碎性处理，还有些书籍和物件，装进纸壳箱，每天下班提回家一些。不过几日，办公桌和柜子已是空空荡荡清清爽爽，上班再坐到办公桌前时，心里便会生出惘然若失的感觉。

倒计时的日子已是屈指可数，一切都还风平浪静。厚德一直不敢有忘厅长给过自己的提醒，是不是那是杞人忧天了呢？照说，不会吧，话出一厅之长之口，厅长岂会仅凭臆测信口而言？果然，八月末的一天，厅纪检组组长陪着两位客人进了郑副厅长办公室，关门谈了一会后，纪检组长便来叫那厚德去小会议室，告知说省直机关纪委来了两位同志，来调查核实一些问题，又说老处长不必紧张，人家问什么，实事求是回答就是。

纪检组长退去，厚德坐在了两位纪检干部面前。一女一男，女干部年龄大些，年龄跟自己差不多，估计也快退休了，主问。小伙子打开了笔记本电脑，看来是负责记录，有时也提出问题。

听说那处长要退休了？

是，还有几天。

对曾经的工作，还是很依恋吧？

只是感觉时光如水，匆匆无情。有时，自己都感觉有些奇怪，怎么就到了这个年纪了呢？

所以，我们才要珍惜在职时的每一分每一秒，尤其要守住作为党员领导干部的操守，我的意思你明白吧？

明白。

我们要调查核实几个问题，希望你能如实回答。

必须如此。

听说，今年春节后你母亲生病，你将母亲送到北口市第一人民医院，住进了豪华病房，有这事吧？

有。我母亲病重，医院里人满为患，我一时无奈，便求援北口市国土资源局的同志们，不知这可有不妥？

豪华病房的费用由谁支付？

我们那家呀。

怎么证明？

我有付款凭证，现在放在我的办公室抽屉里。北口一院的账目肯定也有存档，不难查询。出院结算日期是3月22日。

再问，听说你母亲住院期间，不断有人探视，并送上厚重礼金，有这事吗？

有，一共14拨，都是北口市国土资源系统的各级领导。礼金最多的是一万，少的是三千，多数是五千，总数是68000元。除了礼金，还有花篮、水果和地方土特等。

礼金你做了怎样的处置？

通过工商银行，全部转赠给了北口市民政局的中老年救助中心，署名阿吐。上网即可查，我也有转账凭单备查。

转院时间？

3月23日。我母亲从一院转到三院后的第二天。

为什么转院？

母亲病情已得缓解，我们不想再住那么昂贵的病房。再说，我也想躲避那种接连不断的探视。

你转赠款子用的名字，是国土的土吗？

加上口旁，吃了吐的吐。

为什么用了这个名字而不用本名？

那个钱不是我的，自然不该用本名。至于阿吐，胡乱一用，咋猜都行，我没多想。

为什么不把钱直接退回送款人呢？

我估计，那些钱不是出自公款，也是单位的小金库，不可能出自个人腰包。既已出了账，我若退回，谁敢保证这笔钱会落到哪里？这样处理，总能保险些，既可保证出账的票子用到了最需要的地方，也可保证我手里有份未存不洁之财的凭据。

再有一问，听说省国土厅有份呈报省政府的分析报告，初稿出自你笔，时间正是你母亲住院期间。不知你起草这份文件时，是否受了北口市国土局相关领导给予关心和关照的影响？

事关省厅业务和保密的要求，这个问题我不想多言，也无权多言。如果厅领导同意，我可以把那份文件的电子稿提交给你们。我在此建议，你们最好顺蔓摸瓜，看看到底是谁在恬不知耻地玩弄这种结党营私官官相护的把戏。

后面的谈话就像拉家常了，兴之所至南朝北国。那两位纪检干部的脸色也由铁板般的严肃变得春风拂面宛若故友重逢。那厚德走出会议室前，那位女干部抢前一步替他拉开房门，握住他的手说，老大哥，很快退休了，生活重心也应该转移，一定要以快乐健康为主。厚德点头致谢，说我也这么想，也祝你健康快乐。女干部沉吟一下，又说，也许，我们应该早点来跟老大哥谈。抱歉，理解万岁吧。

那厚德为这句话好费了一番寻思。抱歉什么？我又应理解什么呢？

12

　　那厚德只想独自在家度过六十周岁的生日。这个寿辰太过沉重，他只求安静，不想哄闹。老伴打来电话说，要不你来，要不我回去，过生日总不能让你孤孤单单呀。厚德说，心静则安，我不去，你也莫回，这样挺好，我说的是真心话。儿子和儿媳从网上给他买了两身运动服，一身春秋的，一身夏天的，还有运动鞋运动帽，特指定送货员在他生日那天的早七点前送到家里。送货女孩在让那厚德签收时不满地嘟哝说，你家的货主也是怪，非让这时候送到家里来，往天这时辰我还没出门呀？厚德代致谢意说，家里就我老头子一个，白天还要上班，孩子怕你们来家没人。谢了，谢谢了。

　　退休的文件却迟迟没有下达。厚德知道，上级对公职人员退休，也有不成文的规定，抵达年限和日期后，一般都要往后拖延一两月，这样，就可避免退休之人的生日是阳历还是阴历的计较了。可过了一月，出了伏，天气已一天天凉下来，文件仍未下达。厚德主动去找人事处长，半开玩笑地问，怎么斩立决还改成了斩监候？折磨人呀！人事处长故作神秘地说，老处长没注意厅头们最近都忙成热锅上的蚂蚁啦？一个个焦头烂额的，哪还顾得上你的事。你家里要是有事，尽管去忙就是。

　　果然，又是突然的一天，厅长提前结束学业，回到了厅里，重新主持厅里的工作。郑林飞则调去了另一个厅，官升一级，正厅级巡视员，却不参与党组分工，明显有了明升暗黜的意思。厅机关开大会那天，魏波掩饰不住脸上的兴奋，把厚德拉到洗手间，东探探西望望确信墙后无耳之后才说，处长大哥，苍天有眼，善恶有报，好在你还没退休，快去跟厅长说说，把那个副巡视员的事给解决了吧。厚德知道他这话的重心并不在老处长的副厅，而是在他自己的正处，便淡然一笑说，已是临退之人，就不要为老不尊让人小瞧了吧。为官做吏这么几十年，我的体会就是，凡事，对得起自己做人的良心是底线，切切不可为的，就是拉帮结伙，贴人站队。魏波怔了怔，忙点头说，那是那是，我也这么想。

过了国庆节，厅长终于挤出时间找那厚德谈话了。他将厚德请进他的办公室，亲自沏了一杯碧螺春，双手捧着送到那厚德面前，随后，又送上一纸文件。厚德没看纸上的文字，却也知其中的内容，心里悠地颤了一下，便立刻平静了。乘飞机平安着陆，就是这种感觉。

厅长说："那处长，有些事，别看你什么都不说，可我也替你心里委屈。我重回厅里，努力过，也争取过，但组织干部上的事，严格而规范，绝非一己之力就能解决呀，在此，我也就只能感念和感谢老同志的清高与淡然了。"

厚德说："有领导这句话，我心愿已足。"

厅长说："我有一事，还请老处长支持。厅里以前也有过网站，但三天打鱼两天晒网的，办得很不成样子，尤其是基层干部和广大群众对国土管理工作的监督很难得以体现。厅里决定强化这一块工作，并将网站列入厅属事业单位宣教中心工作范畴。网站是棵树，大树，没有一根强有力的树干支撑不行。老处长的事业心、政策水平，还有文字能力都无可挑剔，厅里打算返聘你主持这摊工作，时间初步定三年，返聘薪酬是每月三千。现在只看您的意见了，希望给予支持。"

公务员返聘，国家有严格规定，必须经由省以上公务员主管部门审批。但事业单位返聘，相对来说，则宽泛了许多。厚德知道，厅长嘴上说是请他支持，实际上是在为他应得而未得的待遇给予变相的补偿。一月三千，加上相关的其他福利，一年五万不止，三年呢，就是十五万。不少，真是不少了。那厚德端起碧螺春，慢慢品茗，并将浮在上面的一片叶片吮进嘴巴里嚼，好一阵，他才说："非常感谢厅领导的信任和厚爱。但我想，网站一块，还是另选年轻些的同志更合适些吧。电子技术，网络空间，日新月异，我们这茬人只能自报落伍了。我这辈子，非常讨厌的一种人就是滥竽充数。"

厅长说："技术层面的东西，虽然很重要，但毕竟不是第一位的，况且还可另外充实力量。老处长也不必急着表态，我给你一周的时间，再考虑考虑，可好？"

那厚德说："不用了，我这就是决定。"

厅长说："老哥，不是在赌气吧？风物长宜放眼量。"

厅长重回厅里，一直重以老处长相称那厚德，此番又称老哥，别有深意。厚德说："我不是不明白厅长老弟的深情厚谊，在此，再一次深谢了。我在想，您重回厅里主政，首要一点，当是匡扶正气，把一碗水端平。也许，我依规而退，才是对老弟工作的最大支持呀。"

那天晚上，那厚德参加过处里的送行宴，回家就给老伴打去了电话，告知自己已正式退休的消息。当然，他把厅里决定返聘而他拒绝的事咽进了肚里，没跟老伴说，而且决定永远不说。有些事，就是对最亲最近最可信任的人也是应该有所保留的。说了她能理解吗？不理解日后又要承受多少无尽无休的责怨和絮叨。老伴说，这回好，你无牵无挂了，就来秦皇岛和我一块带孙子吧，咱们彻底放他姥姥的假。小家伙招人喜欢着呢，一天一个样，用不了十天半月，你就舍不开手了。厚德说，你喜欢孙子，我不反对。但一辈人自有一辈人的事，我这辈子还有一件大事没完成呢。老伴问，不是退休了吗，还有什么大事？厚德说，我把家收拾收拾，过两天，就回北口了。趁着老爸健在，我回去陪陪他老人家。老伴说，家里不是早商量好了吗，将来把房子给不息，为老人养老送终的事也就全由她负责。厚德说，如果什么事都跟利益拴扯在一起，这人还活个什么意思呢？此事不议，我喝了点酒，困了，睡觉。

在将睡未睡的蒙眬中，那厚德给自己的晚年赋打油诗，竟呵呵地笑了："淡漠世事即仙佛，无愧无悔老倔头……"

一路划拳

斟满杯

如果跟你说，有这么一个人，几十年走南闯北东去西行，坐火车不仅刻意不买票，还把逃票当成了一种刺激、一种兴致，甚至当成了一种瘾头，你信吗？

如果我再说，这个人近些年非但不贫穷，腰包里还多有余资闲银，并时常有些大大方方的扶贫济困之举，他所供职的单位也从来不在他的差旅票据上刁难，而且他在铁路上还不乏手握实权的朋友，在车票最难搞的客流高峰时段也只需一两个电话，便有人将原始股一样的车票送到他的手上，可他仍要独自品尝那种无票乘车的兴奋与刺激，这你还信吗？

信不信由你，反正我信。

我信的理由很霸道，因为我就是那个人。

而且，除了我，还有我至深至厚的一个朋友。

我的逃票生涯是从十岁开始的。那年是 1960 年。1960 年像一块烧得通红的烙铁，压在像我这岁数的人（当然，还包括所有比我年长的中国人）的心头上，那印记可就相当深刻啦。因为天灾，也因为人祸，中国人挨了连续三年的好饿，乡下人连树皮都剥光了，据说因饥饿而死的人不止千万！当时我家住城市里的平房，我妈在南窗下圈出一个小栏子，在里面养了六只鸡。对，你问得不错，人都饿得眼儿蓝，哪还有粮食喂鸡？可鸡比人好将就啊，草籽野菜啥都吃，薅野菜撸草籽正是当年我这么大的孩子力所能及的活计，还有上山捕蚂蚱下河抓蛤蟆也正是孩子们乐此不疲的游戏，须知，蚂蚱和蛤蟆可都是禽类绝好的美味佳肴啊。

养鸡盼下蛋，可鸡蛋却很难进入我们的嘴巴，甚至一家之主的老爸都轻易难享得这份待遇。我妈对鸡蛋的处理是卖掉，再用卖蛋的钱去黑市上买来高价的粮食，好让锅里的菜粥变得稠厚一些。我家共有姐弟六人，加上爸妈就是八口，外加年节还要孝敬乡下的爷爷奶奶姥姥姥爷，仅靠爸爸一人的工资休想再买回一粒黑市的粮食，因此一家人对家庭主妇的战略决策都无异议。民以食为天，食以粮为主，不经那个年月，哪会有如此深切的理解。

别人无异议，我却有委屈，因为卖鸡蛋的任务只能责无旁贷历史性地落在我的头上。爸爸要上班，妈妈要操持家务，有无时间且不论，若大人们卖鸡蛋的事一旦被单位和街道知晓，轻则上会检讨，重则开除公职甚至送去劳教，那叫走资本主义回头路，满世界都在喊"阶级斗争一抓就灵"，还了得？而我的两个姐姐则正在读初中，除了功课紧，女孩子脸皮薄，也是妈妈不舍对她们实行高压政策的重要原因。三个弟弟或还穿着开裆裤，或正七岁八岁讨狗嫌，又岂能担此保家卫腹的重任？我是家里男孩的大头顶（长子），在经过无数次的好言抚慰恶语咒骂以至扫帚疙瘩鸡毛掸子劈头盖脸的思想工作之后，便只能噙着眼泪屈服于慈祥母亲深谋远虑的遣将安排了。

星期天，妈妈将十五个煮熟的鸡蛋塞进我的衣袋和裤袋。熟鸡蛋虽在水龙头下冲洗过，但还没凉透，很快便将热乎乎的温度隔着裤子传递到我的腿上。还没到冬天，那温度不诱人，诱人的是那温度传达给一个饥饿少年的美味信息。我使劲咽了一下唾沫，妈妈便变戏法似的又摸出一个鸡蛋，说我这儿给你留了一个，你卖完回来，再给你吃。记住，十五个，你回家交我十元钱就行，多卖的你去买笔买本看电影，我不管，随你便。

多年以后，我不时在想，妈妈真是个出色的民间经济学家和企业管理者，她无师自通地最先在家庭内部实行了销售包干制和奖优罚劣的激励机制。须知，当年熟鸡蛋的价码一般可卖七角钱一个，十五个便是十元零五角，给我的赢余空间留下了，却极有限，若有人包圆儿买去，你总要给人家打些折扣，那底线便只能是十元了。妈妈没上过学，算盘却打得如此精细，不服不行啊！

十岁少年手里握着一只鸡蛋，去车站候车大厅的人群里穿行，嘴里小声问着谁买熟鸡蛋，眼睛却叽里咕噜地四下张望，只怕警察叔叔天兵突降。有人问，两元钱三个卖吗？我早算计过，如果按这个价码，我正好可以给妈妈拿回十元钱，但我跑腿练嘴外加胆战心惊的报酬呢？我能仅仅满足回家后只吃一个鸡蛋吗？十岁的少年多么盼望有一天能自己拿着入场券，挺着胸脯大模大样走进电影院，而不再像以前那样每次都躲在父亲腋下，还要故意弯腿缩头装作还是小孩子的样子。记得有一次，爸爸带我去看电影，临进影院门，我突然从爸爸手里抢过电影票，说我拿着。爸爸没在意，却不防我滋溜一下钻到前面去，交了票就站在厅里往外看。无票的爸爸被坚决地阻挡在门外，他气得又恨又恼却无可奈何，指着我摇头苦笑，说你自己看吧，散场后出来找我。

为了体己钱，我摇头说，三元钱四个我就卖。那人笑，说你个小屁孩，挺会算计呀，把我当成不识数的二百五啦！

终于碰到了财主，是个中年汉子，他问，你身上一共带了多少个？都是熟的吧？我如实答了，并补充说我还带了精盐末。汉子说，中了，十五个我都要了，十元钱，没亏了你吧？我在心里算计了一下，点头了。十元钱十五个，和两元钱三个，虽说总额一样，但过程却大有区别。一勺烩的结果是我可以马上轻松地走出候车大厅，随意去玩去乐；而两元钱三个则需要我继续逗留在人群中像只怕人追打的耗子。须知，那个年月，舍得拿两元钱买三个鸡蛋的人并不多，碰上一次性甩出拾元票子吃鸡蛋的则堪称大款，拾元钱足可支付大学生一个月的伙食费用。我接过票子，忙着给他掏鸡蛋，他却按住我的手，率先蹲下，对我说，你也蹲下，给我剥，你不是说带着精盐吗，也拿出来，咱们就地解决，中吧？

下面的事就是我剥鸡蛋他来吃。鸡蛋煮熟后妈妈曾立刻丢进凉水里拔，所以就很好剥，这里有个热胀冷缩的原理。我剥得快，他吃得也快，一个去了皮的熟蛋送到手上，他先对半掰开，分别在精盐上蘸一蘸，进了嘴巴，再见他嘴巴抿了抿，便没了。十年后，我去乡下插队，曾亲眼见过一次蛇偷吃鸡蛋的情景，那蛇有一米多长，大嘴一张，一个鸡蛋便囫囫囵囵吞进了肚子。农家的那个鸡窝里有五只蛋，眨眼之间，便变成了蛇腹间五个圆鼓鼓的大疙瘩。我胆小，虽心疼，却不敢上前蛇口夺食，只能远远地看新奇。那蛇偷吃完了，再爬到碗口粗的树干旁，缠绕上去，用力一勒，那五个疙瘩立刻都消失了。那一刻，不知为什么，我想到了这个吃鸡蛋的中年汉子。我还叹服妈妈的未雨绸缪，记得妈妈送我出家门时，特意将一个小纸包塞进我衣袋，我问是什么，妈妈说是精盐，我本不情愿出来做小贩，赌气地说，你是让我卖鸡蛋还是让我卖精盐？妈妈说，带上，不沉，有人要当场吃，你就把它拿出来。妈妈还特意叮嘱，人家要不用，你可把精盐带回来呀，家里炒菜还能用呢。由此，十岁的少年可推理判断，在遣派我出来执行任务前，妈妈肯定亲自来候车大厅做过市场调查，甚至身体力行地卖过鸡蛋也未可知，不然，她何以安排得如此周密细致呢。

旅客们围得越来越多，像街上人看耍猴。我看到有人的喉结在颏下耸动，甚至听得到那一声声吞咽口水的咕咚声，也许，那就包括我自己没出息的吞咽。我还听到有小孩子在怯怯地请求，"妈，我也吃鸡蛋。"但随即就是巴掌落到小孩屁股上的重重一击，再接着就是孩子放声地哭嚎。汉子不为所动，十五个鸡蛋风卷残云，只是从我手里接下最后一个剥好的鸡蛋时，才开始变得有些斯文，掰下蛋白和蛋黄，一块块地放进口里慢慢地咀嚼。

这天的买卖还算顺利，没发生什么意外之事。我听妈妈说，时常有饿急的人看别人吃食物，忍耐不住，便会突然窜扑上去，夺下就往口里塞，也不管被抢的人怎样拳打脚踢，就是染着血水也要把那食物都塞进嘴巴。我要是摊上这样的事可怎么办呢？我豆芽菜一样的小体格抢得过疯狂的莽汉吗？那个损失是应该算我的还是算买主的呢？

我拨开人群的缝隙往外走，就迎到了那双熟悉的眼睛，那双眼睛很大，却有些发黄，眼里含着讥嘲的笑意。他抓住我的胳膊往外走，说：

"你小子，行啊，没想也会干这个。"

我感觉脸上烧起来，吭吭哧哧地说："是我妈……让我来的。"

"你妈咋？你妈也是三天爬不到河沿，笨鳖一个。"

我恼了，甩开他的手："你妈才笨鳖呢!"

他却嘿嘿笑了："我是跟你说这个意思，还急眼啦?"

跟我说话的是我同一班级的同学，叫黄建国，因长着惹人注目的黄眼珠，同学们都叫他黄眼儿。黄眼儿只比我大几个月，个子却比我高半头，但学习没我好，考试时常央求我给他递纸条。

到底是卖鸡蛋被人家堵住了现行，怕他传出去，便觉理亏，我的口气缓下来："那你是啥意思?"

"我的意思是说，你的鸡蛋要是拿到火车上去卖，就能卖到一元钱一个，十五个就是十五元，比你这么卖多卖五元呢。五元钱干啥不好?"

我愣愣神，反驳他："可火车票呢? 有去就有回，来回的车票钱一扔，还能落下五元吗?"

黄眼儿嘿嘿地鬼笑："咱俩的爹都吃铁路这碗饭，坐车还花钱? 靠山吃山懂不懂?"

我又吭哧了："我可……不敢。"

"那你下回再干这事，就喊上我。我带你上火车，有那么两回，你就知道啥叫蹭车板啦。"

"能行?"我犹犹豫豫地问。

"行不行，你试一回就知道了。可有一宗，千万别跟你妈你爸说，跟谁也别说，戏法灵不灵，全靠布来蒙，明白不?"

我点头了，为那五元钱的诱惑，更为那无票乘车的刺激。十岁的少年，什么事不想尝试一下呢?

哥俩好

我的逃票生涯就这样开始了。又一个星期天，我怀揣着十五个熟鸡蛋，在站前广场与黄眼儿集合。黄眼儿提着一个饭盒，那饭盒用网袋兜着，原来他带了饭，难道他还想在火车上跑一天吗？我心里疑惑着，却没问。他带我穿过广场，从西侧货场大门进去，又顺着铁道上了站台。后来我知道，想上站台，除了走检票口，还有许多路线可畅通无阻。作为铁路家的孩子，我为这迟知的常识感到羞愧。

站台上已停了一列待发的列车。上车时，列车员阿姨拦住我们让出示车票。黄眼儿扬了扬手中的饭盒，说我爸让我给他送饭。列车员问你爸是谁，干什么的？黄眼儿指了指车尾，说我爸是晃旗的车长。他还信口说出一个名字，但那名字不姓黄，肯定是他顺口胡编的。列车员说运转车长都在尾部，你直接送去就行了，还上什么车？黄眼儿说，我爸手上没粮票了，他让我直接把饭送到八家子，他跑零担小运转，不在这趟车上。列车员又望定我，说送饭一个人足够了，你还带上一个人干什么？黄眼儿委屈地叫起来，还能总叫我一个人送啊？他是我弟弟，先带他见习一趟，下回就轮到他了。

黄眼儿应答这些话时，从容而镇定，不带一丝的慌乱。所谓零担小运转，是那种见站就停的短途货运列车，卸下一些货物，再装上一些货物，开开停停的，很难保证正点运行。不像后来公路运输发达起来，这种零担发送的业务，铁路部门就基本放弃了。可能就因黄眼儿嘴巴上熟练地挂着这些铁路上的专业术语，列车员阿姨不再深究，摆摆手，让我们上车了。

开车了。黄眼儿小声对我说，咱们在八家子下车，这一段不过一个来钟头。你快去卖鸡蛋，能都卖了最好，卖不了也别着急，回来的车上还能卖。我起身就走，他又一把扯住我，说给我留几个，我帮你卖。我想给他留五个，但他只抓了四个。我不知道五个和四个的区别究竟有多大，但既是人家说帮忙，我也就不好计较了。

在火车上卖鸡蛋，的确就好出手多了，而且是一元钱一个，基本不用讲价。小有不同的是，在火车上很难再碰到一次性包圆儿的大主顾，买主都是带着老人或孩子的旅客，一般都是三两个，好在我手上的鸡蛋并不多，在车上走了两遭，裤袋与衣袋都彻底空瘪了下去。

八家子本是个不大的集镇，但因有两条铁路在这里交汇，小集镇便渐渐发展起来了。时光的隧道回溯得久远一些，这里肯定有过只有八户人家的历史。黄眼儿带我走出车站，便见了一处集市，虽没有熙熙攘攘人声鼎沸的热闹，但也让城里来的人有了别开生面的新奇。令人可气的是，黄眼儿并不带我去集市上看热闹，却偏领我往集市边上的小胡同里钻。胡同里不时可见有黑紫脸膛的农民站在路边，手里搓碾着几粒粮食，不过是高粱玉米之类，也有搓着黄豆的。很快，黄眼儿在一个搓碾玉米的农民身边站定，接过那人的玉米粒看了看，小声问，我想要五斤，有吧？农民说，巧了，我也就这么多。黄眼儿问，大叔给个价？农民说，两块五，便宜到家了。黄眼儿笑，大叔真敢要，这可是耗子嗑过的，你欺负我是小孩子吧？农民咧出一口黄黄的牙齿，也笑，哪吒小，敢闹龙宫。你这大侄，我一搭眼就看出了不一般，人小鬼大。你要是想买没经过耗子嘴巴的，再往里找，他要是低于三块，我这些东西都白给了你。黄眼儿坚决地说，那就两元一手，我要五斤，十元。有你站在这儿等的功夫，兴许就又挖到一个耗子洞啦。

因两个人都在说耗子，我便生了好奇，从黄眼手里接过玉米粒看。原来那玉米粒都没了芯子，按书本上的说法，就是没了胚胎。在回去的火车上，黄眼儿给我进一步说明，说老鼠那东西别看小，却极精，它也懂藏在洞里的粮食怕潮，一潮就要发芽，所以在将玉米藏进洞后，先将发芽的胚胎部位吃掉。饿急了的农民去田野里找鼠洞，撞了大运的一下就能挖出三斤五斤粮食，挖出更多的也有。我说，你不怕吃了经过耗子嘴巴的粮食得鼠疫呀？黄眼儿说，所以我才又换了苞米馇，蒙谁也不能蒙自个儿，对不？

黄眼儿讨价还价的能耐让我对他刮目相看并为之惊异，他把经过鼠口的玉米粒换了苞米馇的过程更令我叹服。他跟那位农民议好价后，便打开一直提在手上的饭盒，里面原来是空的，只团放着一只小布袋。农民接过袋子，闪身进了胡同深处，返身回来时，便将已有了些分量的袋子交到黄眼儿的手上。黄眼儿抓出一把玉米看了看，又掂了掂袋子的分量，才将拾元的票子递过去。握钱在手的农民笑出一脸的灿烂，摩挲黄眼儿的脑袋，喜爱地说，这孩子，粘身毛，就是个孙猴儿子，精到家啦！

黄眼儿不理会农民的夸奖，拉上我又往胡同里钻，很快又用五斤玉米从一农妇手上换回四斤苞米馇。特别值得记叙一笔的是，那农妇抓了玉米看过后，就摇头了，说这是耗子洞里挖出来的，不换了不换了，要换也只能换三斤。黄眼儿说，大姨你不傻吧？把苞米轧成苞米馇，你还能不去芯子呀？耗子先替你把芯子嗑了去，大姨你少说也白捡了半斤的分量，偷着乐去吧。农妇仍摇头，那我也不换，和耗子同吃一口食，恶心不恶心人？黄眼儿放低了声音说，大姨，这苞米轧成苞米馇，你不一定非得自家吃吧？像今儿似的，你还可以卖呀。说到这里，黄眼儿特意抓过一把农妇的苞米馇，送到眼前仔细地看，说我可得看仔细喽，小心你这苞米馇跟我的是一路货。那农妇愣愣神，便笑了，问，小子，你今年多大啦？黄眼儿答虚岁十一。农妇叹息说，跟你这孩子比，我家里的那个货，就知下死力气土里刨食，白活四十多啦！

远方传来火车汽笛的鸣叫，黄眼儿说车来了，拉着我往火车站飞跑。我一路跑一路想，拾元钱若直接买苞米馇，也许只能买三斤，可让黄眼儿这么一倒手，就变成了四斤，还让两个卖主都对他好一番夸奖，他的便宜真是占大啦！别看他平时对什么是乘数除数商啊积的整不明白，可在这路事上，他的精明若打 100 分，我就连及格都难啊！

黄眼儿此行占的便宜并没有就此打住。他又用与来时大同小异的办法哄得列车员让我们上了返程的火车。车上的旅客不少，不像来时是始发车，没座，我们就面对面站在了车门旁。我想起了他怀里还揣着我的四个熟鸡蛋，便问他卖没卖，没卖我好抓紧时间完成任务。没想他问我，跑了这半天，你饿没饿？我说早饿了，恨不能生嚼了你的苞米馇。黄眼儿笑，从衣袋里摸出两个熟鸡蛋，说那还等啥，一人一个，先垫垫肚子。我问，不卖啦？他嘻嘻笑，说还卖个屁，都碎成这样了，还能卖吗？确实，经过刚才的那一阵疯跑和上车时的挤撞，鸡蛋早已磕碰得没了模样，想卖也要打折了。看我无言，他又说，你手里不是已经有十一元钱了吗？十元交账，一元归你，这两个咱俩一人一个吃掉，就算充饥了，这叫按劳取酬，对不？我问，你手里的那两个呢？黄眼儿又鬼鬼地笑，却不将那两个鸡蛋拿出来，只是说，那两个也不能卖。你想啊，你今天要是交出去十二元钱，你妈就要问你怎么卖得这么多，你说不说实话？而且，你今天交了十二，往后交多少？再交不出这么多可就自讨挨骂啦。谁家的大人都这样，最不讲理。所以我的意思，那两个也留咱俩吃，但要等明天，行不？

　　我想明白了，黄眼儿事先特意从我手里要去四个鸡蛋，那是经过处心积虑的策划和周密细致算计的。我为这种策划和算计心里很不舒服。但细想想，我也并没吃亏，不仅可如数向妈妈交上十元钱，自己还落下一元私房，而且，又可有两枚熟鸡蛋入腹。他呢，似乎也应该得到这份酬谢，毕竟是他给我出的主意，又是他带我不买票坐火车，一路上还长了这么多的见识。我虽心里疙瘩着，也只好眼看着他将鸡蛋香香甜甜地送到嘴巴里去了。

　　第二天放学，黄眼儿拉我一块回家。铁路住宅多沿铁道而建，他拉我在道肩上走。那是一条调车线路，用时少，闲时多，他看看前后无人，便一屁股坐在钢轨上，让我也坐。我心里还惦着那两个鸡蛋，便一切听他吩咐。黄眼儿果然从书包里摸出鸡蛋，同时摸出的还有一个装止咳糖浆的小玻璃瓶。我问你病啦？他不答，却拔去塞子，送到我鼻下。那浓烈的味道让我大惊，你还要喝酒呀？黄眼儿笑，说不喝点酒，就白瞎了这么好吃的鸡蛋了。这酒是我从我爸酒瓶子偷倒出来的，只一点点。我摇头，不不不，我不喝。黄眼儿说，我教你划拳，谁输了，喝两滴，行不？听说学划拳，我的兴致来了，问你会呀？黄眼儿说，我也是刚从我爸那儿偷学来的，还没真比划过呢，咱哥俩都学会了，往后就有伴儿了，有福同享，有难同当。

一路划拳

那是我今生第一次喝酒，也是第一次划拳。哥俩好啊，三星照啊……五魁首啊，六六顺啊……这套酒令很上口，也喜兴，两个稚嫩的声音先还是压抑的小声，后来就放开了喊，惹得身边经过的人不住地回头看，有人撇嘴，还有人远远地甩石碴，说这么点小屁孩，怎不学好？我们才不管呢，越发呼喊得激情热烈。

那天，为怕回家让妈妈闻到嘴里的酒味，我和黄眼儿在铁道边撅了好几棵玉米当甜秆，嚼了，谁还管那味道是酸甜还是苦涩呀。

师傅领进门，修行在个人。那以后，我就有意避让，不与黄眼儿同去火车上卖鸡蛋了。避让也是铁路上的一个术语，就是同向行驶的列车，为给后面的列车让出线路，而停在车站避让线上。事情不过如此，奥妙我也都看明白了，我犯不上再尾巴似地跟在他的后面并且让他分享我的利润与快乐。当然，有时我们也会在火车或八家子集市上不期而遇，我就学着大人们的样子表现出格外的惊喜和亲热，并想法编造出一些未能和他同行的理由。粘上毛就是猴的黄眼儿也不说破，只是越来越少主动约我同行了。

慢慢的，我由在火车上卖鸡蛋悟出了门道，并进一步拓展了借蛋生财的门路。我发现八家子集市也有农民在偷偷地卖鸡蛋，但基本都是生的，而且比城里黑市上的便宜，五角钱便可买一个。我将来时在车上刚刚挣到手的十五元钱拿出十四元，一下买了二十八个鸡蛋，再用余下的那一元钱求集市上的住户煮熟，我再带这几乎翻了一番的鸡蛋到返程的火车上去卖，到家时手里的票子便几乎翻了一番。毕竟熟蛋的数量骤增，我就有意压低价格见利就走。有时实在卖不净，我便将蛋藏在一个只有自己知道的地方，然后每天一个慢慢享用。那个年月，县处级干部每月才有一斤蛋一斤黄豆的特供待遇，俗称"蛋豆干部"，而市地级则是"肉鱼干部"，每月一斤肉一斤鱼。这么比起来，我暗中享受到的待遇已经远远超过蛋豆干部啦！经过这么一段往来不空手的实践，我开始体会到挣钱也会上瘾，就像有些人抽烟和喝酒，那瘾头会越来越大。我手里的私房钱已有几十元，大富翁啦！

我牢记黄眼儿的叮嘱，卖鸡蛋的新招法一直在对妈妈保密，因此妈妈的激励政策不变，每次仍是奖励我一个鸡蛋。可毕竟手里已握着几十元钱，我的秘密仓库里也时常藏有鸡蛋，所以再从妈妈手里接过鸡蛋时，我便觉烫手，吃进嘴里也觉有愧疚的味道夹在了里面。我把熟蛋用菜刀切西瓜样劈成几瓣，分给弟弟们吃，也给姐姐吃，妈妈便欣慰地夸我"带才，有大头顶的样"。带才是北方话，是说兄长宽厚豁达的意思。可妈妈越这样夸我，我越觉无地自容，恨不得把我的秘密说给妈妈听。可犹豫来犹豫去，我还是闭紧了嘴巴，就像时下久禁难止的有些部门的小金库，那种可随意支配的诱惑毕竟太强大了。

有天夜里，爸爸和妈妈吵架了，也不是大吵大闹，妈妈只是捂着脸呜呜地哭，爸爸也只是坐在那里垂头丧气一脸无奈。我被妈妈的哭声惊醒，见此情景，又紧紧地闭上了眼睛装睡。原来老家的叔叔饿得实在受不了，吃了淀粉。可那哪是真正意义的淀粉啊，不过是将玉米秸高粱秸用烧碱那么搅和一下变成了粉末状，烧碱的烈性犹在，入了人的肚腹就要闹腾，叔叔被烧成了胃穿孔，急送医院做手术。可手术费欠着呢，术后的恢复与保养也缺钱，爷爷打发人来急求爸爸雪中送炭。妈妈是家里的财政总管，狠狠心，拿出了二十元钱。爸爸说这哪够，这是救一条人命呢。妈妈说，一家子人的命你就不管了？你能把大人孩子的小脖都扎起来？爸爸说，哪儿急先从哪儿来嘛，先跟街坊邻居借借看。妈妈说，这年月，谁家还有闲钱？但凡有一元，也要去黑市上捧回几两苞米面呢。有本事你去借借看！爸爸仍坚持要尽全力，妈妈便将家里仅有的二三十元钱都掷出来，说这就是全力，包括我从鸡屁股里抠出来的，明天我就要去粮站买粮，一家人一个月的口粮钱都在这儿呢！爸爸不管妈妈的眼泪和脸色，拿起钱就走，只留了几张零票子在炕上。

妈妈伏在炕上整整哭了一夜，天亮时，两眼都哭成伏天里的烂桃子。我等姐姐和弟弟们都上学走后，将自己的几十元私房钱都拿出来，说，妈别哭了，我手上还有钱，都给你。妈妈见了那些钱，哭肿的眼睛瞪得比鸡蛋还大，问，你哪来的这么多钱？我再不能隐瞒，便原原本本将这一阵卖鸡蛋的事都说给她。我注意了，并将那一幕久久地铭印在我的记忆里，妈妈握钱的手在颤抖，一双眼睛久久地盯牢了我，喃喃地说，你这孩子，你这孩子……我听不出这话里含着的是赞许还是责怪。

几天后，爸爸跟我进行了一次异常严肃的谈话。在我的人生记忆里，爸爸如此严肃地跟我谈话的次数并不多，况且当时我只是个乳臭未干的毛头少年，那是第一次，绝对是第一次，但爸爸把我当成了大人。当成大人的佐证之一就是妈妈一直坐在他旁边，虽然从始至终未有一言，但我知道那是表示她对爸爸的支持，就像有些单位的领导在发表重要的讲话时，左右要坐着众多的班子成员，那是团结一心众志成城的展示。

爸爸说："家里遇到了难处，你能帮大人分担忧愁，我和你妈妈都深感欣慰和感谢。身为一个刚刚十岁的长子，这很难得。但是，凡事都有限度，帮你妈妈将家里养鸡生的蛋卖掉，再贴补一些紧缺的粮食，这似乎可以勉强说得过去；若是再买了蛋去卖，国家的政策就不准许了，那叫投机倒把，一旦被人发现惹出事来，别说你，只怕我和你妈妈都承担不起这份罪过。所以，从今往后，你还是只按你妈妈吩咐的去办，至于别的招法，就是能赚再多的钱，也绝不许再干了。"

投机倒把的词一出口，令我大感震惊。那个年月，这个罪名罪莫大焉，在我的心目中几同于杀人放火。爸爸在铁路局机关当干部，开的会多，读的书看的报也多，他的话不会有错。

妈妈没说一句话，却一直在抹泪。以我的猜测，也许那是妈妈在表达她对我的感激和歉疚吧，因为这个事，毕竟是她告诉给爸爸的，虽然爸爸并没打我骂我，但那番批评放在今日，就有了戒勉或严重警告的意思。

三星照

我的跑车板卖鸡蛋的生涯只进行了将近一年的时间，后来国家的经济形势好了一些，家里的粮食也不那么紧张了，加之报纸和广播中打击与取缔黑市交易的声音一日强似一日，已经上升到阶级斗争的高度，所以家里养鸡生蛋的直接效益就是变为隔几天饭桌上可有一小盆鸡蛋羹了，生酱也炸了鸡蛋酱。坦率地说，就是因为有了这一年的经历，困难时期留给我的最深刻记忆是辛苦而不是艰涩，因为我每周至少可得到一个鸡蛋的营养补偿，如果在火车上卖得好，那就几乎是每天都可吃到一个鸡蛋！最明显的外在效果就是我的个子迅猛蹿长，几乎可以跟黄眼儿齐肩平头了，在班级的站队已从前几名撤到后几名。可能也跟跑车板有关，黄建国的眼珠子在不知不觉间竟不那么黄了，可同学们还是黄眼儿黄眼儿地叫，他也毫无办法。多年以后，我才明白，他当时可能是因为营养不良患上了黄疸性肝炎，那种病是因为血液中胆红素增高引起的，病人的皮肤、黏膜和眼球的巩膜随之发黄，所以被人通称黄病。两个瘦弱少年在人民列车的铿锵声中悄然成长，就好像万亩贫瘠土地上的两颗秧苗，因获得了根须下不易让人察觉的丰富肥料，那枝那叶便苗壮得很扎人们的眼了。

虽然不再卖鸡蛋，但我和黄建国无票乘车的生涯却只是起步。仅靠父亲一人工资的家庭经济仍是窘促不堪，城市里的粮食和副食供应虽有好转但也仍是凭票供应，一人一月三两油，逢年过节半斤肉，人们身体里缺少的营养太多太多。怀里揣着妈妈塞给的有限币子，春天，我们去乡下买回豆子，秋天，我们背回了刚从地里起出的红薯，春节前，我们甚至用破麻袋拖回家庞大的牛头和乱七八糟的猪下水，让邻居的婶婶大娘们生出许多惊叹。用同样多的钱，办回无论从质量还是数量都远远高出别人家一截的事，我们的暗器其实只有一个，那就是不买票坐火车，到相对僻远的乡间去。

需要说明的是，这个时期，我和黄建国不再像以前那样单兵作战，而是像两匹孤独的马驹，只要出了厂门，就自觉不自觉地凑到了一起。因为我们要远行，仅靠一匹马驹的能力很难找到茂盛的草场，更难抵御随时可能遭遇的风雪雷暴虎豹豺狼。我们需要鼓劲，需要安慰，更需要彼此的支持与协助，就像势单力薄的单干户终要合成互助组，就像两根小竹棍并在一起来才是可夹鱼夹肉的筷子。八家子那样的集市我们已不屑去了。信心随着经验一起积累增长，因为我们发现，火车上无票乘车的队伍其实很庞大，但主要是那些休班在家的铁路员工，他们故意将油渍麻花的工装服披挂在身，横冲直撞于大大小小车站的出入口。靠山吃山，靠海吃海，靠铁路吃铁路，这似乎是早就通行于所有行业的公理。当然，像我们这样的半大孩子是少数。但这也正是我们的优势，我们没票，也没钱，我们是铁路家的孩子，我们可以信口编造出许多让人同情的理由，我们死猪虽小但不怕开水烫，那些车站或火车上的工作人员便只好睁只眼闭只眼，顶多吆喝上一声"小心让我下回再看到你们！"我们心里笑，脸上却做出老实沮丧样，哼，不信下回还能碰上你，也不信你下回还能认出我们！你就别敲铜盆吓唬耗子了，我们这两只小耗子已经成精作怪，早就不怕这种小把戏啦！

突然的一夜之间，无票乘车成了普及全民震撼世界的大风景，那就是红卫兵大串连。在此期间，我和黄建国，还有班级的其他同学去过北京、上海、杭州、南昌、广州、武汉、成都、西安等等等等，凡是能通火车的省会城市差不多都被我们"视察"了一遍。作为早已成了精怪的这些铁路中学的学生，傲视于那些像无头苍蝇一样乱飞乱撞的红卫兵们的优越之处就是，不管列车上挤成什么样子，我们总能安然地各守临窗的一个座位。办法嘛，说出来其实极简单，始发列车进站前总要经过入库检修，我们不过多跑几步路，抢在列车出库前钻进车厢，然后就怡然自得地守在窗前等着观看如涌如潮扑向车门的人群了。

我和黄建国插队下乡的那一年是十八岁，去的地方离家不远，而且通火车，也就两三个小时的行程。这似乎跟按学校按班级的统一调派有关，铁路职工子弟中学嘛，总得找个离铁道线近、能听到火车叫的地方。听说为争取到这一点，铁路局尽了极大的努力，包括答应给安置知青的县城和公社优先调派车皮。这一近，就给铁路知青经常往家里跑提供了便利之路，十天半月的，我们总要跑回城里去住两天，给肚里增加一点油水，松解松解疲惫的筋骨。至于火车票嘛，没有文件规定，更没人在大会小会上宣布，但在家长和知青们的心目中却达成了惊人的共识，铁路家的孩子嘛，响应伟大领袖的号召去大有作为，还买什么票呢，就好像进了自家房门还敲门，岂不显得外道吗？这个共识还影响到大多数铁路上的工作人员，只要让他们承认了你姓"铁"，那就绿灯放行，一路畅通了。

但这"共产主义"的好日子并没维持多久。铁路局来了军代表，军代表是个老八路，在部队里当着副军长，以严治军著称，据说对为时尚不久远的红卫兵运动深恶痛绝。他坐火车亲自巡察一番后拍了桌子，"这叫牛犊子拉车，乱套！半军事化的企业就要实行军事化的管理，以严治路，就要先从这无票乘车抓起！奶奶的，一帮小毛崽子，还没王法了呢，我看谁再敢跟我造反有理！"为严格推行此令，他从部队调来大批官兵，开进沿线车站，登上所有列车，他不能让他的命令变成一纸空文。

这些背景资料我是从爸爸口里知道的，我所亲身感受到的气氛则是壁垒森严如临大敌。那晚，暮色垂临，我和黄建国跨下车门。下车的旅客不少，多数是知青，男男女女足有上百人。三等小站嘛，几组线路，不长的站台，没有地道，横空却架着一道看起来很单薄的天桥，要想出站，那是必经之路。但当过红卫兵的知青们谁守这个规矩，跨下车门，东南西北，便直奔了广阔天地。可那天的情况很特殊，站台对面停了一列货车，与刚停靠的客车正好夹成一条狭长的走廊，凝目细看，站台的前方和后方站满了身穿草绿色军装的士兵，一个个笔挺威严，密层层封堵了昔日可自由来往的去路。天桥登梯处已站了两位车站工作人员，正放声地喊，"下车的旅客不要拥挤，请经由天桥按顺序出站。没买车票的旅客请抓紧补票。"

这叫瓮中捉鳖，四面团团围紧，只留了那么一个出口，插翅难逃了。少数买了车票的旅客往天桥走，大批的知青们则挤在站台上不动，低声的议论与咒骂嗡嗡嘤嘤。我对黄建国说，今天要倒霉了。黄建国问，怎么说？我说，老老实实补票呗。黄建国冷笑说，老爹成天跟着大轱辘转，窝囊不窝囊？我说，看来今天就得认了。黄建国说，愿认你认，顺着腚沟子流大汗，一天挣不到三毛钱，显你趁啊？他说的是实情，别看我们插队的地方交通还算便利，但分值却很低，出工一天也就挣两角多钱，年终还很难兑现。我咕哝说，那可咋好？黄建国前后看了看，又望定我，低声说，把你大棉袄脱下来给我。我问，啥意思？黄建国说，先别问，快脱，别让当兵的看见。

站台上乱乱糟糟，高挑的几盏灯也昏昏不明，想不让当兵的看到我脱衣很容易。我身上的棉大衣是爸爸前些年在车辆段工作时发的，后来他进了路局机关，这棉衣便给了我，左胸上还显赫地印着路徽和安全生产几个字。这一点，黄建国就没法跟我比了，他爸爸是运转车长，要跑车，工装难下身，所以就享受不到我这父衣子袭的待遇了。

黄建国穿上铁路棉工装，将黄书包塞给我，低声吩咐："听着，跟大溜儿行动。"

我没听明白他的话，更不知大溜儿将怎么行动，却眼见着黄建国已拨开身边的人，大步向着列车尾部走去，还扯开嗓门喊：

"还发什么呆！赶快经天桥出站，都给我听好了，今天谁也别想拣国家的便宜！"

我惊呆了，黄建国要干什么？疯啦？可站台上的那些知青插友们却以为他是车站上的工作人员，避瘟神般地纷纷避闪，任由他迈着八字步一路直冲冲地往前走去。

黄建国继续高声亮嗓地喊："不许钻车！听到没有？知不知道钻车危险？敢钻车的加倍罚款！"

知青们怔了一下，立即就明白了，这响彻站台的吆喝等于提醒，眼下的唯一逃脱之路就是钻车，从对面的货车或身旁的客车下面钻过去，咫尺之外就是可扑展翅膀的自由天地。人们好像炸了群的羔羊，呼的一声扑散开，各寻了遁身的去处。执勤士兵的哨子尖厉地叫起来，随即就是奔跑而来的脚步声。那一刻，我呆了一下，就在一个士兵要抓住胳膊时，我一缩身，便闪到了客车厢下，由于慌急，脑袋还被车厢底梁重重地撞了一下。其实底梁距离地面足有桌子高，低低头缩缩身，谁都可以钻过去，尤其对于铁路家的孩子，孩提时几乎都玩过这种既刺激又可图近便的把戏。

顾不上疼不疼了，钻过列车我就顺着铁道往插队的方向跑，身前身后还跑着几个人。我一边跑一边往后看，不知黄建国是不是也跑出来了。没想，黄建国突然从铁道边一棵大树后闪出来，哈哈地笑：

"还跑什么，一帮惊枪的兔子！"

我喘息着，问："你、你也跑出来啦？"

黄建国得意地笑："我可没跑，咱哥们儿是从他们眼皮子底下走出来的。"

我说："他们没问你呀？"

黄建国说："问我什么？就咱，正儿八经的铁路工作人员，《铁道游击队》白看啦？"

看他那得意的样子，我可以想见他经过那些执勤官兵身旁时大摇大摆走出车站的样子，不能不在心底生出佩服。这个黄建国，真是生错年代啦！

四喜财

我在乡下干了五年，然后抽工回城，去的是市木材公司下属的一家大型储备库兼木材加工厂。木材储备库占地面积大，建在了市郊。那个地方叫冯家，离城二十多公里，坐火车要跑上两个区间。区间也是铁路上的专业术语，就是从一小站到另一小站的距离。

从此我就是通勤职工了。木材公司给住在城里的职工每人发了一张通勤票，全年定期，上面有个人的照片。有了这张票就了不得啦，进出车站掏出来晃一晃，一路放行，没人细看。就因这没人细看，我周日再为家里去乡下买农副产品，就愈发浑身是胆雄起赳，去乡下看那些尚留在农村的插友时也好亮出通勤票张扬显摆。可别小看这张不起眼的票，我怀揣了它，利用假日或串休日还去过不少旅游胜地，比如北戴河，比如泰山，最远到过山西，爬了五台山。有时遇到列车上的工作人员仔细验票，人家问，冯家在哪儿？我还以一副不以为然的痞相，反问，那你说在哪儿？工作人员翻起眼皮看看我，把票一退，就算放行了。一个区区不挂名的郊区小站，他当然难以确定在中华大版图上的具体方位，这便是他的虚处。我以虚避虚，做出理直气壮的样子，此一招屡试不爽。细想想，经验与诀窍还是来自黄建国，跟了忽悠的会哄哄，随了唱的会哼哼啊。

可我的逃票师傅黄建国却远没有我的这份幸运了，他留在了乡下，而且极可能还要永久地留下去，究其原因，则是因他自己，怪不得别人了。就在我抽工回城的头一年初秋，他回家看生病的母亲，独自跑回了城里。按以往的习惯，知青点的人从城里回乡，常常是午后上车，傍晚下车，赶回青年点是在入夜时分。可那次，黄建国回来时我们已在吃早饭，而且他落汤鸡一般浑身精湿，还不住地打喷嚏，钻进屋子忙着换衣服。我扔下饭碗去问他，怎么这个时候回来？一夜没睡呀？黄建国答，他前半夜就回来了，可正赶上下雨，就躲进了路边的一个窝棚，那窝棚四面漏雨，就把他浇成了这个德行。我心里疑惑，昨夜确是下过雨，还挺大，雷雨交加，雨前我们还跑到场院苫盖了一阵粮食，但雨来时是在子夜前，那个时候他早应该跑回青年点了。见我这样问，黄建国便显得有些烦恼，说隔道有雨你懂不懂？这儿半夜下雨，火车站那边也得等到半夜啊？我再问，反正也浇湿了，你就抓紧跑回来呗，还傻了吧唧地守在窝棚里沐浴天霖啊？黄建国越发焦躁，说你烦不烦，看我浇成这样你看着高兴是不是？啊——欠——

可我的疑惑半月后就得到了证实。那天，青年点突然来了一个乡下姑娘，说是来找黄建国。留守做饭的女同学问你是谁？姑娘坦率地说我是他对象。女同学大惊，黄建国有对象啦？这是新闻啊！便解下围裙急奔了村东高粱地。正在挥镰的黄建国一听女同学吵儿巴火地叫他快回青年点见对象，脸唰地就白了，又瞪眼呵斥，什么对象，少胡说八道！女同学哈哈地笑，人家自己说是你对象嘛，好事，挺漂亮的，就是脸黑点，别掉进煤堆里就行，小心不好找。说得正割地的知青和社员们笑翻了天。

听说那天黄建国一回到青年点就把那个姑娘扯进了男知青的房间，不仅关了门，还上了闩。中午我们回去吃饭时，做饭的女同学挤眉弄眼地指着房门，示意大家快去看，可房门推不开，我们只好扒窗户。姑娘背对着窗户坐在炕沿上，垂着头，看不太清爽，但从侧影看，浑浑圆圆的挺丰满结实，虽说脸庞确是黑些，也还清秀。姑娘可能在哭，不住地抹眼睛。黄建国则站在地心，不住地挥手让我们快滚蛋，看情景真是和搞对象有关了。

姑娘是过晌我们又下地时离去的。傍晚，黄建国坐在我旁边不说话，一副失神落魄的模样。

我问："你真搞对象啦？"

黄建国嘟哝说："那天，我也就是随口说说，没想她还认真了。"

我追问："哪天？"

"就是我坐车没赶回青年点，被雨浇了那天。"

我再问："原来那天你没赶回来，是去搞对象啦？"

黄建国再嘟哝："不是大小季儿，正巧赶到哪儿了嘛。"

原来那天黄建国仍是按老习惯乘坐傍晚的列车返回青年点，但快到站时，车上突然验票，并将没票的旅客都推搡到餐车上。来铁路局军管的副军长调派官兵执行过一段任务后，因考虑到部队要拉练，而且总派官兵执勤对"文化大革命"的形象也有负面影响，便另起炉灶，机动灵活地搞起了"掺砂子"。"掺砂子"是当年很流行的一种政治手段，据说是毛主席为了打破林彪反党集团的顽固堡垒时发明的。副军长的具体做法就是从铁路抽调一部分工人去地方上当工宣队，再从地方企业抽调工人来铁路上执行任务。这批地方上的工人早对福利待遇相对优厚的铁老大又嫉又怨，这次派他们上了火车，便可比小人得志，有了中山狼般的猖狂。他们首当其冲的目标便是对准了我们这些经常无票乘车的铁路子弟，出手凶狠，可比老猫戏鼠，又可比傻子抓蛤蟆，不攥出尿不罢休。黄建国一看火车已进站，执勤的那些人又横眉立目不肯通融，便史无前例地主动从腰包里摸出票子，说快给我补票，我要下车。站在一旁的黑脸姑娘也急将钱递上去，说我也到站了，先给我补吧。没想那工人竟嘿嘿一笑，说你们不是好拣国家的便宜吗？你们不是人民铁路的孝子贤孙吗？还补什么票啊，好好坐车吧，今天我让你们把便宜拣个够！说完又大声对守着车门的人吆喝，把门给我看紧喽，没有票的谁也不许下车！

车停了，又开了，轰隆隆越驶越快。姑娘看着窗外，急得直跺脚，眼泪都哗哗流下来。黄建国安慰说，哭管什么用，大不了从下站再走回来。姑娘说，我妈正病在床上，看我天黑不回家，还不急死呀。黄建国问，你不是知青？姑娘摇头，说我妈病了，让我进城去找我舅借钱买药，我还是头一次自个儿坐火车出远门呢。我舅在铁路上开火车，他送我上的车，还说不用买票，有人问提他就好使。黄建国叹息说，以前好使，今儿就不好使啦。姑娘问，大哥，你是哪个青年点的？黄建国报了地名，那姑娘立刻说，我家在六里桥，与你们那儿就隔一道河，我一会儿下车跟你一块往回走，行不？

没想两人的这番低声对话都被一旁正戏弄老鼠的猫听进耳里，未等黄建国回答，猫已转身粗声大气地奚落姑娘：

"我说你挺大不小的姑娘还知道个坷碜不？没见过男人啊？眼看天就黑成锅底样了，你跟他搭帮走，就不怕他是个臭流氓把你拖进高粱地开了苞呀！"

猫的话音未落，脸颊已挨了黄建国重重一拳。众猫见状，急扑向这只胆大包天的耗子。耗子的双臂被按住了，脸上也挨了几拳，但腿脚却还在踢蹬反抗，直踢得餐桌上的调味瓶子四处翻飞。怒不可遏的黄建国扯嗓大骂：

"我操你妈，你们才是臭流氓！当众侮辱妇女不是流氓是什么！爷今天就不下车了，我要去铁道部告你们，我就不信天下没有说理的地方！"

被圈赶到餐车里的无票乘客多是血气方刚的知识青年，见有人挑头，立即同仇敌忾，摩拳擦掌，骂声震天。无票乘车固然缺理，但缺的只可比一，认了错补了票便一天云散，顶多再加些罚款；但执行公务人员不懂规章，将无票乘客强拉过站，又当众欺辱妇女，便错可为十，孰重孰轻，一目了然。心中早对路外人员上车胡为怀有不平的列车长急从前面赶过来，先是对黄建国和那姑娘赔礼道歉，又对怒目而视的众人亲切安抚，见列车又缓缓进站，便不失时机地急令打开车门，请大家赶快下车，闭口再不提补票的事了。

黄建国带着那位姑娘进了候车室，才知夜间返程的都是直达快车，能在我们下乡的那个小站停车的只能等到第二天早晨。依黄建国的意思，那就等吧，两个区间，少说也是四五十里路呢。可姑娘央告黄建国，大哥还是带我回去吧，早到家一分钟也让家里人早一分安心，咱俩快步赶，估计过了半夜，总能到家了。

黄建国心软了。姑娘嘛，姑娘的话总有着以柔克刚的威力，尤其是对黄建国这样还没谈过女朋友的小伙子。两人上路了，顺着道肩一路疾行，一路说笑，先是笑骂火车上那些虚张声势的东西，接着就聊起彼此家里的情况。黄建国知道了姑娘叫于金霞，初中没念完，见学校里三天打鱼两天晒网，教室里连块完整的玻璃都不剩，便决意不念了。黄建国还知道于金霞家里是下中农，四口人，姐姐出嫁了，除了爸妈，家里还有个弟弟读小学。

夜色浓黑，秋风飒飒。当头顶响起隆隆的雷声掠过刺眼的闪电，带着浓浓雨意的凉风也扑面而来时，两人才有些慌了。正是漫荒野地，前不着村后不着店，好像黑夜中的茫茫大海，闪电的乍亮中，那随风起伏的秋庄稼便成了汹涌的波涛。于金霞吓得又要哭，夜色中也不再怕羞，拉住黄建国的胳膊一再地问，大哥，这可咋整啊？黄建国强作镇静，借着闪电的光亮，发现了铁道旁不远处有一个高高耸立的窝棚，那窝棚有点像江南的吊脚楼，四只粗柱将人字形的草寮高挑在秋庄稼上空，那里夏天时肯定开过瓜园，窝棚便是种瓜人守卫果实的岗楼与哨所。黄建国拉着于金霞往窝棚跑，安慰说，不怕，咱们先找地方避避雨，这季节的雨长不了，雨一停咱们就接着赶路。

两人刚刚爬进窝棚，粗大密集的雨鞭便横扫而来。比雨更凶猛的是狂风，那窝棚本已多日无人栖身，狂风一起，棚顶的油毡纸和茅草霎时翻飞而去。雨水如注，劈头盖脸，黄建国和于金霞急蜷躲到窝棚一角。比风雨更可怕的是炸雷，那一天的雷响得蝎虎，又焦又脆，一声声震耳劈响，耀眼的金蛇则在头顶不断地盘旋狂舞。黄建国和于金霞都是读过书有些自然常识的人，知道在无遮无掩的田野高阜之处遭遇雷电的危险，劈击毙命不过是瞬息之间的事情。尤其是于金霞更是大惊大骇，一月前，就是在她家的那个村子，有一男孩就是在荒野被雷击死的，浑身炭黑，面目全非，惨不忍睹。于金霞亲眼见过那个孩子的死状，所以哪还顾得羞涩，在一声接一声惊天动地的霹雳声中，吓得抱了脑袋往黄建国怀里钻，浑身都抖起来了。

随着雷雨来的还有冰雹。若说四面临风的窝棚还能遮挡一些风雨的话，对砸落而下的冰雹几乎就丝毫不起作用了。冰雹足有秋后的枣子般大小，如碎石溅飞，如弹雨横扫，劈头盖脸，密密层层。于金霞抱头惊叫，喊疼喊怕。那一刻，黄建国一下将于金霞推翻在窝棚一角，然后伏身掩压在她身上，就像战场上掩护炮火中的战友。

雷电远去，冰雹渐息，秋风秋雨却仍在飒飒不休，天地间的温度陡然降下十几度。于金霞想推开黄建国，但黄建国却伏在她身上不动，那健壮的身子竟烧灼起来，呼吸也变得粗重。于金霞以为他病了，发烧了，便再推，还不住地问，黄大哥，你怎么了？黄建国的手却突然伸向于金霞丰满的胸部。

于金霞怔了怔，明白了，身子也腾地烧起来，并下死力地推他，嘴里喊，你！你干什么！你流氓！可这种时刻，一个女孩子哪里是一个健硕男子的对手，且已被压在人家身下。黄建国越发昏头涨脑肆无忌惮，一把扯开了于金霞的裤带。于金霞哭了，大声求告，黄大哥，求求你，别，可别呀！我日后还要嫁人呢！黄建国气喘吁吁地说，那你就嫁我，咱俩搞对象。于金霞推拒说，想搞对象也得以后说，你今天说的话不算数！黄建国吼，谁他妈的说话不算数，再打雷劈死他！

一切就那么发生了。事毕，于金霞蜷坐在那里痛哭，黄建国赤裸着身子抱着她，用自己的身体为她挡雨取暖。天亮前，雨住风停，两人上路，一时都无话。黄建国将于金霞一直送到六里桥村口，然后回到青年点。

但那天，黄建国只跟我说了因逃票被多拉出几站，回来时跟于金霞同行并遭遇雷雨的事，关键环节他则避而不谈。上面我描述的那些细节是他后来才断断续续跟我说的。当时，我对于金霞以对象的身份专程跑到青年点的事起疑，便追问，你是不是跟人家……整了什么事？黄建国瞪眼否认，没有，绝对没有！我追问，你没跟人家"打架"？黄建国怔了怔，竟哧地笑了，还伸手打了我一拳，去你个东西，你懂什么叫"打架"？我再问，没"打架"人家大姑娘家家的能跑来说是你对象？黄建国吭哧了一下说，我当时只说想跟她搞对象，她也……没说同意不同意……

关于"打架"，是我们刚下乡时闹出的笑话。一个女知青看两只狗在交配，动作挺怪异，便好奇地问身边的农村大嫂，它们在干什么？大嫂不好直说，便说狗打架呢。正好一个乡下汉子走过，听后不由大笑。大嫂气得瞪他。汉子问，你瞪什么瞪，想打架呀？这个笑话流传甚广，演绎的版本也很多，直到前些日子我看到一个手机段子，也是这个笑话老树新枝的翻版。当年知青下乡，闹出的这类笑话多啦！

半月后，于金霞再次光临青年点。那天是傍晚，来的却不只是她一个人，还跟了她的父亲和两个乡下小伙子，都铁塔般精壮，每人手里还都提着锹镐，那锹板使磨得光洁雪亮宛若镜面，在晚霞中映出血一样的光彩。黄建国一见来人这般模样，脸立刻变了颜色，连说话都结巴了，急拉于金霞进了青年点。那几个乡下汉子不说话，只是横成一排站在青年点院子里，手里拎着锹镐，死盯着房门的眼睛里却透着鱼死网破的杀气。我看大事不好，慌忙召集所有男知青，每人也抓了锹镐，都蹲在房门前，装作刮擦锹镐上泥巴的样子。而女同学们则远远地躲着看，一个个花容失色，连话都不敢说了。

足足有两顿饭的工夫，于金霞独自走出来，脸上还挂着泪痕。她走到父亲跟前，低声说，爸，回去吧，建国答应一个月后结婚。她的声音不大，但很清晰，院子里的人都听到了。她父亲闻言，用鼻子哼了一声，把镐往肩上一搭，转身就走，两个小伙子也紧跟上。走到院门时，于金霞的父亲又扭过脸，脸上换了装出来的笑模样，大声说，同学们，金霞和建国结婚时，你们都来喝喜酒，我就不一一请啦！

那夜，我陪黄建国坐在村外的高岗上，仰望夜空中的繁密星斗，他不说话，我也闷着。时值深秋，夜已很凉，草窠里的秋虫叫得有气无力半死不活。两人带的老旱烟都卷光了抽没了，他总算憋出了一个臭屁：

"妈的，只一回就种上了，哪曾想啊。"

这就等于把一切都承认都交代了。我深深地叹口气，说："是啊，只指望坐火车不买票能省俩小钱儿，哪曾想还让你白捡了这么大的便宜！"

黄建国起身往回走，扔下话："中了哥们儿，你别埋汰我了，我知道我这亏吃大啦！"

黄建国和于金霞的婚礼是在青年点举行的，实际上却是于家操办。于家杀了一口留待过年的猪，那猪才半大，百十斤，正长骨架，没多少肉，当地俗称克朗。于家还杀了几只鸡，鸡却挺肥，肉汤里浮了厚厚一层黄油，抢了秋膘嘛。黄建国家里谁也没来，只说都在忙，婚礼上宣读了他爸他妈寄来的贺信，写得热情洋溢，祝贺儿子儿媳幸福美满，在革命的道路上携手互相，共同进步。只有我知道黄建国根本没敢把结婚的事告诉他爸他妈，因为那封信是由我代笔操刀，再塞进城市里的邮箱寄过来，遮遮人眼目而已。

为了支持知识青年扎根农村干革命，生产队特意将一处库房腾出来，修修补补，再抹上一层大泥，刷了石灰，给黄建国做新房。队长说等来年向上级申请下木材指标和宅基地，再给他们盖新的宅院。结过婚，黄建国就搬出去单过了，青年点每月将他的粮食称出去。说句厚脸皮的话，那一阵，我刻意注意的是于金霞的肚皮有没有变化。从小的光腚哥们儿，这么一扎根，就等于把招工回城的念想彻底掐断了，乡下的女孩子哪个不想和城里来的男知青搞对象啊！我几次问黄建国，不是人家变着法儿的讹你吧？黄建国肯定地说，没讹，她这两个月真没来。我傻乎乎地再问，她没来什么？黄建国踢了我一脚，说你个生牤子，不懂别问。

入冬的时候，于金霞的肚子果然挺起来，显怀了。看来黄建国贯彻农业八字宪法挺到位，先把住了种子这一关，早播早种还保了苗。那八字宪法是水、肥、土、种、密、保、管、收，据说是经毛主席御笔钦定的。我们这些男知青私下里忙着替黄建国给孩子起名字，大家一致叫好的是"六月"，不管男孩女孩，都可叫，还挺别致上口，但深层次含义却透着无聊知青的刻薄。当地有一个玉米品种叫六月鲜，早熟，却低产，因秧棵矮，乡下人又叫老母猪跷脚，意思是猪一扬头一跷脚就能吃到棒子。每年阴历六月，乡间青黄不接最害粮荒，这六月鲜正可救一时的紧急，所以虽低产，农民们还是要在房前屋后种一些，况且收下它，腾出地还可抢种萝卜白菜，也算复种了。

家里有了孕妇后，黄建国不再好好在生产队里挣工分，时常天不亮就不见了身影，入夜后才回家，不是说老爸心口疼，就是老妈扭了腰，都等着他这个大孝子回去照顾。可每次黄建国一回到家，他的小屋子就飘出烀煮头蹄下水的香气，招惹得连猫狗都去他家门外撕咬徘徊。有时我忍不住口水，也溜过去，每次总能分享一顿口福。须知，那年月，要想荤腥落肚，就得过年啊。黄建国给人们的说法是，老爸老妈听说儿媳有了身孕，攒下副食票买的。可我却知黄建国必是故伎重演重操旧业了，他跑车板，窜市场，从甲地去乙地，再从乙地奔丙地，省的是车票钱，赚的是价差。一个人要顾三张嘴，谁知要颠簸出多少辛苦啊。

第二年春天，于金霞生了一个女孩。听说，为给孩子起名字，两口子没少吵架，最后，黄建国一跺脚，自己跑到公社给孩子落下了户口。回来时，他抱着孩子来到青年点，手里还拿着户口本，笑哈哈地说，叔叔姑姑们快来看看你们的小六月，以后还请多多关照啦。我心里一惊，急抓过户口本，那孩子的名字不是黄六月又是什么？同学们一时都哑了嘴巴，窘促得不知说什么好。我捅了一下黄建国，低声说，你何苦嘛，同学们不过是开开玩笑。黄建国仍哈哈地笑，我真心实意地感谢赐名，六月，不错，真的不错，有纪念意义嘛。可大家都看到了，笑哈哈的黄建国的眼睛里，已漾动了苦涩的泪意。

那年秋天，我抽工回城。那次抽工的幅度很大，我们青年点一下就走了六个。按黄建国的家庭成分（那个年月很讲究这个）和表现，本来他是有足够竞争力的，可就因为结了婚扎了根，什么也别说，一票否决。几次知青评议和贫下中农推选，他连面都没露。我们走的那天，生产队特意套了一挂大车送站，很多社员和同学来送别，黄建国仍没来。在人欢马叫的热闹中，我特意跑去他家，可门上挂着铁锁，冷冰冰，一家三口都躲出去了。我猜想得到黄建国的心情，那些天，于金霞的心情也好不到哪里去，包括他们还不懂事的孩子。

五魁首

　　刚回城的头两年，我每隔一两月，总要利用星期天跑回插队的地方去，看看乡亲，看看同学，主要还是惦念老朋友黄建国。说句心里话，除了那份心情，腰里揣了通勤票也是一个重要的因素。前些年尽做无票乘车的鬼祟事，冷不丁有票在手，便如同穷汉子拣了狗头金，不显摆烧得慌，不用活用足更觉亏得慌啊。

　　先回去的那几次，我总是要买些糖果糕点或小衣小裤之类带给六月，有时没买什么，就塞给于金霞三五元钱，让她替我给小侄女买。可一来二去的，黄建国不让了，他把我从青年点的饭桌上拉下来，一直拉进他家去，进屋就喊上酒上菜。那酒菜可就非比一穷二白的青年点可比啦，有鱼有肉，有时还有大对虾，六个头一斤的，绝对野生的，按时下的行市看，那就是海中极品啦！

　　黄建国一边斟酒一边说："兄弟，你的心意我和你嫂子领啦，可你一月挣那俩工资也不容易，屁嘣不倒，千万就别再勒肠刮肚啦。我跟你碌碌砸碾盘，实（石）打实（石）地说，我眼下想方设法划拉到手里的钱，一个月盘点一下，比你们回城的六个人加在一块还多呢，这你不能不信吧？"

　　于金霞打了他一下："咋没等喝就吹起来了？"

　　黄建国说："我吹了吗？我一个礼拜出去两趟，哪次回家交你手上的少了二十啦？你问问他们的工资是多少，一月也就一百九十大毛，学徒工，都是这价，过一年涨两块，三年后才是三十八块六，这没错吧？"

　　也许是借着酒力，也许确是想说服我以后再不要往小六月身上花钱，黄建国把我回城后他的一些想法和光辉业绩都说了。看到同学们一拨又一拨地回到城里去，他痛苦过，也绝望过，甚至和于金霞商量过离婚，等他抽工回城后再复婚。但后来咨询过政策，说只要是结过婚的，尤其已有子女的知青，抽工时都不在范畴，这事也就罢了。黄建国找到的心理平衡点就是赚钱，你们回城当工人老大哥有政治地位，那我这屯老二就留在乡下争取吃饱喝好吧，我不能没了政治地位再让老婆孩子挨冻受饿是不是？他不再指望挣生产队的工分，他把时间与精力基本都用在跑车板上。比如他发现一个靠海的小镇虾皮很便宜，一元钱一斤，他买上十斤二十斤，背到火车上，再用废报纸分成小包，每包二两，窜到车厢里卖，五毛钱一包。虾皮那东西腥咸适度，老少咸宜，在火车上可随口下饭，带回家还可做调味品，况且他分成小包后出手便宜，一元钱就可买两包，所以每次都轻松出手。至于坐火车，他当然还是不买票，能蒙就蒙，能躲就躲，实在蒙躲不开，那虾皮足可做糖衣炮弹，乘务人员得些好处，面对的又是正宗的铁路子弟，也就枪口抬高一寸，放他一马了。别看这虾皮一包只挣两三毛钱，可利润大，几近百分之百，集腋成裘，他的腰包就迅速鼓了起来。

黄建国再一项倒卖的重点是肥猪肉。他跑乡间的集市，专买那种白亮亮状如豆腐的肥膘肉，坐车带到城市去，便颇受街道里的婶婶大娘们的热烈欢迎。那是个缺少油脂的年代，我们所在的这个省份，城市居民每月每人只供应三两油，逢年过节凭票每人也才可买到半斤或一斤肉，家庭主妇们急需补充油脂的不足。黄建国对症下药，"贼"不走空，利润也相当可观。

那年冬天，我再去青年点。刚进屯，就有蹲在墙根晒眵眯糊的老大爷告诉我，哟，你来啦。赶得早不如赶得巧，你哥们儿正挨批判呢。我忙问是谁。老大爷说，张口闭口喊最铁的还有谁，快去看看吧。

我急跑到生产队部，见已满登登挤了一屋人，炕上坐满的是爷们儿，地心站满的是半拉子（半大不小的小伙子），窗外还围着抱孩子看热闹的妇女。黄建国背靠北墙而立，墙上贴着横标语，"防止资本主义复辟　打击投机倒把"，是用废报纸写的。我估计这标语肯定出自我们哪个插友之笔，没直接将老同学的名字张扬上去，算是留了一点情面。再看黄建国的表情，我绷紧的心弦登时松弛下来。他一副嬉皮笑脸，很没当回事的样子。有老农问，建国，你给大伙好好说说，你在外面是怎么把别人的钱绕到你腰包里的？黄建国说，这话不对，咱一没偷，二没抢，更没绕，咱是专把屎克郎往秃脑门子上摆，明明晃晃，一清二楚。在乡下有人愿低价卖，咱买了；进了城，又有人愿意高价买，咱呢，也就卖了。彼此都愿意，两好见一好，就像丫头小子搞对象，摇头不算点头算，还绕个什么呀？又一老农说，你既有这本事，何苦做贼似的自个儿在外面这么偷着整呢，干脆，大伙选你当个副队长，专管副业生产，往后你就带着大伙一块干，大家多少都挣点，总比一个个都憋得登登的强吧？

人们轰地笑起来，笑得窗外的妇女羞红了脸，有泼辣大嫂骂，开会呢，不许胡说八道，回家跟你老婆登登去！人们便笑得更响。这里也有个乡村的典故，说一个农妇家里穷得揭不开锅，想跟邻居借点钱买粮，又知邻居也不宽绰，便委婉地说，大哥，我这两天紧得嘎嘎的。那大哥回答说，我也正憋得登登的呢。乡间的笑话，多涉点黄，意到为止，不可多想。穷苦的年代，不这般自讨一些乐子，又怎么活呢。

等笑声落下，黄建国扭头问生产队长："队长，这可是贫下中农的呼声，你要是让我当了副队长，我一定使出牛马之力，多少能让大家的腰包鼓溜起一些，一年之内见效果，行不？"

队长绷着脸说："这个批判会可是公社要求开的，你严肃点，别嘴巴唧唧的（东北方言，嘴上不严肃，巧辩诡辩）好不好？这回你跑城里去投机倒把，让人家派出所抓住，又叫公社把你取回来，够丢脸的了，还是深刻谈谈你的认识吧，不然公社也不能让你过了这道关。"

黄建国立时垂下头，还瘟鸡似地搭拉下两个膀子，做沉痛反思状："是，我错了，我放松了阶级斗争这根弦，我对不起贫下中农的再教育，我对不起人民对不起党。我死有余辜，但我不能辜负了大家的期望就死，我想在死之前再为广大贫下中农做点啥，哪怕咱队上一人手里多揣进一元票子呢；我罪该万死，但眼下也不能去死，因为家里还有老婆和孩子，我那败家娘们儿干啥啥不行吃啥啥没够，我那孩子也小，还不能跟社员们一起改天换地挣工分，所以我还得死皮赖脸地活着，总不能再把那娘儿俩拖累给大家吧。为了表达我真诚悔过的决心，我给诸位叔叔大爷大哥大嫂大妹子大兄弟敬一颗烟吧。"

黄建国说着,便从衣袋里摸出两盒香烟,那烟盒红亮亮,里面还裹着白亮亮的锡箔纸,是牡丹牌。他撕开烟,一人一颗递送。老农们接烟在手,舍不得抽,横在鼻子下使劲地嗅,又拿在眼前仔细地瞧。有人喊,省中华,市牡丹,工人阶级大生产,咱老农只配卷旱烟,建国你牛 X 啊,这可是州官的水平啦!黄建国应话说:

"我牛粪吧。这是准备在外面给能熊住咱的人打溜须用的,今儿个就溜须老少爷们,拜托大伙说一声黄建国检讨得挺深刻,就中啦!"

黄建国散烟散到门口,与我四目相碰。他怔了一怔,随即给了我当胸一拳,笑骂:"你小子,大伙吃只蚂蚱也落不下给你一条腿儿!好,你来得正是时候,快去替我写上一份深刻检讨,这回可不愁过不了公社那道关了!"

那天,挨完批斗的黄建国拉我回家,进了屋就喊于金霞快备酒菜,还从炕橱里摸出一瓶酒。我的天,国酒,贵州茅台呀!一瓶足顶我半月的工资!我急按建国开瓶的手,说留着留着,留过年带回家给大叔喝,可能老爷子这辈子还没享过这个口头福呢。建国说,过年的我已提前送回家,这一瓶专是等你来喝的。美酒滴滴饮下肚,斗私批修话无数,这酒你一定得喝。我说,不喝这酒我也替你写检讨。建国的嘴巴喷喷起来,翻眼瞪我,说看你说的,好像我真想拿这酒换你几个破字儿似的。实话跟你说,就是你写出天花来,我也不会交那个狗屁检讨书,谁愿咋着咋着,咱哥们儿大嘎秃子打立正,一手擎着啦!人家南方早就不提投机倒把这个词儿了,自由交易的事比咱们这边做的也大得多,哼,也就咱东北吧,还抱着死教条当经书呢!

那是我今生第一次喝茅台。美酒下肚,神采飞扬,建国又嚷着要划拳。我阻止,说可别顶风上,人家刚批判过你,你就在家里山呼海叫地喝大酒,还整封资修"四旧"这一套,你自找着让人家再把你拉回去弯腰撅腚啊?建国说,咱压点声,酒令也玩时髦的,我看哪个犊子还敢跟咱们扯哩眼扔!我问,划拳还有啥时髦的?建国比划着起来喊,一元化呀,两分法呀,三结合呀,四伟大呀,五二零呀……我打断他,问五二零是什么意思?建国说,有一年五月二十日毛主席发表声明,坚决支持越南人民将抗美救国斗争进行到底,你忘啦?我说,这个不算普及,另换一个。建国说,那好办,五洲同呀。我故意搅赖说，地球上七大洲四大洋，那两个洲就不同啦？建国说，那两个洲冰天雪地，除了企鹅和北极熊，连个人影都见不着，你跟谁同去？连毛主席都说五洲震荡风雷激，你小子敢说毛主席说的不对？我们两人哈哈大笑，齐齐将杯里的酒干下去。

应该特别说明的是，这是 1978 年的冬天，"四人帮"已经粉碎两年多，极"左"的阴霾还弥漫在祖国的天空，但毕竟，劲风在吹，乌云在散，云朵的缝隙间已不时闪射出一道耀眼的光芒了。

六六顺

　　我在市郊那个叫冯家的地方干了四年。头两年，我心满意足脚踏实地，将粗大的圆木加工成有棱有角的方材板材，但很快我就厌倦了，疲沓了，站着这山望着那山高了。我不能起五更睡半夜总跑通勤把大好青春都扔在车辖辘上啊，我不能满足于手抱肚顶满身树油子只认个红松白松硬杂木我也应该有更远大的理想追求啊。思来想去左右权衡的结果，我把目标盯在了市报社，我要当记者或编辑，我的内在依仗是读初中时作文写得好，而且这些年我一直爱读书爱看报，只要坚持练好这份内功，我不信没有出人头地之日。

　　人生的目标确定后，我的业余时间除了吃饭睡觉，基本就伏在了家里的小桌上，像一只雨后的蜗牛，在稿纸的格子间坚韧而顽强地向着既定的目标蠕爬。我这人智商不高，但有一个优点，就是韧性较强，俗话说就是一根筋，顺着一条道能够跑到黑。报社的编辑对我说，你的文字基础不错，但这么无头苍蝇似地乱飞乱撞不行，要多注意有价值的新闻线索，才能取得事半功倍的效果。我挠头说，我整天在木材公司的大院里转，哪有那么多的线索呀？编辑说，我这里倒不缺线索，可报社人手紧，记者们又不愿跑那些穷乡僻壤，不知你愿不愿去？我忙表态，说只要不影响我正常上下班，让我去哪儿都行。编辑说，有句丑话要说在前面，因为你是业余通讯员，报社不会支付差旅费用，这也得委屈你了。我再表态，说这不成问题，咱好歹也算出自铁路世家，就是你给了差旅费，我还懒得去排队买票呢。这话把编辑说笑了，还伸出巴掌在我肩头拍了两下。多年以后，再想起说过的这番话，我便感到脸热，当时还是年轻呀，连起码的矜持都不懂。你有什么可显摆的呢，不过像娄阿鼠似的鬼祟祟惶惶然逃票乘车，那也值得张扬吗？

客观地说，以我的韧性和吃苦精神，那二年，我接连在市报发表了一些新闻通讯稿，而且篇幅越来越大，发表的位置也越来越显著，有的还被省报加了按语转载并获得了年度优秀新闻奖。因有了这些硬性条件，我先被报社借调当了见习记者，后来便彻底结束了跑通勤的艰辛，衣袋里揣进了正儿八经的记者证。用黄建国的话说，你小子出人头地啦！

那一年我30岁，不光可算晚婚模范，还被人称为快乐王老五了。也不是我歪瓜裂枣愁销路，此前给我介绍女朋友的也不少，但就是因为单位在远郊，又是个连工匠都不如的锯材工，择偶条件便大打了折扣。我心里发狠立誓，洒家若是调不回城里，那就宁肯要单独练了！

五一放假，黄建国对我说，反正你光棍汉在家也闲得挠墙，跟我去沈阳玩两天如何？正好我有个生意上的朋友，欠着我一个人情，早就邀我去呢。我跟黄建国去了沈阳，游故宫，逛北陵，吃得挺生猛，喝的也挺欢畅。实话实说，去沈阳的时候，我们二人还是没买车票，玩的就是心跳嘛。但回来时，建国的那个朋友便把事先买好的票塞过来，而且是软席。建国笑嘻嘻地说，你看你，整这个干啥，纯粹是浪费呀！

开车的时候是傍晚，快到家的时候，夜已经很深了。广播里突然说，不知哪位旅客将孩子丢在了车上，请丢失孩子的旅客马上到餐车认领。软席车厢紧挨着餐车，作为记者的新闻敏感，我立刻起身，问黄建国，不一块去看看热闹？黄建国慵懒地说，今儿真喝高了，肚里的酒到现在还没过劲呢，愿凑热闹你自个儿去吧。

去餐车看稀奇的旅客不少。据列车工作人员说，孩子是放在一个柳条筐里，柳条筐塞到了车座底下，因孩子哭，才被列车员发现，可能是被人有意遗弃，从柳条筐和包孩子的小被子看，遗弃孩子的是乡下人。我挤到前面看，那只柳条正放在餐桌上，孩子则抱在列车长怀里。列车长是个女的，挺年轻，也漂亮，显然还没做过母亲，抱孩子的姿势很笨拙。

我看了一会，返回软席车厢，对黄建国说："这爹妈也够狠心的了，还是个男孩呢。"

没想一声男孩，黄建国立刻来了精神："我操，真是个带把儿的？"

我说："没错，刚才孩子尿了，给换袿子时，我亲眼见了。"

黄建国问："多大？"

我说："也就一两个月，刚出月窠吧。"

黄建国再问："缺啥零件不？"

我说："五官齐整，四肢健全，别的可看不出了。"

黄建国起身，拉我："走，跟我再看看去。"

我坐着不动，问："咋，你还想抱回去当儿子呀？"

黄建国说："那得我亲眼见了再说。"

我说："那你也得回家跟嫂子商量商量再说吧。想要儿子，嫂子不会给你生啊？"

黄建国说："她还生个屁！上头喊独生，一对夫妻一个孩，生过的都得做结扎，她早叫乡里抓了去，挨过那一刀啦。"

我和黄建国再去餐车。可此时，孩子已抱在了一位农村大嫂怀里，旁边还站着一个粗黑的汉子。那大嫂正拿着从柳条筐里找出的奶瓶喂孩子，一边喂还一边高兴地说："这趟门出得值，白捡了个大胖儿子，俺还寻思这辈子就得当绝户了呢。"

汉子问："俺打听过，眼下收养孩子也不能想咋就咋，你们车上还给出个手续不？"

女车长说："我可以先给你们出份临时证明，等我回到单位后，再办正式手续。后天，还是这趟车，你说在哪站等都行，我再把正式材料换给你。至于你们夫妇能否争取下来领养的批准，那就得看当地民政部门啦。不批准，还得把孩子交给福利院。"

汉子连点头："这好办，后天俺上车找你就是了。俺家先前的那个丫头是上学时，叫塌下来的房梁砸死的，乡里早说让我们可以再想办法。可我想个球办法，败家老娘们心脏有毛病，是我替她挨过的那一刀。种儿都没了，还种个什么地？"

人们哈哈笑起来。人一高兴，顺嘴胡嘞，啥话都敢说，也不在意场合了。

黄建国凑到大嫂跟前去，仔细看孩子，还伸手在孩子腮帮上爱惜地摸了摸，然后拨了拨汉子，示意他去人少的地方说话。汉子大咧咧地说，有啥话你就说，好事不背人，背人没好话。黄建国附耳嘀咕了几句什么，没想汉子立刻把脑袋摇成了拨浪鼓，直声亮嗓地喊，不行不行，别说你给一千，就是一万，咱也不能干那种缺德事。那不成人贩子了？犯法呀！

两口子抱着孩子离去了。黄建国很是沮丧地坐在餐桌旁，对我说："脚前脚后，就差这一步。要是你第一次过来时，我也跟过来就好了。"

我安慰他说："该你的就是你的，不该是你的，煮熟的鸭子也得飞。"

黄建国说："飞不飞是鸭子的事，总得让咱下锅煮一煮呀！"

我不想为这事跟他辩争，拉他回去。黄建国却摸出烟，往我嘴里塞了一颗，自己也叼上，说："软席不让抽烟，这儿正好有烟缸，坐哪儿不是坐呢。"

说话间，那汉子和大嫂又回来了。这次孩子不是抱在大嫂怀里，而是又放进了柳条筐。汉子对女车长说："车长你看好，孩子我们可全须全尾地送回来了，一根汗毛都不少。你们愿咋处理咋处理，往后可不关我们的事了。这是你刚才出的手续，也还给你。"

人们把奇怪的目光齐刷刷地投过去。女车长问："刚才还欢天喜地的，怎么说不要就不要了呢？"

大嫂嘟哝说："我们庄稼人，拉扯一个孩子不难，可要接到手就给孩子治病，可就抓瞎了。大家都看看，这孩子的爹妈留下了条子，俺们也是刚见的。"

女车长把孩子从筐子里重又抱出来，放在餐桌上，打开襁褓，果然在小被缝子里发现了一张纸条，是黄色的牛皮纸，巴掌长，两指宽，折叠着，还用别针别在被子上，看样子那狠心又细心的父母是怕纸条被揉碎或丢失，才特意选了牛皮纸并用了这种方式。纸条上的字是用圆珠笔写的，下笔笨拙，上面除了注明孩子出生的年月日，特别强调，"孩子天生衣脏有病，只盼好心人给他一生平安。"我猜"衣脏"应是"胰脏",也是难为这对没多少文化的父母了。

我和黄建国对视了一眼,一时无言。

女车长叹息了一声,重把孩子包好,问黄建国:"这位大哥,不知您还有什么想法?"

黄建国苦笑着摇头,拉上我就往软席车厢走。走到车门口时,伫下脚步,扭头看了看,突然又转身回去,对女车长说:"那就把孩子给我吧。"

女车长说了声"我替孩子的父母谢谢您了",再将孩子往柳条筐里放。我重重捅了一下黄建国的腰眼,使眼色制止他的草率。黄建国低声对我说:"先抱回去找医院看看再说,大不了再送到福利院去,反正正式手续也没办。"

这个猴精鬼怪的黄建国呀!

我们离开餐车时,年轻漂亮的女列车长对我一笑,轻声说:"我读过你的文章你,你是记者。"

女车长的话让我熨帖,尤其那一笑,竟让我的心悠悠一动。

黄建国已在城里租了房子,乡下的房子也还留着,他媳妇于金霞带女儿有时来城里住,住腻了便回乡下去。从沈阳回来后,我几次给建国打电话,主要是问那个孩子的事。建国说已去医院看过了,大夫说孩子还小,可定期注射一些药剂补助胰脏功能,待孩子大些再做手术,看样子问题不是很大。听建国和于金霞的口气,我挺感动,一个被父母遗弃的病孩子,落到他们两口子手上,真就算掉进了福窝,黄建国会挣钱,于金霞有抚养小六月的经验,用时下的话说,硬件软件都不缺,全啦。

心里感动,我便写出一篇通讯,《列车载着爱心飞驰》,足有三四千字。文章在市报社会版发出后反响不错,报社收到不少读者来信,有读者还主动问眼下那个病孩子需不需什么帮助,还有人介绍医院和药物。说心里话,我写那篇文章的最初动力,存有一份褒扬哥们儿的私心,我当然不会在文章里把黄建国夫妇没有儿子的遗憾写出来,我只写他面对被遗弃病婴的同情与大义,他要为社会承担一点责任。此外,不便对人言的是,只要我一想起这件事,那个年轻漂亮的女车长的音容笑貌就在我眼前浮动,尤其是那一口整齐洁白的牙齿，下笔写文章时，也好似那女车长就站在我面前，她的那一声深切的叹息，她抱孩子时怜爱的目光，都在我的笔下有了淋漓酣畅的抒情与议论。这篇文章在签发时，总编亲自动笔将题目改成《列车载着阶级感情飞驰》，我拿校对清样去理论，总编说，爱心这个词，小资味太浓，还是这样好。我想说，你敢保证这孩子的爷爷或姥爷不是地主富农吗？当然，这话我不能说出口，我还没那么耿直鲁莽。好在此文后来被一份文摘类报纸转载时，题目又被改回《列车载着爱心飞驶》，真是英雄所见略同。我特意将那张报纸送到总编面前，用意不言自明。尊敬的总编同志拍拍我肩膀说，文章能被转载，说明社会反响不错，不要骄傲，继续努力吧。人家根本没接招儿，我也就只好讪讪而退了。

那是1980年，政治气候就是如此，乍暖还寒，无可奈何呀。

待从拙文发表又被转载的兴奋中冷静下来，我才猝然意识到自己的疏漏，到底还是年轻，出马一条枪啊，只以为是好心做好事，怎么就没想到抱养孩子的人家往往最怕的就是被别人知道孩子的身世，待孩子长大后，真要追问起自己的身世，岂不是因我才铸成如此大错？我急打电话给黄建国，说了自己的顾忌并深表歉意。没想建国哈哈大笑，说屁大的事，你想多了吧。我和你嫂子住的是租房，附近邻居谁知黄建国是哪路神仙呀，大不了日后再换租几个地方，那份报纸用不上半年也成了擦腚的纸，十年八年后，谁还想起问这事。只是你老兄日后别再替我忽悠就行了。我说，要是早想到这一层，这一次我也不会写。建国仍哈哈笑，说这一次可是歪打正着，多亏你写了这么篇文章。我去民政部门给孩子办领养手续时，起初人家将信将疑，还找过铁路上的人调查，等我拿出报纸，事情立刻就一顺百顺了。哪天我还得请你喝酒呢。

后来黄建国果然又在城里换租了两处房子。等那个孩子五六岁时，他又在我们城市新建的住宅小区买了楼房，让我帮他找关系买户口，将媳妇和女儿、儿子都办回了城里。庆贺乔迁燎锅底那天，他把昔日的知青插友都请了去，那面积，嗬，二百来平，那装修，我的妈，金碧辉煌，惊得我们这些老同学只会说，人比人得活着，货比货不能扔呀（民谚原为：人比人得死，货比货得扔）！又慨叹塞翁失马，安知祸福。黄建国还特意将儿子推到众人面前，郑重介绍叫十月，引得同学们一阵大笑。他儿子嘟囔说，我是三月生的，其实我应该叫三月。众人便笑得更加响亮。

还是说1980年的故事。那年夏天正热的一天，我在报社编稿，门卫打电话说有人找我，我说请他进来，门卫说人家请你出来。我急赶出去，心头不由怦怦一动。找我的人正是那位年轻漂亮的女车长，只是那天她没穿职业装，改穿的是一袭淡绿色的连衣裙，因此更显出了女孩子的窈窕俊秀。她先向我伸过手来，自我介绍说：

"还记得我吧？我叫单婕。"

我问："是不是你们车班又有了什么动人的事迹？"

单婕脸一红，笑了："如果确实有呢？"

我说："等日后有机会再乘坐你们的车，我一定认真采访。"

单婕说："日后也许很遥远，今天我先跟您谈谈好不好？"

我看看腕上的表，犹豫说："今天都快下班了。"

单婕说："下班后的时间正好自由支配。前面不远就有一家冷饮店，我先去那里等，你下班后就来，可好？"

一个我早心仪的漂亮女士相邀，我没再推脱。我们相对坐进冷饮店，面前摆上了冰淇淋，我将采访本和钢笔掏出来。

单婕脸又红了，说："收起你的家什儿吧。我今天要说的话，你可能一句不差都会记在心里，也可能你认为一个字都没用，那就彻底忘掉算了。"

我怔住了，不知此话何来，一时又猜不透此话的具体指向。但单婕的笑因羞涩而更显妩媚，不由又让我心动。

单婕低着头，长睫毛遮着眸子，不看我，手里的小匙却在不停地搅着碟里的冰淇淋。她说："今天我休班，专程来找你，不是为了车班的事。我来只想跟你说一句话，我想跟你谈朋友。"

我因毫无思想准备而大惊，只觉突然气短。"这……你知道……我现在有没有女朋友呀？"

单婕抬起了头，黑亮的杏眼直盯了我："你没有，肯定没有。咱们铁路住宅区也就巴掌大的那么一片地方，在大都市里的人看来，不过是个大堡子，谁家的那点事还能瞒住人啊。我早知道你发过誓愿，不调回城里不处理个人问题，我还听很多婶子大娘夸你从小仁义能干，挨饿的年月连你妈偷偷给你的鸡蛋你都舍不得吃，而是分给弟弟……"

我只觉脸上烧起来，真是哪壶不开专提哪壶啊。我打断她，问："如果我调不回来，像新四军似的，就那么在冯家浜扎下去呢？"我用的是当时还在流行的样板戏《沙家浜》里的一句台词，并稍稍做了一点改造，严肃对话里便不自觉地揉进了一些轻松调侃的成分。

单婕笑了："那我就等。郭建光有话，等到那云开日出，家家都把那红旗挂，再来探望你这革命的老妈妈。我来找你之前也发过誓，此行如果不能如愿，那就一直等到你结婚，我再把自己处理掉。我还不至于连处理掉自己都困难吧？"

单婕显露出来的机智与幽默让我惊喜，她用的也是《沙家浜》里的台词，而且话里已潜含了海誓山盟非你不嫁的意思。据我所知，铁路上选拔女列车长时，除了业务能力、外交能力（请不要误会，不是国与国之间的那种外交。此处似应用交际二字更准确，但事涉我的夫人，我觉用交际二字心里不舒服。）之外，还有一个不成文的规定，那就是相貌要端庄秀丽，体态也要挺拔均称。这有点像选空姐，但人家航空公司是把话说在明处，选拔也做在明处，而铁路上选车长则像眼下一些地区或单位实施某项发展策略，是只做不说。我这样说，读者诸君一定会信服，因为凡是坐过火车的人，都可眼见为实，那些身着笔挺的铁路员工装，佩带绿色菱形臂章的女列车长确实不失为巾帼中的精华。具体落实到坐到我对面的这位单婕女士，大家一定也可猜想到她是怎样一个人了吧？年轻，漂亮，帅气，干练，而且不失机智与幽默。

我问："就是因为我从小学会了跑车板，把鸡蛋给了弟弟们吃吗？"

单婕说："当然也不全是。你写在列车上拣孩子的那篇文章，我看了，看了好多遍。其中我最感动的部分是你对我的理解。你怎么只从我的眼神和一声叹息，就那么知了我的心呀？"

我调侃说，"好在你不是沙奶奶，那就差辈儿了。但愿我不会让你失望终身"，然后便丢下的小匙，把手放到了桌面上。单婕立刻也丢掉小匙，我们两人的手便匆匆地进行了历史性地一握。

那年夏秋之交的一天，黄建国回到城里的家，给我送来整整一麻袋青苞米，是大马牙，老品种，肉厚味甜，特别适合烀着吃。黄建国说，是你嫂子在园边种的，特意让我给你带一些来。我问，你咋没给我带来点六月鲜？我记着你种那个最拿手。黄建国笑骂，狗嘴里吐不出象牙来。我跟他说了一阵话，心里默默掐算，问，我明天有个外出采访的任务，想不想跟我一块出去走走？黄建国问了我要去的地方，点头说我也正好有笔买卖，本来是想在家待两天再去的，既同路，就提前行动。

那天，上车后，我拉着黄建国直奔餐车。餐车工作人员早认识了我，点头一笑，便安排我们坐下了。开车后，忙完迎送旅客的单婕赶过来，见了面先埋怨我，怎么也不先打声招呼？我说，常来常往的，还打什么招呼。这位大哥你不认识啦？单婕这才注意到黄建国，急后退半步，敬礼，"黄先生好"。我纠正说，别先生先生的，太生分，叫黄大哥。单婕便又和黄建国握手，问我，还是去软席车厢吧，今天旅客不多，挺清静的。我说，不去了，我们都没吃早饭，你叫后厨弄两个下酒菜，再开一瓶酒。我们坐车说话喝酒三不误。

单婕应声去了，黄建国把脑袋凑到我跟前，低声问："没想到，你小子都混到这个份儿上啦？都说记者是无冕之王，不过几篇破文章，可整得比铁路局长都牛啦！"

我故作淡然一笑："别瞎说，我请你喝酒，虽不自掏腰包，也是有人要花钱的。你睁大眼睛好好看看，这位女车长还行吧？"

黄建国怔了怔，扭头看在后厨门口安排伙食的单婕，问："啥意思？"

我说："大哥要是看着没啥意见，年底前我可就把她娶进家门当媳妇啦。我今天拉你来，就是请大哥参谋参谋。"

黄建国眼睛瞪得有鸡蛋大，拍了一下餐桌，随口就整出"我操"两字。我的筷头子迅即出击，重重落在他的手背上，笑骂：

"你往后可是大伯哥了，嘴巴可得干净点。"

黄建国做掌嘴状："兄弟教训得好，不知者不怪，往后不敢，再不敢了。"又凑到我跟前低声说，"五一出的那一趟门，我拣了个儿子，你捞了个媳妇，收获都不小吧？"

单婕返身再回来时，黄建国规规矩矩起身，还端起了酒杯，称呼也很有前瞻性地做了改变："弟妹，我知你正当班，今天就不敢敬酒了，只是提前祝福吧。我们哥俩，从小就像两只蚂蚱，都在草窠里蹦，可蹦到今天，人家变成了一只会唱歌的金翅大蝈蝈，我却成了到处啃庄稼的大蝗虫。等你休班在家，大哥我再另请你们畅饮。"

那天，黄建国喝多了。我知他的酒量，号称一瓶不倒，他那天不过半斤落肚，不知怎么就两腿没根地飘晃起来。扶他出站时，他半坠在我的身上，吵儿巴火地喊，"兄弟呀，要是把你媳妇比成树上的金丝猴，我家的那娘们儿整个儿就是荒山沟里的老野猪一个！"惹得身边的人不住地回头看，还有坏小子哈哈笑。

七个巧

国家政策大调整，以经济建设为中心。黄建国像一条窜游在山涧小溪里的草鱼，随波而去，迅速游进了江河湖泊。他的胃口大了，体态也雄壮了，动作越发敏捷而勇猛。他开始把大卡车带进村里去收购粮食收购肉蛋收购纯绿色的山野货，先还是一辆车，后来就是三辆五辆，收了全村收全乡。很快，他不倒卖这些盈利不大的东西了，开始倒运服装，倒运钢材，倒运煤炭。有一段时间，听说铁路分局的机车燃油出现紧张，他甚至把这事都承包了下来，听了让人咂舌，不敢相信。

黄建国的全部"事业"其实只是一个皮包，而且他的资金也很少立账走银行，他只是"对缝"，就是国家对此明令禁止后，他也仍在神不知鬼不觉地干，找了买主，再找卖主，一手交钱，一手接货，他从中赚差价，名曰中介费。有一天，他突然自己开了一辆日本原装的尼桑轿车去我家，我说，你的无票乘车的历史终于可以结束了。他说，黄鼠狼骑兔子，一码（马）是一码（马）。这东西，只图个心理平衡，给别人装个样子，当道具。出门嘛，我还是愿坐火车。我再问，大款坐车总得买票了吧？他哈哈一笑，反问我，那你呢？这是钱的事吗？

在这事上，可以说我和他息息相通。到报社工作这些年，领导上从没让我在外出采访费用上犯过难，时常还有接受采访的人主动问我，有没有条子让我们为新闻事业做做贡献？出家人不打诳语，饭条子我让处理过，出租车条子我也小有腐败，但就是没掏出过火车票。咱是铁路子弟甚至还是铁路家属，这是一种骄傲，如果再掏出火车票让人家处理，岂不自打了嘴巴？请问问电业局的职工，让他家花钱用电，他心里舒服吗？再问问航空公司的家属，他们出门乘飞机打几折？甚至每年总有那么一两回，可享受零折的待遇吧？行业特权或曰内部福利，据说可对内部职工产生凝聚力，此话社会上多有分歧和争议，一时讨论不明白。

我对黄建国这么当二道贩子很有些想法，并郑重向他建议，手里既不缺钱，与其当候鸟，哪儿有吃的往哪儿奔，何如建起一家什么工厂搞实业，一家人也能常聚在一起享受人伦之乐。黄建国不以为然，反问我，那你说除了国家垄断的行业，还有什么实业能稳赚不赔？鸡蛋今年两元八一斤，明年就兴许一块九；钢铁厂风一阵雨一阵，也有赔得咧嘴活嚎的时候吧？要说老太太擤大鼻涕手拿把掐的事，我看也就这做买卖了，啥俏咱整啥，啥挣钱咱琢磨啥，纵观市场经济的风云，就没有啥也不赚的时候。也许过两年，有人说新鲜屁能治癌，那就连狗屁都有人收购，你信不？我无言以对，自知难以说服他。黄建国在做生意上绝对是个精灵，这些年他赚了多少钱我不知道，但他肯定赚了，而且赚得盆满钵平腰包溜圆，人家抓住了耗子，那就得承认人家是只好猫。

让我为黄建国产生深深忧虑的完全是缘于一次偶然的机会。那次我去大连采访，入夜时由接待单位的宣传干事陪进一家酒店，在大厅里找了一个双人座席。举杯相碰间，我突然发现右前方靠厅角席位的一位客人背影很熟，凝眸细看，不是黄建国又是谁。黄建国坐的也是双人餐位，对面是一个很年轻很漂亮的女郎。若按常规，我会惊喜地冲过去，并邀他们一起同餐对饮。但就因为有这女郎，又不知女郎是一种什么样的身份，我只好暂且捺下他乡遇故知的冲动。当然，冲动暂捺，好奇却持续着。很快，我发现了不正常，甚至很暧昧了。黄建国不时伸出手去，将女郎的手拉住，好一阵不松开；更为甚者，两人对饮过酒，黄建国还伸手在对方粉红的脸蛋上拍了拍。女郎似躲非躲，还闪动明眸往四下看了看，却不恼，黄建国则哈哈地笑，笑得肩头都在颤动。这些年，我在社会上也算经多见广，知道一些买卖人在外面跑生意，或自带女秘书，或应酬于公关小姐之间，对世间许多事已见惯不怪。这女郎是他的什么人？不会是女秘书吧？因为黄建国早跟我说过，他是独行侠，并要将独行的生意进行到底，他说买卖上的事越隐秘越好，许多事坏就坏在知情者身上。公关小姐？似乎也不像，因为我看他的主动性更强一些，连埋单都是他掏的腰包。

那顿饭我吃得不好，连宣传干事特意给我要的鲜海蛎子都吃得没滋没味。看黄建国拉女郎起身，我也跟宣传干事告辞，推说晚上还要另会朋友。出了酒店，我眼见两人奔了一辆桔黄色小轿车，女郎开了车门。我心里暗暗吃惊，两人都喝了酒呀，她还敢开车？可能黄建国也想到了这一点，他急跨两步，从女郎手里抢下钥匙，抢先坐在了驾驶位置上。这是英雄救美，还是要同归于尽？落到他肚里的八加一难道就不是酒（九）了吗？

桔黄色的小轿车在滨海的街道上行驶，我坐在出租车上一路紧紧跟随。车窗开着，清凉的海风迎面扑来，播放器里唱的是邓丽君软绵绵的歌曲，"人生难得几回醉，不欢更何待。"都说男人有钱就学坏，我的从小撒尿和泥的朋友真就这样滑入下坡道了吗？

小轿车开进一个高档小区，还缩进了一楼的车库里，然后黄建国便揽着女郎的腰进了楼门，五楼的一个窗口很快亮了。那一刻，我的心情格外沉重，坐在出租车里好一阵发呆。这是我情同骨肉的弟兄啊，我该怎么办？跟上去，那是自寻尴尬，显然不合时宜；那就只好另找机会，只有我们两人在一起时，或好说或强劝或者干脆臭骂他一顿，反正总不能眼看着同患过难的弟兄从悬崖上滑落还不伸把手吧。记得当年我由见习记者转正时，报社社长迟迟不肯签字，原因就是报社给编采人员都下了任务，每人必须完成拉进二十万元的广告任务。建国听说我的壳卡在这里，当时就拍了胸脯，不就二十万吗？稍等半个月，中不？后来我知道，他替我拉的那份广告，是他从自己已谈妥的生意中少要了老大一块利润才拿下的。可如今，眼见着仗义疏财的弟兄在堕落，我将怎么办？民间早有话，"劝赌莫劝嫖，劝嫖两不瞧。"我若简单劝诫不仅于事无补，极可能还要从此丢了朋友。可我若故作不知，那还对得起哥们儿，对得起金霞嫂子、六月侄女和十月侄子吗？

那些日子，我犹豫着如何劝谏，却迟迟没有行动。不久后的一天，金霞嫂子突然找到我家来。那天，我在家急赶一篇稿子，她说是先打了报社的电话，知我在家才找上门的。自从搬进城里高档小区，风吹不着，日晒不着，吃穿上又富富有余，于金霞保养得挺滋润，胖嘟嘟的脸有红似白，连手背上都出现了酒窝窝，腰身圆滚滚，若再长了高鼻梁深眼窝，就是典型的俄罗斯大嫂啦！

于金霞擦着汗，进门就急吼吼的样子。"你快帮我找找十月吧，那个败家崽子，都三天没回家了，急死我了！"

我在电脑上点击了文件保存，问："他没去上学吗？"

于金霞说："电话我都不知打多少遍了，老师说三天没见他的影儿了，学校也急着呢。"

那年，十月应该是十五岁。我再问："听建国说，那孩子愿上网。你没去网吧找找看？"

于金霞说："全城都找遍了，六月现在还打出租车满城转呢，光打车钱就花了好几百，可哪见他的人影呀！看他回来，我不打断他的腿！"

"建国知不知这个事？"

"他出去半个多月了，手机也关着。谁知他又钻进哪个耗子洞去了！"

我设想着十月可能去的地方，甚至想到了孩子可能遭遇的不测，不由自言自语地嘀咕道："这孩子……可像谁呢？"

于金霞接我的话："还像谁，像黄建国呗。龙生龙，凤生凤，耗子生儿会打洞。整天鬼魔眼障的，一屁仨谎，跟他爹一模一样，窜不了种！"

我撩起眼皮，直直地望定于金霞。她的记性再不济，也至于把十月的来路忘掉了吧？

于金霞说："你不用那样看我，我知道你啥意思。反正事情也过去这么多年了，我和建国也从来没把你当外人，今儿我就跟你兜底说，十月就是我和黄建国的亲生儿子。当年，我怀孕后，建国先找人做了B超，知是儿子后，就铁心要生下来。但又怕乡里不让生，生了也难落户口，就先带我去北边山里亲戚家猫了几个月。等十月出了满月，他就整了那么一出，把孩子送到火车上，再把自己装成一个领养了病孩子的大善人。十月身子骨啥毛病都没有，说胰脏如何如何，那都是扯淡，怕别人拣了不撒手蒙人眼的。那天，我就在火车上，你们坐软席，我把孩子放到一个座位底下，就提前下车，另坐大客车回家去了。铁路上给作证，你给写文章，这就齐了，他合情合法地白捡了个大儿子，不光一分钱不受罚，还落了一个好名声。"

我听着于金霞的这番叙述，目瞪口呆，恍若梦中。这可说是个弥天大谎，而且设计、编导、表演得可谓天衣无缝独有新意。黄建国既是编剧，又是导演，还出色地出任主演，而我和单婕，则傻乎乎地被他拉来客串，自然也就有了很本色的表演。如果把这事比作喝酒划拳，人家清醒我大醉，好在天公作美，在这个事件中成全了我和单婕的好姻缘，也算闹了个一比一的平局吧。

但我心里仍不舒服，非常不舒服。黄建国这是在玩皮影戏，耍人呢，根本没把我当成他亲如骨肉的好兄弟。他若是事先就把真实想法告诉我，我难道不会尽心尽力相佐相助吗？记得半年前，我和单婕一起去黄家串门，回家后，单婕就把一大摞照片簿都翻出来，我问她找什么，她指着我小学毕业时几个要好同学的合影说，这就是黄建国吧？我怎觉得十月跟黄建国小时候长得那么像？我不以为然，说这就叫不是一家人，不进一家门，天意如此，巧呗。听说同在一个屋檐下，时间长了，连两口子都越长越像呢。单婕捧着相簿，看了好一阵，说也许不那么简单吧？

原来真不简单，黄建国玩了个绝版的弯弯绕！

那次，一天后，小十月回到家里，原来是去外地会网友。一个嘴巴没毛的小牤子，竟练起了这一套，真是令人哭笑不得呀！

又半月，黄建国怀里揣了瓶"道光廿五"来找我，据说这酒是因辽西锦州的一家酒厂在动迁时，在地下挖出了一瓮道光年间深藏的老酒而得名。他看我脸色不阴不阳的，先主动提起当年拣孩子的事，说事先没跟你揭宝盖，不是不想，而是不敢，更不是存心想蒙你。你想啊，计划生育可是基本国策，演砸了，我一个无业游民怕个球，大不了认个罚。你可就不同了，你是报社的大记者，你端着国家的铁饭碗呢，那可是丁点闪失也不敢出呀。就是穿了帮露了馅，你既不知情，顶多算警惕性不高受骗上当，挨几句批评写份检讨了事。要是真让领导知道你是瞪着眼睛踩稀屎同谋作案，你还不得吃不了兜着走啊？我家的那个败家娘们也是狗肚子，装不下二两香油，这事跟你说什么！

听黄建国这般说，想想也在情理，心里多少熨帖了些。但过后再想，你既然怕我沾上责任抖落不清，又何苦非得拉上我去给你一路配戏？你自拉自唱不就得了？有了这些想法，我就觉心里隔了一层膜，想揭都揭不下去了。

那天，却不过盛情，我们还是坐进小酒店，建国拧开那瓶"道光廿五"，说这酒不比茅台五粮液口感差，非得要和我一醉方休。老板娘提醒说不可自带酒水，他摆着手说，我出开瓶费行不？我心里有事，便有意少喝。建国端着酒杯问，你咋还装上秀咪啦？要不咱哥俩划两拳？

酒过三巡，我不想再绕，虚枪晃过，直指要害："我再问你一件事，你在大连泡崖小区的那户房子，不知还想对我做出怎样的解释？"

黄建国一怔，问："你……还知道些什么？"

"房子里还住着一个女人，挺年轻，可能比我的六月侄女还年轻。她开着一辆桔黄色的小轿车。"

"你怎么知道的？"

"莫问。要想人不知，除非己莫为。"

黄建国垂下了头，直直地望着眼前的酒杯，那杯是二两装，满着。他突然抓起杯，一仰脖，便将满杯酒都倒进喉咙里去。这酒喝得有点乱了，没有章法可言了。酒乱是因心乱，一个有着妻子儿女的人，在外面还要藏个家，他的心能不乱吗？

他重重地墩下杯，红着眼睛说："这事不假，有。你想说什么骂什么，只管来！"

黄建国的回答，让我的心像被钳子嵌住，又狠狠地拧了两下。我说："手里有了钱，这不是错，关键是怎样把握住自己。古人早有话，威武不屈，富贵不淫。金霞嫂子是在你人生最困苦的时候跟的你，为你养儿生女，操持家务，你这么胡闹，别说对不起谁，只怕连自己的良心都对不住。咱哥俩活到这个岁数，也算过了多半辈子，扑腾到最后，总还得回到老婆孩子身边安度晚年。还是悬崖勒马，好自为之吧。"

黄建国又抓酒瓶，被我坚决地按住了。他说："你说的这些大道理，我都懂。所以我才没学陈世美休妻弃子，我养着她们，养她们这辈子，可能还得养她们的下辈子。可兄弟你咋就站着说话不腰疼？咱哥俩从小一块撒尿和泥，论脑子和腿脚也没差到哪里去，可到后来你娶的媳妇如花似玉知书达理，我娶进门的就非得是老母猪它二姨？要不是她娘家人提着锹镐逼成亲，我也不至于一辈子非咽下这口泥汤水吧？我一想起这些破滥事，就心灰意冷，啥念想也没有啦。人来世上，只走一遭，既没念想，那就别再亏了自己，趁着还没七老八十走不动爬不动，那就得乐且乐吧，可别临闭眼时回头想，一辈子啥也没落下，都亏了，那才太不值呀！"

　　我的心在往下沉。真没想到，他的症结原来是在这里！我的妻子贤淑漂亮，竟对他的争强好胜之心形成了重大伤害，并成了他甘心坠落的助推力。我们曾一路同行，人生分歧的路口是从哪里开始的呢？我们还有可能重新走到一起吗？我真不知再跟他说什么好了。

八匹马

那次喝酒之后，我和黄建国见面的机会明显少了。他回市里，除了逢年过节，很少再主动来我家一坐，我也有意回避，不见他，也不见金霞嫂子。道不同，不可与谋啊。

几年后的秋天，我为采访又去大连，乘的是夜车。按惯例，我们城市的始发列车都安排在第一站台，不必走地道。但那天很奇怪，检票口电子牌上却写在第三站台上车。我随人流走地道到了第三站台，又见有工作人员拿着电子喇叭喊，请去大连方向的旅客经出站地道，去第一站台上车。这是搞的什么名堂？故意遛旅客的腿儿吗？我听身旁的旅客也在一路跑一路骂，比我心里的骂词难听多了。

我手忙脚乱地绕上第一站台，又急向车厢门口的列车员打听列车长在哪里，我手上没车票，要请列车长给我安排卧铺。可公鸡下蛋的怪事仍在继续，列车员不告诉我列车长在哪里，却大声喊大张。乘警闻声赶过来，警惕地看着我，问什么事。我把路风监督员的证件掏出来让他看，乘警口气友好了些，说开车前车长一定会过来，你等着吧。

利用等车长的那片刻，我发现了站台上列车前部的非比往日之处，那里三步一岗五步一哨，都是警察或身着铁路员工服的人，正好将前部紧靠行李车的两个车厢警戒得连只苍蝇也难靠近。哦，原来今天车上有大领导或重要客人，难怪！

车长终于赶过来，很抱歉地说："知道是姐夫大驾光临，等急了吧？"

我小声问："是哪路神仙驾到，这般兴师动众啊？"

车长说："单姐回家没跟您说？"

单婕年纪大了，不再适合跑车，调回列车段当了车队长。因有了这层关系，许多年轻一代的列车长都认识我，对我姐夫长姐夫短地叫，透着亲切，当然，也有对我妻子的敬重与巴结在里面。

我说："工作上的事，她回家很少跟我说，我也不问。"

"人大代表视察，先到咱市，又要去外地，正巧赶上乘咱车，荣幸呗。"

"今天是不是……要让你为难了？"我问。

"临时摘下两节硬卧，换挂了软卧，今天确是紧张些。不过软卧上还有个包厢是给前方站预留的，您先坐，如果前方站不上客人，那就最好了；要是上了呢，我再想办法。我只怕折腾来折腾去的，影响姐夫休息。"

我停下脚步："那我今天就……不走了吧？人大代表要休息，壁垒森严的，我别添乱了。"

"看姐夫想哪儿去了。今天别说是您，谁来，我也不敢往那两节软卧上领啊，铁路局早有命令。我是说车上原来的那节软卧。"

说话间，我们已上了软卧车厢。临拉开包厢的门，列车长又小声对我说："还有个特殊情况，这个包厢里已先坐进一个人，是铁路局的稽查。您进去后只管坐，尽量少跟那人说话，我的意思您明白吧？"

我点头。我手上没车票，她心知肚明。把我与稽查安排进一个软包，有点猫鼠同笼的意思，铁路稽查可是专管无票乘车的，冤家路窄，狭路相逢了。

我做梦都不会想到，软包门打开，与我迎面相视的会是黄建国！我怔了怔，他也发了一下呆，随即就起身扑过来，抓住我的手喊怎么会是你。我笑应道，我也没想到会是你呀。列车长见此情景，抿嘴一笑，掩上包厢门，走了。

软包里的空间本来就有限，门一关，越发显得乌烟瘴气，原来茶几上的不锈钢垃圾盘里已按熄了两个烟头。全国列车早已实行禁烟，旅客实在忍不住，也只能去两节车厢的接头处去过君子之瘾，敢堂而皇之敢坐在软包里吞云吐雾的，可能也就是铁路上的特权人物了。显示着黄建国特权的还有茶几上的两听啤酒，是青岛易拉罐，还有两个果盘，一盘荔枝，一盘五颜六色的果脯，都用保鲜膜罩着，还没开封。

我和黄建国已有半年多没见了。我问："听说坐进这包厢的是个稽查，没进门我先胆突突腿转筋。你老兄的胆子可真够肥的了，晒干了也足有倭瓜大。"

黄建国做了个鬼脸，嘻嘻地坏笑，透着得意："这撒谎，也得像你们写文章，要做大做强，在头版头条登出来，那就没人敢不信了。"

我望着茶几上的啤酒和果盘，问："这是溜须你大稽查的吧？"

黄建国拉过手提包，从里面摸出一瓶五粮液，说："咱哥俩难得相逢，还是整这个。"

我问："你不嫌沉啊，出门还带这个？"

黄建国说："怕夜里睡不着，临睡前闷一口。"

列车在夜的原野上疾行。我们以高挑的塑料瓶盖做怀子，他一杯，我一杯，没滋没味地喝，说些不咸不淡的话，两人都刻意地回避着一些话题并保持着一定的距离，就像铁路上行下行的两条线路，尽管让人看着贴得很近，但两列相向疾驰的列车擦身而过时，是绝不会有什么刮碰的。想到这一点，我心里生出很沉重的痛楚，昔日淘气般同在火车上蹭车板卖鸡蛋的少年，又在乡村的同一口大铁锅里搅过马勺的弟兄，彼此并没有因为切身利害发生过任何冲突，两颗心为什么就离得这么远了呢？

黄建国说："别这么喝了，没意思。咱哥俩还是划划拳吧。我有最新潮的酒令。"

也好，比划上，吆喝起来了，心里就不必搜肠刮肚找话题或戒着小心防踩雷了。我装作饶有兴趣的样子："说说看。"

黄建国比划着说："一中心啊，两把抓呀，三要讲呀……"

"打住打住。"我急忙制止，"叫门外听去不严肃。还是来传统的，哥俩好，六六顺，轻车熟路，也上口。"

我们开始划拳，划得挺认真。在列车舒适的轻轻摇晃中，我只觉有一股酸酸热热的东西从心窝深处往上翻，先是涟漪，后是浪潮，竟越来越汹涌。童年时坐在铁路边，青年时坐在农家的热炕头，我们就这么划过拳，如果时光能够倒流，那该多好。谁会想到人到中年，我们在软卧包厢里重操此道，却是借以打发尴尬与无聊呢！

有人敲门。我起身打开，门外站着一位身着笔挺铁路员工服的中年人，我特别注意了他头上的大盖帽，是三道红杠。这红杠杠有些像部队军官的肩章，不同级别的军衔便有不同的杠和星。这么看，他肯定是有些来头的大领导，因为列车长的杠杠只是一道，我的夫人也不过两道。而此时，列车长正站在三道杠的身后，神色显得有些惊慌，还给我使了一个眼色。

我主动出击："是不是声音大了？请放心，我们注意。"

三道杠行了举手礼，表情严肃地说："对不起，影响了二位先生休息。请出示一下车票好吗？"

原来是领导亲自验票。我将路风监督卡送到三道杠手上。那卡上盖着铁路局的钢印，是路局宣传部的朋友帮我办的，名曰特邀路风监督员，据说聘请范围极有限，因此到了车站和列车上，就充分享受到了远接近送的热情。

三道杠认真看过监督卡，还到我手上，再一次郑重敬礼："欢迎您对我们的工作多提宝贵意见。"我刚要客气两句什么，没想他又说，"可是，恕我冒昧，路风监督卡并不能代替有效乘车票据，不知我还可以看看您的车票吗？"

这才是问题的要害！我的心紧了紧，丢人啦！站在三道杠身后的列车长急忙接话说："这位先生上车前，已经向我申明无票，并主动要求补票。"

三道杠冷冷地说："那为什么不抓紧派人过来补？还要领导亲自去吗？"

列车长说："车上眼下已无任何铺位可补，这个包厢是预留，这位领导只是暂时在这里休息。至于怎么补票，要通过前方站后才能确定。"

列车长嘛，百里挑一，久经考验，个个不缺阿庆嫂般的机敏。在家里，我就从来不敢跟我的夫人打嘴巴官司。

三道杠再将手伸向黄建国："这位先生，您的票我可以看看吗？"

在我们对话的这一刻，黄建国一直大大咧咧地坐在那里看热闹，还剥了荔枝往嘴里送，见问，便顺手从口袋里掏出一个证件。我估计那便是稽查证，上面注着有效区间和时间，那区间极宽泛，几乎可抵达大半个中国。有效时间一般情况下则为全年定期。黄建国有言在先，撒谎也要做大做强。他的这个稽查证是从哪里搞来的？是真是假？但愿别惹出祸来呀！

三道杠看黄建国的证件比看我的还认真，看完还审视地望了望黄建国，然后才恭恭敬敬地将证件呈还："影响二位休息了，非常抱歉。"

软包门重又关严。我们一时都难重新拣起划拳喝酒的兴致。黄建国仰在行李上，拂着头发嘟哝说："操，生孩子不叫生孩子，吓（下）人，吓出我一脑袋头发。"

黄建国在乡下比我多待了几年，加上又娶了乡间的媳妇，这些年荤荤素素的，张嘴就是疙疙瘩瘩的俗言俚语俏皮话，听来倒也鲜活生动。

我问："你那个什么证是从哪儿搞的？"

黄建国说："我又没有你那样有能耐的太太，穷得就剩钱了，花钱呗。大街墙面上到处都有办证的电话，只要肯出票子，进联合国大楼的证件都有人给你造。"

我把玩着茶几上的酒瓶，说："这是何苦。不喝这五粮液，去大连你能坐两个来回了。"

黄建国哼了一声："大舌头说话，谁（肥）也别说谁（肥）。你买车票也不是没人给你报销，又何苦让人家小车长替你编白儿（东北话，撒谎）？也是今天火烧冰窖，该着。往常，只要一亮这证件，咱哥们绝对是横冲直撞，如入无人之境。"

我苦笑笑说："今天车上有人大代表，铁路上自然加强了管理力度。"

黄建国说："那就是一脚踢出个屁来，正赶当儿（裆）上，谁也别怪了。"

应该说，这是那天我和黄建国巧遇，交流得最知心的几句话了，后来我甚至无数次揣想，那会不会是我们之间此生的最后一次交谈呢？

黄建国弯腰从铺位下拉出一只拖箱，又塞进我的铺下，说："一会儿我若是中途下车，拜托你把这个箱子带上，先放在你家里，日后我去取。记住，千万别给我老婆，也别跟她说。"

我奇怪，问："怎么抽冷子就想起了下车？"

黄建国淡淡一笑，说："也不是我想下，再说吧。"

　　这话说得有点让人犯迷糊，是谁让他下车呢？

　　列车减速，车身因过道岔在摇晃，进站了。我拂开窗帘往外看，期盼这个站最好没有手持软卧票上车的旅客。包厢门笃笃响起，随即就被从外面拉开。这次站在前面的不是三道杠，而是两名威严的乘警，三道杠表情冷峻地站在门外。

　　乘警冷硬地对黄建国指令："请你收拾好东西，马上随我们下车。"

　　黄建国故作镇静地问："怎么个意思？"

　　乘警说："怎么个意思你下车后去跟派出所说。"

　　黄建国坐着不动："总得有个理由吧？"

　　乘警冷笑："这你自己应该清楚。"

　　作为昔日的同学和朋友，此时我不能不说句话了："如果认为他的证件有问题，补票行不行？据我所知，他去大连确有急事，必要的话，还可以罚款嘛。"

　　三道杠说："这跟补票与罚款无关。事涉司法调查，现在我不好当面向领导同志详细汇报，多请谅解。"他又面向黄建国催促道，"最好不要让警察动用强制性手段，列车在本站停车时间不长。"

　　黄建国扭头看了我一眼，目光里透着无奈，然后往手提袋里塞东西。他起身往门外走时，又特意叮嘱我："刚才说的那个事，拜托了。"

　　事后，列车长告诉我，那个三道杠是铁路局的稽查，因有人大代表乘车，所以奉命随乘。他先怀疑黄建国所执证件有假，又用手机请示路局稽查处的领导确认，才做出了将此人送交车站派出所的决定。之所以没在停车前采取行动，主要是怕在执行过程中出现意外，惊扰了人大代表休息。听此一讲，我摇头叹息，原来是假李鬼碰上了真李逵，那就真是火烧冰窖，该着啦！列车长问，姐夫好像跟他挺熟，什么关系呀？我掩饰说，老同学，也是多年没见，正巧碰上了。列车长想了想，放低声音说，我跟稽查和乘警也是这么说，不然，人家还打算请您一块下车接受调查呢。我坚决反对了，并给您打了保票。以后公安部门也许会找您取证，您有些心理准备才好。

　　我只有喟然长叹。还说什么呢？

大碗酒

从大连回来，我让妻子打听到，黄建国被送交铁路公安部门后，因认罪态度较好，所持证件确是花钱买的，排除了参与伪造嫌疑，加之也没有持证上车冒充执法的证据，便没追究他的法律责任，只是罚了他一笔款，并送到铁路上的一家采石场劳动教养，时间是半个月。那些日子，我几次想去采石场看望他，但左思或想的，终没去。那种场合，建国又是那种身份，见面难免难堪，好在时间不长，等等吧。

算计着到了黄建国结束劳教的日子，我借了一辆车，特意带了一瓶白酒和烧鸡熏猪蹄，肚里还装了一火车抚慰他的话，专程去接他。可到了采石场才知道，黄建国只在那里待了几天，就走了。理由极简单，他看采石场输送石碴的设备太陈旧落后，主动出资捐买了一台新的。这是实打实的立功表现，提前结束劳教，劳教所有这个权力。我当即给他家打去电话，问建国是否回到了家里，于金霞大惊，竟连建国被教养的事都一无所知，还说他既出来了，怎么连个信儿都不告诉家里一声？他不要我可以，可闺女儿子是亲生的，他也一甩手都不要了呀？

黄建国的拖箱在我手里，他说要来取的，我只好等。但黄建国从此如黄鹤一别，杳无音信。我无数次拨过他的手机，里面都说对方关机，但没说这个号码已取消，这很意味深长。我甚至想过专程去大连，到泡崖小区找找看，但前思后想的，还是做罢了。

两三个月过去了，黄建国仍是没有消息。这期间，市里有家大型企业组团去欧洲考察并签订合作项目，因此前我多次采访报道过这家企业，出于答谢，也考虑对这次活动的后续报道，总经理便把我的名字也纳入了随团名单。活了半辈子，我还从没走出过国门呢，这个机会可说是千载难逢。我兴奋着，拿了签证申请去找社长签字，可社长迟迟不肯动笔，看我的眼神也怪怪的，说以后还有机会，这次就派别人去吧。我想不通，真的想不通，这事不用报社花一分钱，我多年不休假，时间上单位也欠着我呢，要论工作态度和与人关系，不敢说在报社无可挑剔，但总算没有什么大的过失吧。这是怎么了？我一次次去找社长，单位说不通，就去他家里，甚至手上还提了些礼品，可社长仍是嘻嘻哈哈王顾左右而言他。要求交付出国护照的时日已在一天天逼近，我再忍认不住，都立眼跟社长拍了桌子。社长被逼无奈，总算说出一句话："并不是我的这支笔如何管用，就是我签了字，公安局那边也不会给你办呀。"

我傻了，听出了弦外之音，我这是被纳入了公安局的内控名单啊！这问题可严重了，比让不让我出国随团采访严重百倍千倍！若不赶快把事情搞清楚，谁知这口黑锅我还得背多久？我通过朋友，一直找到市公安局局长，我的目的只有一个，按电影《秋菊打官司》里的话说，就是一定要讨个说法。

那天，公安局主管刑侦的副局长亲自找我谈话，坐在他旁边的竟然还有缉毒大队长，这个人物和这种身份更让我吃惊。

副局长说："你向局里申诉的情况，局领导很重视。我们今天既找你，那就开门见山，实话实说。市局缉毒大队近几个月在侦破一个案子，嫌疑人外号叫黄眼，本名黄建国。据我们所知，他跟你以前是老同学，还是个来往比较密切的朋友，而且在被送铁路采石场劳动教养之前，他跟外界近距离接触的最后一个人也是你。再具体点说，在他没被送去劳教之前，并没进入我们警方的视线，待南方警方请我们协助捕捉这个人时，他已经提前出了教养所，此后就石沉大海，下落不明。据我们所知，这个人脑子好使，警惕性很高，据有相当强的反侦察能力，所以一进劳教所，他就不惜花钱，以赞助的名义取得管教人员好感，得以提前逃脱。你去采石场接他，理所当然受到警方的怀疑，并希望能从你这里获得他的线索。事到如今，我们也不必再瞒你，这几个月，你一直处于我们警方的严密监视之下，通信工具也处于我们警方的监听状态之下。但现在，我们也可以明确告诉你，经过多方调查和了解，公安机关已确信你和黄建国仅仅是同学和朋友关系，没有介入，或者说没有主观故意介入贩毒犯罪活动。我们不同意你办理签证出国，完全是出于案件侦破的考虑，希望你能理解，也希望你能协助公安机关，尽快将犯罪嫌疑人抓捕归案，你有这个责任和义务，我们也相信你有这个觉悟。"

我从副局长面前的烟盒里抠出一颗烟，点燃，一口接一口地吸起来。我平时很少抽烟，但心绪难平时，还是觉出了抽烟助镇静的好处。黄建国，你这个东西！少年时，你空手套白狼，用我手里的鸡蛋换你口中的美味，那时你就让我吃惊；青年时，你在漫荒野地的风雨时捞回一个媳妇，你又让我吃惊；人近中年，你为躲超生惩罚，跑到火车上将亲生子当遗弃儿抱回家，更让我吃惊；而今天，你制造出的新事端彻底让我瞠目结舌了。黄建国，你个姥姥的，你就耍你的小聪明，你作，这回你要作到头了吧！你凭着对铁路上的熟悉，机巧地躲开行李安全检查，竟把列车当成了携毒的工具；你知道铁路稽查位虽不高权却挺重，你还知软卧车厢轻易不受检查，你就弄张假稽查证坐进软卧包厢去；特别的超人这举是你明明知道那趟列车坐着人大代表，是铁路上的重点列车，你偏玩了个灯下黑，就好像当知青时你迎着众多军管士兵故意山呼海叫，装成铁路工作人员横冲直撞。你的超群拔类的精明若是用在正地方，肯定是众多同窗友人的骄傲，可你偏往邪道上耍，而且一次比一次用力狠重，这回你终于耍到悬崖边上去了吧，贩毒 50 克，便是杀头死罪，鬼知道你是否还有勒马回头的余地呢？

接下来便是我和缉毒大队长的谈话了，主要是他问，我答。大队长问黄建国家人的情况，问和社会上哪些人交往，他常去的是哪些地方，据我所知，秉实回答。大队长还问到除了城里的这个家，黄建国是否在外地还有住处，我便将黄建国在大连的那处房子说出来。大队长说，那处房子我们已经做过调查，早在几年前他就买了。我心里感叹，看来警方的工作做得真是很细，我所回答的那些问题也许人家早就知晓了。

大队长突然又问：“不知黄建国是否寄放过你手中什么东西？”

我立刻想起了那只拖箱，谈话结束后就带缉毒大队长和两位干警去了我家。那个拖箱用密码锁锁着，放在书房里一直没动。公安干警是行家，当着我的面，三下五除二，很快就将锁打开了。拖箱里除了几件换洗的衣服，再就是一袋饼干，用塑料袋包着，还有两袋萨琪玛，印制精良的包装袋还没开封。大队长拿起萨琪玛掂了掂，指示干警打开。包装袋很容易就撕开了，萨琪玛表面还裹着一层玻璃纸，也是原装状态。干警用目光请示，大队长点头，那层玻璃纸也被撕掉，再将萨琪玛掰开，真实的内容便暴露在众人面前，原来萨琪玛被从里面挖出凹位，一个黄纸包正好藏在里面。大队长说，这是海洛因，五百克，那一包萨琪玛就不用打开了，带回局里。

我不再吃惊，心里的感觉只是恐惧。这是一千克毒品，足够掉二十回脑袋的了，从我的家里起出去，而且是我从毒贩黄建国手里接过来，一直存放在我的家里。黄建国，你口口声声是我哥们儿呢，你坑人不浅啊！

大队长看出了我的脸色不对，安慰说：“你不必想那么多。我们局长已明确说明，你没有主观故意，法律上是不会追究你的责任的。其实，这两包东西，我们早料到黄建国会转移到你手里。我们迟迟没找你，就是想以此为钓饵，诱使黄建国回来自罗网。至于今后你该怎么做，就不用我再多说了吧。”

我问：“如果黄建国投案自首，有没有可能免于死罪？”

大队长说：“但愿他能有立功表现，法院量刑时，应该会有所考虑。”

我恨黄建国。如果说数年前知晓了他拣孩子的真相，我心生的是怨气，那这次就是恨，很恨，极恨！他万不该在落入警方之前，将足以致人于罹难的罪证转移藏匿到我手里。如果不是公安机关明察秋毫，我岂不是将长久地陷于难见尽头的巨大黑洞之中？这一圈“划拳”，他烈酒落肚，没有清醒只是醉，害得自己惨输至此，亡命天涯，有家难回，也把我灌得酩酊大醉，被蒙在鼓里懵懂晕眩。

但是，我仍真诚盼望我的这位昔日的朋友不致因获重罪命丧黄泉，哪怕被判个死缓。如此结局的前提眼下只有一个，黄建国赶快自首归案，并戴罪立功，争取法律的从宽处理。如果我能得知他的联系方式或在归案前见他一面，我一定在第一时间告诉他：自首，立功。

于金霞又一次找到我。迎着探询的目光，我知道她想问什么，只能以摇头作答。我问，家里的生活会不会有什么问题？于金霞黯然地说，那倒没有，他留下的钱，足够我们娘儿几个花的了。我只是想知道他的下落，哪怕打回家一个电话……

全喝了

我家附近有一条铁路专用线，荒草蔓延，锈迹斑斑，直通一家化工厂，三两天才有几节油罐车被送进或拉出。傍晚，我常和妻子去那条专用线上散步，或踏着枕木，或漫步道肩。那天，我看到两个十多岁的小男孩各抱着一瓶啤酒，面对面骑坐在钢轨上，正笨笨拙拙地划拳唱令，不由站在那里呆住了。

"哥俩好啊，三星照好……五魁首啊，六六顺啊……"

一个妇女顺着铁道跑过来，远远地就喊就骂："你个不着调的东西，屁大点就跟你爸学这个，你不怕火车开过来把你轧死呀……"

两个小男孩跳起身，飞逃而去，很快就没了踪影。而我则仍站在那里发呆，很久，很久……